Simonetta Agnello Hornby

Die geheimen Briefe der Signora

PIPER

Zu diesem Buch

So hat sich Tito seinen sechzigsten Geburtstag gewünscht. Dieser besondere Tag sollte ausschließlich seiner Familie gewidmet sein: seiner Frau, seinen Kindern und Tante Rachele. Sie war es, die Tito die Mutter ersetzte, nie heiratete und nun ihre letzten Jahre in der Geborgenheit der sizilianischen Villa verbringt. Doch dann klingelt das Telefon – ein Anruf, der gefährliche Erinnerungen weckt. Er führt Titos Tante Rachele viele Jahre zurück, in eine Zeit, als sie die Liebe ihres Lebens traf. Eine Liebe, die nicht sein durfte, die nur heimlich in einem Garten am Meer gelebt werden konnte, wo man einander ewige Treue schwor. Rachele ahnt, dass dieser Anruf nicht ohne Folgen bleiben wird. Dass nun ein lange gehütetes Geheimnis an die Oberfläche drängt, das sie, ihren Ziehsohn Tito und die gesamte Familie zu zerstören droht … Ein Roman voller melancholischer Sinnlichkeit und ein faszinierendes Bild von den Bindungen und Konflikten einer sizilianischen Familie.

Simonetta Agnello Hornby, geboren 1945 in Palermo, verließ gegen den Wunsch ihrer adligen Familie früh ihre Heimat, um im Ausland zu studieren. Sie lebt seit über dreißig Jahren in London, wo sie sich viele Jahre als Anwältin für benachteiligte Eltern und Kinder einsetzte. Nach der Veröffentlichung ihrer beiden weltweit erfolgreichen Romane »Die Mandelpflückerin« und »Die Marchesa« konzentriert sie sich nun ausschließlich auf ihre literarische Karriere. Zuletzt erschien von ihr auf Deutsch »Die geheimen Briefe der Signora«.

Simonetta Agnello Hornby

Die geheimen Briefe der Signora

Roman

Aus dem sizilianischen Italienisch von
Monika Lustig

Piper München Zürich

Mehr über unsere Autoren und Bücher:
www.piper.de

Von Simonetta Agnello Hornby liegen bei Piper vor:
Die Mandelpflückerin
Die Marchesa
Die geheimen Briefe der Signora

Mix
Produktgruppe aus vorbildlich bewirtschafteten Wäldern und anderen kontrollierten Herkünften
www.fsc.org Zert.-Nr. GFA-COC-001223
© 1996 Forest Stewardship Council

Ungekürzte Taschenbuchausgabe
Januar 2010

Titel der italienschen Originalausgabe:
»Boccamurata«

Umschlaggestaltung: semper smile, München
Umschlagfoto: mauritius images / imagebroker
Autorenfoto: Florian Denk
Satz: Satz für Satz. Barbara Reischmann, Leutkirch
Papier: Munken Print von Arctic Paper Munkedals AB, Schweden
Druck und Bindung: CPI – Clausen & Bosse, Leck
Printed in Germany ISBN 978-3-492-25737-4

zur Erinnerung an Mr. Peckham

Erster Teil

Entschwundnen Jahren, Träumen, Trieben
winkt ewig keine Wiederkehr.

Alexander Puschkin, *Eugen Onegin.* IV, xvi

I.

Ein zufriedener Familienvater feiert seinen Geburtstag
»Der Pastafabrik und der Familie gehört seine ganze Leidenschaft!«

Der Hund scharrte an der Terrassentür und verlangte Einlass. Die Sonne wärmte die Äste der Bäume und strahlte glühend weiß auf das junge Blättergrün zurück. Ein Lichtbündel brach aus und brannte sich eine Bahn bis zum Silbergeschirr in der Wandkredenz.

Tito entfernte die Soßenreste um seinen Mund und fuhr sich wie bei einer Massage mehrmals mit dem Serviettensaum über die zusammengepressten Lippen; dann breitete er das linnene Viereck auf seinem Schoß aus und strich es mit der flachen Hand glatt.

Sein Sohn Santi saß ihm gegenüber am anderen Ende des Tisches, wo auch bei den Vorstandssitzungen in der Pastafabrik sein Platz war: Ein rascher Blickaustausch genügte dort, um sich abzusprechen. Zur Rechten des Sohns saß die Tante. Jetzt wanderte Titos Blick andächtig über seine fünf Enkelkinder. Eines Tages würden auch sie zusammen mit ihm an diesen Sitzungen teilnehmen: Im Grunde war er noch jung, er feierte heute seinen sechzigsten Geburtstag.

»Woran denkst du, Großvater?«, fragte Titino, vorwitzig wie immer.

»Ich denke, dass ich zufrieden bin«, antwortete der und fügte, in die Runde blickend, hinzu: »Ich möchte mit euch allen, Groß und Klein, anstoßen, mit Wasser.«

»Aber die Kleinen haben ihre Pasta noch nicht aufgegessen!«, warf Mariola, seine Ehefrau, kopfschüttelnd ein und beeilte sich trotzdem mit dem Einschenken. Auf ein Zeichen von ihr konnte es losgehen. Tito wartete, das Glas erhoben, bis alle bereit waren. Dann heftete er die Augen auf die Tante und sagte: »Lasst uns anstoßen auf die Tante und auf die Großmutter, ihnen verdanke ich das schönste Geschenk zu diesem Geburtstag, und das ist meine Familie.«

Ein vielstimmiges Gläserklirren ertönte – und einmal und noch einmal, den Kleinsten zuliebe, die von dem neuen Spiel hell begeistert waren. Tito war vom Zuprosten bald erschöpft, und matt nach allen Seiten lächelnd, widmete er sich erneut seinen angenehmen Gedanken.

An diesem Tisch nahm er seine Mahlzeiten ein, seit er gelernt hatte, mit Messer und Gabel umzugehen: An der einen Längsseite der Tafel saß der Vater, und ihm gegenüber er und die Tante unter dem grellen Licht des großen zehnarmigen Leuchters aus getriebenem Eisen. Tito war etwas verängstigt, so eingekreist von den riesigen Kandelabern auf der einen Seite und dem silbernen Tafelaufsatz auf der anderen. Im Laufe der Zeit hatte er sich an die stummen Tischgenossen gewöhnt. Jeden Tag begann er bereits am späten Vormittag, sich auf diesen Moment familiärer Vertrautheit zu freuen. Die Speisen waren für ihn stets eine Überraschung, obwohl er wusste, dass die Tante meist das zubereiten ließ, was ihm schmeckte; der Vater hingegen zwang ihn, von allem zu kosten und aufzuessen, was er sich auf den Teller getan hatte. Oft ging die Tante noch weiter: Wenn der Vater ihn getadelt hatte, ließ sie ihm eines seiner Lieblingsgerichte servieren. Tito war überzeugt, dass sie damit ihre Missbilligung gegenüber der übertriebenen Strenge des Bruders zum Ausdruck brachte und ihren Neffen trösten wollte.

Jetzt sagte die Tante etwas zu Sandra und merkte nicht, dass sie beobachtet wurde; mit einem seligen Seufzen machte sich

Tito über die Rotbarben alla *Livornese* her, auf die er ganz versessen war. Er schob sich ein großes Stück in den Mund: Das feste Fleisch des fangfrischen Fisches fand seine Vollendung in dem Tomaten-Zwiebel-Bad, das jede einzelne Zutat deutlich herausschmecken ließ, auch die frische, am Ende der Garzeit reichlich eingestreute Petersilie. Ja, auch seine Frau verwöhnte ihn bei Tisch. Tito sah zu ihr hin, doch nicht einmal sie schenkte ihm jetzt Beachtung; sie half der kleinen Daniela, ein Stückchen Fisch auf die Gabel zu spießen. Die Barben für die Kinder waren bereits in der Küche zerlegt worden, doch Mariola fürchtete, es könnten vereinzelte Gräten zurückgeblieben sein. Vera, die gerne Sperenzchen machte, arbeitete sich in winzigen Happen durch ihr Essen. Sandra aß ohne Appetit; neugierig lauschte sie der Unterhaltung der Erwachsenen. Marò redete ungestüm und mit vollem Mund. Daniela verlangte lauthals nach noch mehr Fisch. Titino tat zerknirscht und starrte auf seinen Teller.

Tito verpasste im Geiste jedem von ihnen einen Spitznamen und schöpfte dafür aus der reichhaltigen Palette der Pastaarten, wie sie in der vom Verkaufsleiter kürzlich erstellten Hochglanzbroschüre abgebildet waren: siebzig verschiedene Teigwarenformen. Eine weitere Broschüre über die einzelnen Abläufe der Teigherstellung und den Trockenvorgang sollte noch gedruckt werden: Die ausländischen Märkte verlangten nach Informationen über den Produktionsprozess, um ihre Verbraucherhinweise darauf abzustimmen. Darüber wollte er am nächsten Morgen mit Santi beratschlagen.

»Auch du hast deine Freude an unseren schönen Kindern und Enkelkindern?«, fragte Mariola aus heiterem Himmel.

»Um ehrlich zu sein, dachte ich gerade an die neue Broschüre der Pastafabrik, die ist wirklich gut geworden. Ich habe für jeden Enkel einen Namen unter den verschiedenen Pastaformen ausgewählt. Sie erscheinen mir allesamt sehr zutreffend! Titino, dem die Oldtimer des Großvaters gefallen«, und mit diesen Worten legte er ihm den Arm um die Schultern, »ist – wie könnte es anders sein? – die *Ruote*, Räder!«

»Und Marò, was ist die für eine Pasta?«, wollte der Knabe wissen.

»Marò, das Plappermäulchen, ist die *Linguine*, flache, schmale Zungen. Und Daniela, die noch klein ist, zu ihr passen die *Lingue di passero*, die Spatzenzungen. Vera, die wie eine Ameise isst, kriegt den Namen *Bocconcini*, kleine Häppchen, und zu Sandra, die immer die Ohren spitzt, wenn wir Großen reden, passt *Orecchiette*, Öhrchen!«

Die Tante konnte ihm nicht folgen, aber Santi wiederholte für sie mit leiser Stimme jeden Spitznamen, der sofort mit kleinen Schreien und Gekicher aufgenommen wurde; sie lächelte glückselig, den Blick unverwandt auf den Neffen gerichtet. »Wer hätte je gedacht, dass dein Vater über eine so scharfe Beobachtungsgabe verfügt«, flüsterte sie Santi zu.

»Der Pastafabrik und der Familie gehört seine ganze Leidenschaft!«, kommentierte er, und lauter: »Papa, ich wette, auch wir haben solche Namen.«

»Selbstverständlich, aber euch verrate ich nur die Nummern aus dem Katalog.«

Antonio hob die Hand und sagte, den Mund noch halb voll mit Fisch: »Lass mich bitte aus dem Spiel, ich habe nicht einmal die Kataloge meiner eigenen Kunden im Kopf!«

»Das gilt auch für mich«, schloss sich Piero, der andere Schwiegersohn, eilig an.

Und so begann eine Art Tombola, bei der Tito jedem eine Zahl zurief, und der Angesprochene verzog daraufhin zur allgemeinen Erheiterung das Gesicht:

»Mariola, 56 …«

»*Ditalini*, Fingerlinge!«

»Elisa, 33 …«

»*Verrine*, Schiffsschrauben!«

»Santi, 35 …«

»*Penne rigate*, gerillte Federkiele!«

Die Tante war auf die Stuhlkante vorgerückt und wollte jetzt, die Handgelenke auf die Tischdecke gepresst, ebenfalls bei dem Spiel mitmachen. Tito zögerte. Ein Augenzwinkern von Santi, und die Tombola ging weiter:

»Tante Rachele ist die Nummer 40 …«

»*Anelletti*, kleine Ringe«, rief sie, übermütig wie ein albernes junges Ding. Dann flüsterte sie Santi zu: »Mein Gedächtnis lässt mich noch nicht im Stich!«

Nun fehlte nur noch eine in der Runde. Aber als der Vater Teresa: »39!« zurief, wusste sie, die Älteste seiner Sprösslinge, keine Antwort.

»Sie sitzt im Vorstand und kennt die Pasta nicht, die sie herstellt …«, grummelte Tito; mit einem Seufzer beendete er die Parade und ließ Teresa mit ihrer nackten Zahl ohne Namen hängen. Mariola wollte schon eingreifen, doch es erübrigte sich: Die Geburtstagstorte auf einem silbernen Tablett wurde von Sonia, dem Dienstmädchen, triumphierend ins Speisezimmer getragen.

»Und was bin ich für eine Pasta?«, fragte Vanna leise, die zur Rechten ihres Schwiegervaters saß.

»Du bist 27.«

»Aber was habe ich mit *Capelli d'angelo*, Engelshaar, zu tun? Ich trage mein Haar doch ganz kurz«, hielt sie dagegen.

»Es ist meine Lieblingspasta, aber behalt das für dich.« Und ihre lachenden Blicke kreuzten sich.

Es war ein warmer Nachmittag Anfang Mai; zum feierlichen Anlass wurde der Kaffee nebst Schokoladenkonfekt und Mandelkeksen im Garten serviert. Tito hatte es sich im Sessel bequem gemacht und folgte schläfrig, beinahe hypnotisiert dem Wogen der strahlenden Mimosenblüte, die Nasenhöhlen voll von den Düften des Erdreichs.

»Hast du dem Großvater von deiner Schularbeit erzählt?« Mit diesen Worten schob Vanna ihren Sohn sanft zu Tito hin.

»Die Lehrerin verlangt von uns, dass jeder die Geschichte seiner Familie aufschreibt. Sie hat gesagt, wir müssen unseren Stammbaum zusammenstellen.« Gewichtig betonte Titino jedes Wort. »Hilfst du mir dabei, Opa?« Und dann zählte er auf, was zu diesem Zwecke alles erforderlich war: »Namen, Geburtsdaten, Fotos …« Tito erstarrte, während der Junge weitersprach: »… Zeichnungen, Briefe …« Dumpfer Zorn drohte sein Wohlbehagen zunichte zu machen.

»Wir werden sehen«, sagte er, und seine Hand legte sich schwer auf die Schulter seines Lieblingsenkels. »Geh jetzt und spiel mit deinen Cousinen.« Titino rührte sich nicht. Er war den Tränen nahe.

Vanna verzog kaum merklich das Gesicht; Santi, der sie die ganze Zeit über beobachtet hatte, ging besänftigend dazwischen: »Aber Papa, was ist denn schon dabei? Ein paar alte Aufnahmen genügen doch …«

Schweigen. Wie üblich rettete Mariola die Situation. Sie zog den Enkel an sich und sagte, ihn mit sich fortführend: »Lass uns die Schachteln mit den alten Fotos holen. Morgen schauen wir sie uns alle an. Du wirst sehen, deine Schularbeit wird wunderbar.«

Nach dem Kaffee wollte Tito zu seinem gewohnten Verdauungsspaziergang aufbrechen. Nach einigen Schritten hielt er inne und sah sich um. Niemand machte auch nur die geringsten Anstalten, ihm zu folgen. Alle naschten Süßes, unterhielten sich lustlos mit gedämpfter Stimme und ignorierten ihn schlichtweg. Es war, als hätte sich ein Schleier über die Familie gelegt, und jeder Einzelne verharrte wie festgenagelt an seinem Platz. Titos Blick wanderte von einem zum andern.

Teresa bemerkte es und versuchte, ihn zu besänftigen: »Hat dir die Torte geschmeckt? Ich habe sie in der Piccadilly Bar bestellt.«

Tito bejahte beiläufig mit gesenktem Blick.

»Dort würde ich gern auch für Sandras Erstkommunion Kuchen und Torten bestellen, sie haben eine hervorragende Patisserie – wenn auch sehr teuer«, fuhr Teresa fort. Und zu den anderen gewandt: »Wirklich, sehr teuer sind sie!«

Die Unterhaltung ging weiter, aber die gute Stimmung war dahin. »Die Dekoration aus Früchten und Schlagsahne war großartig, sicher doch, bei dem Preis ist das auch kein Wunder …«, lautete Vannas Kommentar.

»Das ist nur die Einleitung … Sie wird Geld von Papa wollen«, zischelte Elisa unterdessen Antonio zu.

»Hör doch bitte auf! Es ist der Geburtstag deines Vaters«, wies er sie zurecht.

»Mit ihrem honigsüßen Getue kriegt sie immer alles, was sie will!«, giftete Elisa weiter und suchte Santis Blick. Doch der starrte nur böse zurück.

Piero hatte den beiden zugehört. »Teresa, gib dir einen Ruck, wir müssen gehen, ich habe für morgen noch ein Urteil zu schreiben«, herrschte er seine Frau an.

Die Kinder mitsamt Familienanhang waren gegangen. Tito und Mariola waren jetzt allein mit der Tante, die in einem Korbstuhl döste.

»Titino ist erst acht Jahre alt«, sagte Mariola. »Diese Schulaufgabe ist für ihn sehr wichtig. Das ist doch machbar, eine ganz simple Sache ist das.«

»Genau daran krankt unser Land: Keiner schert sich mehr um seine eigenen Angelegenheiten. Den Kindern wird in der Schule nicht mehr Lesen und Schreiben beigebracht: Wir sind ein Volk von Analphabeten geworden und haben die Leute an der Regierung, die wir verdient haben! Sogar Manuel, der Inder, der den Garten harkt, spricht besser Italienisch als der Aufseher!«, sagte Tito mit lauter Stimme.

»Dein Vater sagte, dass Manuel in Goa Lehrer war und die Tante ihm beigebracht hat, ihre Pflanzen zu hegen und zu pflegen, was er im Übrigen noch immer tut. Er hat ihr sogar Blumensamen aus Indien mitgebracht. Du behandelst ihn immer wie einen Hilfsarbeiter. Er tut sehr viel im Hause, aber du kriegst so etwas nicht einmal mit ...«, erklärte Mariola. »Wenn man dagegen Dana hört! Dieses ungehobelte Weibsbild hat die Ausdrucksweise der Familie angenommen, bei der sie vorher im Dienst war!«

Tito schwieg. Dann sagte er wie beiläufig: »Die Tante ist fast eingeschlafen. Lass sie auf ihr Zimmer bringen. Ich will mal nachsehen, ob man den Rosengarten ordentlich gewässert hat.«

Die Rumänin wurde gerufen, und sie half der Tante auf die Beine. Tito starrte aus der Entfernung auf Danas robuste Waden und Oberschenkel, während sie sich über die Tante beugte; seine Blicke verirrten sich unter ihren Minirock, und sein Missmut ließ nach. So widmete er sich erneut der Begutachtung seines Gartens.

Sonia reichte ihm das schnurlose Telefon.

»Mein Name ist Dante Attanasio. Wir kennen uns nicht«, sagte eine Stimme ohne jeden Akzent.

»Ja, bitte.«

»Meine Mutter war eine Mitschülerin Ihrer Tante Rachele auf dem Internat. Ich bin wegen einer Fotoreportage in Sizilien und habe mich hier in der Nähe eingemietet.« Tito blieb abwartend und stumm. Der andere fuhr fort: »Ich bin auf der Suche nach typischen Gutshöfen und barocken Kapellen. Ich würde gern Ihre Bekanntschaft machen, wenn es Ihnen nicht ungelegen kommt.«

Tito fühlte sich in die Enge getrieben, und um den Anrufer schnell loszuwerden, schlug er, ohne groß nachzudenken, vor: »Dann morgen um elf in der Piccadilly Bar, auf dem Corso.«

»Ich bin ganz leicht zu erkennen mit meinen vielen Fotoapparaten. Auf Wiedersehen.«

Tito wandte sich wieder seinen Blumenbeeten zu und ärgerte sich, weil er sich von dem forschen Mann hatte überrumpeln lassen. Jetzt fand er an allem etwas auszusetzen: Die Geranien waren nicht so gestutzt, wie sie hätten sein sollen, die Beeteingrenzungen der Fettpflanzen waren unkenntlich, die Mulden der Rosenstöcke trocken und die Jasminbüsche am Verdursten. Er beschloss, eine unterirdische Bewässerungsanlage installieren zu lassen, doch nicht einmal dieser Gedanke vermochte ihn aufzuheitern: Wochenlang würde dann Chaos in seinem Garten herrschen.

Mariola war zu Bett gegangen. Tito vertrat sich noch die Beine und genoss das nächtliche Ritual der letzten Zigarre. Er plante im Geiste das Bewässerungssystem und bedachte weitere anstehende Arbeiten: die Ziegelsteine längs der Alleen in Reih und Glied bringen, die Steinsitze aufrichten, die Pergola verlängern. Er wandte sich um, und sein Blick weilte voller Stolz und Gefälligkeit auf der Villa. Im Vorjahr war sie neu verputzt worden und trug jetzt wieder ihre ursprüngliche Farbe, Ocker; das sanfte Licht des Vollmonds umspielte sie und hob die Arabesken der lasierten Ziegel hervor, die Türen und Fenster einrahmten und sich, einer Bienenwabe ähnlich, zu einem Muster vor dem Fenster der *Stanza di Nuddu* oben in dem kleinen Turm zusammenfügten, beinahe wie ein Fenstergitter. Titos Blick folgte den fließenden Formen des schmiedeeisernen Geländers und wurde nicht müde, die Eleganz der modernistischen Architektur zu bewundern.

Die Fensterläden von Danas Zimmer im dritten Stock waren nur angelehnt. Er warf den Zigarrenstummel auf die Erde und schlich eilig die Dienstbotentreppe hinauf.

Tito beendete die Feierlichkeiten zu seinem Geburtstag zwischen den groben Betttüchern der Rumänin.

2.

Eine ungewöhnliche Begegnung

»Ich habe keinen richtigen Vater gehabt:
Ich bin unehelich geboren …«

Tito hatte mit einundzwanzig Jahren, als er heiratete, die Villa verlassen. Von dem Zeitpunkt an bis zum achtzehnten Geburtstag von Elisa, ihrer jüngsten Tochter, hatten er und Mariola in Palermo gelebt, damit ihre Kinder gute Schulen besuchen und die Annehmlichkeiten des städtischen Lebens genießen konnten. Tito pendelte zwischen Palermo und dem Städtchen, das nach dem Krieg beträchtlich gewachsen war. Unter der Führung des Vaters kümmerte er sich um die Verwaltung des Familienvermögens, das aus Landbesitz, Immobilien und vor allem aus der Pastafabrik bestand. Was sie von den anderen wohlhabenden Familien in der Gegend unterschied, war die Distanz, die sie zu ihren Mitmenschen hielten: Nur selten gaben sie Empfänge, und sie verkehrten nicht in öffentlichen Lokalen, nicht einmal ein Restaurant besuchten sie. Tito hatte nie wirklich Zugang zum Gesellschaftsleben des Dorfes gefunden, und doch fühlte er sich nicht als Ausgeschlossener. Nicht so an jenem Morgen, als er auf dem Weg zur Piccadilly Bar war, in die er bislang noch keinen Fuß gesetzt hatte.

Die Piccadilly Bar – niedrige Tischchen, Ledersessel, Hintergrundmusik, Fotografien an den Wänden – war ein Treff für junge Leute. Als Tito eintrat, war ihm sofort unwohl in seiner Haut. Er bestellte ein Glas Mineralwasser und blieb am Tresen stehen: In seiner absolut unpassenden Kleidung – grauer Anzug mit Krawatte im englischen Militärstil – spürte er die Blicke aller auf sich gerichtet.

Er entdeckte ihn sofort. Hochgewachsen, helles schulterlanges Haar, Schlapphut aus Kattun, Safarijacke, das Leinenhemd auf der Brust offen, verschiedene Fotoapparate über der Schulter ... Trotz allem war Dante Attanasios Äußeres kein Schlag ins Auge, sondern passte auf ganz natürliche Weise zum Stammpublikum der Piccadilly Bar.

Dante duzte ihn von Anfang an, als wären sie alte Freunde. Er redete viel und auf angenehme Weise, vor allem aber benahm er sich, als wäre er der Einheimische: Er wählte die Aperitifs aus und kam Tito beim Bezahlen zuvor, was dessen

Gefühl des Deplatziertseins noch verstärkte; verlegen ließ er ihn gewähren. Dante arbeitete für ein Reisemagazin; er hatte beschlossen, einen längeren Arbeitsurlaub in Sizilien zu verbringen, und war in Begleitung einer russischen Freundin, die später zu ihnen stoßen würde. Tito war von der Jovialität des Mannes in Bann geschlagen und fing an – der Alkohol trug einiges dazu bei –, lockerer zu werden.

Dante hegte seit Längerem den Wunsch, die Insel zu besuchen, häufig hatte seine Mutter ihm von Rachele erzählt. Sie waren Busenfreundinnen gewesen und hatten sich über einen längeren Zeitraum geschrieben; dann hatte sich ihr Kontakt in den Wirren des Krieges verloren. Die Mutter hatte ein sehr bewegtes Leben geführt, hatte auf mehreren Kontinenten gelebt und als Drehbuchautorin für den Film gearbeitet. »Ich glaube, sie hat danach keine engeren Freundschaften mehr gepflegt«, sagte Dante, »und es war ihr Herzenswunsch, Rachele ihrer beider Briefwechsel auszuhändigen. Ich habe die Briefe, als sie im vergangenen Jahr starb, bei ihren Unterlagen gefunden.« Jetzt wollte er sie, Rachele, endlich kennenlernen. Es war ein Glücksfall, dass er Tito aufgespürt hatte: Drei Personen mit Titos Nachnamen hatte er angerufen, und die letzte hatte ihm endlich die richtige Adresse genannt.

Tito schauderte es bei dem Gedanken, dass Dante mit seinen Namensvettern über die Tante und seine Familie gesprochen haben könnte. Trotz allem war ihm der Mann sympathisch. Er ließ sich zu einem zweiten Aperitif einladen und erzählte von der Tante, aber nur, dass sie unverheiratet sei, immer bei ihrer Familie gelebt habe und die Gegenwart fremder Menschen nicht schätze.

»Ich habe meine Mutter sehr verehrt«, sagte Dante, »und will ihr diesen Wunsch unbedingt erfüllen. Ich habe keinen richtigen Vater gehabt: Ich bin unehelich geboren …«

Tito wusste nichts darauf zu sagen. In diesem Augenblick betrat Irina die Bar.

Sie war eine von jenen Personen, die durch ihre bloße Erscheinung einen ganzen Raum erfüllen. Sie war eine Schönheit, doch der eigentliche Grund für ihre auffallende Wirkung waren ihr Gang und ihre Ausstrahlung. In dem einfachen Pulli und den langen Hosen hätte sie vor den wesentlich jüngeren, perfekt geschminkten und nach dem letzten Schrei gekleideten Mädchen, die das Lokal bevölkerten, eigentlich eine schlechte Figur abgeben müssen. Im Gegenteil aber bestach sie durch ihre Klasse. Das allgemeine Geschwätz ebbte ab, und aller Augen hefteten sich auf sie. Flüsternd setzten die jungen Leute ihre Unterhaltung fort, doch das Flüstern hielt nicht lange vor: Die Stammkundschaft der Piccadilly Bar machte nun einmal gern Lärm.

»Ist das der Neffe der Freundin deiner lieben *Maman,* der Besitzer des Turms, von dem du mir so viel erzählt hast?«, fragte Irina und setzte sich. Noch im Bann der Unterhaltung mit Dante und Irinas slawischem Charme erlegen, versprach Tito, sie am nächsten Tag nach Torrenuova zu führen.

Am Mittagstisch erzählte er seiner Frau von dieser Begegnung. Das war etwas ganz Ungewöhnliches, denn Tito hielt sich von fremden Menschen sonst immer fern. Mariola jedoch war nicht wissbegierig. Sie waren seit beinahe vierzig Jahren verheiratet und, wie sie ihren Töchtern immer wieder erklärte, nach den ersten fünf Ehejahren gab es außer dem Nachwuchs nicht mehr so viele gemeinsame Themen; so hörte sie ihm nur beiläufig zu. Erst als Tito auf Irina zu sprechen kam, war sie mit einem Mal ganz Ohr.

»Vielleicht war die Russin die Pflegerin der Mutter?«, unterstellte sie kühn.

»Was sagst du da? Sie ist eine Dame, eine sehr schöne und äußerst respektable Frau«, erwiderte er.

Mariola beruhigte sich und war erleichtert.

Bis vor wenigen Monaten war Tito Mariola treu gewesen, was ihn keinerlei Opfer gekostet hatte, auch wenn ihr Intimleben seit Jahrzehnten ruhte. Der Vater hatte ihm eingeschärft, wie wichtig ein unauffälliger Lebenswandel ist.

»Man darf kein Aufsehen erregen und nicht von sich reden machen, weder im Guten noch im Schlechten«, hatte er ihm immer wieder nahe gelegt. Die Tante war da viel direkter gewesen. »Das beste Wort ist das Schweigen, und das beste Tun ist das Nichtstun.« Tito wusste nur allzu gut, dass Fremdgehen in einem Provinzstädtchen nie ein Geheimnis bleibt, doch wegen des Techtelmechtels mit Dana – sie war es ja, die ihn lockte – machte er sich kein Kopfzerbrechen, und seine Schuldgefühle verflogen im Nu: Er war überzeugt, dass die Rumänin niemanden kannte, dem sie davon erzählen könnte, und er war stolz auf seine wiedererstarkte Männlichkeit.

Irina hatte seine Phantasie beflügelt. An diesem Abend nahm er die Diensttreppe gleich zwei Stufen auf einmal und hatte nur Irina im Kopf, als er sich mit feuriger Begierde auf Dana stürzte. Aber nicht allein davon war die Rumänin überrascht. Für gewöhnlich taten sie es schnell und schweigsam. Er öffnete den Mund nur, um das nächste Treffen zu vereinbaren, und sie, um ihm zu verstehen zu geben, womit er sie für ihre Dienste entlohnen könnte: Sie deutete an, was sie sich kaufen wollte und was es kostete. Tito gab ihr dann die gewünschte Summe, aber nicht jedes Mal.

Während Dana sich wieder ankleidete, überkam ihn plötzlich die Neugier: »Welcher Arbeit bist du in deinem Lande nachgegangen?«, fragte er.

»Ich habe in einer Konditorei gearbeitet, ich kann sehr gut Torten und viele andere Süßspeisen machen …«, erklärte sie und empfand seine Frage als einen ersten Schritt hin zu einer festen Beziehung. Sie fuhr sich mit den Händen durchs offene Haar und drehte es, ohne zu wissen, warum, instinktiv zu einem Knoten, so wie die Tante ihn trug.

Mariola lag wach im Bett und wartete auf ihn. Sie dachte an ihre Familie und an Irina. Noch eine Ausländerin. Sie fühlte sich bedroht und wollte ihn warnen.

»Heute Abend bist du aber lange bei der Tante geblieben«, bemerkte sie.

Tito gab keine Antwort.

»Ich habe mich gefragt, ob die Tante ihn kennenlernen will, diesen Fotografen. Was hat sie dir denn gesagt?«, fuhr Mariola fort.

»Darüber haben wir nicht gesprochen.« Tito war schläfrig.

»Aber du warst doch *ziemlich lange* bei ihr!«

»Du weißt doch, dass sie trotz Hörgerät schlecht hört, wenn Durcheinander herrscht, und sie vergisst alles wieder. Ich habe ihr alles, worüber wir gestern auf meinem Fest gesprochen haben, noch einmal bis in alle Einzelheiten erzählen müssen.«

»Wie du meinst …«, entgegnete Mariola knapp und knipste das Licht aus.

Unter der Decke überkam Tito große Unruhe. Die Vorstellung, mit Dana brechen zu müssen, war ihm zuwider. Gegen die Müdigkeit ankämpfend, ging er zum Angriff über: »Tatsache ist doch, dass du viel zu viel Zeit mit deinen Töchtern und den Enkeln verbringst und der Tante kaum Gesellschaft leistest. Ich bin es, der ihr alles sagen muss, und das ist nicht einfach!«, platzte er heraus, ohne sich seiner Frau zuzuwenden.

»Sie unterhält sich am liebsten mit ihrer Rumänin«, hielt Mariola, schon im Halbschlaf, ihm entgegen.

Tito blieb stumm.

»Und da ist sie nicht die Einzige!« Mariolas Stimme klang jetzt schrill. Mit diesem Schlusswort hatte sie ins Schwarze getroffen, und wie! Sie lockerte das Kopfkissen auf und gab sich dem Schlaf der Gerechten hin.

3.

Torrenuova

»Dieser Ort erregt die Sinne,
wie ich es noch von keinem erlebt habe.«

Die Tante war ihrem Bruder immer aufs Engste verbunden gewesen, und seit er sechzehn Jahre zuvor gestorben war, hatte sie sich stets geweigert, die Villa zu verlassen. Sie lebte darin wie eine Gefangene. Tito, dem Willen des Vaters ergeben – »Unter keinen Umständen darfst du die Tante jemals allein lassen, du und ich, wir verdanken ihr alles« –, hatte von da an auf seine traditionelle Sommerfrische auf Torrenuova verzichten müssen. Das bekümmerte ihn sehr, denn mit jenem Landgut verbanden ihn schöne Erinnerungen. Trotzdem hatte er das Anwesen renovieren lassen, und die Tatsache, dass seine Kinder abwechselnd einen Teil ihrer Ferien dort verbrachten, war ihm ein Trost.

Seine Liebe zu Torrenuova war grenzenlos. Das Ackerland war eine lang gezogene, mit Korn bewachsene Fläche, die auf dem Grat steil über dem Meer begann, sich wellenförmig landeinwärts ausbreitete und bis zu den Hängen der kahlen, felsigen Hügel reichte. Das Wohngebäude schloss den Turm aus dem sechzehnten Jahrhundert mit ein, der sich hoch oben auf einem vorgelagerten Hügel zwischen zwei Buchten erhob. Darüber ragte eine schwarze Felsenwand auf, aus deren Gesteinsrissen dürre Wildginsterbüsche – sich mit den Wurzeln an den Felsnasen festklammernd –, Kapernpflanzen und allerlei Unkraut wuchsen. Die ganze Küste, so weit das Auge reichte, gab ein ähnliches Bild ab: eine gewaltige gelbe Hochebene, die steil auf unzugängliche strahlend weiße kleine Sandbuchten abfiel. Das Wohnhaus von Torrenuova thronte hoch oben über Erde, Sand und Meer.

Sie standen auf der Terrasse. Dante und Irina waren bis zum Geländer gegangen, Tito war im Schatten der Pergola zurückgeblieben.

Die Sonne stand im Zenit. Es war heiß, kein Lüftchen wehte. Das Zirpen der Zikaden schwoll an zu einem gewaltigen Grollen. Die Wellen leckten kaum hörbar ans Ufer.

Spiegelglatt und verlassen war das Meer in der Stunde seines größten Glanzes. Der Sandstrand fiel sanft unter der Wasseroberfläche ab. Die Halbmondbuchten unterhalb von Torrenuova glichen zwei unvollendeten Regenbogen, die in wundervoll zarten Farben – Aquamarinblau, Hellgrün, Himmelblau, Smaragdgrün – hingepinselt waren. Danach färbte sich das Meer über rund hundert Meter in ein kräftiges Azurblau. Ein kristallklarer Wasserstreifen, überzogen von einem Hauch Himmelblau folgte der Küste wie ein glänzendes Band: Das war der Widerschein des Himmels auf der kilometerlangen Sandbank unter Wasser, an der einst die feindlichen Segelschiffe gestrandet waren. Durch die Sandbank war die Küste uneinnehmbar. In der Ferne wechselte das Meer wieder zu Aquamarin, hellem Azurgrün, Dunkelazur und am Horizont

Tiefblau: das Meer von Afrika. Der Himmel, rein und hoch, war wolkenlos.

Dante hatte sich umgewandt. Wenige Schritte von Tito entfernt hielt er inne und deklamierte mit Emphase:

»Lass der Fantasie stets ihren Lauf,
der Genuss ist doch an einem andern Ort;
und löst sich bei bloßer Berührung lieblich auf
wie Blasen, wenn der Regen niederprasselt;
lass sie also schweifen, die geflügelte,
um des Gedankens willen, der sich vor ihr ausbreiten mag;
reiß das Tor zum Käfig deines Geistes auf,
du wirst sehen, fliegend wird sie himmelwärts aufsteigen.«

Mit einer letzten melodramatischen Handbewegung verstummte er. »Das stammt aus einem Brief von Rachele«, sagte er, wie um sich zu rechtfertigen.

»Schön«, sagte Tito und fügte hinzu: »Im Internat gab es einen Lehrer, der mich ermutigte, Gedichte zu schreiben. Leider war ich nie so gut wie sie. Wollen wir in den Garten gehen?«

Ehrwürdige Gärten bedürfen oft kaum der Pflege; in der Verlassenheit finden sie ihr natürliches Gleichgewicht und nehmen eine ganz eigene Identität an. Große Steinmauern schützten den Garten von Torrenuova vor den Windstößen und dem Salzgehalt der Luft. Hohe, üppige Meerespinien bildeten eine wohlriechende Kuppel über der mittleren Allee, die in der Rundterrasse eines Gartenpavillons endete. Die schmiedeeiserne Struktur war verborgen unter einem Mantel aus unzähligen Ackerwinden. Aus dem Innern der Kuppel und von den Seitenbögen hingen hier und da Büschel violetter Glockenblumen. Einige hatten sich zu dichten Blätter- und Blütenkolonnen verflochten, die über den Boden krochen und sich in der Feuchtigkeit zersetzten.

Ein anderer Teil des Gartens war vor Zeiten durch geometrisch gezogene Gartenwege unterteilt worden, die wiederum die Beete mit den verschiedenen Pflanzen voneinander trennen sollten: Es gab sehr viele Kakteen, die in der trockenen Hitze kräftig wuchsen. Doch sie begnügten sich nicht, Herrscher in ihrem Territorium zu sein, und waren über die Begrenzungen hinausgewachsen, in die Nachbarbeete vorgedrungen, hatten die niedrig wachsenden Pflanzen erdrückt und das Buschwerk stranguliert. Andere Pflanzen waren ihnen, anmaßend und bedrohlich, auf ihrem Weg gefolgt. Der Kampf um die Vorherrschaft hatte in einem Waffenstillstand zwischen den Siegerfamilien, den Kakteen und den Agaven, geendet; von den ursprünglichen Begrenzungen der Beete fehlte jede Spur.

Die grünen Riesen hatten sich in feindseliger Symbiose zu einem immensen Geflecht verschlungen und bildeten ein grandioses Zeugnis von Krieg und Frieden. Die toten Agavenblätter klammerten sich inmitten der lebenden noch immer an die Pflanzen. Verfaulte Stelen hingen von den Kakteenleibern wie Spieße, die ins Fleisch gebohrt wurden. Tote Vögel, in unversehrtem Federkleid, waren auf den Stacheln aufgespießt.

Hie und da waren Reste der Kolonien der ersten Invasoren zu erahnen. Inmitten der Agaven erhoben sich zylindrische Kakteenstämme, die sich in einen verfallenen Aussichtsturm drängten. Kugelkakteen mit scharfen Stacheln, pyramidenförmig eine an die andere gelehnt, bildeten eine geschlossene Einheit. Umhüllt von Spinnweben, glichen sie Insektennekropolen.

Es herrschte Leben in diesem Pflanzeninferno. Aus der dichten *macchia* wuchs eine todgeweihte Agave. Ihre Blätter waren noch fleischig, einige waren dunkelgrün, andere weißgesprenkelt, wieder andere hatten gelbe Ränder und helles Grün in ihrer Mitte. Die Aloen waren flachgedrückt, aber nicht ausgerottet, und drängten aus jeder Spalte und Lücke hervor, sie standen in voller Blüte. Die Blütentrauben der kleinen roten Lilien auf dünnen Stängeln verliehen dem Dornen- und Stachelgestrüpp eine gleichmäßige Schönheit.

»Alles ist so geblieben, wie es einmal war. Nach seinem Abschied vom Militär hat sich mein Vater intensiv um den Garten gekümmert. Einmal im Jahr hat er die trockenen Äste, so weit die Forstarbeiter vordringen konnten, entfernen lassen«, erklärte Tito und entließ Dante und Irina in den Garten.

Er folgte ihnen aus der Ferne und erfreute sich an ihrer stillen Bewunderung.

Dante und Irina waren jetzt unter der Pergola. Tito kam näher; halb verborgen von den Hängearmen der Winden entdeckte er sie. Irina stand mit dem Rücken zu Dante. Sie tat einen Schritt zurück und lehnte sich an seine Schulter; dann drehte sie sich um und sah ihm in die Augen: »Dieser Ort erregt die Sinne, wie ich es noch von keinem erlebt habe«, sagte sie. Und mit dem ausgestreckten Zeigefinger fuhr sie sanft über seinen Hals und zeichnete die Säume des auf der Brust offen stehenden Hemdes nach. Er ergriff ihre Hand, bog auch die anderen Finger, einen nach dem anderen, auseinander und drückte einen innigen Kuss in die Handfläche. »Ich bin ganz deiner Meinung«, und verzehrend langsam, jeden einzelnen Finger einknickend, schloss er ihre Hand wieder. Dann packte er sie am anderen Handgelenk, drehte sie wie in einer Tanzfigur zu sich und schlang seine sehnigen Arme um sie; so verweilten sie, in rhythmischer Bewegung aneinander gepresst, und Dantes verschlungene Hände ruhten auf Irinas Unterleib wie eine nach unten verrutschte Gürtelspange.

Tito war unfähig, seinen Blick von den beiden zu lösen: Schritt für Schritt drangen sie jetzt in die feuchte Finsternis im Innern der Pergola vor. Dem Erdboden entströmte ein stechender, betäubender Fäulnisgeruch. Tito musste sich entfernen; ziellos streifte er im Garten umher, schmerzerfüllt und erregt.

Er fand sich an einem sonnigen Fleckchen wieder. Die Blüten der Hibiskussträucher erschienen wie rosa Stofffetzen, die sich an knotigen und fast entlaubten Ästen verfangen hatten. Die Stämme der Akazien waren unter der Gluthitze schuppig aufgeplatzt, doch die Äste waren blütenbedeckt. Tito lehnte sich an einen Baum und sah in die Höhe: Üppig und golden hob sich die Kuppel aus Blütentupfern gegen den sonnigen Himmel ab.

Sein Handy klingelte.

»Ich wollte dich an Titinos Schulaufgabe erinnern. Können wir heute Nachmittag vorbeikommen?« Das war Vanna.

»Ich bin auf Torrenuova, ich habe Besuch«, sagte Tito ruppig.

»Ich weiß. Grüß mir Dante und Irina.«

Tito presste die Lippen zusammen und ballte so heftig die Faust, dass sich ihm die Fingernägel ins Fleisch gruben.

Dante war näher gekommen und beobachtete ihn. »Reg dich nicht auf.« Irina folgte ihm träge. »Einfach zauberhaft, dieser Ort. Meinen Glückwunsch. Darf ich hier fotografieren?«

Tito war ein leidenschaftlicher Amateurfotograf und hatte den Garten schon zu jeder Tages- und Nachtzeit fotografiert.

Aus Furcht, sich eine Blöße zu geben, hatte er nicht gewagt, dieses Thema schon früher anzuschneiden; jetzt aber, von Dante ermutigt, zeigte er ihm seine Lieblingsplätze und wagte sogar, Empfehlungen auszusprechen. Dante schätzte sie ganz offenkundig, und das wiederum verschaffte ihm große Befriedigung.

Auf der Heimfahrt schlummerte Irina, sich wohlig räkelnd, auf dem Rücksitz. Tito betrachtete sie im Spiegel. Er begehrte sie glühend. Beschämt ließ er seinen Blick über die Felder streifen. Als er wieder in den Rückspiegel sah, war da ein anderes Gesicht, umrahmt von kastanienbraunem Haar und mit einem Haarknoten, den der Wind zerzaust hatte. Er war noch ein Kind, und auf der Ladefläche des Jeeps seines Vaters saß die Tante und klammerte sich an der Seitenwand fest, denn immer wieder wurde sie fast von ihrem Sitz gerissen. Sie lächelte, vielleicht lachte sie sogar, den Busen in ein mit kleinen Schmetterlingen bedrucktes Kleid gezwängt, das in der Taille schmal geschnitten und bis zum Hals zugeknöpft war. Er hatte ein unbekanntes Kribbeln verspürt, das er heute wohl Begehren nennen würde.

Titos Blick schweifte wieder über das Ackerland. O ja, das war sein Besitz, und wäre nicht die Tante gewesen, wäre das Land anderen Leuten in die Hände gefallen.

»Warum hat Rachele nie geheiratet?«

Dante schien in seinen Gedanken lesen zu können. Tito blieb ihm die Antwort schuldig.

»Was hat sie aus ihrem Leben gemacht?« Dante ließ nicht locker.

»Sie hat mit uns gelebt, mich großgezogen. Ich glaube, das hat ihr Befriedigung verschafft«, nuschelte Tito.

»Eine leidenschaftliche Frau wie die Rachele, die die Freundin meiner Mutter war, hätte eine ideale Ehefrau abgegeben. Ich hoffe wirklich sehr, dass du ein Treffen mit ihr arrangieren kannst«, sagte Dante mit Nachdruck.

Tito erstarrte.

»Es war nicht meine Absicht, dir zu nahe zu treten. Aber ich würde sie so gern kennenlernen … Wird das jemals möglich sein?«

»Ich würde sagen, es ist eher unwahrscheinlich.«

»Also dann möchte ich dich besser kennen.«

Tito ließ den Kopf sinken.

»Und ich würde Torrenuova gern vom Meer aus sehen. Ließe sich das machen?«, fragte Irina und tippte ihm auf die Schulter.

»Das wird gehen«, versprach Tito. »Ich werde mit meinem Sohn Santi darüber sprechen. Er ist der Seemann in der Familie.«

Irina rollte sich auf ihrem Sitz zusammen. Dante zwinkerte Tito zu. »Mir fällt auf, Irina kriegt von dir, was sie will.«

»Sie ist eine faszinierende Frau.«

»Das ist wahr, eine sinnliche Slawin ist die beste Medizin gegen das Altern.«

»Davon bin ich überzeugt«, entgegnete Tito.

Nach dem Mittagessen erzählte Tito Mariola von seinem Besuch auf Torrenuova.

»Torrenuova hat Dante sehr gefallen. Er hat sogar ein Gedicht vorgetragen. Und er besteht darauf, die Tante kennenzulernen.«

»Fändest du es angebracht, sie zusammenzuführen?«

»Warum fragst du?«

»Mir scheint, dieser Fotograf stellt zu viele Fragen.«

»Im Gegenteil, er ist ein zurückhaltender Mann. Und der

Tante würde es vielleicht Freude bereiten, die Erinnerung an ihre Jahre im Internat aufzufrischen.«

»Wenn du meinst …«, brummelte Mariola kopfschüttelnd.

4.

Eine anrüchige Liebe

»Das sind Dinge, die liegen nun schon viele Jahre zurück.«

»Ich hatte eine Begegnung mit dem Sohn einer deiner Mitschülerinnen aus dem Internat, Dante Attanasio heißt er«, meinte Tito beiläufig nach den Abendnachrichten.

»Attanasio … ja, die kannte ich«, murmelte die Tante.

»Seine Mutter ist tot. Er ist recht sympathisch, Fotograf ist er und hat beruflich hier zu tun. Er würde gern deine Bekanntschaft machen.«

»Das sind Dinge, die liegen nun schon viele Jahre zurück«, beschied ihn die Tante und kam auf anderes zu sprechen.

Dana schlüpfte wieder in ihre Kleider und begann ein Gespräch. »Wie ist denn diese Russin so, die du heute durch die Gegend kutschiert hast?«

»Hast du etwa Spitzel auf mich angesetzt?«

»Nein, der *maresciallo* hat es mir gesagt.«

»Welcher *maresciallo*?«

»Der, der mir meine Aufenthaltsgenehmigung beschaffen wird, ich bezahle ihn jeden Monat dafür: Er kontrolliert uns täglich mit einem Anruf. Ich bin nicht legal hier, wusstest du das nicht?«

Tito hatte so etwas geargwöhnt: An eine solche Genehmigung heranzukommen kostete ein Sümmchen, und Mariola war in Sachen Haushaltsbudget ziemlich knauserig. Er schickte sich an, wegzugehen, doch Dana hatte noch etwas auf dem Herzen.

»Das Dienstmädchen von Santi hat mir gesagt, dass dein Sohn morgen mit der Russin eine Rundfahrt auf seinem Boot machen wird. Das muss schön sein.«

»Fürs Meer habe ich nicht viel übrig«, sagte er entschieden.

Aber Dana ließ nicht locker, schließlich hatte sie ihm an diesem Abend mehr als einmal Befriedigung verschafft.

»Torrenuova aber gefällt dir, nicht wahr? Auch deiner Tante gefällt es dort … Warum bringen wir sie nicht einmal hin?«

»Was weißt denn du?«

»Sie hat mir neulich erzählt, dass sie während des Krieges mit ihrem Liebsten dort spazieren ging. Auf der Terrasse am Meer haben sie sich gegenseitig Gedichte vorgelesen. Schön muss dieser Ort sein.«

Mit finsterem Blick drehte Tito sich zu ihr und sagte: »Du glaubst wohl, etwas zu wissen, aber in Wirklichkeit weißt du nichts! Nichts! Was wird sie dir schon erzählt haben? Du verdrehst die Tatsachen und phantasierst dir etwas zusammen. Während des Krieges hatte meine Tante wahrlich anderes zu tun, als Gedichte aufzusagen, allein oder in Gesellschaft!«

Er knöpfte seine Hosen zu und ging Türen schlagend hinaus. Dana war noch immer halb nackt, aber er hatte keine Lust mehr gehabt.

Tito traf Mariola im Bett an; sie blätterte in einer Modezeitschrift und war überrascht, ihn schon so früh zu sehen. »Wie geht es der Tante?«

»Gut. Aber sie will Dante nicht kennenlernen.«

»Das habe ich mir gedacht.«

Tito betrachtete seine Gattin. Als junge Frau war sie mit ihren Kurven und der kastanienbraunen Lockenmähne sehr attraktiv gewesen. Ihre Rundungen waren später aus der Form geraten, ihr schmales Gesicht wurde breiter und schwer, und es zeigte sich der Ansatz eines Doppelkinns. Gleichwohl achtete Mariola auf ihre Figur: Sie ging sogar ins Fitnesscenter und gab, genau wie ihre Töchter, ein Vermögen in der Parfümerie aus. Ihr cremefettiges Gesicht sah aus wie ein Gummiball.

Sie versucht, etwas für ihr Äußeres zu tun, dachte Tito und hatte Mitleid mit ihr. Und mit sich selbst.

Mitten in der Nacht erwachte Tito, ganz verklebt. Leise stand er auf und ging sich waschen. Er entdeckte Blut im Urin.

5.

Die Verkostung

»Ob Männlein oder Weiblein, ist dann gleich,
Fisch vom Nabel abwärts sind sie beide!«

Seit knapp einem Jahr konnte das Städtchen stolz sein auf seine Vorreiterrolle, denn es verfügte über das einzige Fünf-Sterne-Hotel in der Provinz. Es war mit EU-Geldern gebaut und gehörte, wie man sich erzählte, zum Besitz eines einflussreichen Politikers, der sich zur Übernahme eines Strohmanns bedient hatte, wie es in solchen Fällen üblich ist. Jeden zweiten Donnerstag im Monat bot das Hotel Sonderkonditionen für öffentliche oder private Einrichtungen an, die Verkostungen von typischen Produkten aus der Gegend veranstalten wollten.

Auch diese Initiative, die lebhaften Anklang gefunden hatte, ging auf Vanna zurück. Sie war für die Öffentlichkeitsarbeit zuständig.

Der Hoteldirektor war begeistert; er wollte sich bis in alle Einzelheiten um die Organisation kümmern und mit ausgesuchten Festdekorationen und Veranstaltungen für die Unterhaltung der Gäste sorgen. Die letzte Verkostung zum Thema »Schafskäse« hatte im April stattgefunden; eine öffentliche Körperschaft und eine Feinschmecker-Zeitschrift waren als Sponsoren aufgetreten. Blöken und Meckern waren zu hören: Eine Prozession von Hirten – mit Beinstulpen aus Ziegenleder, Sandalen, Kappen mit Bändern und Dudelsack, wie es dazugehörte – war zusammen mit einer kleinen Ziegenherde in den Garten gekommen. Einige machten Musik, andere molken die Tiere und luden das Publikum ein, von der lauwarmen, schaumgekrönten Milch zu kosten. Inmitten der Menschenmenge waren den Hirten zwei verschreckte Ziegen davongelaufen: sie stoben über die Gartenwege, sprangen in die Beete, zertrampelten Blumenrabatten, versuchten, auf Olivenbäume zu klettern, und knabberten an den zarten Blättern, wobei sie die Urnen aus Terrakotta umwarfen, die an den Baumstämmen lehnten. Eines der Tiere war sogar – wie, blieb ein Rätsel – auf die Terrasse gelangt, wo die Verkostung stattfand, und hatte für große Aufregung gesorgt. Der Direktor hatte seinen Spaß gehabt, die Gäste weniger.

An diesem Donnerstag fand eine Weinverkostung statt; dazu hatte man ein Tableau vivant des Bacchus von Caravaggio geplant, das auf einem sizilianischen Karren von einem Shetlandpony auf die Terrasse gezogen werden sollte. Von diesem Plan hatte der Direktor erst dann abgelassen, als er nirgendwo einen prächtigen jungen Mann mit Lockenkopf finden konnte, der sich für die Verkörperung des Weingottes eignete. Er hatte

Vanna gefragt, ob nicht ersatzweise eine Frau mit hautengem Body, der den Busen plattdrückte, auftreten könne: Eine geeignete Person habe er bereits im Kopf. Vanna war entschieden dagegen: die Mitglieder des Rotary hätten so etwas nicht goutiert.

Der Direktor hatte nicht darauf bestanden, sich aber vorgenommen, bei der Verkostung im Juni geschickter vorzugehen: Das Thema lautete dann »Meeresfrüchte«; dazu würde er Meerjungfern finden, hatte er ihr erklärt, und in herausforderndem Ton hinzugefügt: »Ob Männlein oder Weiblein, ist dann gleich, Fisch vom Nabel abwärts sind sie beide!«

Unter luftigen weißen Zelten waren damastgedeckte Tische aufgestellt, die Terrasse war voller Menschen, und die Clubmitglieder des Rotary mengten sich unter die wenigen Hotelgäste, die zur Verkostung geladen waren.

Frauen waren erst seit Kurzem zugelassen, und Teresa war eines der ersten weiblichen Clubmitglieder: Santi hatte ihr gut zugeredet, diesen Schritt zu wagen – schließlich saß sie doch im Vorstand der Pastafabrik –, und stand nun beschützend an ihrer Seite. Die dunkel gekleideten Rotarier mit dem Clubabzeichen im Knopfloch zeigten kein besonderes Interesse an den Weinen, die ihnen kredenzt wurden. Sie zogen es vor, sich den Bauch voll zu schlagen mit Mignonpizzas, Wurst und Schinken, Käse sowie dem immergleichen Frittierten – Kartoffelkroketten, Kichererbsenküchlein, Zucchiniblüten und Broccoli im Teigmantel. In einer Region, die auf den Qualitätssprung ihrer Weinproduktion zu Recht stolz sein durfte, zogen die Einheimischen das Essen dem Trinken vor. Männer, gekleidet in teure Designeranzüge, mit passenden Luxuskrawatten, mit schweißnassen, groben Gesichtern, umringten Irina; in den Augen stand die nackte Gier nach Sex und Macht.

Das Durchschnittsalter lag bei sechzig, und für diese Männer – und nicht nur für sie – stellte eine faszinierende fremdländische Frau noch immer eine seltene und unwiderstehliche Versuchung dar. Sie hörte sich die Komplimente an – keines davon verriet auch nur eine Spur von Weltläufigkeit – und ließ von Zeit zu Zeit ihren Blick zu den jungen Kellnern schweifen, die kerzengerade in geschlossener Formation hinter den Tischen standen. Es waren prächtige Burschen; in ihren meerblauen Uniformen mit vergoldeten Kordeln und einer Doppelreihe blinkender Messingknöpfe sahen sie aus wie Offiziere aus dem Schlaraffenland. Sie erwiderten ihren Blick mit heiter-ironischer Begehrlichkeit.

Dante hatte sich nach dem Begrüßungsritual auf die Terrasse zurückgezogen. Am Horizont glitt ein Fischkutter vorüber, einem Blatt in der Strömung gleich. Das Kielwasser zerpflügte den ruhigen azurblauen Meeresspiegel. Das Himmelslicht blendete. Er ahnte, was das Wesen einer Insel ausmachte: die Gewissheit der Grenzen, die verwundbaren Stellen, die dicht gewobene Einsamkeit.

Santi lehnte am Geländer. Schweigend folgte sein Blick der Route des Fischkutters.

»Ich habe dir noch nicht erzählt, dass mein Interesse für euer Land auch durch meine Gouvernante geweckt wurde: Sie war die Mademoiselle von Rachele. Voller Sehnsucht erzählte sie mir immer vom Meer im Süden und von der Villa und wie sehr ihr das alles fehlte.«

»Welch seltsamer Zufall, die Begegnung zwischen deiner Mutter und der Tante im Internat.«

»Keineswegs. Bevor Mademoiselle zu euch kam, stand sie im Dienst einer entfernten Cousine meiner Mutter, einer russischen Gräfin, deren Familie während der Revolution ums Leben kam. Sie war es, die für Rachele jenes Internat empfahl, das auch die Mädchen meiner Familie besuchten. Es war ein fortschrittlich geführtes amerikanisches Internat. Mich wundert, dass dein Urgroßvater der Empfehlung von Mademoiselle entsprochen hat. Mir ist zu Ohren gekommen, dass er Faschist und ein sehr traditionsverpflichteter Mann war.«

»Vielleicht war er sich nicht im Klaren darüber, wie die Dinge dort wirklich standen.«

Teresa war näher gekommen und hatte Fetzen ihres Gesprächs gehört. »Das glaube ich nicht. Die Tante hat mir erzählt, dass ihr Vater Mademoiselle sehr geschätzt habe. Viele Jahre haben sie gemeinsam verbracht, und in Racheles Zeit in Rom war sie Teil der Familie geworden. Ich dachte, sie hätte Rachele verlassen, um sich auf ihr Altenteil zurückzuziehen und zu ihrer Familie zurückzukehren. Seltsam, dass sie nicht geblieben ist, um für Papa zu sorgen, und stattdessen zu euch gekommen ist …«

»Vielleicht wusste sie nicht …«, meinte Santi, ohne sich umzudrehen.

»Euer Vater und ich, wir sind fast gleich alt«, sagte Dante leise.

»Du vergisst, dass Papa Kind einer verheirateten Frau war, die Schwangerschaft musste geheim bleiben«, erklärte Teresa. »Das hat mir die Tante gesagt.«

»Dieser verflixte Stammbaum, wie oft habe ich mir wegen Vaters Geburt den Kopf zerbrochen und mich gefragt, weshalb er eigentlich bei seinem Vater geblieben ist, anstatt adoptiert zu werden.« Santi hatte sich jetzt umgedreht und blickte die Schwester an, versuchte zu begreifen.

»Nach dem Tod des Großvaters habe ich die Tante danach gefragt«, begann Teresa. »Sie sagte zu mir: ›Mein Bruder hat mich die Worte auswendig lernen lassen, mit denen ich Tito, falls er mich je danach fragen sollte, es erklären müsste. Ich sage sie nun auch dir, lerne sie auswendig: *Dein Vater war einer Frau in tiefer Liebe zugetan, die nicht die Seine werden konnte: Alles geschah im Verborgenen. Sie hat zugestimmt, dich ihm zu überlassen, unter der Bedingung, dass sie dich bis zu deinem dritten Lebensmonat stillen dürfe.*«

»Welche Rolle spielte Rachele bei alledem?« Dante hatte sich nicht bewegt und lauschte aufmerksam.

Teresa nickte: »Auch ich habe das gefragt, und die Tante sagte mir, dass Mademoiselle sie nach dem Tod des Vaters mit in die Berge genommen hat: Es muss ein schlimmer Schock für sie gewesen sein. Dann hat der Großvater sie gefragt, ob sie ihm mit dem Säugling helfen könnte, und sie war bereit. Ich glaube, Mademoiselle war darüber nicht sehr erbaut: Vermutlich hatte sie sich für die Tante ein eigenes Familienleben gewünscht, einen Ehemann, Kinder …«

Vanna war auf der Suche nach der Schwägerin zu ihnen getreten. Sie wollte sie einigen auswärtigen Gästen vorstellen.

Gedankenverloren folgte Santi mit den Blicken seiner Frau und seiner Schwester, bis sie in der Menschenmenge verschwunden waren. Unterdes war eine Brise aufgekommen, und er knöpfte sein über der Brust offen stehendes Hemd zu. Er schob die kastanienbraune Haartolle zur Seite, die ihm über die Augen gefallen war. Mit seinem dunklen Teint und dem gut gebauten Körper wirkte Santi richtig verführerisch.

»Hat man dich jemals fotografiert?«, fragte Dante.

»Für ein Passfoto, ja«, erwiderte er sarkastisch, »aber das zählt ja nicht.«

»Vor geraumer Zeit habe ich mich mit Porträtfotografie beschäftigt, zu gern hätte ich dich im Profil fotografiert.«

»Habe ich diese Gelegenheit nun verpasst?« Ein Blinzeln mit seidigen Wimpern begleitete seine Worte.

»Diese ja.«

Genau wie Santi lehnte jetzt auch Dante am Geländer und hatte dem Panorama den Rücken zugekehrt. Er war noch immer ein schöner Mann, mit athletischem Körper, gebräunter Haut und markanten Gesichtszügen.

»Ich fotografiere nur Statuen«, sagte Santi, »niemals lebende Figuren. Das Monument der Existenz langweilt mich.«

»Erzähl mal!«

Sie sprachen miteinander und schauten über die Menschenmenge – die grünen Augen von Santi zwinkerten von Zeit zu Zeit einem Bekannten zu –, ohne dass sich ihre Blicke je kreuzten.

6.

Familienessen

»Warum hat deine Tante ihren Liebsten nicht geheiratet?«

Tito war schlecht gelaunt erwacht. Dana hatte ihn am Abend zuvor verstimmt. Während er ihr immer leidenschaftlicher zusetzte, hatte sie ihn gefragt: »Warum hat deine Tante ihren Liebsten nicht geheiratet?« Ohne ihr zu antworten, hatte er sich weiterhin an ihr verlustiert. Die Tante hätte für einen Soldaten, Freund ihres Bruders, den Kopf verloren, hatte Dana hartnäckig behauptet. Darauf war Tito in Rage geraten und hatte sie gescholten. Tapfer hatte sie sich zur Wehr gesetzt: Ihre Frage sei ehrlich gemeint und sollte keine Beleidigung sein, sie habe die Tante ins Herz geschlossen und könne sehr diskret sein: »Irina, die ja, die fragt den Leuten Löcher in den Bauch, ich aber halte meinen Mund.« Mittlerweile sah sich Dana bereits als Mitglied der Familie.

Jeden Morgen, nachdem Santi Titino in die Schule begleitet hatte, begab er sich zu seinem Vater, um mit ihm den Arbeitstag in der Pastafabrik zu besprechen. Jetzt geisterte Tito ungeduldig durchs Haus. Santi war bereits verspätet, und das regte ihn auf: Pünktlichkeit war eine der Familientugenden, sein Vater hatte sie ihm eingebläut, und er hatte es den beiden älteren Kindern weitergegeben. Bei Elisa war da nichts zu machen gewesen.

Das Telefon läutete. Es war Santi, der sich für sein Fernbleiben entschuldigte: Es hatte ein schwerwiegendes Problem in der Pastafabrik gegeben, einer der Heizkessel war total überhitzt. Sie waren nicht in der Lage, mit Hilfe der Sicherheitsvorrichtungen den Brenner abzuschalten. Seit Monatsbeginn produzierten sie Tag und Nacht, um den Bestellungen eines schwedischen Kunden nachzukommen. Der technische Direktor hatte Zweifel am korrekten Funktionieren der Thermostaten angemeldet und umgehend den Kundendienst der deutschen Herstellerfirma angefordert, die den Kessel installiert hatte; in der Zwischenzeit war er in der Pastafabrik geblieben, um die Situation zu beobachten. Um Mitternacht schließlich hatte er Santi angerufen: Es musste etwas geschehen. Santi war zu ihm geeilt. Auch andere Angestellte sowie die wenigen Fachleute, die das Städtchen aufzubieten hatte, waren bereits vor Ort. Die deutschen Techniker standen via Internet mit ihnen in Verbindung, und unter ihrer Anleitung war es dem technischen Direktor und seinem Team gelungen, den Brenner des Heizkessels abzuschalten, ihn von dem zweiten Kessel abzukoppeln und das gesamte System so zu regulieren, dass die Produktion nicht gestoppt werden musste. Das war eine äußerst knifflige Operation gewesen, voller Tücken und Gefahren. Ein Techniker saß bereits im Flugzeug und sollte am späten Nachmittag in der Fabrik eintreffen.

»Ich komme sofort. Du hättest mich rufen müssen!«, brüllte Tito.

»Ich unterrichte dich hiermit in deiner Eigenschaft als Vorstandsvorsitzender der Pastafabrik. Ich bin der *managing director*, und meine Aufgabe ist es, das Problem zu lösen«, entgegnete der Sohn.

Santi erwartete ihn vor der Tür zur Verwaltung. Tito stieg aus dem Wagen und schlug sogleich den Weg zum Eingang der Pastafabrik ein. Santi passte ihn ab; er wollte zuerst mit ihm in seinem Büro sprechen, und zwar allein.

Während sie warteten, bis der Kaffee fertig war, sprach Santi schweißüberströmt, aber ohne die Ruhe zu verlieren, via Gegensprechanlage mit seinen Mitarbeitern, tippte rasch auf der Computertastatur, las seine E-Mails und überprüfte die Karteikarten, die eine Sekretärin schweigend auf seinen Schreibtisch gleiten ließ. Tito bebte vor Wut.

Santis gerötete Augen waren auf den Bildschirm gerichtet. »Der Verkaufsdirektor und der Lagerverwalter sind seit dem Morgengrauen hier: Wenn der Heizkessel innerhalb von fünf Tagen wieder in Betrieb genommen werden kann, sind wir in der Lage, sämtliche Bestellungen der neuen Märkte abzuwickeln. Der Lagerbestand der trockenen Halbfertigmasse reicht aus, um den größten Teil der Lieferungen für die anderen Kunden auszuführen. Wir bitten um Aufschub – für Teile der Lieferungen oder für Gesamtlieferungen – und weisen darauf hin, dass alternativ Pasta eines ähnlichen Typs lieferbar ist: Wir sollten es also schaffen. Wir haben eine Explosion befürchtet. In einem solchen Fall hätte die Produktion über Wochen stillgestanden, ganz zu schweigen von den Maßnahmen seitens öffentlicher Einrichtungen, der schlechten Publicity durch die Presse und den Unglücksfällen, darunter gewiss auch schwerwiegende. Der technische Direktor hat sich heldenhaft verhalten, ich übertreibe nicht. Du solltest ihm deine Anerkennung aussprechen.«

»Hast du nun eine Erklärung für das Vorgefallene?« Tito hatte die Stimme erhoben, und bei einer gereizten Bewegung schwappte der Kaffee aus der Tasse, die man ihm gereicht hatte. »Sabotage schließe ich aus. Demnach muss sich unqualifiziertes Personal an den Sicherheitsvorkehrungen zu schaffen gemacht haben, oder es war mangelhafte Wartung oder fehlende Kontrolle. Oder alles zusammen! Begreifst du das, ja oder nein?«

»Es war noch keine Zeit für ein post mortem, aber wir verfolgen einige Spuren. Ich werde dich darüber unterrichten.« Santi war sich beinahe sicher, dass einem nicht sehr zuverlässigen Angestellten – dessen Entlassung Tito sich widersetzt hatte, weil er Sohn einer seiner alten getreuen Arbeiter war – Fehler unterlaufen waren, trotz des Weiterbildungskurses, den er im Vorjahr absolviert hatte. Doch bevor er Maßnahmen gegen ihn einleitete, mussten die Karteikarten kontrolliert werden, auf denen die einzelnen Wartungseingriffe am Heizkessel vermerkt waren, um gesicherte Daten zu haben und anschließend darüber zu beratschlagen.

Vater und Sohn hatten sich auf den Weg ins Fabrikgebäude gemacht. Die Arbeiter in grünen Overalls mit dem Firmenlogo der Pastafabrik auf der Brust taten ihre Arbeit, als wäre nichts geschehen. Tito und Santi jedoch begriffen aufgrund der Konzentration, mit der sie ihre Aufgaben schweigend und mit einem Funkeln in den Augen ausführten, dass sich alle bewusst waren, in welcher Gefahr sie sich befunden hatten, und dass sie nun alle Kräfte aufbieten mussten, um die Lieferfristen einzuhalten.

Tito fiel noch etwas anderes auf: Die ehrerbietigen, ja herzlichen Grußworte galten seinem Sohn, nicht ihm. In der Abteilung Teigtrocknung näherte sich ein älterer Arbeiter, und ihm fest in die Augen sehend, sagte er: »*Dottore*, Ihr Sohn hat sich tapfer geschlagen. Ihr Vater, Gott hab ihn selig, wäre stolz auf ihn gewesen. Meinen Glückwunsch!« Tito konnte sich eine Grimasse nicht verkneifen. Und so geschah es auch in anderen Abteilungen der Fabrik.

Jetzt befanden sie sich wieder im Freien. Santi begleitete den Vater zu seinem Wagen. Tito wäre gern in der Pastafabrik geblieben, nie hatte er aufgehört, sie als einen festen Bestandteil seiner Existenz zu betrachten. Aber er protestierte nicht, es hätte auch keinen Sinn gehabt. In dem Augenblick ging das automatisch gesteuerte Fabriktor auf, und ein kleiner Lieferwagen mit der Aufschrift: »PICCADILLY BAR. LIEFERUNGEN INS HAUS« fuhr herein.

»Aha, du feierst also den Schaden?«, sagte Tito in beißendem Ton.

»Wir feiern den überstandenen Notfall«, antwortete Santi trocken. »Heute Nacht haben wir das Personal für den Heizkessel und die anderen Arbeiter zusammengetrommelt. Es hat sich wie ein Lauffeuer herumgesprochen und viele sind herbeigeeilt, auch die, die wir gar nicht gerufen hatten. Wir haben geschuftet wie die Irren. Ich habe alle gebeten, nichts von dem Vorfall herumzuerzählen. Für die Konkurrenz wäre es ein gefundenes Fressen, um uns die Kundschaft abspenstig zu machen. Wir sind müde, und ein Schirokko kündigt sich an: Das Eis aus der Bar Piccadilly ist eine ausgezeichnete Investition!« Tito ließ den Motor an. Santi hob die Hand zum Abschied:

»Wir sehen uns beim Mittagessen. Der Mama erzählst du bitte nichts.«

Tito war wieder zu Hause und kochte immer noch vor Wut. Er vergaß sogar, dass heute der Tag war, an dem er seine Uhren aufzog. Er verkroch sich in einen Sessel und nahm die Zeitung zur Hand. Er war unfähig zu lesen. Die Wörter ergaben keinen Sinn. Die Explosion eines Heizkessels ist der Albtraum eines jeden Pastafabrikanten. Eine Katastrophe. Sie hatten Glück gehabt. Santi hatte sich ausgezeichnet verhalten, der alte Arbeiter hatte recht. Er wusste, dass sein Sohn große Fähigkeiten hatte, deshalb hatte er ihm ja die Leitung überlassen. Auch hatte er geplant, selbst ein ruhigeres Leben zu führen und sich seinen Interessen zu widmen. Aber was waren eigentlich seine Interessen? Ihm schien, als gäbe es außer seiner Pastafabrik nichts, was ihn in Begeisterung versetzen könnte.

Er fühlte sich wie ausgeleert, wie das Gehäuse einer toten Schnecke, überflüssig.

Sonia störte seine Gedanken: Signor Attanasio wünschte ihn am Telefon zu sprechen. »Sag ihm, ich ruf zurück.«

Seit sie sich zwei Wochen zuvor zum ersten Mal getroffen hatten, rief Dante häufig an. Er stellte ihm Fragen über Orte, die fotografierenswert waren – ihn interessierte die Meinung eines »Eingeborenen«, wie er ihn lachend nannte –, und dann plauderten sie über anderes. Tito gefielen diese Unterhaltungen sehr, ja, sie faszinierten ihn. Dantes Lebenslust hatte eine magnetische Anziehungskraft auf ihn; er hegte Bewunderung für den Mann. Vielleicht war auch ein Quäntchen Eifersucht mit im Spiel. Eigentlich hatte er, Tito, alles, was ein Mann sich nur wünschen konnte: eine glückliche Kindheit, eine brave Ehefrau, drei wohlgeratene Kinder und fünf Enkelchen. Er war wohlhabend – die Profite aus der Pastafabrik und die anderen

Einkünfte gestatteten ihm, sich ganz und gar seinen Hobbys zu widmen: den Oldtimern und den antiken Uhren. Er hatte auch ein Liebchen, wenn sie auch nichts Festes und eine Intrigantin war. Plötzlich aber genügte ihm all das nicht mehr. Es kam ihm banal, fast unerträglich und erniedrigend vor. Er war unzufrieden und verstand sich selbst nicht mehr.

Sonia kam mit dem Staubsauger ins Wohnzimmer. Tito ging hinaus zu den Autogaragen, die sich in den ehemaligen Reitställen befanden. Dort standen seine Oldtimer, jeder in einer separaten Box; in einer war auch eine Reparaturwerkstatt eingerichtet. Die Karosserie des Fiat 508 B stand aufgebockt über der Grube. Die Bremsen waren schwach, und der Bremsweg war zu lang: Sie mussten ausgebaut und nachgestellt werden. Tito ließ sich in die Grube hinunter und machte sich mit Sachverstand ans Werk, behutsam setzte er die alten Werkzeuge ein. Es war eine mühselige und langwierige Arbeit. Er machte Pausen und trauerte den alten Zeiten nach, als er noch imstande war, die Geräte der Pastafabrik eigenhändig zu zerlegen; seinerzeit verstand er sogar etwas von Heizkesseln. An diesem Morgen jedoch hatte er kein Wort herausbekommen, während der technische Direktor seine Handlungen erklärte: Das tat er nicht aus lauter Ehrerbietung, sondern weil Tito Mühe hatte, ihm zu folgen. Längst war er ein alter Mann und gerade noch imstande, mit altem Krempel zu spielen: Oldtimern und antiken Uhrwerken.

Auf der Suche nach dem Großvater war Titino in die Autowerkstatt geschlüpft. Am Grubenrand kamen kleine Füße und dünne Beinchen in Titos Blickfeld; so legte er den Schraubenschlüssel beiseite und hob die müden Augen. Er hatte keine Energie mehr, um sich weiter zu ärgern. Er betrachtete seinen kleinen Enkelsohn, wie er aufgeregt und ungeduldig dastand:

Schön sah er aus in seiner Schuluniform mit dem weißen Hemd, das seine sonnengebräunte Haut und seine hellen Augen zur Geltung brachte. Das hatte ihm gerade noch gefehlt: der Stammbaum!

»Der Automechaniker hat gestern den Augusta zurückgebracht: Der Wagen blinkt wie neu. Gehen wir und schauen ihn uns an«, sagte er und hievte sich aus dem Graben.

Der Augusta prunkte majestätisch in seiner Box. Die Karosserie war eierschalenfarben und beige lackiert und auf Hochglanz gebracht; es roch nach frischem Lack. Tito öffnete die Wagentür auf der Fahrerseite. Die tiefen Sitze aus hellem Leder, das Armaturenbrett aus hellbraunem Bruyèreholz und das Speichenlenkrad waren einfach unwiderstehlich: mit einem Satz sprang Titino auf den Fahrersitz und hielt, von der Sitzkante aus vorgebeugt, das Lenkrad umklammert.

Er schaltete die Scheinwerfer ein und wieder aus, hob die Schalthebel der Blinker und beugte sich aus dem Wagenfenster, um zu kontrollieren, ob sie auch funktionierten; er schaltete die Scheibenwischer an, trat auf die Pedale, rüttelte am Knüppel der Gangschaltung. Tito genoss die Bewunderung des Enkels.

»Gehört er dir ganz allein, Opa?«

»Jetzt ja. Vorher gehörte er einem Cousin deines Urgroßvaters. Als der Krieg ausbrach, hat er ihn hergeschafft, und da ist er geblieben. Weißt du, was ich als kleiner Junge mit ihm angestellt habe? Ich schlitzte das Leder der Sitze auf, kratzte mit dem Schraubenzieher den Lack ab, schraubte die Scheinwerfer ab: Ich habe den Wagen regelrecht zerstört. Dann aber, als Erwachsener, habe ich ihn wieder zusammengebaut.«

»Gehört auch der Cousin des Urgroßvaters zum Stammbaum?«

»Den können wir dort aufführen«, sagte Tito seufzend, »zusammen mit allen anderen Männern der Familie.«

»Zusammen mit allen Papas und den Mamas«, verbesserte Titino.

»Jetzt lassen wir den Motor an.« Und Tito glitt auf den Sitz neben den kleinen Jungen.

Manuel unterbrach sie in ihrem Tun: Sie wurden bei Tisch erwartet.

Hand in Hand mit dem Großvater plapperte Titino auf dem Weg zum Haus. »Und deine Mama hat dich ausgeschimpft, als du die Wagensitze aufgeschlitzt hast?«

»Ich hatte keine Mama.«

»Und wer hat für dich gesorgt?«

»Die Tante.«

»Wie eine Mama es tut?«

»Nein, wie eine Tante, eine gute Tante es tut.«

»Ich hab verstanden. Es war so wie damals, als meine Mama im Krankenhaus war und ich bei Tante Elisa schlafen musste.«

»Ganz genau.«

»Ich hatte Angst, dass sie nicht mehr heimkehrt.«

»Aber sie ist doch zurückgekommen, und jetzt ist alles wieder gut. Vergiss nie, Titino: Die Dinge kommen immer wieder ins Lot, immer«, sagte Tito, und es klang, als richtete er diese Worte in Wirklichkeit an sich selbst. Sie betraten das Speisezimmer, wo die anderen sie schon am Tisch erwarteten.

Tito zog die Gesellschaft seiner Schwiegertochter der seiner Töchter vor: Vanna war keine Klatschtante und hatte keine hochgeschraubten Ansprüche. Er kannte sie, seit sie im Alter von fünfzehn Jahren Santis feste Freundin wurde: Für ihn war sie wie eine dritte Tochter. Sie und Santi waren Kommilitonen gewesen; gemeinsam hatten sie ihr Auslandssemester absolviert. Nach dem Diplom hatte Vanna, während Santi in den Vereinigten Staaten für den MBA studierte, eine Anstellung bei einer Kongressorganisation in Palermo gefunden. Bereitwillig hatte sie auf diese Arbeit verzichtet, als es darum ging, Santi, der inzwischen ihr Ehemann war, für ein Praktikum nach Mittelitalien zu folgen; sie hatte sich auch dann nicht beklagt, als er wieder zurückwollte, um Elisa zur Seite zu stehen und die Pastafabrik im Familienbesitz zu leiten. Vanna hatte die Wohnung im Städtchen geschmackvoll und anheimelnd eingerichtet und sich gut in die Gesellschaft eingelebt, ohne ihren Stand hervorzukehren. Im Vorjahr hatte sie einen schweren Schicksalsschlag erlitten: Ihre zweite Schwangerschaft hatte einen unglücklichen Ausgang genommen; dennoch war sie nicht vor Selbstmitleid zerflossen, sondern hatte sich in die Arbeit im Hotel gestürzt.

Um bei Tisch die Spannung zwischen Vater und Sohn abzubauen, sprach sie von dem bevorstehenden Oldtimer-Rennen und von Dante und Irina, die sie einige Wochen zuvor kennengelernt hatte. Lachend erzählte sie, dass Dante glaubte, ihr Mädchenname sei eigentlich der Familienname, also der von Santi, weshalb er über ihre verwandtschaftliche Beziehung zu Tito bislang im Dunkeln geblieben war.

»Irina braucht Geld und nützliche Freundschaften. Sie möchte Reisen für russische Millionäre nach Sizilien organisieren; für dieses Projekt verfolgt sie sämtliche Wege, die sich auftun. Sie ist nicht zu bremsen«, sagte Vanna, »jeden Morgen kommt sie zu uns ins Fitnesscenter und scharwenzelt bis zur Mittagszeit dort herum; mit jedem, der ihr über den Weg läuft, will sie dann ein Schwätzchen halten und löchert die Leute mit ihren Fragen. Sie notiert sich Adressen, lässt sich in die Häuser von wem auch immer einladen und verteilt ihre Visitenkarten wie Flugblätter. Das Schöne dabei ist, sie erreicht, was sie sich in den Kopf gesetzt hat. Kommenden Monat wird sie bei einem Benefizkonzert im Garten des Hotels auftreten. Danach wird sie nach Palermo gehen und beim Fürsten von Sciali zu Gast sein.«

»Ein echtes Abenteurerleben ist das«, mischte sich Santi ein, »aber sie spielt mit offenen Karten und verstellt sich nicht. Sie versteht ihr Geschäft.«

»Ich begreife die Beziehung zu dem Fotografen nicht«, warf Mariola ein.

»Sie sind Reisegefährten, weiter nichts; später geht jeder wieder seiner Wege; so ist die Welt von heute«, sagte der Sohn, und an den Vater gewandt: »Warum ladet ihr sie nicht mal zum Essen ein?«

»Das könnten wir …«, sagte Tito, seinen Mut zusammennehmend.

»Es sind umgängliche Leute, und Mama ist eine großartige Köchin. Ihr solltet es tun, andernfalls hat es den Anschein, als wolltet ihr bewusst unhöflich sein. Bei uns und bei Piero und Teresa waren sie bereits zu Gast, mehr als einmal …«

Tito musste an sich halten, um Santi nicht anzuschreien, was er sich da herausnehme! Ihm Ratschläge zu erteilen, wie er sich zu verhalten habe! Und genauso wenig habe er ihn als »Vorstandsvorsitzenden der Pastafabrik« zu titulieren, wie er es am Morgen getan hatte. Der Patron der Pastafabrik war er, er allein. Tito. *Padrone.* Die anderen, Santi eingeschlossen, waren Angestellte, und zwar mit einem optimalen Gehalt! Tito spießte eine Kartoffel auf, die Gabelspitze pickte auf den Teller. Dann hob er den Blick zum schmiedeeisernen Leuchter, der wuchtig über dem Tisch hing. Mit einem Mal erschienen ihm die Schnörkel der zehn Arme wie schwarze Unglücksvögel mit ausgebreiteten Schwingen. »Aasgeier! Aasgeier!« Tito versenkte die Zähne in einem Stück Brot.

»Wenn dein Vater will ... Mir soll es recht sein«, sagte Mariola, denn ihren Kindern konnte sie keinen Wunsch abschlagen.

Die Töchter stießen nach dem Mittagessen zu ihnen. Elisa war mit Paketen beladen: Antonio, Vertreter für Modewaren, hatte soeben eine Sendung Seidenschals aus dem Haus eines bekannten Modedesigners erhalten, und sie hatte ein Dutzend davon mitgebracht, um sie den Frauen des Hauses zu zeigen. Mariola bot an, jeder einen Schal zu schenken, und so kamen sie im Wohnzimmer zusammen, um die Auswahl zu treffen. Tito beobachtete die Töchter aus den Augenwinkeln. Etwas stimmte nicht: Elisa war unruhig, Teresa wirkte ganz besonders niedergeschlagen.

»Ich möchte Papa überreden, Dante und Irina zum Abendessen einzuladen«, sagte Santi, als sie alle zusammen ihren Kaffee tranken.

»Sie sind wie Unkraut, sie dringen in jede Ritze ein!« Elisa strich eine Haarsträhne aus der Stirn, wie sie es immer tat, wenn sie anderer Meinung war. »Die zwei gefallen mir nicht. Sie wollen etwas von uns, auch wenn ich nicht genau weiß, was. Dante ist viel zu neugierig auf die Tante, und Irina hat sich im Ort bei den Dienstmädchen aus Osteuropa eingeschmeichelt, ganz offensichtlich, um von ihnen mehr über ihre Dienstfamilien zu erfahren: Aus welchem Grund sollte sie sonst mit denen verkehren, sie, die immer die erhabene Künstlerin und Dame von Welt herauskehrt? Meine Rumänin, die hat sie mit Fragen über uns ganz verrückt gemacht. Die Wahrheit ist, dass sie euch alle um den Finger gewickelt haben, allesamt, ohne Ausnahme.«

»Du täuschst dich. Dante macht kein Geheimnis aus seiner Absicht, die Schulfreundin seiner Mutter kennenzulernen. Was Irina angeht, nun, sie steckt ihre Nase gerne in fremde Angelegenheiten, trotzdem würde ich an deiner Stelle nicht alles, was dein Dienstmädchen plappert, für bare Münze nehmen«, widersprach der Bruder.

»Sie hat auch dich schon verhext! Die gefällt dir, gib es zu!«, kreischte Elisa. Santi aber richtete das Wort an die Mutter und schenkte der Schwester keine Beachtung mehr.

»Irina ist obendrein eine gute Pianistin«, warf Teresa ein.

»Was verstehst denn du davon, hat sie dir etwa ein Privatkonzert gegeben?« Elisa ließ auch sie nicht ungeschoren.

»Sie hat unser Klavier gesehen, sich daran gesetzt und gespielt. Wir waren alle wie verzaubert, auch Piero. Sie kommt jeden Tag zum Üben zu uns, um sich für das Konzert vorzubereiten, das sie im Hotel geben wird«, erklärte die Schwester und ließ sich nicht beirren.

»Ihr versteht ja jede Menge von Musik, ihr beide! Dein Mann wird sie mit Blicken verschlungen haben, ist dir das nicht aufgefallen?« Elisa hatte die Stimme kampflustig erhoben. Jetzt brauchte sie beide Hände, um sich die Haare aus der Stirn zu streichen.

Teresa schwieg

»Ich ziehe mal die Uhren auf«, sagte Tito und erhob sich. Titino stand auch auf: Er wollte seinen Eltern den Augusta zeigen. Mariola blieb im Kreis ihrer Töchter zurück.

Teresa strich mit gesenktem Kopf über die Fransen ihres neuen Schals.

»Nicht einmal neulich am Swimmingpool des Hotels ist es

dir aufgefallen? Piero hat sie angestarrt, und wie!«, insistierte Elisa und beugte sich zur Schwester.

»Sie wäre nicht die Einzige, die sich an den Ehemännern anderer Frauen vergreifen will.« Teresas Stimme klang verhalten; ihre Augen verweilten starr auf den kupferroten Verzierungen der Seide, und ihre Finger zerteilten die fließenden Fransen mit nervösen Bewegungen wie die einer Anfängerin, die eine Tonleiter am Klavier übt.

Elisa stand mit einem Ruck auf. Sie drückte der Mutter einen Kuss auf die Stirn, rief »Ciao!« in die Runde und ging davon, die Tasche über ihrer Schulter schaukelte im Rhythmus ihres wackelnden Hinterteils.

7.

Ein unpassender Anfall von Dankbarkeit

»Sehr schön waren die Schals deiner Tochter, auch Irina hat einen.«

Tito zog die Uhren auf – er besaß mehr als dreißig, über die ganze Villa verteilt: Tischuhren, Standuhren, Pendeluhren –, und diese Beschäftigung, die seine volle Konzentration erforderte, verschaffte ihm für gewöhnlich große Befriedigung. Er schleppte einen robusten Nussholzschemel mit, auf den er kletterte, den alten Karton festhaltend, in dem schon sein Vater Schlüssel, Handkurbeln, Schraubenzieher aufbewahrt hatte. Jeder Schlüssel war mit einem verblichenen, ausgefransten Bändchen gekennzeichnet. Tito suchte den passenden Schlüssel, öffnete den Uhrenkasten, steckte die Kurbel auf den Zapfen und begann, dem Mechanismus lauschend, zu drehen. Er kontrollierte die Gewichte und das Pendel, zählte die Sekundenschläge und starrte dabei unverwandt auf seine Armbanduhr. Wenn alles gerichtet und synchronisiert war, stieg er wieder auf den Boden und war für die Wartung der nächsten Uhr bereit.

An diesem Nachmittag jedoch hinderten ihn düstere Gedanken, sich zu konzentrieren.

Da hörte er Mariolas tippelnde Schritte im Wohnzimmer.

»Teresa kommt mir nicht ganz geheuer vor. Was hat sie?«, fragte Tito.

»Ach, ist dir das auch aufgefallen? Als wir allein waren, hat sie geweint. Piero hat seine Versetzung zum Landgericht in Pistoia beantragt, ab September.«

Tito drehte die Kurbel einer antiken Pendeluhr. Auf halber Umdrehung hielt er inne: »Was zum Teufel ist passiert?«, stieß er heiser hervor und stieg eilig vom Hocker.

»Der Untersuchungsrichter hat die Ermittlungen im Skandal bei den EU-Finanzierungsfonds für die Berufsausbildung junger Menschen abgeschlossen: Der Prozess wird im September beginnen. Für Piero ist das höchst peinlich. Er wurde sogar bedroht, und er hat Angst. Er will unbedingt von hier wegziehen.«

»Der Schwachkopf!«, brummte Tito.

Mariola sah ihn verdutzt an. Er ließ sich auf einem Sessel nieder, den Karton auf den Knien, die Arme hingen schlaff an den Seiten, er war untröstlich: Eine Tochter in der Ferne war eine verlorene Tochter.

»Falls du mehr darüber wissen willst, komm nachher ins Schlafzimmer. Ich muss mich jetzt hinlegen.« Und mit diesen Worten verließ Mariola den Raum.

Tito war viel zu angespannt, um das erforderliche Fingerspitzengefühl für die bevorstehende Arbeit aufzubringen. Den

Schwiegersohn, diesen Weiberhelden, hätte er eigenhändig erwürgen können! Dennoch war ihm diese Heirat als eine glückliche und vernünftige Entscheidung vorgekommen. Überdies sollten Piero und Teresa ja im Städtchen wohnen bleiben, da die Provinzhauptstadt und das Gericht nur eine halbe Autostunde entfernt waren. Es hieß, er würde die Universitätskolleginnen belästigen, die er im Auto mitnahm, wenn er übers Wochenende nach Hause fuhr, aber Tito hatte diesem Gerede wenig Bedeutung beigemessen. »Jugendlicher Leichtsinn«, hatte er gedacht. Tatsache war, dass Piero sich als höchst anspruchsvoller und nerviger Ehemann herausgestellt hatte. Alles musste immer und haargenau so geschehen, wie es dem Herrn genehm war. Als verliebte und unterwürfige Frau hatte Teresa zugelassen, dass er sich als ihr Gebieter aufspielte und womöglich nebenher andere Frauen hatte. Trotz allem hatte Piero auch seine guten Seiten: Er kümmerte sich eifrig um die Erziehung der Töchter, hatte Teresa auf seine Weise gern und stand im Ruf, ein unbestechlicher und tüchtiger Richter zu sein.

Tito wusste nur wenig über das Eheleben seiner Kinder. Mariola erzählte ihm viel zu oft und ausführlich darüber, sodass er es sich zur Angewohnheit gemacht hatte, gar nicht mehr zuzuhören. Als er ins Schlafzimmer kam, lag sie im Morgenrock auf dem Bett. Ohne den Kopf von den Kissen zu heben, wiederholte sie, was sie, wie sie behauptete, bereits gesagt hatte. In der Vergangenheit hatte Piero eine Liaison mit einer entfernten Verwandten gehabt, die als Lehrkraft mit Zeitvertrag in der Bildungseinrichtung arbeitete, die nun Gegenstand der Ermittlungen der Staatsanwaltschaft war: Es ging dabei um Unterschlagung von EU-Geldern, Bilanzfälschungen, nicht durchgeführte Kurse und fiktive Studenten. Die Direktoren des Instituts – die eigentlichen Verantwortlichen – standen unter dem Schutz *gewisser Leute*. Die junge Frau aber, gegen die ermittelt wurde, war unvermögend und hatte Piero gebeten, sich bei Gericht für sie einzusetzen; es gab ein Wiedersehen zwischen den beiden, und dann war das Gerede losgegangen. Die Familie des Mädchens, aufgestachelt vermutlich von Dritten – von Pieros Feinden –, hatte mit einem Skandal gedroht. Wenn nicht mit Schlimmerem.

Abschließend sagte Mariola: »Der Untersuchungsrichter ist ein ehrlicher Mann, auch unser Schwiegersohn ist ehrlich – was seine Arbeit betrifft. Piero hat niemanden, der ihn protegiert. Deshalb hat er Angst. Er will von der Bildfläche verschwinden, und deshalb verlieren wir eine Tochter und die Enkelinnen. Wer kann schon so einfach mal in die Toskana fahren!«

»Sie müssen von hier weg, vielleicht ist es besser so. Viele Leute haben ihre Kinder nicht in der Nähe: bisher hatten wir Glück.« Tito war wieder klar im Kopf; Entscheidungen traf er rasch und sachlich und glich damit Mariolas Emotionalität aus. »Wir werden ihnen beistehen.«

»Teresa hat Angst, ihren Posten in der Pastafabrik zu verlieren«, sagte Mariola leise.

»Ich werde mich darum kümmern. Sie kann ihre Arbeit aus der Ferne erledigen; und sie wird auf meine Kosten zu den Vorstandssitzungen anreisen«, sagte Tito, um das Thema zu beenden; für ihn gab es weiter nichts zu besprechen.

Doch dann fragte er: »Was hatte Elisa heute gegen sie?«

Mariola seufzte und begann, sich die Hände einzucremen. Sie brummelte ungereimtes Zeug, massierte sich die Finger und versuchte, auf die Frage so ausweichend wie möglich zu antworten: »Antonio verdient nicht viel. Er bräuchte eine Frau, die das Geld zusammenhält und mit dem Haushalt und den Kindern gut klarkommt. Er ist Elisa gegenüber tolerant, aber sie treibt es immer bunter.«

»Ich will wissen, was zwischen den Schwestern vor sich geht!«, wiederholte Tito ungeduldig.

»Das sind alte Geschichten. Als Elisa ins Städtchen zurückgekehrt war und es hieß, Piero habe sie, als sie am Meer waren, mit Schmachtaugen angeschaut …« Mariola begriff, dass sie ihm nichts vormachen konnte, aber sie legte sich nicht fest. »Ich hatte dir etwas angedeutet, aber du hast mich nicht ernst genommen, du hast mir Vorhaltungen gemacht wegen meiner ›schlechten Gedanken‹. Jedenfalls handelte es sich nur um Blicke, Santi hat es mir versichert. Und im Übrigen war sie seinerzeit gerade erst zwanzig und hatte jede Menge Probleme. Es war nichts Schlimmes dabei.«

»Nichts Schlimmes bei einem gestandenen Mann, der seiner jungen Schwägerin mit Drogenproblemen nachstellt?«

»Nein, nicht Piero. Unsere Tochter, sie war es …«

Tito wusste nicht mehr, was er sagen sollte. »Bis später«, brummte er im Weggehen und zog ganz sacht die Tür hinter sich zu.

Während der weiteren Nachmittagsstunden lief alles schief. Die neue Mähmaschine ging kaputt. Zorro, der Hund, trat sich einen Dorn in die Pfote, und Tito gelang es nicht, ihn davon zu befreien. Jetzt war die Pfote geschwollen, und der Hund winselte. Tito musste den Tierarzt anrufen, und der bat ihn, am Ende des Tages in der Praxis vorbeizukommen.

Zorro war ein Mischlingshund, Tito hatte ihn ein Jahr zuvor aufgenommen. Er war noch ein Welpe, als sie ihn eines Morgens vor dem Hoftor fanden. Vielleicht war er ein Weihnachtsgeschenk gewesen, dessen man überdrüssig geworden war, oder die Familie hatte ihn einfach ausgesetzt, weil sie in den Urlaub gefahren war. Das wäre nichts Ungewöhnliches. Anstatt ihn aber dem Aufseher anzuvertrauen, damit der sich um das

Notwendige kümmerte – ihm ein Herrchen zu suchen oder ihn in einen Sack zu stecken und ins Meer zu werfen –, hatte Tito ihn behalten wollen. Er schloss das Tierchen ins Herz, denn es war schlau und gehorchte aufs Wort.

Der Tierarzt war der Vater eines Klassenkameraden von Titino und liebte seine Arbeit sehr. Mit liebevoller Gründlichkeit untersuchte er Zorros Pfote und konnte den Dorn sofort ziehen.

»Was bin ich Ihnen für die Störung schuldig?«, fragte Tito. Der Arzt zuckte mit den Achseln, sein Blick besagte: Eine Hand wäscht die andere: »Das ist doch keine Störung, ich bitte Sie. Erst recht nicht in diesen Tagen, wenn ich da etwas später heimkomme, merkt das sowieso keiner. Meine Frau und mein Sohn sind mit dem Stammbaum beschäftigt: Der muss in zwei Wochen abgegeben werden. Für uns ist es eine mühsame Aufgabe, wir besitzen nur wenige Familienfotos. Meine Mutter hat einen Cousin in Modica darum bitten müssen. Für euch hingegen muss es ein Kinderspiel sein!«

Titos Miene verfinsterte sich. Auf der Fahrt nach Hause sagte er sich immer wieder: »Ein Kinderspiel! Nennen wir es ruhig Kinderspiel!«

Jack-in-the-Box! Wieso kam der ihm in den Sinn? Warum hatte er diesen dummen Clown vor Augen? Warum ausgerechnet jetzt? Jack-in-the-Box. Titino hatte einen. Der war kaputtgegangen. Er hatte ihm den Kerl wieder in Ordnung gebracht, jetzt brauchte man nur einen Knopf zu drücken – und Zack! kam dieses Gesicht heraus, dieses Lach-Gesicht, dieses Idioten-Gesicht, dieser Albtraum! Jack-in-the-Box! Das war nicht der von Titino. Das war ein bösartiger Narr, der nach Lust und Laune aus der Kiste sprang. Dieser da war in der Finsternis verborgen. Er bedeutete Alarm. Er war sein Peiniger. Ganz allein seiner.

Tito versuchte, sich aufs Lenken zu konzentrieren, auf Zorro, der noch immer Schmerzen hatte, aber es gelang ihm nicht. Er kannte sich nicht wieder: Er, der sich aus gutem Grund als vernünftigen Menschen betrachtete, er, der unangenehme Dinge, an denen nichts zu ändern war, verdrängte und sogar in Vergessenheit geraten ließ, ausgerechnet er war besessen von einer Spielzeugfigur!

Die Tante war in heiterer Verfassung. Tito wollte ihr nichts von Teresa und nicht einmal von dem Unglück in der Pastafabrik erzählen: im Übrigen war die Situation jetzt unter Kontrolle.

»Heute haben wir einen Spaziergang im Garten gemacht, alles steht in Blüte«, sagte sie und schilderte ihm die einzelnen Pflanzen.

»Du hast mir schon so viele Geschichten über deinen Garten erzählt, aus der Zeit, als du jung warst«, kam Danas kehlige Stimme hinter dem Sessel der Tante hervor, sie mitten im Satz unterbrechend. Es stand Dana nicht zu, sich in die Unterhaltung der Herrschaft einzumischen! Tito maß sie mit tadelndem Blick. Dana schenkte ihm keinerlei Beachtung. Breitbeinig saß sie da, den Pulli so weit heruntergezogen, dass der Ansatz ihres Büstenhalters zu sehen war, die Augen starr auf den Fernseher gerichtet; sie biss sich auf die fleischigen Lippen, befeuchtete sie mit der Zungenspitze und strich sich zugleich mit dem Zeigefinger über Hals und Brust bis zum Rand des Ausschnitts: Diese Geste erinnerte Tito plötzlich an die von Irina auf Dantes Brust in der Gartenlaube.

Dana reizte ihn bis aufs Blut, er war nicht mehr imstande, an etwas anderes zu denken. Es blieb ihm gerade noch die Zeit, sich eilig von der Tante zu verabschieden. An jenem Abend glitt die Rumänin an ihm hinunter und gebrauchte ihre Hände: langsam, gleichmäßig, kontrolliert taten sie es in einem großartigen Crescendo. Als sie fertig war, sagte sie: »Sehr schön waren die Schals deiner Tochter, auch Irina hat einen.«

In einem unpassenden Anfall von Dankbarkeit sagte Tito zu Dana, sie solle in die Boutique gehen, wo es diese Schals gab, und sich einen aussuchen – den schönsten, ohne auf den Preis zu achten.

8.

Die Unterhaltungen der Tante

»Vor allem anderen, aber nur,
wenn es wahre Liebe ist.«

Die Tante hielt sich mit Dana im Garten auf. Sie tranken Limonade.

»Die ist aus unseren eigenen Zitronen gemacht, denen mit der grünen Schale. Sie haben einen kräftigen Geschmack. Wir haben sie gepflanzt, als Tito ein Jahr alt wurde. Mein Bruder hat mich damals gefragt, was ich denn dem Kleinen zum Geburtstag schenken wollte, und ich habe fünf Bäumchen für ihn ausgewählt: einen Zitronen-, einen Orangen-, einen Mandarinen-, einen Limetten- und einen Bergamottenbaum: Sie bildeten einen Hain, so winzig wie der Junge, und gemeinsam mit ihm sollten sie wachsen. Ich wollte ihm beibringen, wie man den Blütenduft der einzelnen Früchte erkennt, wie man die Früchte erntet und auch, wie man die Bäume veredelt. Doch Tito zog im Heranwachsen andere Spiele vor.«

»Du liebtest die Pflanzen?«

»Es ist eine Leidenschaft, die von Mademoiselle auf mich

übergegangen ist. Ihre erste Arbeitsstelle war bei einer Familie in England: Dort unterrichtete sie die Kinder des Hauses in Französisch und lernte selbst zugleich Englisch. Sie war zweisprachig, sie sprach auch Deutsch: So sind die Schweizer eben. Zudem war sie sehr wissbegierig und intelligent. Wäre sie als Junge geboren, wäre sie sicher ein angesehener Professor geworden; zu ihrer Zeit jedoch waren Frauen an der Universität nicht zugelassen – eine ausgemachte Ungerechtigkeit. Und in England lernte sie dann die Pflanzen lieben.

Ich lebe hier, seit Tito geboren wurde: Das ist meine Welt. Es war mir eine große Freude, mich dem Garten zu widmen. Ich bearbeitete den Boden, ich pflanzte, harkte, aber alles im Verborgenen: Es gehörte sich nicht für Frauen; mein Bruder war verärgert.«

»Auch ich beherrsche Fremdsprachen: außer Italienisch spreche ich noch Russisch und Slowakisch«, meinte Dana, »und in meinem Dorf verrichten die Frauen sämtliche Arbeiten.«

»Mittlerweile auch hier«, erwiderte die Tante unwirsch. Dann nahm sie den Faden der Erinnerung wieder auf: »Er beschützte mich, auf seine Weise; er dachte, dass ich nicht viel vom Gärtnern verstünde, aber dann musste er seine Meinung korrigieren.« Sie kicherte. »Einmal schenkte er mir viele rosafarbene Hortensien, und das war ein Versehen, denn ich hatte mir blaue gewünscht. Er nahm sich das sehr zu Herzen und wollte die Pflanzen wieder ausreißen. Ich bat ihn, sie stehen zu lassen, ich würde mir schon etwas einfallen lassen. Ich mischte eine chemische Substanz unter die Erde, die die Farbe der Blumen verändert, ich erinnere mich nicht mehr an den Namen – Kalium vielleicht –, und im Jahr darauf erblühten die Hortensien in einem wunderschönen Himmelblau. »

»Und was meinte er dazu?«

»›Mit so etwas hätte ich bei dir rechnen müssen! Wenn du es

darauf anlegst, bist du imstande, alles und jeden zu verändern, einschließlich deiner selbst.‹ Das waren seine Worte.«

»Was bedeutet das?«

»Das bedeutet, was es bedeutet: Für alles findet sich eine Lösung, wenn man nur will.«

»Gilt das auch in der Liebe?«, fragte Dana hoffnungsvoll.

»Vor allem anderen, aber nur, wenn es wahre Liebe ist.«

Die Rumänin hatte das Tablett mit den leeren Gläsern in die Küche getragen.

Die Tante wartete auf ihre Rückkehr und hatte das Buch, das sie gerade las, auf dem Tischchen neben sich abgelegt.

»Was liest du da?«

»Die Biografie einer Frau, die eine schwierige Ehe führte: Es ist eine interessante Lektüre.«

»Warum hast du eigentlich nie geheiratet?«

»Es gab einen, der mich zur Frau wollte. Mein Vater wäre glücklich darüber gewesen und tat alles, um mich zu überreden. Ich aber lehnte ab. Er suchte die Unterstützung meines Bruders, denn er wusste, dass ich dem nichts abschlagen konnte.«

»Und trotzdem sagtest du Nein?«

»Das war gar nicht nötig. Er hatte von selbst begriffen, dass ich den da nicht liebte.«

Die Tante nahm ihr Buch zur Hand und senkte die Lider, blätterte aber nicht mehr um.

9.

Dante ergreift die Initiative

»Auch ich bin so ein Fall, ich hatte keine Mutter, ich meine, ich weiß nicht, wer sie ist.«

Es war keine Rede mehr davon, Dante und Irina zum Essen einzuladen. Mariola war mit den Angelegenheiten ihrer ältesten Tochter beschäftigt und vernachlässigte darüber auch die Tante – die ganze Nachmittage mit Dana im Garten verbrachte. Die Rumänin wurde immer anmaßender: Sie schnauzte Manuel und Sonia und sogar den Gärtner an, als wäre sie die Herrin im Hause; versessen auf Süßes, wie sie war, bediente sie sich reichlich an den Pralinés und anderen Süßigkeiten, ohne abzuwarten, dass man ihr etwas anbot; mit gespitzten Ohren lauschte sie den Gesprächen ihrer Herrschaften, und damit nicht genug, mischte sie sich sogar ein und verlangte nach Erklärungen, wenn sie etwas nicht verstanden hatte. Mariola ließ sie gewähren, denn die Tante kam gut mit Dana aus, was ihr wiederum Gelegenheit verschaffte, sich fast ausschließlich um ihre Töchter zu kümmern. Aber sie war sich auch bewusst, dass Dana es auf Tito abgesehen hatte. Sie war auf der Hut.

Das Problem mit dem Heizkessel war gelöst: Santi schaute weiterhin jeden Morgen in der Villa vorbei, sprach mit dem Vater über die Pastafabrik, bat ihn aber nicht mehr um Ratschläge. Tito fiel das auf. Als Reaktion darauf widmete er sich wie ein Besessener seinen Uhren – reinigte, zerlegte und setzte sie mit höchster Präzision wieder zusammen, auch wenn sie nur wenige Sekunden nachgingen – und Dana.

Er musste viel an Dante und Irina denken. Sie hatten ihn in eine ihm bislang verschlossene Welt eingeführt und an einer raffinierten, kaum nachvollziehbaren Sinnlichkeit teilhaben lassen. Tito hatte Irinas Gesten, ihre Bewegungen, sogar ihre Gerüche in sich aufgenommen, und die bloße Erinnerung ließ in ihm das Verlangen nach ihr auflodern. Dana war das Verbindungsglied zwischen virtueller und greifbarer Lust. Sie war ganz und gar die gewiefte Beobachterin und bediente unterwürfig all seine Phantasien. Tito verlangte immer mehr und immer öfter: Sie trafen sich beinahe täglich, zuweilen sogar mehrmals am Tag. Längst hatte er aufgehört, sich Gewissensbisse zu machen, und ließ wenig Vorsicht walten; er holte nach, was er als junger Mann versäumt hatte.

Er sehnte sich danach, Dante wiederzusehen, spürte aber, dass der Moment für ihn noch nicht gekommen war. Sie telefonierten häufig, und immer ging die Initiative von dem anderen aus. Sie waren wie zwei Schulknaben, jeder mit seinem Projekt beschäftigt: bei Dante war es das Fotografieren, bei Tito der Sex. Nach getaner Arbeit würden sie sich treffen, um Erfahrungen auszutauschen, zur gegenseitigen Bereicherung.

Schließlich war es Dante, der den ersten Schritt tat und eine Einladung zum Essen aussprach.

»Ich hoffe, du empfindest meinen Vorschlag nicht als anmaßend oder gar als Beleidigung, aber wir haben ein Landgasthaus mit Fremdenzimmern entdeckt, *I Due Faggi*; dort machen sie Auberginen, gefüllt mit Schafskäse und frischer Minze, genau wie die, von der deine Tante meiner Mutter immer erzählt hat. Irina und ich würden euch gern dorthin einladen, es wäre uns ein Vergnügen, Mariolas Bekanntschaft zu machen.«

»Aber wir sind doch an der Reihe!«, sagte Tito.

»Passt es euch morgen Mittag?«

»Das ist nicht möglich ... Mittags essen wir immer zu Hause, ohne Ausnahme. Kommt ihr doch zum Abendessen zu uns, an einem der nächsten Abende. Ich werde es mit Mariola besprechen.«

»Ich hätte Lust, dich zu sehen. Könntest du heute am Spätnachmittag zu mir kommen? Ich bin allein.«

Tito nickte. Er war Opfer eines Überraschungsangriffs geworden, und das gefiel ihm. Das Spiel ging also weiter.

Tito hatte seine Kleidung auf Dantes Stil abgestimmt: Er trug leichte Hosen, einen hellen Pullover – ein Geschenk von Santi – und sportliche Schnürschuhe. Dante steckte in einem knöchellangen weißen Kaftan und trug dazu marokkanische Slipper. Mit dem in die Stirn fallenden, im Nacken langen Haar sah er aus wie ein Guru. Sie sahen einander an und mussten lachen.

»So etwas wirst du nicht in deinem Kleiderschrank haben«, sagte Dante. »Ich mache mir einen Spaß daraus, mich immer wieder anders zu kleiden: Ich bin auf der Suche nach mir selbst, aber ohne Verbissenheit, ich bin ja an mich gewöhnt.«

Er hatte ein einfaches Häuschen mit Garten auf dem Hügel gemietet, von wo aus man einen schönen Blick auf das Städtchen und in der Ferne aufs Meer hatte. An den Wänden hingen mit orientalischen Mustern bedruckte Stoffe; die Sessel waren mit weißem Baumwolltuch bedeckt. Zwei große Keramikvasen auf dem Tisch waren prall gefüllt mit Mimosenzweigen, die weichen gelben Kugelblüten bedeckten Bücher, Zeitungen und CDs. Die Klänge von *È un facile Vangelo* aus Madame Butterfly erfüllten den Raum. Dante bot Tito einen Cocktail an – Pfirsichsaft mit Zitrone und Curaçao –, und Tito nahm an, obwohl er gewöhnlich keinen Alkohol trank. An Dantes Seite fühlte er sich aufgeschlossen für neue Erfahrungen. Er wollte mit ihm über Irina plaudern, aber sein Gastgeber hatte anderes im Sinn.

»Erzähl mir von deinen Kindern.«

»Die sind redseliger als ich. Was ich ihnen zu bieten hatte, waren Zuneigung, Unterstützung und Toleranz. Teresa ist klug und ergeben, sie ist die Tochter, auf die wir zählen können. Santi ist immer schon ein kleiner *Pater familias* gewesen, und ich bin froh darum. Aber Elisa hat uns während ihres Studiums großes Kopfzerbrechen bereitet. Santi hat sie dann unter seine Fittiche genommen und wieder auf die rechte Bahn gebracht …« Tito beließ es dabei.

»Hast du dich je nach dem Grund gefragt?«, bohrte Dante weiter.

»Wenn ich es recht bedenke, hat der Tod meines Vaters das Leben der jungen Leute stark verändert. Elisa war noch nicht bereit oder reif genug, um diesen Einschnitt zu verarbeiten«, erwiderte Tito. »Damals lebten wir in Palermo. Mit ihnen zusammen unternahmen wir Reisen, gingen Ski laufen und besuchten in den Ferien die europäischen Hauptstädte. Als Elisa zu studieren begann, zogen Mariola und ich endgültig in die Villa um, und seither haben wir uns nicht mehr fortbewegt. Die Kinder kamen in den Ferien und an den Wochenenden zu uns, wie es in vielen anderen Familien auch üblich ist, aber Elisa war nicht imstande, sich richtig einzuleben, weder hier noch dort. Sie hatte sehr schlechten Umgang … Bis sie sich dann in Antonio verliebte …«

»Ich sehe sie häufig im Hotel. Teresa scheint ein stilles Wasser zu sein, aber sie ist ein resoluter Typ. Sie geht ihren Weg. Elisa ist stürmisch, leidenschaftlich. Ich finde den Gedanken schön, dass beide Seiten von Racheles Persönlichkeit in deinen Töchtern weiterleben.«

»Elisa wäre sogar ein kluges Köpfchen, wenn sie nur wollte. Teresa stand der Tante immer sehr nah, und in gewisser Hinsicht ähnelt sie ihr auch, aber sie hat nicht ihre Intelligenz. Noch heute gibt die Tante Urteile ab, die einen erzittern lassen.«

»Vielleicht ist Santi ihr da ähnlicher?«, fragte Dante forsch.

»Das ist gut möglich. Santi erinnert mich sehr an meinen Vater. Er und die Tante hatten auch äußerlich große Ähnlichkeit.«

»Erzähl mir von deinem Großvater.«

»Von meinem Großvater?« Tito sagte, da gebe es wenig zu erzählen, er habe ihn ja gar nicht gekannt. Er sei Faschist und Bürgermeister des Städtchens gewesen. Er habe kein glückliches Leben gehabt: Seine erste Frau war gleich nach der Hochzeit bei der Choleraepidemie 1911 gestorben und die Großmutter gleich nach der Geburt der Tante. Er hatte nicht wieder geheiratet; er nahm eine Schweizer Gouvernante für die Erziehung der Kinder. Er hatte einen guten Geschäftssinn: Torrenuova und die Villa hatte er für wenig Geld noch vor der Hochzeit gekauft, und mit einem Teil der reichen Mitgift der Großmutter hatte er die Pastafabrik gegründet. »Der Großvater hatte einen schwierigen Charakter: Er brach die Beziehungen zur Familie meiner Großmutter ab – vermutlich wegen Erbschaftsstreitigkeiten –, und so weiß ich wenig über ihn.«

»Teresa und Santi wissen mehr als du.« Dante stand da, und mit einem Mal platzte er heraus: »Die Tante spricht mit ihnen, wusstest du das?«

»Die Tante war wie eine Großmutter für meine Kinder. Auch ich erzähle Titino Familiengeschichten, die Santi nicht kennt«, entgegnete Tito.

»Bist du denn gar nicht neugierig?«, wollte Dante wissen. Mit großen Schritten durchmaß er den Raum und setzte gestenreich seine Rede fort: »Ich kenne nicht einmal den Namen meines Vaters. Ich war immer schon neugierig und frage mich heute noch: Wer ist er, aus welcher Familie stammt er, warum hat er mich in die Welt gesetzt, aus welchem Grund wollte er mich nicht lieben, warum hat er mich im Stich gelassen? Nie habe ich aufgehört, nach ihm zu suchen!« Er hielt inne, und den Blick auf Tito gerichtet, sagte er: »Ich habe alle Männer, von denen meine Mutter erzählte, Revue passieren lassen; wenn ich sie dann aber nach meinem Vater fragte, stieß ich bei ihr auf eine Wand! Ich habe mir sogar schon überlegt, dass auch ich ein Sohn deines Vaters sein könnte: Sie leugnete jedoch, ihn überhaupt gekannt zu haben, das hat mich stutzig gemacht.«

»Ein Sohn meines Vaters?«

»Das wäre doch naheliegend: eine romantische Jugendliebelei – aus der mehr wurde – mit einem Offizier, Bruder der besten Freundin! Obendrein war er auch ein schöner, stattlicher Mann, zumindest auf dem Foto. Titino hat es mir gezeigt. Es hat einen Ehrenplatz in eurem Stammbaum.«

Tito platzte fast vor Zorn. Vielleicht wusste Dante ja Bescheid. Er fragte, wo das Bad sei, und ging, um sein Gesicht abzukühlen und sich wieder zu beruhigen.

»Lass mich deine Fotos sehen«, sagte er barsch, als er zurückkam.

Dante zeigte sie ihm auf dem Computer. Die Aufnahmen glitten eine nach der anderen über den Bildschirm, und Tito genoss es, dem Freund zuzuhören.

»Irina wird Anfang Juni im Anschluss an ihren Konzertauftritt nach Palermo gehen. Ich würde dann gern eine Rundfahrt ins Innere der Insel unternehmen. Würdest du mich begleiten wollen?«, fragte Dante.

Tito sagte spontan zu und schwieg dann. Es war, als hätte er einem Vorschlag zugestimmt, der die Grenzen des guten Tons überschritt.

Im Weggehen drehte er sich zu Dante um, der auf der

Schwelle stehen geblieben war, und sagte: »Auch ich bin so ein Fall, ich hatte keine Mutter, ich meine, ich weiß nicht, wer sie ist.«

»Aber für dich war die Tante da.«

10.

Zu Gast in der Villa

»Papa hatte wirklich einen Freund gebraucht: Sie sahen aus wie zwei Turteltauben.«

In der Villa war das Mittagessen, die Mahlzeit mit mehreren Gängen, etwas Unantastbares: Nur die Familie saß dann zu Tisch. Die Kinder und Enkelkinder waren häufige und gern gesehene Gäste; es bedurfte keiner besonderen Einladung. Auch beim Abendessen waren sie immer nur unter sich. Sie begnügten sich mit frugalen Mahlzeiten. Sonia deckte für sie den Tisch im Voraus und ließ das gedünstete Gemüse – mit einem Teller bedeckt, damit es lauwarm blieb – auf der Anrichte stehen; sie kam erst am nächsten Morgen zum Saubermachen wieder. Mariola trug das Brot und die anderen Speisen auf den Tisch: Käse, Salat, Schinken und die Reste des Mittagessens. Das Menü erfuhr nur wenige, jahreszeitlich bedingte Variationen. So war es Tradition des Hauses: Titos Vater und Tante hatten es immer so gehalten.

Nach dem Abendessen sah Mariola im Schlafzimmer fern und wünschte jedem der Kinder und Enkel eine gute Nacht. Dann nahm sie, je nach Jahreszeit, ihre Stick- oder Strickarbeit zur Hand: Sie hatte immer etwas für die Kinder in Arbeit. Tito begab sich hinauf in den zweiten Stock, wo die Tante wohnte, und gemeinsam plauderten sie über den Tagesablauf; dann stieg er in den kleinen Aussichtsturm hinauf, in sein Refugium: die *Stanza di Nuddu*. Dort ging er seinen ganz privaten Beschäftigungen nach: Er reparierte Uhrwerke, ordnete Fotografien, blätterte Oldtimer-Fachzeitschriften durch.

Die Frauen des Hauses waren in Aufruhr: Dante und Irina waren zum Essen eingeladen. Die Vorbereitungen – »essen die Knoblauch?« »Besser keine Pfefferschoten hineintun!« »Sollen wir denn Marsala verwenden?« »Sardellen können auch unangenehm herausschmecken!« – sowie die Auswahl des Geschirrs, der Gläser und der Tischdecke erwiesen sich als einfach im Vergleich zur Frage der Garderobe.

Der Hochachtung nach zu urteilen, die Mariola von ihren Kindern entgegengebracht wurde, hätte man glauben können, sie wäre eine strenge Mutter; in Wirklichkeit aber waren die Sprösslinge ganz einfach nur dem Beispiel des Vaters gefolgt, der ein gehorsamer und respektvoller Sohn gewesen war: Was aus dem Mund eines Elternteils kommt, ist ein Befehl. Im Laufe der Jahre hatte sich, wenn es um Fragen der äußeren Erscheinung ging, worauf Mutter wie Töchter den allergrößten Wert legten, eine umgekehrte Hierarchie herausgebildet; alle drei waren Modenärrinnen. Elisa und Teresa berieten Mariola, wenn sie sich etwas Neues zum Anziehen kaufen wollte, und auch die endgültige Entscheidung lag bei ihnen. Die Einkäufe tätigten sie fast immer zusammen im Städtchen oder – für die Erneuerung der Winter- oder Sommergarderobe – wenn sie sich auf Reisen befanden. Und das nicht nur, weil die Mutter auch für die Töchter bezahlte. Anlässlich der bevorstehenden Einladung wählten sie für Mariola ein Kostüm aus, das sie nicht gerade schlank machte, und ein tief ausgeschnittenes Oberteil.

Irina präsentierte sich ohne jeden Schmuck: Sie trug einen Hauch von Sonnenbräune und sah einfach phantastisch aus. Als Santi ihr ein Gemälde von Lojacono zeigte, bewunderte Mariola ihren langen Hals und ihr vollkommenes Dekolleté. Ihre Hand glitt hinunter auf die Kette mit dem großen goldgefassten Achatanhänger, einem Weihnachtsgeschenk von Tito. Sie fühlte sich merkwürdig leicht an. Mariola senkte den Blick: Der Anhänger war zwischen ihren Brüsten eingequetscht. Beschämt kämpfte sie gegen die Tränen an und widmete sich erneut ihren Pflichten als Dame des Hauses.

Dante wollte alle Empfangsräume besichtigen. Die Komplimente der Gäste klangen wohltuend in Mariolas Ohren: Damals, frisch verheiratet, hatte sie all das hier gehasst: die mit Paneelen verkleideten Wände, die Tapeten mit den dunklen Mustern, die vielfarbigen Fensterscheiben, die nur wenig Licht durchließen, die harten Sessel, die Zimmerdecken mit Blumenfresken, das maßgeschreinerte und zwischen die Trennpaneele eingepasste Mobiliar. Ihr Wunsch wäre es gewesen, die Einrichtung zu verändern und die Wände aufzufrischen, nie aber hatte sie den Mut gehabt, mit dieser Idee an ihren Schwiegervater oder ihren Mann heranzutreten. Mariola achtete Titos Besitztümer, wusste sie doch, dass die Eltern ihr selbst nur eine bescheidene Erbschaft hinterlassen hatten.

Die Villa einschließlich der Möbel und der Ausstattung war von einem namhaften modernen Architekten entworfen worden: Der ursprüngliche Besitzer hatte wegen dieser Extravaganzen sogar bankrott gemacht; das Haus hatte aufgrund zufälliger und tragischer Umstände unbeschadet die Zeit überstanden. Titos Großvater hatte es für seine erste Ehefrau und in spekulativer Absicht gekauft: Er wollte den Streifen Land, durch den die Villa mit dem Städtchen verbunden war, aufteilen und aus einem Stück einen großartigen Garten machen; so weit war es jedoch nie gekommen. Die zweite Ehefrau wollte sich zu keiner Zeit dort aufhalten, und so war das Haus unbewohnt geblieben. Mademoiselle, die für ihr Leben gern im Meer schwamm, setzte durch, dass sie zumindest die Sommermonate dort verbrachten. Während des Krieges hatten sie sich in der Villa in Sicherheit gebracht und auch die Nonnen des San-Vincenzo-Ordens bei sich aufgenommen. Nach Titos Geburt zog die Tante endgültig in das Haus um und wollte es lassen, so, wie es war. Als der Jugendstil wieder in Mode kam, hatte Tito die Restaurierungsarbeiten persönlich überwacht.

»Es ist ein Schmuckstück!«, sagte Dante zu ihm. »Ich wage dich nicht einmal um Erlaubnis zu fragen, es fotografieren zu dürfen.«

»Ich habe es bereits vollständig fotografiert!«, erwiderte Tito voller Stolz.

Dante und Irina verstanden es, sich beliebt zu machen: Sie fragte nach dem Rezept des *Falso magro* und der gefüllten Zucchini; er hatte Mariola mehr als einmal ein Lächeln entlocken können. Und dann redete er mehr als alle anderen, gefolgt von Santi und Vanna. Antonio war ein gutmütiger, einfacher Kerl und hatte beim bloßen Zuhören sein Vergnügen; von Zeit zu Zeit tat er seine Meinung kund. Elisa schwieg und warf Irina und der Schwester, die lebhaft den bevorstehenden Umzug in die Toskana erörterten, lange Blicke zu; dann nahm sie ihren Schwager ins Visier. Piero sagte kaum ein Wort. Er hatte die Augen zu Schlitzen verengt, und sein Blick strich über Irinas Körper, flüchtig, tastend – wie die Nadel eines Kompasses.

Erst zu später Stunde verließen die Gäste das Haus. Es war wirklich ein gelungener Abend gewesen und für Tito die Bestätigung, dass zwischen ihm und Dante ein Gleichklang herrschte: Sie zwinkerten sich zu, lachten über dieselben

Dinge, als hätten sie sich abgesprochen, und plauderten vergnügt miteinander. Santi drückte es am nächsten Tag Vanna gegenüber so aus: »Papa hatte wirklich einen Freund gebraucht: Sie sahen aus wie zwei Turteltauben.«

Mariola hatte sich vor Müdigkeit kaum mehr auf den Beinen halten können und war sofort zu Bett gegangen. Tito rauchte im Garten und dachte nach. In seiner Familie hatte sich Kleinbürgermief breitgemacht: Behäbige Provinzler waren sie geworden, es fehlte ihnen an intellektuellen Anregungen. Ganz anders als in den vorigen Generationen.

Das ließ ihm keine Ruhe. Der Großvater war eine Persönlichkeit in der Politik gewesen, hoch angesehen in der gesamten Provinz, in den entsprechenden Zirkeln eingeführt. Beide Ehen waren gute Partien. Der Vater hatte nach dem Abitur mit Erfolg die Militärlaufbahn eingeschlagen, und die Tante war in einem erstklassigen Internat erzogen worden. Im Winter lebte die Familie in Palermo und verkehrte in den besten Kreisen. Auch in Rom besaßen sie einen Wohnsitz.

Er jedoch war ganz anders erzogen worden: In den ersten elf Jahren seines Lebens hatte er – fast wie ein Gefangener in der Villa – Hausunterricht bekommen und anschließend nur ein mittelmäßiges Internat auf der Insel besucht. Tito wusste, dass ihm vom Vater die vornehme Haltung und von der Tante die guten Manieren mit auf den Weg gegeben waren; bedauerlicherweise hatte er nie Gelegenheit gehabt, in Gegenwart von seinesgleichen davon Gebrauch zu machen: Zu Hause fanden keine Empfänge statt, und im Internat oder an der Universität hatte er keine Freundschaften geschlossen, und nicht einmal später.

Er bedauerte, dass man ihn nicht zu größerer Geselligkeit angehalten hatte. Doch seine Geburt stellte einen gesellschaftlichen Makel dar, und der Vater wollte um keinen Preis, dass sein Sohn jemals aus diesem Grund erniedrigt würde. Tito beneidete Dante, der sich seiner unehelichen Geburt nicht schämte. Nach und nach hatte der angstgetränkte Stolz des Vaters auch von ihm Besitz ergriffen; jetzt war es zu spät, um es Dante gleichzutun und diesen Makel abzuschütteln.

Tito jedoch wollte nicht, dass seine Enkel wie Dorftrottel heranwuchsen und seine Kinder verrohten. Trotz seines Alters sehnte er sich nach neuen Erfahrungen und fühlte sich zu Veränderungen bereit. Dante war für ihn wie ein frischer Windhauch.

Er warf den Zigarrenstummel ins Blumenbeet und ging aufs Haus zu.

Die Fensterläden von Danas Zimmer waren geschlossen. Die der Tante waren angelehnt, sie hatte es gern, wenn ein Lichtstreifen in ihr Schlafzimmer drang. Tito grübelte, warum sich die Tante, die Dante als extrovertiert und lebenslustig schilderte, im Alter von einundzwanzig Jahren – vom Vater darin bestärkt – in der Villa verkrochen und ihn, Tito, damit in das, was ihm jetzt wie der gesellschaftliche Abgrund vorkam, mitgerissen hatte.

Als er das Schlafzimmer betrat, brannte noch Licht, Mariola jedoch schlief bereits tief und fest. Sie hatte sich nicht einmal abgeschminkt. Tito entdeckte Spuren zerlaufender Wimperntusche, die ihre Pausbäckchen zierten.

Mit einem mitleidigen, keineswegs lieblosen Blick schlüpfte Tito unters Betttuch.

II.

Caritas und Liebe

»Wer den Glauben einmal besitzt,
der wird ihn nimmermehr los,
und wer ihn nicht besitzt,
der wird auf immer ohne sein!«

Dana plauderte mit der Tante, während sie ihr half, sich für die Nacht umzukleiden.

Sie umhegte sie mit größter Aufmerksamkeit, vor allem, wenn sie in ihren Worten etwas unklar war: Es war der Moment der Vertraulichkeiten. Irina hatte ihr das nahegelegt. »Seltsam, diese Irina«, dachte Dana, »aber im Grunde ist sie doch eine prima Person.« Kaum war sie im Städtchen aufgetaucht, hatte sie zu ihnen, den Einwandererfrauen aus Osteuropa, Kontakt gesucht. Wenn sie Donnerstagnachmittag zu ihrem Treffen kam, war sie eine von ihnen: Frauen, die vor einem Leben in Armut geflüchtet und jetzt auf der Suche nach Wohlstand waren. Auch sie hatte in den Achtzigerjahren in Moskau mit ihrem Kind Hunger gelitten. Irina erzählte aus ihrem Leben, das sich wie ein Roman anhörte: Wie sie die Gefährtin eines Moskauer Millionärs wurde, der jünger war als sie und sein Vermögen mit den Gasvorkommen in Russland gemacht hatte; ein Leben in Saus und Braus hatten sie geführt, bis er dann vor zwei Jahren mit ihr Schluss gemacht und ein junges Ding aus Kiew geheiratet hatte. »Die Ehe ist es, die ihr anstreben müsst: Die Männer angelt man sich mit Sex und Köpfchen«, sagte Irina. »Bei eurer Arbeit habt ihr Gelegenheit genug, die Männer und deren Familien gründlich kennenzulernen: Haltet die Ohren offen und merkt euch, was ihr gehört habt. Im passenden Augenblick wird es euch von Nutzen sein.« Die Rumänin setzte Irinas Ratschläge in die Praxis um: bestärkt von Titos Lustverlangen, träumte sie davon, seine Frau zu werden.

»Teresa hat nichts anderes mehr im Kopf als Sandras Erstkommunion. Zu meiner Zeit gab es zu diesem Anlass nur eine schlichte Familienfeier. Heutzutage sind die Kommunionskinder beinahe junge Erwachsene: Es heißt, in diesem Alter würden sie besser verstehen, was mit ihnen geschieht, doch mir kommt es übertrieben vor. Ein Kleid, ein großartiger Festempfang, Riesengeschenke – wie bei einer Hochzeit!«

Dana schob den Rosenkranz auf dem Nachttischchen zur Seite, um für das Wasserglas Platz zu machen. Die Tante behielt sie im Auge.

»Wer den Glauben einmal besitzt, der wird ihn nimmermehr los, und wer ihn nicht besitzt, der wird auf immer ohne sein!«, sagte sie mit einem Seufzer, als sie sich unterm Betttuch streckte und es sich über der Brust glatt strich.

»Und du besitzt ihn?«

»Ich glaube an einen Gott. Ich bin hier geboren, ich bin katholisch. Wäre ich Schweizerin, wäre ich genau wie Mademoiselle Protestantin geworden. Ihr Vater war ein verheirateter Pfarrer: So halten die es. Manche Protestanten erkennen sogar die Scheidung an.«

»Und du, was hältst du davon?«, fragte Dana forsch.

»Was soll ich schon davon halten? Die Ehe, vor allem wenn Kinder da sind, sollte unauflöslich sein. Wenn es jedoch geschieht und man sich ernsthaft verliebt, dann ist nichts mehr zu machen: Dieses Gefühl ist stärker als jedes andere, auch als das für die Familie, die Gesellschaft, das Gesetz, stärker sogar als der Glaube. Aber es ist ein Unglück, genau wie wenn einer vom Blitz erschlagen wird …«

»Und Tito, ist der gläubig?«

»Ich denke schon … Wenn es ihm gerade zupass kommt, so

wie viele es halten!« Die Tante warf Dana einen durchdringenden Blick zu.

»Ich habe bei der Caritas zwei Nonnen kennengelernt«, fing die Rumänin nach einem Weilchen wieder an. »Sie haben mich eingeladen. Ich bin noch nie welchen begegnet. Sind das brave Personen?«

»Sie helfen bedürftigen Menschen und arbeiten: Sie unterrichten, pflegen die Kranken, kümmern sich um die Kinder in den Waisenheimen. Sie stellen auch Süßigkeiten her und verkaufen sie: Zumindest hier bei uns ist das so. Es gibt nur noch wenige von ihnen. Eine habe ich während des Krieges näher kennengelernt … Sie hatte ein großes Herz und liebte Kinder über alles. Hm, jede hat ihre eigene Geschichte.«

»Bei uns gibt es keine Nonnen. Im Heim haben sie meinen Sohn schlecht behandelt, da habe ich ihn von dort weggeholt und in die Obhut einer Verwandten gegeben. Jeden Monat schicke ich ihr Geld.«

Die Tante sah sie an, als wollte sie etwas sagen, verkniff es sich aber. Dana wartete ab; dann schloss die Tante die Lider und schien wegzudämmern.

Sie war achtzehn Jahre alt, es war im Jahr 1938. Nach dem Internat war sie zusammen mit Mademoiselle in Rom geblieben, um einen Kurs in Stenographie und Maschinenschreiben zu absolvieren. Die wirtschaftlichen Sanktionen gegen Italien hatten nicht nur den Versorgungsnotstand und die Autarkie mit sich gebracht, sondern auch eine heftige Reaktion gegen die Kultur der Feindesländer ausgelöst. Die Leute setzten große Hoffnung in den Faschismus und waren stolz auf das Imperium in Ostafrika. Auch ihr Bruder Gaspare war so eingestellt, er hatte in der Schlacht um Addis Abeba gekämpft. Der Vater glaubte an eine große Zukunft für das faschistische Italien, und im August des Vorjahres hatte er sie sogar nach

Castelvetrano zu den Siegesfeiern der Azurblauen bei den Ostilità Simulate, der faschistischen Kriegsparade, mitgenommen. Auch der Duce war anwesend: Hautnah hatte sie dort die Massenhysterie erlebt. Sie und Mademoiselle konnten es gar nicht fassen. Der Duce war ein aufgeblasener Typ, fanden sie, und die Rundschreiben der Faschisten waren in ihren Augen schlichtweg dumm. Als die Rassengesetze erlassen wurden, gab es für Rachele keinen Zweifel: der Faschismus war der Feind. Aber sie ließ keine Silbe verlauten, auch nicht vor Mademoiselle; keine von beiden wollte gegenüber den Männern der Familie unloyal erscheinen. Gaspare war in Äthiopien, und schon lange hatten sie ihn nicht mehr zu Gesicht bekommen. Ihr fiel auf, dass er sie nicht rügte, wenn sie die Briefe an ihn zuweilen mit fremdsprachigen Gedichten spickte; mit der Zeit wurde sie immer kühner und setzte jedes Mal ein solches Versstück ein, in der Hoffnung, seinen Geist zu beflügeln.

Schwach erhob sich Racheles Stimme:

> *»Trotz seiner großen Liebe,*
> *zu seinem Bedauern und gegen seine beste Seite,*
> *empfand er genussvolle Freude an ihrem Schmerz,*
> *sanft und neu. Seine Leidenschaft …«*

Sie machte eine Pause und warf einen verschleierten Blick in die Runde. Dann begann sie von Neuem:

> *»… seine Leidenschaft, grausam gewachsen,*
> *bekam eine furchterregend blutige Färbung,*
> *soweit es möglich ist auf der Stirn dessen, der keine*
> *Venen hat, dunkel anzuschwellen bereit.«*

Dana aber war schon gegangen und hätte sowieso nicht viel verstanden.

Im Mai des folgenden Jahres unterzeichnete Italien den Stahlpakt mit Deutschland. Der Krieg war unumgänglich, auch in den Augen des Vaters: Er ließ sie nach Hause kommen, sie musste ihre Studien unterbrechen. Der Gedanke an den Bruder, der in einem wesentlich schlimmeren Krieg als dem in Afrika kämpfen musste, quälte sie; obendrein bedauerte sie sehr, Rom verlassen zu müssen, und in Palermo fühlte sie sich überhaupt nicht wohl. Sie war zwar um die Gesellschaft junger Leute bemüht, doch die waren so anders als sie. Es waren bigotte Provinzgemüter. Als Mademoiselle sie so unglücklich sah und sie nicht dazu zu bewegen war, sich auf irgendeine Weise an den Veranstaltungen des Faschismus zu beteiligen, empfahl sie ihr, einen Rotkreuzkurs zu belegen.

So ging sie und half den Schwestern des San-Vincenzo-Ordens, den blau gewandeten mit den weißen gestärkten Hauben und den breiten Schleiern … Die Spitzen dieser Schleier waren wie Flügel, und die Nonnen sahen aus wie Engel. Sie standen Frauen bei – Frauen, die in ihrer Würde als Frau verletzt worden waren: durch gewalttätige Väter und Ehemänner, Vergewaltigungen, Inzest, unsauber praktizierte Abtreibungen, heimliche Geburten – und nahmen sich im Stich gelassener Kinder an.

Sie war beunruhigt. In ihren Augen war die Wirklichkeit grauenvoll. Die Haltung des neuen Papstes gefiel ihr nicht. Ihr Glaube wankte. Mit den Priestern wollte sie nicht darüber sprechen – sie hatte keinen Beichtvater –, und so wandte sie sich an die Oberin, Schwester Maria Assunta. Diese Frau in mittlerem Alter verfügte über eine lebhafte Intelligenz, eine einfache, offene Art, und sie war umgeben von einer ganz außergewöhnlichen Aura der Heiterkeit und des Mitgefühls; nie gab sie negative Urteile ab, sie versuchte, an allem etwas Gutes und Schönes zu entdecken. »Je schlechter die

Welt ist, desto tiefer muss der Glaube sein: Er hält uns aufrecht. Und desto größer auch die Liebe: die zu Gott, zu den Menschen und zu uns selbst. Es ist uns auferlegt, die Schmerzen und das, was als Unrecht erscheint, hinzunehmen: Darin kommt uns der Glaube zu Hilfe«, sagte die Oberin zu ihr.

Sie litt Seelenqualen und sagte: »Es wäre mir ein Trost, wenn ich bei Ihnen beichten könnte … Warum dürfen Nonnen nicht die Beichte abnehmen?«

»Auch das muss man akzeptieren: Nur Männer haben Zutritt zum Priesteramt, so wie die Apostel … Aber ich bin bereit, zuzuhören und dir, wenn ich dazu in der Lage bin, auch Ratschläge zu geben.«

Sie war entsetzt über das menschliche Leid, das sie tagtäglich sah. Es war ihr, als wäre die Welt ganz ohne Sinn. Sie zweifelte an den Erkenntnissen und Prinzipien, die man ihr als Gewissheiten eingetrichtert hatte. Eines Tages wurde ein schwangeres zwölfjähriges Mädchen eingeliefert: Sie sei krank, hatte die Mutter gesagt. Es war bekannt, dass der Vater die Töchter vergewaltigte: Dann mussten sie abtreiben oder man schickte sie irgendwohin, wo sie das Kind zur Welt brachten, danach holten sie die Mädchen wieder nach Hause und ließen die Neugeborenen im Waisenheim. Dieses Mädchen jedoch wollte sich nicht von ihrem Baby trennen und bat inständig, mit dem Kind im Kloster bleiben zu dürfen. Die Mutter aber war gekommen, um sie zurückzuholen: Ihre Tochter sei jetzt geheilt, sagte sie.

»Schwester Maria Assunta, warum haben Sie sie nicht im Kloster behalten?«

»Das ist das Schlimmste an meiner Arbeit: eine junge Mutter in ihre verdorbene Familie zurückbringen und ihr das Kind wegzunehmen. Aber es gibt keine Alternative.«

»Man muss eben nach einer Lösung suchen!«

»Nicht immer findet sich eine. Einmal jedoch bin ich einen

Schritt weitergegangen, um Mutter und Kind nicht zu trennen, und ich bereue es nicht! Ein verheirateter, wohlhabender Mann hatte sich an der blutjungen Nichte vergangen, die sich, als sie schwanger war, weigerte abzutreiben: Sie wollte das Kind zur Welt bringen. Wir dachten uns einen Plan aus. Die Mutter sollte offiziell als Erzieherin gelten – und das Kind als Findelkind; später würde die Familie des Onkels das Kind adoptieren, und die Mutter würde in ihrem Haushalt leben und ihnen helfen, den Kleinen aufzuziehen. Eine riskante und unzureichende Lösung, aber die einzig mögliche: Mutter und Sohn sind bis heute vereint.«

Als Dana der Tante am nächsten Tag beim Ankleiden half, knüpfte sie an die Unterredung vom Vorabend an. »Meine Freundin hat sich in einen Mann von hier verliebt, er ist verheiratet und will sich von seiner Frau trennen. Sie sagt, es war Liebe auf den ersten Blick. Mir ist so etwas noch nie passiert. Und dir?«

Die Tante hatte ihr den Rücken zugewandt und sah aus dem Fenster; es war der Moment der laut gedachten Erinnerungen und der Poesie. An diesem Tag vertrödelte sie viel Zeit beim Zuknöpfen der Strickweste, die Dana ihr gereicht hatte.

»Die Deutschen waren in Polen einmarschiert. Bedrohung, Unruhe und Groll lagen in der Luft. Die Angst war unser ständiger Begleiter. Es fehlte an vielen Genussmitteln, aber es ging uns nicht schlecht. Die Pastafabrik war in Betrieb. Mein Vater war einflussreich und bekam auch das, wozu andere keinen Zugang hatten.

Nachmittags traf ich mich mit den Freundinnen. Wir tanzten, wenn junge Männer dabei waren, und zu jener Zeit waren es viele. Einer dieser Burschen machte mir den Hof. Es erblühten zahlreiche Liebeleien: Mir kam es so vor, als stünde dieses

Phänomen in direktem Zusammenhang mit unserer existenziellen Ungewissheit.

Das Regiment meines Bruders war in unsere Stadt eingerückt, und eines Nachmittags erwarteten wir ihn. Wir hatten ihm zu Ehren noch andere Leute eingeladen. Zu Hause hatten wir Leckerbissen für besondere Gelegenheiten gehortet; darunter waren auch Gelatineblätter. Also bereitete ich eine Mokkagelatine für ihn zu; ich hatte sogar ein bisschen süße Sahne zum Schlagen hervorgezaubert, die ich mit einem kleinen Löffel vom Rand des Milchkrugs abschöpfte – es war die fette Milch der Bergkühe.

Unserem Haus gegenüber war ein Platz mit zahlreichen Geschäften. Von der Terrasse aus hielt ich Ausschau und hatte Augen nur für die Soldaten; sobald einer in mein Blickfeld kam, geriet ich in Wallung. Doch dann bog der Soldat in eine Seitenstraße ab oder verschwand in einem der Geschäfte, und ich hatte das Nachsehen. Ich wurde ganz nervös; nach einer Weile verließ mich die Hoffnung, ihn wieder zu Gesicht zu bekommen, und doch schaute ich weiterhin den vorbeischlendernden Soldaten nach.

Da fielen mir zwei Offiziere von gleicher Statur und Größe auf. Sie überquerten die Piazza im Gleichschritt und gaben ein schönes Bild ab. Sie schienen keine Eile zu haben und hatten meine Neugier geweckt. Im Vorbeigehen grüßten sie Bekannte, lachten, gestikulierten, ohne aus dem Rhythmus zu kommen. Ihre Gesichter waren unter dem Mützenschild kaum zu erkennen. Nach und nach erkannte ich, worin sie sich unterschieden. Der eine war ein Mann wie aus einem Guss, aufrecht und stolz. Der Gang des anderen jedoch beeindruckte mich sehr: Rhythmisch, entschlossen, männlich schritt er aus. Ein merkwürdiges Kribbeln überkam mich. Ich hatte nur noch Augen für ihn, vergessen der, auf den ich wartete. Ich kniff die

Lider zusammen und bewegte mich längs des Geländers, um einen besseren Blick auf die Gestalt des Offiziers zu bekommen. Aber es gelang mir nicht, auch nur einem von beiden ins Gesicht zu sehen.

Ein älteres Ehepaar war zu ihnen getreten und hielt ein Schwätzchen. Der, dem mein Interesse galt, stand mit dem Rücken zu mir: Er hatte breite Schultern, und die Uniformjacke zeichnete seinen geraden Rücken nach, betonte seine schmale Taille. Immer wieder verlagerte er das Gewicht von einem Bein aufs andere und beugte dabei das unbelastete Bein: kleine, spielerische Bewegungen verrieten seine Ungeduld, baldmöglichst diese Leute loszuwerden. Dennoch nahm er seine Lage hin: Er war in ihr gefangen wie der Leopard, den ich Jahre zuvor im Zirkus gesehen hatte: Der kauerte auf einem hohen zylinderförmigen Podest – die Pfoten schön nebeneinander gelegt –, hielt die Schnauze in die Höhe und blickte nach der Peitsche, ungezähmt. Ich spürte, dass er mir ähnlich war.

Dann richtete er sich kerzengerade auf; so wirkte er noch größer. Zum Abschied verneigte er sich. Er bestand ganz und gar aus Muskeln, wie gern hätte ich die berührt. Ich spürte seine Stärke, er wirkte wie pure Energie. Im Gleichschritt setzten die zwei ihren Weg fort. Er schien zu lachen. Ich folgte den Bewegungen seiner Arme und Hände, mit denen er seine Rede unterstrich; es war, als streichelte er die Luft. Seine selbstsichere Haltung und seine langen Beine trieben mich schier in den Wahnsinn. Ich verzehrte mich danach, zu wissen, wer er war.

Sie steuerten geradewegs auf den Palazzo zu, in dem ich wohnte. Ich lehnte mich über das Balkongeländer, um die beiden bis zuletzt im Blick zu behalten. Urplötzlich änderten sie die Richtung und bogen in eine Seitenstraße ein. Ich fühlte mich leer und verlassen. Weiterhin beobachtete ich die Passanten und hielt lustlos unter den Offizieren Ausschau nach meinem Bruder. Wie viel Zeit auf diese Weise verging, weiß ich nicht mehr.

Dann ertönte die Türglocke. Es waren die zwei: Sie gehörten zu den geladenen Gästen und hatten unterdes noch Mandelgebäck für mich besorgt.«

»Und du, wie hast du reagiert?«

»Ich sah ihn an und zitterte.«

»Du zittertest? Nennt man das Liebe auf den ersten Blick?«

»Genau. Und so war es später jedes Mal: Mich überkam ein Zittern, sobald ich ihn nur ansah.«

»Und er?«

»Er wusste nichts davon.«

»Was hast du getan, um ihm zu verstehen zu geben, dass er dir gefiel?«

»Ich wollte nicht, dass er es merkt.«

»Wenn mir einer gefällt, tue ich alles, um es ihm zu zeigen.«

Die Tante warf ihr einen verwirrten Blick zu und sagte nichts mehr.

Dann begann sie, in ihrer Handtasche zu kramen – die hatte sie immer bei sich, so als müsste sie jeden Moment ausgehfertig sein –, und zog fünfzig Euro aus dem Geldbeutel. »Für dein Kind«, sagte sie leise und schob ihr den Geldschein in die Hand.

Dana glaubte, die Tante wäre ihre Verbündete geworden.

12.

Eine Freundschaft festigt sich

»Sex ist der Motor der Welt.«

Tito war nicht der Einzige, der Dante und Irina gastfreundlich sein Haus geöffnet hatte. Die Einladungen häuften sich.

Irina war unermüdlich gewesen: Vanna und der Hoteldirektor hatten sie vielen Personen vorgestellt, und alle hatten sich für sie als sehr nützlich erwiesen: Der zweite Bürgermeister hatte sich ganz zu ihrer Verfügung gestellt; die Dienstmädchen aus Osteuropa, die dem Hotel zugeteilt waren, versorgten sie mit vertraulichen und zweckdienlichen Informationen über die Familien, für die sie gearbeitet hatten. Irina bewies ein großes Geschick, sich Gefallen erweisen zu lassen.

Durch sie hatte Dante Kirchen, die seit Jahrzehnten verschlossen waren, Klausurklöster, unzugängliche Landgehöfte und Privathäuser fotografieren können. Seine Fotomappe füllte sich rasch, und er hatte viel freie Zeit. So lud er Tito zu ausgiebigen Spaziergängen ein, in den Nachmittagsstunden, wenn alles wie ausgestorben war und Mensch und Tier Mittagsruhe hielten. Dante gefiel die Vorstellung, dass diese aufkeimende Freundschaft zwischen zwei Männern fortgeschrittenen Alters der ähnelte, die im jugendlichen Alter zwischen seiner Mutter und Rachele bestanden hatte.

Tito war nicht sehr gesprächig, wenn sie unterwegs waren. Sorgfältig bedachte er jedes einzelne Wort. Er war auch ein hervorragender Zuhörer. Dante hingegen redete munter drauflos über alles, was ihm in den Sinn kam, und stellte viele Fragen. Dann wieder schwiegen sie und betrachteten die Landschaft.

»Und hierher bist du als kleiner Junge zum Schwimmen

gekommen?«, fragte Dante und betrachtete die Strandlinie mit ihren hitzeschläfrigen Wellen.

»Niemals, das Meer durften wir anschauen, und basta. Außerdem hätte ich allein gar keinen Spaß gehabt. Erst auf dem Internat habe ich schwimmen gelernt, und das recht und schlecht. Meine Kinder aber, die lieben das Meer. Wir haben ein Segelboot und ein Schlauchboot, die liegen in einem Jachthafen in der Nähe vor Anker, um hier keinen Anlass zu Gerede zu geben.«

»Gerede, wieso? Dass ihr wohlhabend seid, das wissen doch sowieso alle.«

»Genau aus dem Grund muss man darauf bedacht sein, noch weniger von sich reden zu machen.«

»Nimmst du manchmal das Boot und fährst hinaus?«

»Ich genieße das Meer lieber vom festen Boden aus.«

»Woran hast du dein Vergnügen?«

»Es gibt viele Dinge, die mir Freude machen: die Pastafabrik, die freie Natur, der Garten, die Oldtimer, die antiken Uhren, die Häuser …« Und mit einem schüchternen Lächeln fügte er hinzu: »Ich fotografiere leidenschaftlich gern.«

»Hast du Freunde?«

»Um die Wahrheit zu sagen, nein, keinen einzigen. Gute Bekannte, ja, einige. Aber wir sind es gewohnt, unter uns zu bleiben und wenig über die Familie und die anderen zu reden. Die Tante mag ich sehr: Ihr Kurzzeitgedächtnis hat zwar nachgelassen, aber sie ist noch immer eine interessante und scharfsinnige Person. Sie versteht es, Situationen zu analysieren, und hat immer gute Ratschläge parat. Wenn sie sich etwas in den Kopf gesetzt hat, lässt sie nicht locker.«

»Wenig über sich selbst zu erzählen, ist das eine ihrer Eigenarten oder ein Charakteristikum von euch allen?«

»Wir sind ein verschlossener Menschenschlag. Den anderen, auch den eigenen Familienangehörigen, traut man hier nicht.«

»Ich dagegen bin ein sehr offener Mensch«, sagte Dante. Er wusste wenig über seine eigene Familie: Sie waren Juden, und viele Verwandte waren im Konzentrationslager gewesen, vielleicht auch sein Vater. »Ich habe keine Wurzeln, ich habe kein Zuhause. Ich habe nichts. Von meiner Arbeit kann ich gut leben, und ich tue, was mir gefällt, ohne mir Gedanken über die Zukunft zu machen. Ich fühle mich als Weltenbürger. Eine Familie, ja, die fehlt mir. Vielleicht hat sie auch meiner Mutter gefehlt, und aus dem Grund war es ihr größter Wunsch, Rachele ausfindig zu machen, die für sie wie eine Schwester war.«

Jetzt waren sie auf dem freien Feld angelangt. Wachsam ließ Tito seinen Blick schweifen: Er überprüfte die Blüte der Ölbäume und den Fruchtstand der Mandelbäume und ließ Dante einfach reden. Der malte sich eine Rachele aus, die einsam in ihrer Villa Gedichte las. Tito stimmte ihm zu. »Als junge Frau, in der Tat, hatte sie stets ein Buch in Händen.«

»Und du hast sie nie gefragt, was sie da liest?«

»Nein, ich stelle nicht gern Fragen, das habe ich dir bereits gesagt. Und überdies, ich lese wenig.«

Bei ihrem Vorübergehen schreckte eine Eidechse auf, die unter einem Stein des Grenzmäuerchens versteckt war. Auf ebendiesem Stein paarten sich zwei kleine weiße Schmetterlinge. Verängstigt hoben sie ab – im Flug noch vereint – und verharrten in der Schwebe; dann ließen sie sich wieder auf dem Stein nieder. Sie hatten das Befruchtungsritual nicht unterbrochen.

»Ich liebe den Sex«, sagte Dante. »Wäre es dir nicht lieber gewesen, wenn Mariola mehr Erfahrung gehabt hätte?«

»Daran habe ich nie gedacht: Gewiss hinterher ist man immer klüger, und in der Tat, ich hätte es sehr geschätzt. Für uns beide wäre es besser gewesen!«

»Sex ist der Motor der Welt«, sagte Dante, »das ist ein schöner Allgemeinplatz.« Und mit leiser Stimme fuhr er fort: »Irina übertreibt natürlich, aber das gehört nun einmal zu ihrer Überlebensstrategie und zu ihrer Philosophie des Genießens.«

»Macht dir das nichts aus?«

»Überhaupt nicht, wir sind nicht fest liiert.«

Die Tante trank von dem Kamillentee, den Dana ihr mit saurer Miene serviert hatte – seit Tito mit Dante ausgedehnte Spaziergänge unternahm, vernachlässigte er sie: Seine Beine ermüdeten rasch, und nachmittags hatte er keine Lust auf die Rumänin.

»Ich habe Freundschaft geschlossen mit dem Sohn deiner Freundin Marta Attanasio, die, mit der du über Dichtung gesprochen hast«, sagte Tito, ohne Luft zu holen. »Wer war denn dein Lieblingsdichter?«

Die Tante war verunsichert; sie zögerte.

»O Einsamkeit, wenn wir vereint verharren müssen,
so sei es nicht in irrer Bitterkeit dunkler Häuser;
komm mit mir auf den Wipfel – Sternwarte der Natur …«

Dana rezitierte mit schriller Stimme. »Auch ich kenne das Gedicht auswendig, du wiederholst es, Wort für Wort – immer dieselben Zeilen, jeden Morgen, während ich dir beim Ankleiden helfe und du aus dem Fenster schaust! John Keats, hast du jedenfalls gesagt!«, sagte sie frech.

»Ich bin alt …«, sagte die Tante leise und sah sie entgeistert an. Aufrecht sitzend, die Hände aneinander gelegt, den Hals lang gestreckt, begann sie zu weinen und sprach kein Wort mehr.

13.

Die schwierige Beziehung zwischen
dem Bruder und den Schwestern
»Ich habe nicht gedacht, dass du so habgierig bist.«

Der Wagen fuhr mit Karacho in den Hof, stoppte abrupt neben einem Stapel Paletten und versperrte so den Zugang zu einem der Lagerräume. Elisa sprang aus dem Auto, unbekümmert, ob jemand sie beobachtete oder nicht; sie hatte ein großes, in Papier gewickeltes Paket dabei. Ein Angestellter kam aus dem in Rosa verputzten Gebäude und grüßte sie höflich; der Lastwagenfahrer, der das Parkmanöver verfolgt hatte, sah amüsiert zu ihnen hinüber.

Elisa war derart flatterhaft, dass sie schon wieder verwegen wirkte. Die Malerei, auf die sie sich nach ihrer zweiten Mutterschaft mit blindem Ehrgeiz gestürzt hatte, war für sie eine Fluchtmöglichkeit. Sie verstand sich auf ihr Handwerk, doch etwas fehlte: Sie hatte Talent, aber keine Ausdauer; und ihr Verstand schien zuweilen wie blockiert. Ihr Ehemann und ihr Bruder beschützten sie, was ihr Verlangen nach Unabhängigkeit nur noch steigerte. Zu erkennen war das daran, mit welcher Heftigkeit sie sich, wenn sie nervös war, mit der Hand über die Stirn fuhr und an ihrer Haarsträhne riss.

»Elisa, was machst du denn hier?«

»Darf ich denn meinem Bruder kein Geschenk vorbeibringen?«, erwiderte sie, sofort in der Defensive. Sie riss die Verpackung aus Noppenfolie auseinander und erklärte stolz: »Das ist das Bild, das dir gefallen hat. Es wird sich hervorragend an der Wand hinter deinem Schreibtisch machen und jedem Eintretenden ins Auge fallen.«

Es war ein Acrylgemälde in Ocker und Brauntönen. Zwischen den gitterartigen Pinselstrichen, die die Fläche unterteilten, waren zwei nackte Körper, auf einem Strand ausgestreckt, zu erkennen; Elisa hatte eine leichte Hand und ein sicheres Gefühl für Farben.

»Es ist wirklich schön, danke. Ich würde es jedoch lieber bei mir zu Hause im Wohnzimmer aufhängen.«

»Keiner ist jemals ehrlich in dieser Familie!«

»Willst du, dass die anderen uns hören! Hier wird gearbeitet! Das Bild ist wunderschön, aber ich bin mir nicht sicher, ob moderne Kunst den Geschmack unserer Kunden trifft …«, sagte Santi leise.

»Siehst du? Tief in deinem Herzen bist du doch ein Konformist, genau wie die anderen, schlimmer noch, ein Heuchler bist du! Heuchler! Und sag mir bloß nicht, was du alles für mich getan hast! Ich wäre da auch allein herausgekommen, wenn ihr mich hättet machen lassen!«

»Aber ich habe doch nie etwas gesagt, nur – du liegst mir nun einmal am Herzen!«

Elisa versank in einem der hellen Ledersofas. Grob packte sie die Kissen, die in den Sofaecken lehnten, beutelte sie, schlug wütend mit der flachen Hand darauf, als wollte sie sie ausquetschen, und warf sie dann an ihren Platz zurück.

Santi unterzeichnete die Korrespondenz und verfolgte ihr Tun aus den Augenwinkeln.

Jetzt schrie Elisa, die Ellenbogen auf den Schreibtisch gestützt: »Wo ist Teresa? Wo ist sie bloß? Sehen wir mal, was sie zu meinem Bild zu sagen hat!«

»Beruhige dich. Ich weiß nicht, ob sie im Büro ist.« Santi schob die Tastatur von sich und sagte besänftigend: »Wollen wir einen Kaffee trinken? Ich habe noch Mandelkekse.«

Während er mit dem verchromten Kaffeekocher hantierte, schwirrte Elisa um ihn herum. »Die wird ihren Umzug vorbereiten, was glaubst denn du! Ich dagegen soll an meinem Schreibtisch kleben, eingekerkert in einem Büro, und auf die Anrufe der Leute warten!«

»Du hast den Kunden gegenüber zuvorkommend zu sein, die Öffentlichkeitsarbeit ist dein Job! Wann willst du eigentlich wieder anfangen? Ich frage das nicht nur meinetwegen: der Verwaltungsdirektor muss wissen, ob er dich in den Stellenplan für die nächste Versammlung aufnehmen kann oder nicht.«

»Niemals! Nie mehr! Ich will die Stelle von Teresa, sobald sie weg ist! Und auch ihr Gehalt!«

»Das ist nichts für dich.« Santi war eisig.

»Du bist wie die anderen! Alle sind gegen mich!«, kreischte Elisa schrill und ihre Hände, die die Kaffeetasse umschlossen hielten, zitterten so, dass dunkle Spritzer auf dem hellen Marmorboden landeten.

»Schön ist das, wo hängen wir es auf?« Teresa war eingetreten und stand vor dem Gemälde. Sie massierte sich Kinn und Hals und sagte: »Die Wand neben der Tür ist leer, dort würde es gut hinpassen!«

»Speichelleckerin! Sogar Mamas Namen hast du deiner Tochter verpasst! Du bist eine Speichelleckerin!«, giftete Elisa und verzog sich ans Fenster. Sie sah hinaus, ließ dann den Blick erneut durchs Zimmer schweifen, ihre Lockenmähne bebte bei jeder Bewegung.

Dann stürzte sie sich auf das Gemälde, riss es Teresa aus der Hand und warf es zu Boden. Das Glas zersprang, aber der Rahmen hielt es zusammen.

»Können wir bitte damit aufhören«, sagte Santi und hielt noch immer das Papiertaschentuch, mit dem er die Kaffeespritzer weggewischt hatte, zwischen den Fingern.

»Du bist wahnsinnig!« Mit diesen Worten schlich sich Teresa durch die Verbindungstür hinaus. Elisa wollte ihr nacheilen, doch der Bruder erwischte sie an einem Arm.

Sie brach in Tränen aus: »Die von der Bank setzen Antonio unter Druck, die Händler bezahlen ihn nicht. Er weiß nicht, wie er unbeschadet aus der Geschichte herauskommen soll: Es ist eine Katastrophe. Ich beabsichtige, eine Hypothek auf die Villa am Meer aufzunehmen …« Mittlerweile hatte sie aufgehört zu weinen. »Wirst du mit Papa darüber sprechen?«

»Lass uns erst überlegen, danach entscheiden wir. Gehst du noch zur Psychologin?«

»Wovon sollte ich die denn bezahlen?«

»Ich mache das schon. Geh ruhig und sei unbesorgt.«

»Aber du willst mein Bild doch, oder?«

»Ja, es ist wunderschön.«

Elisa nahm ihre Handtasche. An der Tür hielt sie inne und sagte: »Ich bring dich um, wenn du es dort aufhängst, wo sie gesagt hat! Ich schwöre es, ich bring dich um!«

Santi brachte die Unterlagen für die Qualitätsnormierung zum Verantwortlichen in der Herstellung am anderen Ende der Fabrik; das war zugleich eine diskrete Art und Weise, als Fabrikherr Präsenz vor Ort zu demonstrieren. Unterwegs begegnete ihm Teresa, die sich ihm anschloss.

»Ich würde dich gern sprechen, hast du eine Minute Zeit?«

»Komm mit.«

Santi erwiderte aufmerksam den Gruß der Arbeiter, die für die Teigherstellung zuständig waren; sie trugen weiße Overalls – im Gegensatz zu den grünen der anderen Arbeitnehmer – und murrten nicht mehr. Dieser Kampf war gewonnen. Viele von ihnen nannten ihn beim Vornamen: Früher waren sie Spielkameraden gewesen, wie ihre Väter einst die seines Vaters gewesen waren. Teresa deutete ein Lächeln an: Als sie Kinder waren, nahm der Vater nur den Sohn mit in die Fabrik, sie musste bei der Mutter zu Hause bleiben. Diese Kränkung hatte sie nie verwunden.

Santi hob die Abdeckungen der Teigknetmaschinen, in denen der Vorteig angerührt wurde: Zwei Metallschläger vermengten die Teigmasse, und frischer Duft nach Glutin stieg auf.

»Riechst du das? Der Duft des Teigs ist betäubend, und doch ist es nur Wasser und Mehl.«

Teresa mochte den Geruch nicht. »Piero will wissen, ob ich meinen Posten im Vorstand behalte. Was sagt denn Papa dazu?«

»Wir haben noch nicht darüber gesprochen. Auch ich muss das wissen: Wir sind kein Familienbetrieb mehr, ich muss meinem Team Rede und Antwort stehen. Es ist mir peinlich, aufgrund dieser mangelnden Gewissheit die Unternehmensdiagramme nicht fertigstellen zu können. Meine Direktoren sind nicht an Vetternwirtschaft gewöhnt, und genau darum geht es ja; das ist ein weites Feld, über das ich mit Papa sprechen will. Ich will Mehrheitseigner werden.«

Sie gingen die Innentreppe hinab. Außer ihnen war niemand da. In entschiedenem Ton sagte Teresa: »Du willst dir also den Löwenanteil sichern. Zum ersten Mal hat Elisa recht gehabt, so etwas hat sie nämlich vorhergesagt.«

»Zumindest du solltest wissen, dass das nicht stimmt. Ich bin in verantwortlicher Führungsposition, ich habe einen MBA und habe im Ausland gearbeitet. Ich bin in der Lage, die Pastafabrik zu leiten, und zwar gut, ich schufte mich hier halb zu Tode. Du hast einen Universitätsabschluss in Literaturwissenschaften und arbeitest als Buchhalterin auf Stundenbasis, wenn es dir in den Kram passt. Die Arbeit interessiert dich nicht. Du liest nicht einmal den Produktkatalog, auf Papas Geburtstag hat sich das gezeigt!«

Neben einem Fenster waren dicke zylinderförmige Stücke einer grauen Masse aufgetürmt, von einer dünnen Kruste überzogen. Es war die aus der kaputten Maschine entfernte Hartweizengrießmasse, die sauer geworden war und übel roch. Santi hielt vor den Klumpen inne. Ein Hochziehen der Augenbrauen in Richtung des Zuständigen genügte, und schon machte sich ein Arbeiter daran, die Teigstücke in große Säcke zu füllen, die dann als Schweinefutter verkauft werden sollten.

Wieder waren sie allein. »Piero liebt mich, und er ist ein guter Vater. Ich hänge an ihm. Als wir geheiratet haben, wusste er, dass wir reich sind. Mir steht die Villa am Meer zu und ein schönes Appartement in der Toskana.«

Sie waren jetzt in der unteren Etage angelangt. Dort lagen fein säuberlich an der Wand aufgereiht die Zieheisen für die kurzformatige Pasta; sie waren gereinigt und für den Gebrauch bereit: große, nach einem geometrischen Muster ausgestanzte Bronzematrizen, mit denen die verschiedenen Pastasorten aus der Produktpalette der Fabrik hergestellt wurden.

»Erinnerst du dich?«, fragte Santi, »die sind noch aus unserer Kinderzeit: Sie haben bis heute gehalten … In meiner Phantasie waren es Achäerschilde oder Kartographien des Nachthimmels.«

»Also kann ich auf deine Unterstützung zählen? Ich möchte eine Schenkung von Papa.«

»Aber dann müsstest du deinen Posten im Vorstand aufgeben.«

Im Vertikalformer waren die *mezze penne rigate* an der Reihe. Die federkielförmigen Rohrnudeln traten aus den Zieheisen und wurden von blitzschnell arbeitenden Messern auf die entsprechende Größe gekürzt; dann fielen sie nach unten und wirbelten im Zylinder umher wie riesige Hagelkörner.

Teresa sah zu. »Du hast recht: Behalt du ruhig die Pastafabrik, ich will lieber Bargeld.«

»Da bist du nicht die Einzige: Auch Elisa hätte das lieber. Aber wir verfügen nicht über genügend Flüssigkapital, und sie muss die gleiche Behandlung erfahren wie du.«

Sie passierten den Bereich der Exsikkatoren, ohne anzuhalten, dort war es sehr heiß. Der Arbeiter, der die Geräte kontrollierte, war gerade nicht an seinem Arbeitsplatz; sein saurer Schweiß, vermischt mit dem Geruch des Mehls, stand in der Luft. Bruder und Schwester rümpften die Nase und beschleunigten ihre Schritte.

»Und du, wie musst du behandelt werden – wie wir oder besser als wir?«

Santi hielt abrupt inne und sagte in schneidendem Ton: »Was den übrigen Familienbesitz angeht, so wie ihr und nach dem Gesetz: zu gleichen Teilen. Aber was die Pastafabrik angeht, liegt die Sache anders: Da errechnen sich die Anteile nach meinem Beitrag und meinen Fähigkeiten. Am Ende wird sie mir gehören. Ihr zwei arbeitet hier, weil ihr die Töchter des Eigentümers seid. Ich habe alles getan, um euch dafür zu gewinnen, vor allem dich. Von Rechts wegen müsste ich euch entlassen.«

Er schritt weiter aus: Sie waren jetzt in der Abfüllabteilung. Santi kletterte die Eisentreppe hinauf, von der aus man die mehrköpfige Waage, seine Lieblingswaage, erreichen konnte: Es war ein ganz neues Gerät aus Edelstahl in Form eines Trichters, wunderschön glänzend wie ein Springbrunnen. Die bereits getrockneten *penne* stiegen durch ein Gebläserohr nach oben, schossen wirbelnd aus dem Zentraltrichter und fielen dann in Kaskaden in die vierzehn zweireihig um das Rohr angeordneten Köpfe: Sie sahen aus wie versilberte Schlünde einer fleischfressenden Pflanze. Wenn das gewünschte Gewicht erreicht war, schlossen sich die Köpfe, und die Pasta wurde in die Konfektionierung weitergeleitet. Der rhythmische Wechsel zwischen dem dumpfen Klang der fallenden *penne* und dem metallischen der Köpfe – Öffnen–Schließen, Öffnen–Schließen – wirkte hypnotisierend.

Teresa versuchte mit dem Bruder Schritt zu halten. »Ich habe nicht gedacht, dass du so habgierig bist.«

»Wenn du meinst – auch ich habe das nicht von dir gedacht. Aber wir haben uns gern und werden auch jetzt eine Lösung finden.«

Santi sah auf die Uhr: Er musste Titino von der Schule abholen und war spät dran. Fast rennend durchquerte er die Lagerräume mit den Palettenstaplern.

14.

Dana und die Pastafabrik

»Wenn ihr sagt, die Pastafabrik gehört der Familie, dann bedeutet das, ihr alle esst Pasta gratis.«

»Santi hat Nadia, der Tochter von Sonia, die in seinem Haushalt arbeitet, zehn Kilo Pasta geschenkt. Gestern haben wir bei ihr im Haus ein Spaghettiessen gemacht: Es war sehr gut!« Dana kämmte die Tante und plauderte.

»Unsere Pasta war immer schon Spitzenqualität: Wasser, erstklassiges Mehl, sorgfältige Herstellung und langsame Trocknung. Das ist das Geheimnis.« Dann bedachte die Tante Danas Worte und fragte: »Hat Nadia denn Geburtstag gehabt?«

»Nein. Es war so: Seit die Pastafabrik mit einem einzigen

Heizkessel arbeitet, muss Santi schon sehr früh das Haus verlassen, und deshalb muss Sonia früher anfangen und Titino in die Schule bringen.«

Dana flocht der Tante, die heute gesprächig war, einen lockeren Zopf.

»Und was macht Vanna?«

»Die verlässt erst am späten Vormittag das Haus, wenn sie zum Psychoanalytiker muss … Es scheint sehr wichtig zu sein.« Dana steckte eine letzte Haarnadel in den Zopf, den sie im Nacken zu einem weichen Knoten gedreht hatte. Die Tante betrachtete sich zufrieden im Spiegel, und rasch rückte Dana mit der Frage heraus, die ihr besonders am Herzen lag: »Wem gehört die Pastafabrik eigentlich?«

»Die Pastafabrik gehört unserer Familie.«

»Aber wer ist der *padrone*? Tito oder sein Sohn?«

»Wie ich dir gesagt habe, die Pastafabrik ist im Familienbesitz. Zuerst gehörte sie meinem Vater, dann ging sie an meinen Bruder, und jetzt ist sie Titos. Eines Tages wird Santi sie übernehmen, aber sie gehört der ganzen Familie. Das habe ich dir bereits erklärt.«

»Auch den Kinderchen?«

»Gewiss, auch denen!«

Die Tante sprühte sich Eau de Cologne ins Haar und auf die Handrücken, die sie aneinander rieb, um das Duftwasser besser einziehen zu lassen.

»Aber wer hat das Sagen in der Pastafabrik? Tito tut so, als gehörte die Fabrik ihm allein, aber Santi benimmt sich ebenfalls so … Wer aber ist nun der Chef?« Dana ließ nicht locker. »Also wenn Santi Nadia ein Geschenk machen will, muss er Tito um Erlaubnis bitten? Oder etwa nicht?«

»Absolut nicht, Santi kann jedem alle Geschenke der Welt machen … Und Tito genauso!«

»Und die Schwestern und deren Ehemänner, dürfen die auch Pasta verschenken?«

»Nein, die nicht.«

»Aber sie sind doch Titos Töchter.«

Die Tante schwieg.

»Also ist es, weil sie Frauen sind?« Dana gab sich nicht geschlagen. »Wir sind doch alle gleich, ob Männchen oder Weibchen, das sagst du doch auch! Also nicht einmal du kannst Pasta aus der Pastafabrik verschenken!«

»Doch, ich darf das! Ich bin die Schwester von Titos Vater«, sagte die Tante dünkelhaft und sah aus dem Fenster.

»Und Teresa und Elisa, sind die etwa nicht die Schwestern von Titos Sohn?« Danas Frage zog noch einen ganzen Rattenschwanz nach sich, aber sie wusste bereits, dass sie keine Antwort erwarten durfte: Die Tante war entschlossen, ihr keine Beachtung mehr zu schenken.«

Dann versuchte sie es erneut. »Stimmt es, dass Santi ganz allein in der Pastafabrik befiehlt?«

»Gewiss doch, er ist der Geschäftsführer. Und er muss das Kommando haben.«

»Also ist es so: Tito ist der *padrone*, aber er kommandiert nicht. Und Santi kommandiert, aber ist nicht der *padrone*. Und die anderen essen die Pasta, dürfen sie aber nicht verschenken.«

»Du hast einfach nichts verstanden, die Pastafabrik ist ein Familienunternehmen«, wiederholte die Tante gereizt, »aber was interessiert dich das eigentlich? Geh und hol die Zeitung, ich habe sie heute noch nicht gelesen.«

Jeden Morgen las sie die Zeitung von A bis Z. Bevor Gaspare das Haus verließ und zur Arbeit ging, kam er zu ihr nach oben, um sich zu verabschieden; sie nannte ihm dann die Überschriften der einzelnen Artikel und lieferte ihm eine Zusammenfassung dessen, was ihn interessierte: Es war nicht nötig, dass er im Einzelnen fragte, sie verstanden sich wortlos. Gaspare hatte sich mit Leib und Seele der Pastafabrik verschrieben. Damals gab es noch keinen Firmenvorstand: Der Bruder berichtete ihr, sie besprachen sich und trafen dann einvernehmlich die Entscheidungen. In den unruhigen Nachkriegsjahren wäre es ihr Wunsch gewesen, alles zu verkaufen und in Südamerika für Tito und sie beide nach einem besseren Leben zu suchen. Andere machten das so. »Darum darfst du mich nicht bitten«, hatte er gesagt, »die Pastafabrik haben wir, wenn auch auf indirektem Wege, von unserer Mutter bekommen. Es ist ein Besitz, der in der Familie bleiben muss und an Tito gehen wird. Ich könnte mir anderswo keine neue Existenz aufbauen. Im Übrigen vergisst du, dass ich blind werde.« Sie hatte immer leidenschaftlich die Zielstrebigkeit und den Ehrgeiz des Bruders unterstützt; es war, als würde sie jedes der Geräte bis in seine Einzelteile, jeden Angestellten, jeden Lieferanten, jeden Kunden persönlich kennen.

Gaspare lenkte seine Angestellten wie ein Heer Soldaten – es war keine leichte Aufgabe, aber er hatte sie gemeistert. Er verlangte viel von seinen Untergebenen und behandelte sie gut. In den Fünfzigerjahren hatte die Pastafabrik riskante Situationen zu meistern. Neu gegründete Pastafabriken kamen in den Genuss von Subventionen und günstigen Vertragsbedingungen. Unter großen Entbehrungen – alle ihre Einnahmen gingen dabei drauf, die Verluste wettzumachen und die Gelder für Investitionen zu stellen – hatten sie es vermeiden können, Personal zu entlassen. In den Folgejahren waren sie dafür belohnt worden: Ihre treuen und tüchtigen Mitarbeiter hatten nicht wenig zum Erfolg des Unternehmens beigetragen.

Als Tito Anfang der Fünfzigerjahre aufs Internat kam, waren in Italien die ersten Anzeichen eines Wirtschaftsaufschwungs spürbar. Gaspare saß in den Startlöchern, um neue Märkte zu erobern: Er glaubte daran und war einer der ersten Unternehmer, die ihre Produktionsanlagen modernisieren ließen, ohne dass es der Qualität der Produkte Abbruch tat. Er gehörte zur Avantgarde der Unternehmer. Rachele hatte gefürchtet, dass es ohne Tito einsam in ihrem Leben werden könnte. In Wirklichkeit hatte sie keinen einzigen freien Moment, so viele Dinge hatte sie für Gaspare zu erledigen, denn sein Augenlicht wurde immer schwächer. Sie las für ihn die Geschäftspapiere und die Korrespondenz, sie schrieb auch in seinem Namen; sie hatten sogar eine Privatsprache aus Wortkürzeln geschaffen, eine Art Stenographie, wie Rachele sie in Rom erlernt hatte, und konnten sich mit ihrer Hilfe im Nu verständigen.

Mit wachsendem Wohlstand konnten sie sich auch Ferien auf dem Festland und sogar Luxuskreuzfahrten leisten: Sie tauschte die Villa gegen die sehr begrenzten Räumlichkeiten eines Schiffes ein und lernte die Welt kennen, doch wieder einmal nur aus der Entfernung; längst aber war sie daran gewöhnt.

In den letzten Jahren seines Lebens war Gaspares Begeisterung für die Arbeit erloschen. Der Moment war gekommen, die Führung an Tito abzugeben. Sie, Rachele, war es gewesen, die Vater und Sohn angespornt hatte: Die Pastafabrik bedurfte des wachen Auges eines einzigen *padrone,* der stets Präsenz zeigen musste. Tito müsste dafür im Städtchen wohnen, und tatsächlich zog er dorthin. Die Pastafabrik war zu einer der größten in Süditalien geworden. Jetzt war Santi an der Reihe, aber Rachele war in Sorge: Der junge Mann verbarg eine gewisse Melancholie und Verletzlichkeit, die sie sich nicht ganz erklären konnte. Tito wiederum wirkte verstört auf sie, und sie fühlte sich schuldig.

Teresa hatte der Tante das offizielle Klassenerinnerungsfoto ihrer Mädchen mitgebracht.

»Santi hat Dinge gesagt, die mich verletzt haben«, sagte sie zu ihr, »gewisse Worte vergisst man einfach nicht: Ich würde nur arbeiten, hat er gesagt, weil ich die Tochter des Besitzers bin, und wenn es nach ihm ginge, würde er mich entlassen. Begreifst du jetzt, wer das Sagen in der Pastafabrik hat? Ich bin im Vorstand, aber sämtliche Entscheidungen treffen die beiden am frühen Morgen unter vier Augen, wenn Santi in der Villa vorbeigeht. Ich begreife gar nichts mehr, ich weiß manchmal nicht einmal, ob wir arm oder reich sind!«

Dana hatte die Ohren gespitzt und mischte sich ein: »Ich weiß, wie die Dinge stehen, die Tante hat es gesagt: Derjenige, der besitzt, kommandiert nicht, und wer kommandiert, ist nicht der Besitzer. Das ist wie im Kommunismus: Die haben zu uns auch immer gesagt, dass alles Eigentum des Volkes sei, aber wir, das Volk, besaßen nichts. Fest steht, dass ihr drei Kinder so viel Pasta essen könnt, wie ihr wollt, aber nur Santi darf sie auch verschenken, an wen er will. Wenn ihr sagt, die Pastafabrik gehört der Familie, dann bedeutet das, ihr alle esst Pasta gratis.«

Seither hatten sich bei Dana Zweifel über Titos wirtschaftliche Lage eingenistet, und sie kam zu dem Schluss, dass ein Ehemann mit einer schönen Pension aus den Kassen der Regionalverwaltung eine weitaus bessere Partie wäre: Genau das war auch das erklärte Ziel ihrer Freundin.

15.

Eine ungewöhnliche Lektion in Sachen Fotografie

»Nein, dieses Mal ist es meine Angelegenheit.«

Nach dem Mittagessen hielt sich Mariola allein mit Santi im Garten auf.

»Bei dem Chaos, das Piero um sich herum geschaffen hat, fehlt mir gerade noch, dass ich mir auch um deinen Vater Sorgen machen muss. Er ist merkwürdig geworden«, sagte Mariola und stellte die Mokkatasse auf dem schmiedeeisernen Gartentisch ab. Tito besichtigte zusammen mit Vanna und Titino den Bentley, der für das Oldtimerrennen im Frühsommer auf Vordermann gebracht worden war.

»Worauf spielst du an?«

»Ach, nichts Besonderes, er kommt mir eben verändert vor … Am Abend, im Bett … Früher kam er erst, wenn ich bereits eingeschlafen war.«

»Er ist immer schon so gewesen, Papa ist ein Nachtwandler«, sagte Santi knapp. »Und jetzt schläft er vor dir ein?«

»Nein, er legt sich hin und liest.«

»Und das bereitet dir Sorgen? Vanna und ich lesen immer vorm Einschlafen.«

»Aber früher hat er das nie getan.«

»Menschen verändern sich nun mal, wenn sie älter werden.«

»Das muss der Einfluss von diesem Dante sein. Der ist mir nicht geheuer, der hält sich für einen Intellektuellen …«

»Dante ist mein Freund. Wenn du etwas an ihm auszusetzen hast, tu das bitte nicht vor mir«, sagte Santi unwirsch, und zerknirscht fügte er hinzu: »Verzeih, Mama. Wir haben andere Sorgen, schwere Sorgen: Teresa zieht weit weg … und Elisa will ihren Posten in der Pastafabrik übernehmen.«

»Ich höre dir zu.« Ohne den Umweg über ihren Ehemann wollte Mariola jetzt Genaueres aus erster Hand wissen.

»Sie sind unglücklich. Zum Teil ist das Papas Schuld: Er gebärdet sich immer mehr als Tyrann, auch im Betrieb. Ich kann den beiden nicht helfen. Ich bin zwar der Geschäftsführer, aber nur dann, wenn es ihm passt. Ich würde gern das Abfüllsystem und die Versandverpackung automatisieren: Er aber ist dagegen. Ich weiß, dass die Pastafabrik eines Tages mir gehören wird, aber das ist mir nicht genug …«

Mariola rief ihm ins Gedächtnis, dass sein Vater Tito, als beim Großvater die Sehkraft nachließ, die Pastafabrik modernisiert und vergrößert hatte – eine Entscheidung, die voller Risiken war und große Opfer kostete: Er lebte in der Villa, und sie blieb allein mit den Kindern in Palermo zurück. »Das war unser Glück: Andere waren gezwungen zu schließen. Dein Vater aber dachte nur an euch, an eure Zukunft … Erst spät am Abend, und das auch nicht jeden Tag, kehrte er heim, wenn ihr bereits schlieft, damit er euch wenigstens am nächsten Morgen, bevor ihr in die Schule gingt, zu Gesicht bekam.« Sie wäre lieber in die Villa oder in das Haus im Städtchen gezogen, aber der Großvater wollte nicht, dass sie sich für ihn opferten, sie sollten in Palermo bleiben und an das Wohl der Kinder denken. »Um ehrlich zu sein, für mich wäre es das reinste Glück gewesen: Mit meinem Ehemann und meinen Kindern zusammenzuleben, wo auch immer … Das wäre für alle Beteiligten besser gewesen. Vielleicht wäre Elisa nicht auf die schiefe Bahn geraten … wer weiß …«, murmelte sie.

»Ich weiß, aber Papa setzt uns alle drei herab. Von ihm abhängig zu sein, das ist, als wäre man gefesselt und geknebelt. Der Moment ist gekommen, dass er uns die Verantwortung überlässt, damit wir das verwalten, was für uns bestimmt ist. Ich würde gern ein für alle Mal meine Position klären. Ich trage mich ernsthaft mit dem Gedanken, nach einer anderen Arbeit Ausschau zu halten ...«

»Glaubst du, du könntest etwas Besseres finden?«, fragte die Mutter bissig. Sie war beleidigt.

»Ein großes Unternehmen in Norditalien plant, eine Pastafabrik zu gründen. Die brauchen jemanden mit meiner Erfahrung und meinen Kontakten. Sie sind sehr an mir interessiert«, sagte Santi und sah ihr unverwandt in die Augen. Aus dem »jungen Burschen« von sechsunddreißig Jahren war ein Mann und zudem ein resolutes Familienoberhaupt geworden.

»Willst du, dass ich deinem Vater gegenüber etwas andeute?« Das war für gewöhnlich ihre Strategie, um Tito herumzukriegen.

»Nein, dieses Mal ist es meine Angelegenheit.«

Indessen waren die anderen zu ihnen gestoßen. Vannas Blick kreuzte den ihres Ehemanns, und sie erstrahlte in einem Lächeln. Santi wurde es ganz warm ums Herz.

»Verzeih die Verspätung. Titino war nicht imstande, auf dem PC die Bilder für den Stammbaum einzuscannen, und so haben wir spät zu Abend gegessen. Ich habe meine Fotos mitgebracht«, sagte Santi und ließ sich auf Dantes Sofa nieder.

Dante nahm die Bilder zur Hand. »Interessant, interessant«, murmelte er. Es waren Schwarz-Weiß-Aufnahmen: Hände, Füße, Pobacken, Hälse, Leisten, Oberschenkel, Waden, Brustkörbe. Nicht ein Gesicht, nicht eine vollständige Extremität, nicht ein ganzer Körper. »So also hat alles seinen Verlauf genommen, als du wegen deines Masters in Business Administration in Boston warst und durch Zufall eine Fotoausstellung besucht hast ... Das war für dich wie eine Offenbarung. Eine Erleuchtung, würde ich sagen. Aber wo findest du bloß diese herrlichen Statuen?«

»Überall. Man braucht nur die Augen offen zu halten: auf den Brunnen, den Plätzen, in den antiken und modernen Palazzi … Italien ist voller Statuen.«

»Man erkennt das Talent, echtes Talent. Und du bist Autodidakt: Wie kommt es nur, dass du dieses Hobby nicht auch mit deinem Vater teilst?«

»Papa ist ein Einzelgänger. Er fotografiert für sich – Pflanzen, Panoramen, Gebäude – und die entwickelt er dann in der *Stanza di Nuddu.*«

»Was ist das?«, fragte Dante.

»Das ist eine Mansarde in dem kleinen Turm der Villa. Eigentlich ist es eine kleine Wohnung, im Zwischengeschoss gibt es ein Bad und eine Kochecke, aber sie wurde nie modernisiert. Das war das Refugium des Großvaters, und mein Vater hat es unverändert gelassen. Die Tante hat mir erzählt, der Name rühre daher, dass es Papa als kleiner Junge nicht erlaubt war, den Raum zu betreten. Der Großvater sagte dann zu ihm: ›Das ist die *Stanza di Nuddu,* das Niemandszimmer, ich allein darf dort hinein.‹ Papa nutzt es jetzt als Arbeitsraum: Im Dachgestühl hat er eine Dunkelkammer mit Entwicklerwannen und Trockenpressen eingerichtet. Dorthin verkriecht er sich, wenn er Zeit hat, und Besucher sind nicht gern gesehen. Es gibt sogar ein Bett im Alkoven für das Mittagsschläfchen.«

Dante sortierte einige Fotos aus und legte sie auf den Tisch. Schulter an Schulter standen die beiden Männer nach vorn gebeugt und betrachteten die Bilder. Dante gab sein Fachwissen preis und redete, redete; Santi sog alles in sich auf. Der eine atmete den lauen Atem des anderen ein.

Ganz plötzlich raffte Dante die Fotos zusammen und wich von Santis Seite.

An die Wand gelehnt, hielt er den ungeordneten Haufen

Bilder fest an seine Brust gepresst, als wären sie ein Schutzschild.

Er sah Santi an, und der erwiderte seinen Blick.

»Weiß Vanna es?«

Santi antwortete nicht gleich. Dann überwand er sich und sagte: »Ich liebe meine Frau, meinen Sohn, die Familie … Das ist etwas anderes. Ein verborgener Instinkt, der sich jetzt nicht mehr zurückdrängen lässt …«

Dante nickte. Immer noch sahen sie sich in die Augen.

Santi tat einen Schritt vor und nahm behutsam die Fotografien aus Dantes Hand. Der ließ es geschehen, die Handknöchel des Freundes berührten sanft seine Brust. Nun hatte Santi alle Bilder an sich genommen und wich zurück.

Dante streckte den Arm zur Wand aus und tippte auf den Lichtschalter.

Der Sternenhimmel erfüllte den Raum: hoch, dunkelblau, samtig. Die Gestirne funkelten hell, die Milchstraße war ein Schimmer aus Goldstaub. Das Wohnzimmer wurde eins mit dem Garten jenseits der großen Glastür. Die fleischigen Blätter der enormen Agave unterm Fenster schienen aus Silber zu sein, die Stacheln einer zweiten nahe der Mauer, gebeugt und gegen das Glas gequetscht, waren wie die Zähne einer Säge. Ein Gecko war über die Fensterscheibe nach oben gekrabbelt. Unbeweglich hing er da, die Lamellen seiner Zehen hafteten am Glas: ein Miniaturdrachen. Die Akazienzweige hoben sich deutlich gegen den Himmel und den Hügelkamm ab, die gezackten Laubblätter säumten die nächtliche Bühne wie ein offenes Zelt über dem schwarzen, einsamen Meer.

Dante trat neben das Fenster und zog die Vorhänge zu. Nur ein schmaler Lichtschein erfasste den Mimosenstrauß in der

Mitte des Tisches und traf dann die Wand. Der Rest war Finsternis.

Santi hatte sich das Hemd aufgeknöpft.

16.

Familienchaos
»Verrückt, ich werde noch verrückt!«

Elisa ging anlässlich der Vernissage ihrer Ausstellung für zwei Tage nach Palermo: die Kleinen sollten bei den Großeltern bleiben. Tito beobachtete sie vom anderen Ende des Tisches aus. Die Haare fielen ihr auf die Schultern, zerzaust wie die Fransen eines zerknitterten Handtuchs von flämischer Webart. Sie wirkte jünger als dreißig und war sehr attraktiv.

»Ich stelle meine besten Werke aus. Ich hoffe, dass sich zumindest ein Käufer finden wird. Hier gelingt es mir nicht, etwas zu verkaufen«, sagte sie.

Und zum Vater gewandt: »Antonio hat einen wichtigen Kunden verloren. Er braucht andere Vertretungen. Die Leute kaufen keine Markensachen mehr, sie geben sich mit den chinesischen Nachahmerprodukten zufrieden und schämen sich nicht einmal. Es käme uns durchaus gelegen, etwas dazuzuverdienen.«

»Hast du dir überlegt, deinen Teilzeitvertrag in der Pastafabrik aufzustocken? Deine Idee, getrocknete Tomaten in den Teig zu verarbeiten, fand ich interessant. Überleg dir noch andere Kreationen für Geschenkpackungen, und dann reden wir darüber«, erwiderte Tito.

»Ja, Papa, ich könnte, ich könnte … Und anschließend hättest du bestimmt wieder etwas gegen meine Vorschläge einzuwenden: die Etiketten gefallen dir nicht, die Verpackungsgrößen sind nicht geeignet … Ganz zu schweigen von allem anderen! Am Ende bist immer du es, der die Entscheidungen trifft.« Elisa legte ihre Gabel nieder und zupfte und drehte an einer Locke.

»Teresa aber, die lässt du machen! Ich könnte ihre Stelle übernehmen, wenn sie weggeht, das ja, das würde mir gefallen. Sie verdient nämlich viel!« Sie hatte den Vorschlag des Vaters als Tadel aufgefasst.

»Aber was sagst du da, du malst doch so gut! Und außerdem sind Zahlen nicht deine Stärke«, mischte sich Mariola ein.

»Teresa wird ihre Arbeit aus der Ferne fortsetzen.«

»Und womöglich wirst du ihr Gehalt erhöhen? Sie hat noch keinen Fuß in die Toskana gesetzt, und schon jammert sie über die Lebenshaltungskosten dort! Mein Gehalt ist unverändert seit zwei Jahren!« Elisas Stimme war ein Kreischen, sie hatte die Ellenbogen auf den Tisch gestützt und hielt die Gabel wie einen Speer in der Hand.

»Auch ihres«, stellte Tito klar.

»Aber nicht das ihres Gatten. Die Richter kriegen Supergehälter für das, was sie leisten. Basta, mir ist die Lust am Essen vergangen!«

Scheppernd ließ Elisa die Gabel auf den Salatteller fallen – sie hatte nicht ein Blättchen angerührt. Im Stakkato sagte sie laut und deutlich: »Ich brauche etwas, was mir, mir, *mir* gehört! Verrückt, ich werde noch verrückt!« Und dabei schielte sie auf die Reaktion der anderen. Die Mutter tat sich noch einmal von den Pommes frites auf, die Mädchen aßen mit gutem Appetit, der Vater blickte mit undurchdringlicher Miene in die Runde.

»Ich würde gern eine Galerie-Boutique aufmachen. In anderen Städten habe ich so etwas gesehen. Sie verkaufen Kunst und Kleider, Schuhe, Taschen … Antonio würde mich unterstützen. Was denkst du darüber, Papa?«, fragte sie in sanfterem Ton.

Elisas gespielte Gelassenheit schlug um in aufkeimende Hysterie, in Wahrheit war sie nicht in der Lage, ihren Gemütszustand zu beherrschen. Und aus diesem Grund schwieg sie: Das war die Technik, die sie in der Entzugsklinik erlernt hatte; dort hatte sie auf Zureden von Santi in der dramatischsten Phase ihrer Drogenabhängigkeit Zuflucht gesucht.

Tito klaubte die knusprigsten Pommes von der Servierplatte und reichte sie einzeln der kleinen Vera, die ihm gegenüber saß: »Nimm, *nicarella*, iss!«, säuselte er. Elisa genügte es, das »Nicarella« zu hören, den Kosenamen, mit dem der Vater auch sie als kleines Mädchen gerufen hatte, und schon wurde sie wieder ausfallend.

»Papa, antworte mir! Hörst du mich? Antworte gefälligst!« Jetzt brüllte sie. »Ich habe gehört, du willst für Teresa einen Laden eröffnen: Sie ist noch nicht einmal umgezogen! Stimmt das? Für sie tust du alles, sie ist dein Liebling! Aber ich lass mir das nicht mehr länger bieten!«

Die Mutter fütterte Daniela. Elisa sah sich um: Keiner schenkte ihr Beachtung, da sprang sie auf und stürzte in den Garten.

Die Mädchen knabberten weiterhin ihre Pommes frites und verputzten alle bis zum letzten Stück. Mariola verfolgte Elisa aus den Augenwinkeln: Mit großen Schritten ging sie über die Gartenallee, dann lehnte sie sich an eine der Säulen des Vordachs und drehte sich mit beleidigter Miene zu ihnen um.

»Siehst du, was du wieder erreicht hast?«, sagte Mariola vorwurfsvoll zu Tito. »Die Mädchen haben nicht einmal reagiert:

Wer weiß, welche Hölle sie diesen Unschuldslämmchen bereitet, wenn sie mit ihnen allein ist!«

»Aber ich habe ihr doch nicht einmal geantwortet!«, begehrte er auf.

»Genau das ist dein Fehler: du sprichst nicht. Du musst mit deinen Kindern reden, mit ihnen diskutieren, alles schwarz auf weiß festhalten und dann zum Notar gehen. Bald wirst du mit Santi eine harte Nuss zu knacken haben«, prophezeite Mariola.

Nachmittags war Teresa mit ihren Mädchen und mit Titino in der Villa, um der Mutter beizustehen, die sich um die Kleinen von Elisa zu kümmern hatte. Die Cousins und Cousinen spielten im Garten bei den Rutschen und Schaukeln, und Manuel und Sonia beaufsichtigten sie. Mutter und Tochter hatten die Gelegenheit genutzt, um in Mariolas Zimmer alte Kleidungsstücke für den Benefizmarkt auszusortieren, der am Monatsende in der Gemeindepfarrei stattfinden würde.

»Elisa hat mich soeben angerufen, sie ist noch unterwegs«, sagte Teresa, »sie lässt mir keine Ruhe! Sie unterstellt mir, ihre Karriere – aber welche eigentlich? – zerstört zu haben. Sie ist wütend auf mich wegen unseres Umzugs, als hätte ich den gewollt! Immer schon ist sie eifersüchtig gewesen, aber jetzt scheint sie geradezu besessen zu sein von unserem Weggehen. Auch Piero hat das bemerkt.«

»Wie geht es Piero?«, fragte die Mutter, während sie in der Schublade mit den Schals wühlte.

»Die Arbeit lenkt ihn von diesen Schweinereien ab, deren sie ihn ganz zu Unrecht bezichtigen. Meine eigene Schwester trägt noch zu dieser Hetzjagd bei.« Teresa hielt inne, in ihren Armen lagen mehrere Wintermäntel. Dann murmelte sie bittere Worte, als spräche sie zu sich selbst: »Ich war selbst dabei, damals auf dem Motorboot! Sie bestand darauf, mit uns zu kommen, das war nicht Piero! Ich war allein mit den beiden, und zwangsläufig musste ich es mit ansehen! Ich hätte mich am liebsten ins Meer gestürzt … Piero beschleunigte, wich keiner Welle aus, und seine Augen klebten an meiner Schwester, die halb nackt am Bug stand! Und wie sie sich bewegte, bei jedem Aufprall gegen das Wasser … Ich schwöre, sie war es, die ihn provoziert hat!«

Teresa weinte leise, und die Mutter wusste nicht, was sie sagen sollte.

Unterdes machte sich Tito Notizen für die Konstruktion der Bewässerungsanlage.

»Ich bin gekommen, um Titino abzuholen. Wir haben den Augusta für seine Hausaufgabe fotografiert: Jetzt spielt er mit den Mädchen. Mama und Teresa sind böse, was ist denn passiert?«, wollte Santi wissen.

Tito drehte den Notizblock in den Händen hin und her, der kartonierte Rücken ging zu Bruch. Er war kurzatmig, er wollte allein sein. »Elisa hat eine Szene gemacht«, antwortete er finster.

»Und warum dieses Mal?«

Tito verzog das Gesicht und setzte seinen Rundgang fort.

»Reichen hier zwei Wasserauslässe?«, fragte er, vor einem Beet innehaltend.

»Ich weiß es nicht. Ich würde dir empfehlen, besorg dir erst einmal eine Planskizze: Lass das jemanden mit Fachkenntnissen machen. Danach können wir beratschlagen.«

»Die werden einen Haufen Geld für so etwas wollen! Die denken immer nur ans Kassieren! Ich weiß schon, was ich tun muss!«

»Papa, du kannst nicht immer alles eigenmächtig entscheiden, ohne die Meinung der anderen zu berücksichtigen.« Santi redete und folgte dem Vater.

»Aus dem Grund hast du bereits gute Angestellte in der Pastafabrik verloren. Wir haben einen richtigen Vorstand, dem qualifizierte Personen angehören. Du musst dich nun einmal damit abfinden, Dinge aus der Hand zu geben, etwas zu delegieren, auch an uns. Elisa hat ihre Fehler, aber von ihr kommen auch gute Vorschläge.«

Tito füllte den Notizblock mit Skizzen und Anmerkungen. Die Hand hielt den Bleistift gepresst; und die Spitze drückte so fest aufs Papier, dass sie es beinahe durchbohrte.

Sie waren jetzt im Rosenhain. »Hier reichen doch vier Stück?«, sagte Tito.

»Ich denke schon«, antwortete Santi.

Einsilbig machten sie weiter: »Einen?«

»Kann angehen.«

»Drei?«

»Zwei sind vielleicht besser.«

Die Skizze für die Bewässerungsanlage war fertig.

Santi baute sich vor dem Vater auf und sagte: »Wir sind mittlerweile erwachsen. Wir wollen nicht mehr von dir, Arbeitgeber und wohltätigem Vater, abhängen. Wir leben alle drei mit deiner gütigen Erlaubnis in schönen Häusern. Auch die Boote, das Schlauchboot, die Oldtimer gehören dir. Du redest viel von Autonomie, aber diese Autonomie, wo ist sie denn? Ich habe gute Kontakte, ich könnte auch weggehen und andernorts arbeiten. Du hast die Wahl.«

»Ist das eine Erpressung?«

»Nein. Ich bitte dich nur darum, Vertrauen in mich und meine Schwestern zu haben.«

»Hast du deinem Vater sonst noch etwas zu sagen?«

»Ja, da ist noch etwas. Unehelich geborene Kinder gibt es heutzutage viele. Nun, was deine Herkunft angeht, hast du eine richtige Blockade im Gehirn. Du glaubst, Macht sei die Grundlage für dein Ansehen. Dem ist nicht so. Du wirst geschätzt für das, was du bist: nämlich eine ehrliche und respektable Person.«

Nie zuvor hatte Santi gewagt, dieses Thema dem Vater gegenüber anzuschneiden. Er schluckte und machte weiter: »Titino hat schrecklich geweint, weil du ihm nicht helfen willst. Er betet dich an. Nenn ihm einen Namen für diese Urgroßmutter, und Schluss damit. Es genügt doch ein x-beliebiger Name.«

Tito wich ihm aus und setzte ganz langsam seinen Weg fort.

»Auch Dante denkt so wie ich«, fügte Santi ruhig hinzu.

»Ist er jetzt dein Vertrauter geworden?«

Santi schwieg.

»Hast du mit ihm auch über meine Geburt gesprochen?«, fragte Tito in sarkastischem Ton. »Und um Ratschläge zu der anstehenden Schenkung hast du ihn auch gebeten?«

»Basta!«, zischte Santi wütend. »Es reicht jetzt! Erinnere dich bitte, du selbst hast zu Dante gesagt, dass du nicht weißt, wer deine Mutter ist!«

Tito entfernte trockene Blätter und welke Blüten von den Geranien. Er riss sie ab, brach dabei auch saftige Stängel von der Pflanze und warf sie hinter sich. Spuren der Verwüstung blieben rings um jeden Blumentopf zurück; verstreut auf der Erde lagen abgeknickte Zweige, Blütenblätter und ganze Blüten nebst trockenem Laub.

»Vielleicht hat er dir auch einen passenden Namen für Titinos Urgroßmutter vorgeschlagen?«

»Wenn du es genau wissen willst, ja, hat er. Soll ich ihn dir sagen?«

»Nein!«, stieß Tito heiser aus. »Mir ist der Name einer beliebigen Schlampe recht, Jungfrau oder verheiratetes Weib, vorausgesetzt, sie ist tot und ohne Erben. Du hast die Wahl!«

17.

Die Schwalben und die Finsternis

»Wie oft soll ich dich noch bitten,
das Licht nicht anzumachen, Rachele?«

Schweigsam aßen sie zu Abend. Sie waren rechtschaffen müde: Auf Elisas Mädchen aufzupassen hatte Mariola und selbst Tito alle Kraft gekostet, obwohl er nur am Rande einbezogen war. Er aß eilig, denn er wollte noch die Reinigung einer Unruh zu Ende bringen.

»Du solltest mit Piero und Teresa über geschäftliche Dinge sprechen«, sagte Mariola unvermittelt.

Tito nahm sich noch eines der vom Mittag übrig gebliebenen Koteletts, auf die er ganz versessen war. Verblüfft sah er seine Frau an. »Über Pieros oder meine Angelegenheiten?«

»Die deiner Tochter. Sie muss wissen, was mit ihrem Arbeitsplatz geschieht und welche Summe wir ihr monatlich in die Toskana schicken. Hier kommt sie ja in den Genuss zahlreicher Vergünstigungen. Die Ungewissheit macht ihr zu schaffen, sie hat sowieso genügend Sorgen.«

»Du hast recht. Ich werde aber nur mit ihr reden, ihr Mann hat nichts damit zu tun.« Tito presste eine halbe Zitrone bis zum letzten Tropfen über der Kruste des Koteletts aus, dass die Kerne nach allen Seiten davonspritzten.

»Er hat damit zu tun, und ob! Das ist doch das Problem.

Auch er muss es wissen, und aus deinem Mund muss er es erfahren. Teresa könntest du doch eine Schenkung machen – Elisa müsste natürlich genauso viel bekommen –, und dann musst du an Santi denken.«

»Du hast noch nie von Schenkungen gesprochen. Warum ausgerechnet jetzt?«

»Wir sind alt, unsere Kinder sind erwachsen. Sie brauchen ihre finanzielle Unabhängigkeit. In anderen Familien wird es auch so gehandhabt, das ist nichts Neues. Wir dürfen nicht vergessen, die Zeiten haben sich geändert, die Jüngeren dulden es nicht länger, gegängelt zu werden.«

Tito leerte sein Wasserglas in einem Zug und schwieg: Mariola hatte recht mit dem, was sie sagte.

»Die Kinder hätten gern eine Schenkung«, sagte Tito zur Tante. Dana war in der Küche, um einen Kamillentee aufzubrühen.

»Was denkst du darüber?«, fragte sie zurück, ihre Augen funkelten unter den faltigen Lidern.

»Jetzt ist nicht der richtige Moment.«

»Wenn es dir nicht rechtens erscheint, solltest du nicht nachgeben.«

Dana kam mit dem Tablett herein und servierte den Tee, erst der Tante, dann Tito. Sie sahen jetzt Nachrichten und nippten von dem heißen Getränk. Tito spürte, wie der Zorn auf seine Kinder anschwoll. Die Tante nickte ein.

Dana saß hinter der Tante und hatte ihren Stuhl so gerückt, dass Tito sie gut sehen konnte. Mit Groll dachte er an seine Kinder, und dabei beobachtete er sie. Dana schlug die Beine übereinander, änderte ihre Position und öffnete sie jedes Mal ein Stückchen mehr; genüsslich streichelte sie ihre Schenkel und Waden, die Augen unverwandt auf den Bildschirm gerichtet. Dann warf sie ihm einen Blick zu, stand auf und trug das Tablett in die kleine Küche zurück.

Tito schnellte aus dem Sessel, ging ihr nach und nahm sie, wie sie über das Spülbecken gebeugt die Tassen wusch, von hinten. Anschließend kehrte er zur Tante zurück, um ihr eine gute Nacht zu wünschen – die Tagesschau war noch nicht zu Ende, und seine Abwesenheit war unbemerkt geblieben: Sie lag im Dämmerschlaf und gab sich den Erinnerungen hin.

Sie hatte ihm ein Kapitel vorgelesen, und wie es ihre Gewohnheit war, ruhte sie jetzt ihre Stimme aus und ließ den Blick über den Garten schweifen.

»Ich habe mit dem Notar gesprochen; er wird dir Torrenuova als Schenkung überschreiben. Außerdem habe ich mein Testament gemacht: Tito bekommt seinen Pflichtanteil, ein Nachlass geht an die Nonnen und der Rest an dich, wie vereinbart«, sagte Gaspare.

Sie reagierte nicht, war ganz auf die Schwalben konzentriert. Sie waren von den Stromleitungen aufgeflogen und hatten sich um den Gartentisch versammelt. Sie hockten überall: auf dem Boden, auf den Stuhllehnen und -sitzen, auf dem Tisch. Es war ein einziges Flügelschwirren, sie flatterten hin und her und pickten mit ihren spitzen Schnäbeln die Brotkrumen vom Frühstück auf.

»Gibt es dort draußen etwas, was deine Aufmerksamkeit fesselt?«

So war er. Stets ahnte er, was in ihrem Kopf vor sich ging.

»Die Schwalben stibitzen unsere Essensreste. Sie haben sich über den Tisch hergemacht – wie seinerzeit die evakuierten Jungnonnen über die Villa. Ich beobachtete sie von oben, ohne von ihnen gesehen zu werden. Sie sahen aus wie Schwalben – in ihren dunkelblauen und schwarzen Gewändern, mit den spitzen Haubenschleiern auf dem Kopf und ihren übermütigen Blicken. Sie spielten Versteck und Fangen – die Vorwitzigsten von ihnen kletterten sogar auf die Bäume. Sobald sie aber die Schwester Oberin kommen

hörten, machten sie sich schleunigst an ihr Stickwerk und stimmten den Rosenkranz und religiöse Gesänge an. Manchmal wechselten sie auch zu heitereren Weihnachtsliedern ... Sie waren es, die mir damals Gesellschaft leisteten.«

Sie hatte sich ihm zugewandt: Gaspare war jetzt sechzig Jahre alt und sah noch gut aus für sein Alter. Wie das Schweigen zum Übermittler von Gedanken werden kann, so kann auch der Blick, der nichts schaut, den Blick eines andern erwidern: Seine Augen ruhten auf ihr. Sie sah ihn an, und er wusste es.

Gaspare suchte ihre Hand. Er drückte sie.

»Ich wusste, dass du dich einsam und allein fühlen würdest ... Es dauerte mich sehr.«

»Ich hatte ja die Bücher, die mir Schwester Maria Assunta brachte; zwischen den Seiten fand ich immer getrocknete Blüten, Lorbeerblätter, Minze und Salbei. Und es gab viel zu tun, auch ich fertigte Stickarbeiten in raschem Tempo!«

»Komm, begleite mich nach oben, wir sind noch nicht zu alt, als dass es uns nicht noch gelingen würden ...«, sagte er und reichte ihr den Arm.

Sie stiegen hinauf, sie voraus und er hinterher, Gaspares Hand lag sacht auf ihrer Schulter.

Sie öffnete die Tür und drückte auf den Lichtschalter.

»Wie oft soll ich dich noch bitten, das Licht nicht anzumachen, Rachele?«

Zweiter Teil

Nun, ich möchte meinen, dass jeder Mensch wie die Spinne aus seinem Innern heraus sich eine eigene luftige Zuflucht weben kann. An wenigen Blattspitzen und Zweigenden nur beginnt die Spinne ihr Werk, und sie erfüllt die Luft mit schönen Kreislinien.

Der Mensch sollte sich mit ebenso wenigen Punkten begnügen, daran das feine Gewebe seiner Seele heften und eine himmlische Tapisserie weben, voll von Symbolen für sein geistiges Auge, ganz weich, wenn er sie im Geiste berührt, und weit, dass er im Geiste darin umherschweifen kann, und mit klaren Linien für seine Lust.

Doch die Gemüter der Sterblichen sind so verschieden und zu so mannigfaltigen Zielen hingezogen, dass es auf den ersten Blick so aussehen mag, als könnte es unter diesen Voraussetzungen unmöglich eine Gemeinsamkeit des Urteils und Verbundenheit bei nur zweien oder dreien geben. Dennoch ist das Gegenteil der Fall.

John Keats, *Brief an John Hamilton Reynolds*

18.

Ein Spaziergang im Garten

»Wahre Liebe brennt im Innern, von außen unsichtbar, aber was verstehst denn du davon?«

Untergehakt spazierten sie durch den Garten; die Tante hatte Mühe, sich auf dem Rundgriff des Ebenholzstocks abzustützen.

»Dieser Spazierstock ist einfach zu lang!«, bemerkte Dana.

»Ich weiß. Aber er erinnert mich an die letzten Lebensjahre meines Bruders, damals begleitete ich ihn durch den Garten, so wie du jetzt mich. Auch er brauchte jemanden an seiner Seite, er hatte kranke Augen …«

»Und wohin seid ihr gegangen?«

»In den Rosenhain, genau wie wir.« Dann fügte sie hinzu: »Und hinter die Buchsbaumhecke; ich bringe dich jetzt dorthin.«

Eine hohe, wuchtige Mauer nach Art eines Gefängnisses, nur ohne Lichtschächte oder Eisengitter, umgab den Garten der Villa. Auf der Innenseite der Mauer verlief ein zweiter Begrenzungsgürtel: eine Buchsbaumhecke in der gleichen Höhe mit wenigen schmalen Durchgängen; einige davon waren mit Blumentöpfen zugestellt, aus denen üppig Bleiwurz wuchs, andere waren von den Pflanzen in den Beeten verdeckt. Der breite Korridor zwischen der mit Sprenkelefeu bewachsenen Mauer und der grünen Buchshecke erinnerte an den Ringgraben einer mittelalterlichen Burg.

Die Tante führte Dana zu einem großen Hibiskusstrauch, hinter dem sich eine Maueröffnung verbarg: Der Blick fiel auf einen Streifen Erde, eine Wiese mit üppig wachsenden Wildmargeriten: Es war ein einziges Lichtschattenspiel, die gelben Blüten sahen aus wie gemalt.

Mit dem Stock deutend erklärte die Tante: »Hier war unser Sitz, eine bequeme Holzbank – man hat sie entfernt, sie war morsch geworden. In dieser Ecke dort unter dem Efeu gab es ein steinernes Tischchen und zwei Sitze, die jetzt kaum noch zu erkennen sind …« Sie schwieg und blickte verloren um sich. Dann sagte sie: »Seit vielen Jahren komme ich nicht mehr hierher, seit seinem Tode … Lass uns umkehren, ich bin müde.«

»Ihr habt da also mit einer Mauer vor der Nase wie im Gefängnis gesessen, trotz der vielen schönen Pflanzen, die ihr hattet?«, fragte Dana und schenkte Limonade für sie ein.

»Das ist ein besonderer Platz: Es gibt dort Sonne und Schatten zu jeder Stunde des Tages. Ich habe ihm vorgelesen, wir plauderten. Oder wir zankten uns und schlossen wieder Frieden.«

»Auch ich habe einen Bruder. Aber wir verstehen uns nicht. Er ist sieben Jahre älter als ich, wir standen uns noch nie nahe. Er lebt jetzt in Mailand.«

»Auch mein Bruder war sieben Jahre älter als ich.«

»Du aber hattest ihn gern. Du hast sogar sein Foto auf dem Nachttisch.«

»Aber sicher hatte ich ihn gern, auch wenn wir als kleine Kinder wenig Zeit miteinander verbracht haben. Ich war in der Obhut von Mademoiselle, er führte sein eigenes Leben; er war auf dem Internat. Wir verlebten einen Teil der Sommerferien hier und auf Torrenuova. Ich reiste mit Mademoiselle, wir besuchten die Familie, für die sie gearbeitet hatte, bevor sie zu uns gekommen war, und im August waren wir mit unserem Vater zusammen: Die beiden gingen aus, und ich blieb allein zu Hause.«

»Also ihr kanntet euch kaum … So wie ich und mein Bruder! Er lebte bei den Großeltern.«

»Nein, das stimmt nicht!«, wehrte die Tante ärgerlich ab. »Er spielte mit mir, er war geduldig … Er besuchte mich im Internat in Rom zusammen mit meinem Vater. Manchmal kam er auch allein. Als ich ein junges Mädchen war, sah ich ihn ein ganzes Jahr lang nicht, er war auf der Militärakademie. Dann kam er nach Rom und unternahm mit mir Spaziergänge durch die Stadt, manchmal führte er mich auch aus ins Theater, einfach überallhin. Er wollte meine Erziehung vervollständigen, aber ich lernte nicht.«

»War er kein guter Lehrer?«

»Doch, das war er, aber ich hörte ihm nicht zu … Er hatte dunkle Augen wie unsere Mutter …«, fügte sie unbestimmt hinzu.

Die Tante nippte an ihrem Glas und fuhr fort: »Er trank am liebsten saure Limonade, so wie die hier. Wir hatten den gleichen Geschmack, selbst was die Unterhaltungsmusik anging. Mir fiel noch vor ihm auf, dass wir uns sehr ähnlich waren … Die Mädchen, die er kannte, waren mir sympathisch, auch die, mit denen er flirtete; wir wurden Freundinnen …«

Dana wollte sich bräunen. Irina hatte sie zu ihrem Konzert eingeladen, das sie in der ersten Juniwoche im Hotel geben würde; dort wollte sie unbedingt eine goldbraune Haut, genau wie die der Russin, zur Schau tragen. Sie ließ das Unkraut jäten und mittels zweier alter Plastikstühle, die sie dem Aufseher entwendet hatte, erweckte sie die Ecke, wo sich einst die Holzbank befand, zu neuem Leben. Wenn Mariola nicht im Hause war, brachte sie die Tante dorthin. Die Hecke dämpfte ihre Stimmen, und niemand konnte sie sehen: Es war das perfekte Versteck.

Dana zog ihre Bluse aus, schob den Rock nach oben, um die Beine zu entblößen, und aalte sich in der Sonne. Die Tante saß im Schatten und war zufrieden. Hin und wieder murmelte sie etwas vor sich hin, als spräche sie mit einer anderen Person.

»Du brauchst dich nicht um mich zu sorgen. Ich habe zu tun, und das Kind leistet mir Gesellschaft. Ich weiß, wenn du von deinen Reisen zurückkehrst, erzählst du mir alles. Es ist, als wäre ich dabei gewesen; deine Worte machen mich sehen.«

»Ich fühle mich wohl, wenn ich alleine bin. Ich komme hierher und lese laut, als wärest auch du zugegen. Manchmal drehe ich mich um, und erst dann wird mir bewusst, dass du nicht bei mir sitzt. Aber ich bin nicht traurig.«

»Ich will nicht mehr hören, dass ich übertreibe. Es stimmt nicht. Ich bin immer noch eine Tante, keine nachsichtige, nein, eine strenge Tante bin ich. Vielleicht zu streng. Du aber musst ihn zweifach verwöhnen. Er ist klein und allein. Nimm ihn in den Arm, bedecke ihn mit Küssen. Darauf verstehst du dich doch, mach es bei ihm.«

Dana hatte, ebenso wie die anderen Frauen aus dem Osten, keine Freunde im Städtchen: Sie kannte die Häuser der Leute des Ortes nur aus ihrer Sicht als Bedienstete. Besonders die Frauen gingen ihr aus dem Weg. Sie hatte das als Eigenart der hiesigen Bevölkerung hingenommen; jetzt aber erfuhr sie, dass Irina in den Häusern der angesehenen Familien willkommen war, und umso fester war sie entschlossen, es ihr gleichzutun. Sie hatte der Kassiererin in der Pizzeria, in der sie sich am Sonntagabend mit ihren Freundinnen traf, den Mund mit ihren Konditoreikünsten wässrig gemacht, und die hatte sie für den kommenden Sonntag zu sich nach Hause eingeladen:

Dana sollte ihr die Zubereitung einer traditionellen rumänischen Süßspeise beibringen. In Danas Augen war das ein bescheidener, gleichwohl bedeutender Schritt auf dem Weg zu dem Ziel, das sie sich gesteckt hatte. Und das lautete: Tito zu erobern. Von der Sonne verbrannt und schweißfeucht phantasierte sich Dana eine Zukunft mit ihm zusammen und verpasste keine Gelegenheit, ihren Auserkorenen anhand der Indiskretionen der Tante besser kennenzulernen.

»Wie benahm sich Tito, wenn er verliebt war?«, fragte sie.

Die Tante hielt das Sträußchen gelber Margeriten fest in der Hand. »Er war zufrieden.«

»Aber was machte er mit Mariola?«

»Nichts, was sollte er machen?«

»Was für Geschenke kaufte er ihr? Führte er sie aus zu Spaziergängen oder ins Kino?«

Die Tante richtete den Oberkörper auf. Danas Augen waren unter der Sonnenbrille verborgen, sie lag fast auf dem Stuhl, Arme und Beine breit und lang von sich gestreckt: eine ungepflegte Masse von hellem, gerötetem Fleisch.

»Wahre Liebe brennt im Innern, von außen unsichtbar, aber was verstehst denn du davon?«

Die Tante wollte nicht mehr hinter die Buchshecke zurückkehren, und vom Braunwerden durfte die Rumänin fortan nur noch träumen – wie von vielen anderen Dingen auch.

19.

Irinas Konzert

»Als erwarteten sie noch eine hungrige Horde.«

Das Städtchen und die gesamte Provinz waren enorm stolz auf ihr neues Hotel. Dem extravaganten Geschmack der Architekten schienen vom Etat her keine Grenzen gesetzt: Das Gebäude bestand aus fünf Türmen und je fünf Ebenen einschließlich eines Zinnenkranzes, von dem Efeu und Hängegeranien kaskadenförmig nach unten wuchsen; jeder Turm verfügte über Aufzüge, die zu einer unterirdischen Parkebene, zu den Swimmingpools und zum Strand führten, und war verbunden mit dem Fitnesscenter, dem Kongresssaal, dem Hauptschwimmbecken – einem echten kleinen See, gesäumt von großen Palmen – und dem Freilichttheater im großen Terrassengarten, der rings um den Gebäudekomplex angelegt war. Die Formgebung stand ganz im Zeichen des Wechselspiels von Konkav und Konvex. Die Balkons waren bauchig, die Fenster oval, selbst die Türen hatten abgerundete Ecken. Die Terrassen zum Meer hin waren halbmondförmig, und gewundene Wege durchzogen den Garten. Das Hotel hatte eine ganz ausgefallene Besonderheit: Jeder Turm war im Stil eines der Völker gehalten, die sich im Laufe der Jahrhunderte als Herrscher über Sizilien aufgeschwungen hatten. Im römischen Turm gab es Sofas in Form von Triklinien, Sarkophage dienten als Couchtische, und die Mosaikböden waren den Abbildungen auf denen in der Villa del Casale nachempfunden. Der Staufer-Turm stellte einen Kompromiss dar: Für dieses Gebäude hatte man sich am Schloss des Königs Ludwig von Bayern Anregungen geholt, zur Einrichtung gehörten auch mittelalterliche Rüstungen und Waffen. Der französische Turm war von oben bis unten in üppigem Rokoko gehalten. Der katalanische Turm – eine kühne Innovation, über die Herrschaft der Katalanen wussten die Leute nämlich so gut wie nichts – war nach hitzigen Debatten im Gaudí-Stil gestaltet worden: der amarantfarbene Verputz auf den Mauern, Sitzen, Vasen und Säulen war mit bunten Glassplittern und Keramikstückchen besetzt. Der spanische Turm war der nüchternste von allen: Gemäldekopien von El Greco und Murillo verschönerten die damasttapezierten Wände und hoben sich ab von dem dunklen, wuchtigen Mobiliar mit reichem Schnitzwerk und Löwenfüßen.

Der riesige, zum Meer hin abfallende Garten schien seine volle Pracht erreicht zu haben. Von Spezialbaumschulen waren Schatten spendende Bäume, hochgewachsene Palmen, gut verwurzelte Stauden, dichtes Buschwerk und Hunderte blühender Pflanzen herbeigeschafft worden, die nun die Beete füllten. Mit Jasmin bewachsene dorische Portici flankierten islamisch angehauchte Brunnen, die an den Kreuzungen der mit Arabeskenfliesen ausgelegten Wege standen. Amphoren, Urnen und kleine arabische Bögen, stimmungsvoll angeleuchtet von den zwischen den Pflanzen verborgenen Scheinwerfern, waren in den Blumenrabatten verteilt; am Abend wurden auf den Terrassen eiserne Laternen mit vielfarbigen Gläsern angezündet. Das Freilichttheater im Stil eines griechischen Amphitheaters war in den Hotelprospekten beschrieben als »eine geglückte Verschmelzung von Magna Graecia und maurischem Spanien«. Es war umgeben von Pavillons im arabisch-normannischen Stil, die sogar mit leuchtend roten Kuppeln, den Buvette, gekrönt waren; Gasfackeln, die auf Halbsäulen ringsum je nach Anforderung der jeweiligen Vorstellung angeordnet waren, spendeten Licht.

Alles in allem – ein wahrer Ausbund an schlechtem Geschmack. Die großartige Lage hoch über dem Meer, die Blütenpracht des Gartens und die hervorragende Küche ließen es jedoch vergessen.

Das Konzert begann um halb sechs – eine ungewohnte Zeit, doch bei Dämmerung hätte das Fackellicht zum Lesen der Partituren nicht mehr ausgereicht.

Es war ein warmer Nachmittag Anfang Juni: Die Luft war streichelleicht, und der Garten duftete nach Tuberosen und Jasmin. Das Amphitheater war bis auf den letzten Platz besetzt; der Eintritt war frei, Irina hatte kein Honorar verlangt. Außer den Honoratioren und den Stammgästen der von Vanna organisierten Veranstaltungen waren die Leute aus dem Ort in Scharen herbeigeströmt – Wohlhabende und Besitzlose, Jung und Alt, Familien mit Kind und Kegel. Irina hatte die osteuropäischen Frauen gebeten, ihre Nationaltrachten anzulegen. Einigen von ihnen hatte sie sogar beim Nähen geholfen.

Sie selbst trug ein langes Kleid aus Voile mit Faltenwurf und um den Hals eine wunderschöne Korallenkette. Sie hatte *Den Karneval der Tiere* von Debussy und *Den Feuertanz* von De Falla ausgesucht, was auch für Nichtkenner eine eingängige und angenehme Musik war. Ihr Spiel war voller Leidenschaft. Mit Hingabe hob sie die nackten Arme und ließ sie dann mit Wucht auf die Tasten niedergehen oder sie senkte sie sachte, in kreisenden Bewegungen; von Zeit zu Zeit nickte sie dem Publikum mit verführerischem Lächeln zu, in anderen Momenten wiederum wirkte sie wie die heilige Teresa in Verzückung. Jede Bewegung betonte ihren herrlichen Körper: Sie breitete die Arme aus, bog Rücken und Hals nach hinten, was ihren vollen Busen und ihre schlanke Silhouette zur Geltung brachte; dann wieder krümmte sie sich über die Tasten und lenkte so die Blicke auf Schultern, Oberschenkel und das wohlgeformte, muskulöse Gesäß; stets lag auf ihren Lippen ein strahlendes Lächeln, wie es die klassischen Tänzerinnen aufsetzen. Das Konzert war ein Triumph, das Publikum raste vor Begeisterung.

Tito gefiel die Musik nicht, ebenso wenig wie Irinas Exhibitionismus; er zog es vor, sie aus der Nähe und in Gesellschaft nur weniger Personen zu bewundern. Er wäre eingenickt, hätten die unbequemen Sitze es zugelassen. Zerstreut folgte er der Vorstellung und ließ seinen Blick schweifen. Auf den oberen Rängen ihnen gegenüber saß Dana. Sie starrte ihn an. Als Tito das bemerkte, hatte er schlagartig nur noch für den Flügel Augen.

Während sie in der Schlange standen, die dem Ausgang des Amphitheaters zustrebte, drängte sich die Rumänin an den Leuten vorbei und schaffte es bis zu Mariola.

»Ich habe zu Hause angerufen: Sonia meint, die Tante sei wohlauf«, sagte sie, und zurückweichend, prallte sie gegen Tito, der seiner Frau folgte. Sie verharrten sekundenlang in engem Körperkontakt, Dana vollführte noch eine letzte kreisende Bewegung, bevor sie wieder von ihm abließ. Und das dauerte genau eine Sekunde zu lange: Mariola sah es.

Der Hoteldirektor legte größten Wert darauf, dass auch Tito und Mariola am Empfang zu Ehren Irinas auf der Haupttterrasse – der im römischen Stil – teilnahmen. Widerwillig hatte Tito sich bereit erklärt.

Er saß an einem Tisch abseits und wartete auf Mariola, die einen Teller mit Frittiertem holen wollte. Die Terrasse war dicht bevölkert. Es war der Augenblick, da sich die geladenen Gäste lärmend über das *tablattè* hermachten. Tito kannte unter den Anwesenden viele Leute, mit den meisten von ihnen hatte er geschäftlich zu tun. Ihm kam es so vor, als wollten alle das beim Konzert – seit Urzeiten das erste im Städtchen – gebotene Schweigen schleunigst vergessen machen: Laut und meist gleichzeitig redeten sie aufeinander ein, ohne eine Sekunde das Kauen einzustellen. Es war ein schreckliches Getöse; er sehnte sich nach der Stille seiner Dachkammer, in die er sich zu dieser Stunde für gewöhnlich zurückzog und die Zeit des Abendessens abwartete.

Frauen und Männer gestikulierten erregt, um sich ins rechte Licht zu rücken und eine bestimmte Pose zur Schau zu stellen. Diejenigen, die sich als Erste aufs Buffet gestürzt hatten, saßen bereits wieder an ihrem Platz und verschlangen die Berge von Essen, die sie sich auf ihre Teller geladen hatten; sie unterließen es nicht einmal, mit vollem Mund zu reden. Vulgäres Volk, dachte Tito.

Er hatte seine Kinder und Schwiegerkinder in der Menge entdeckt. Teresa unterhielt sich mit den schmuckbehangenen Freundinnen, die ihre Paillettenroben ausführten; sie selbst war dezent gekleidet und bewies guten Geschmack; dennoch schien sie unter ihnen in ihrem Element zu sein. Elisa blühte auf in der Schar der jungen Leute und war bester Laune. Wie diese tat sie alles, um die Aufmerksamkeit auf sich zu ziehen, und beobachtete unterdes die Gäste: Ihren flüchtigen, aber gründlichen Blicken entging nicht die geringste Einzelheit der festlichen Abendtoiletten, kein Austausch einer Botschaft, kein Blickwechsel. Nicht weit entfernt stand Antonio in einer Gruppe von Männern, und vereint lachten sie aus vollem Halse; aus ihren Blicken und Gesten folgerte Tito, dass sie sich über Irinas Verrenkungen am Klavier amüsierten. Piero befand sich in Gesellschaft des Vorsitzenden Richters des Landgerichts und anderer Kollegen; er war ernst und schweigsam und schien sich gar nicht wohl in seiner Haut zu fühlen. Santi plauderte mit einigen Unternehmern; er war, ganz anders als diese, elegant gekleidet und erinnerte ihn an den Vater in dessen jüngeren Jahren. Tito war erfreut, dachte aber zugleich, dass auch der Sohn mit der Zeit nachlassen würde.

Dante lehnte am Rahmen einer Zwischentür, auch er beobachtete Santi. Tito machte ihm ein Zeichen, er schien ihn gar nicht wahrzunehmen.

Drei Bekanntenpaare gesellten sich zu Tito und Mariola. Die Männer, alle ungefähr in seinem Alter, widmeten ihre Aufmerksamkeit viel lieber dem Essen als der Unterhaltung: Aus diesem Grund hatten sie auch diesen Tisch gewählt. Mariola und die anderen Frauen schwatzten ohne größere Begeisterung über Kinder und Enkelkinder; nicht einmal Mariola wirkte sehr mitteilsam. Doch er machte weiter kein Aufhebens davon.

Aus dem »*cocktail renforcé*«, wie es in der Einladung für den Empfang geheißen hatte, war – der Hoteldirektor hatte darauf bestanden – ein veritables Bankett geworden, bestehend aus warmen und kalten Vorspeisen, ersten Gängen, Fleisch, Fisch, Gemüse, Schinken- und Wurstplatten, allerlei Käse, Torten, Halbgefrorenem, Fruchtgelees, Eis, Schokoladenkonfekt, verschiedenen Törtchen, frischen Früchten, ganz zu schweigen von den Tisch- und Dessertweinen und dem *Spumante*. Tito war ein Feinschmecker und sprach den Köstlichkeiten kräftig zu; er stand auf, um sich die Gerichte selbst auszusuchen, noch bevor Mariola hätte aufspringen können, wie es die anderen Ehefrauen taten, mit den Vorlieben ihrer Ehegatten bestens vertraut. Ihm war nicht aufgefallen, dass sie nach dem ersten Mal nicht mehr bereit war, ihm den Teller zu füllen, und auch nicht, dass sie sich zunehmend unwohl in der Runde fühlte. Tito war nicht willens – nachdem er schon das Konzert und nun auch noch die Tischgesellschaft über sich hatte ergehen lassen! –, jetzt auf den Nachtisch zu verzichten: Er hatte sich den Teller ordentlich gefüllt. Erst als er genüsslich den letzten

Happen der Melonengeleetorte verspeist hatte, bedeutete er Mariola, es sei Zeit, sich von den anderen zu verabschieden.

Im Weggehen hielt er auf der Terrasse inne und beobachtete die Kellner, die die Tischtücher gewechselt hatten und nun die nächsten Platten mit allem, was das Herz begehrte, auf das *tablattè* stellten.

»Als erwarteten sie noch eine hungrige Horde. Wer kriegt denn jetzt noch etwas hinunter?«

»Lass uns gehen, mir ist speiübel«, sagte Mariola.

Tito warf ihr einen tadelnden Blick zu. »Als ich begriffen hatte, um was für ein Gelage es sich handelte, habe ich mir immer nur kleine Portionen aufgetan, und jetzt fühle ich mich pudelwohl.« Und dann: »Du wirst einfach zu viel gegessen haben.«

20.

Der erste Ehekrach nach über zwanzig Jahren Ehe

»Diese Geschichte mit der Rumänin muss ein Ende haben.«

Mariola saß am Steuer, sie hatten ihren Wagen genommen, weil der einfacher zu parken war. Sie bog in die Uferstraße ein, die zur Villa führte, doch mit einem Mal verlangsamte sie und stoppte wenige Meter vom Strand entfernt. Über dem Meer war der Himmel eine rot glühende Pracht; in der Ferne zeichneten sich unscharf die Umrisse der Villa ab. Das erste und das zweite Stockwerk wurden von der Außenmauer und dem dichten Pflanzenwuchs des Gartens geschützt und waren jetzt nur als schimmernde Fensterscheibenfront zu erahnen, auf die die letzten, von den Meerespinien gefilterten Sonnenstrahlen fielen. Eine Brise des Mistrals kräuselte die Meeresoberfläche, und die Windstöße in der feuchten Salzluft vermischten sich mit dem Duft der Dünen.

»Du willst hier haltmachen?«, fragte Tito und war erfreut, den schönen Sonnenuntergang genießen zu dürfen.

»Ich muss mit dir reden.« Mariola wandte sich ihm zu. »Diese Geschichte mit der Rumänin muss ein Ende haben.«

»Welche Geschichte?«

»Tu nicht so, als würdest du nicht verstehen! Ich und viele andere auch wissen, dass du es seit Monaten mit der Rumänin treibst.«

Tito überlegte, wie er ihr antworten sollte. Sie ließ sich nicht aus dem Konzept bringen und fuhr fort: »Die Männer sind nun einmal so gemacht, und du, zumindest glaube ich das, bist mir über lange Zeit treu geblieben. Eine Affäre könnte ich noch tolerieren, auch wenn es mir wehtäte. Doch das da, das widert mich an. Es ist ein schmutziges Techtelmechtel, und überdies missbrauchst du die Unwissenheit der Tante; womöglich bist du so schamlos, die Sache unter ihren Augen voranzutreiben. Längst ist jede Grenze des guten Tons überschritten.«

»Was willst du damit sagen?«

»Ich will sagen, dass du Schluss machen musst! Du bist ein Dummkopf und wirst meiner Meinung nach schwer auf die Nase fliegen. Diese Schlampe will dich um den Finger wickeln, Herrin in meinem Hause will sie werden. Und das werde ich niemals dulden! Ich kann sie nicht von heute auf morgen entlassen, wie ihr beide es verdient hättet, das würde einen Skandal heraufbeschwören und dich in Schwierigkeiten bringen. Außerdem würde die Tante Partei für sie ergreifen. Aber du, du musst jetzt aufhören mit deinen Schweinereien – und wenn du zu den Nutten im Städtchen gehst, wenn du es nötig hast. Haben wir uns verstanden?«

»Du missverstehst es. Sie ist eine gute Pflegerin, und sobald sie etwas Geld gespart hat, will sie in ihre Heimat zurück und eine Konditorei aufmachen: Ich gebe ihr Ratschläge, das stimmt, aber das ist auch alles.«

»Und du hilfst ihr dabei, ein nettes Sümmchen auf die Seite zu legen? Schwachkopf! Die frisst dir die Haare vom Kopf, die ist verschlagen! Sie wird dich und die ganze Familie in den Ruin stürzen. Wir brauchen keinen Skandal, wir bestimmt nicht! Ich sage dir noch etwas: Du bist nicht der Einzige, dem sie ihre Gunst schenkt! Was glaubst du, was sie mit ihrem *maresciallo* treibt, der sie jeden Sonntag abholt? Obendrein bist du auch noch ein Gehörnter!«, schloss Mariola triumphierend.

»Was weißt denn du? Hast du etwa Ermittlungen angestellt?«

»Tu doch nicht so dumm! Ich habe Angst um dich und um uns. Sie könnte deine Tochter sein, und sie verschaukelt dich gehörig. Ich bin in Sorge um dich, du mit deiner Vergangenheit.«

»Welche Vergangenheit? Ich war dir immer treu!«

»Nein, Tito, ich sage ja nicht du. Ich meine die Vergangenheit deiner Familie. Die Söhne geraten nach ihren Vätern: Ich würde dich nie betrügen, weil auch meine Mutter so etwas nie getan hätte. Aber deine Mutter …«

»Was hast du mit meiner Mutter? Sie war eine Dame und die große Liebe meines Vaters. Untersteh dich, schlecht über sie zu reden und beleidigende Vergleiche zu ziehen: Das würde ich dir nie verzeihen!« Tito war außer sich. Grinsende Witzfiguren verhöhnten ihn in einem betäubenden Crescendo, er glaubte wahnsinnig zu werden.

Mariola machte weiter. »Welche Geschichte hätte dein Vater dir denn sonst präsentieren sollen? Und seiner Schwester, die sich für dich und für ihn geopfert und darauf verzichtet hat, zu heiraten? Eine ›Dame‹ musste es sein, eine unbescholtene Frau, die nur ein einziges Mal gesündigt hat! So erzählten die Leute es sich.« Mariola war nicht mehr zu halten. »Du musst wissen, als mein Vater einsah, dass es zwischen dir und mir etwas Ernstes ist, rief er mich zu sich und sagte, dass deine Mutter ein leichtes Mädchen war. Du bist für mich wichtig, und ich halte an unserer Ehe fest, deshalb will ich nicht, dass du zu deinen Wurzeln zurückkehrst und dich von dieser Rumänin einwickeln lässt. Wir sind eine schöne Familie und haben es gut miteinander, zumindest habe ich das geglaubt, bevor ich auf die vermaledeite Idee gekommen bin, dieses Miststück in unserem Haushalt einzustellen!«

Mariola schluchzte jetzt.

»Was wusste dein Vater denn über meine Mutter?« Vor Wut schäumend hatte Tito sie am Arm gepackt und schüttelte sie.

Sie hatte Angst, doch das hielt nur einen Augenblick vor. Sie kannte ihren Tito gut: Er war jähzornig, aber nicht gewalttätig. »Ich sag's dir jetzt ein für alle Mal und in aller Deutlichkeit. Mein Vater hatte mich gern. Ihr wart vermögender als wir, aber bevor er unsere aufkeimenden Gefühle füreinander unterstützte, holte er bei seriösen Personen vor Ort Erkundungen ein. Eine Hure war deine Mutter: Nur deshalb weißt du nicht einmal, wie sie heißt. Das ist auch besser so. Pass auf, Dana ist sehr gefährlich. Die würde es sich nicht zweimal überlegen, sich von dir oder einem anderen schwängern zu lassen, und hinterher auf jeden Fall behaupten, es sei dein Kind. Was würdest du dann tun? Ganz bestimmt würdest du keine wie die Tante finden, die bereit wäre, sich einen Bastard aus deinem Haus aufzuhalsen. Einer in jeder Familie ist genug, und ob!«

Tito schlug die Hände vors Gesicht.

Der Wagen glitt jetzt über den Asphalt, eingehüllt in das noch glühende Licht der Sonne, die im Meer versunken war.

Der letzte Treppenlauf der Haupttreppe führte an der Wand entlang, die dem Eingangsportal im quadratischen Saal gegenüberlag. Von diesem gingen zwei große Türen ab, eine führte zu den Empfangsräumen, die andere in die Zimmer zum alltäglichen Gebrauch: das Wohnzimmer und das Zimmer, in dem sie gewöhnlich speisten; von dem aus hatte man Zutritt zu den Wirtschaftsräumen.

Mariola ging schnurstracks nach oben ins Schlafzimmer. Tito betrat den Empfangssaal. Dort war es heiß und stickig. Er machte die Tür zum Garten auf; das rosig gefärbte Abendlicht erfüllte den Raum. Er schenkte sich ein Glas Whisky ein und behielt die Flasche in der Hand. Er trank ein Glas und gleich darauf das nächste. Die Beine von sich gestreckt, fläzte er sich auf dem Sessel. Mittlerweile war die Nacht hereingebrochen. Mondlicht fiel auf seine Füße, die wie vergessen auf den farbigen Kacheln ruhten.

Der Vater begleitete ihn zum Internat, er fuhr schnell. Tito, damals elf Jahre alt, saß neben ihm. »Ich ging bereits mit sieben Jahren aufs Internat, anfangs gefiel es mir dort nicht, dann aber fand ich mich gut zurecht«, sagte der Vater. »Es ist anders als zu Hause, aber man gewöhnt sich daran. Tu, was die Priester dir sagen, und versuche, mit deinen Kameraden auszukommen. Zeige Respekt und verlange, respektiert zu werden.«

Das Auto musste die Straße bergaufwärts fahren, es gab eine Umleitung. Die Serpentinen nahmen sie in langsamer Fahrt. »Eine Mutter hast du nicht. Du musst aber wissen, ich habe sie unermesslich geliebt, und du bist Sohn einer ehrbaren Frau. Wir konnten nicht heiraten«, sagte der Vater. Sie sahen sich an; dann, den Blick wieder auf die Straße gerichtet, fügte er hinzu: »Wenn du auf dem Internat bist, nimm Schwierigkeiten und Ungerechtigkeiten ruhig hin – sie geschehen nun einmal; niemals aber darfst du zulassen, dass die Ehre unserer Familie in den Schmutz gezogen wird. Sollte das vorkommen, lass es mich umgehend wissen, ich werde entsprechende Maßnahmen ergreifen. Ich werde dich dort abmelden und nach Hause zurückholen.«

Er hörte zu und täuschte Gelassenheit vor. Über die Mutter sprach der Vater nie wieder.

»Eine Hure« war sie gewesen, hatte man dem Schwiegervater versichert, und »Hure« hatte die Mutter seiner Kinder ihm an den Kopf geworfen. Tito dachte nach, und je länger er nachdachte, desto überzeugter war er, dass der Vater ihm eine Notlüge aufgetischt hatte.

Bis zum Abitur mit naturwissenschaftlicher Ausrichtung war er auf dem Internat geblieben. Er lernte aus Langeweile und Pflichtbewusstsein, danach schloss er sich in seinen Panzer ein. In jenen acht Jahren hatte er nur zwei neue Erfahrungen gemacht.

Er wollte nichts von Sexualität wissen. Kurz nach seinem Eintritt ins Internat hatte ein älterer Junge angefangen, sich für ihn zu interessieren. Einmal hatte er seine Hand in Titos Hosen geschoben, angeekelt hatte er ihn abgewiesen; es kam nicht mehr vor. Doch dann begriff er, dass der Junge nicht der Einzige war: Einer der Priester »tätschelte« die Knaben während der Beichte von Angesicht zu Angesicht. Sonntagabend scharten sich die Jungen zusammen und lauschten den Schilderungen der Älteren, die vom Nachmittagsausgang zurück waren: Anstatt sich den Film anzusehen, schlichen sie sich aus dem Kinosaal und gingen zu den Dirnen. So machte er sich eine diabolische Vorstellung von Sex und Prostitution und lernte, sich davon fernzuhalten.

Er unterschätzte die Grausamkeit des Rudels. Einmal – damals war er dreizehn und schon eine Leuchte in Mechanik – hielt er sich zusammen mit einigen älteren Burschen, mit denen er an einem Projekt arbeitete, im Hof auf: Einer von ihnen, ein neuer Heiminsasse, stammte aus derselben Provinz wie er. Er hieß Diego, ein Name, der ihm seither verhasst war. Seine Familie war nicht vermögend, und er wusste, dass Titos Familie Eigentümer der Pastafabrik war.

»Wie heißt deine Mutter?«, wollte er neugierig wissen.

Er wusste nicht, was er antworten sollte.

»Bist du denn doof? Sag es uns!«

»Ich weiß es nicht ….«, stammelte er. Die anderen Burschen verhöhnten ihn, umringten ihn, halb scherzend, halb drohend. »Sag es!«

»Sag es jetzt!«, wiederholte der Bandenanführer, der Geschmack an der Sache gefunden hatte.

»Lass ihn doch in Ruhe, sie wird tot sein …«, meinte einer von ihnen.

»Nein, sie lebt, ich habe sie doch gesehen, zusammen mit dem Vater!«, widersprach ein anderer.

»Los, sag es jetzt, du Schwachkopf!«, bedrängte ihn Diego und versetzte ihm kleine Fausthiebe auf Schultern und Brustkorb.

»Das war meine Tante … Hört jetzt auf!«, brüllte er.

Die Schulglocke läutete zum Ende der Pause.

»Habt ihr gehört: Er ist ein Hurensohn, und seine Tante hat ihn bei sich aufgenommen. Du kannst die Nase noch so hoch tragen, du bist und bleibst der Sohn einer Hure!«, rief Diego und verpasste ihm einen Schlag in den Magen. Die anderen riefen: »Hurensohn!«, im Takt der Glockenschläge.

Seit damals wurde er von Diego und den anderen gequält, einzeln oder im Verein. Und er begann, sich mit dem Rasiermesser an Handgelenken und Armen zu ritzen. Er vereinsamte noch mehr und ging neuen Bekanntschaften aus dem Weg.

Hurensohn! Die ganze Provinz wusste es. Tito war nach so langer Zeit noch immer zutiefst verstört. Eine Welt brach für ihn zusammen. Er wollte dem ein für alle Mal ein Ende setzen. Er ergriff einen Brieföffner und versuchte, ihn sich in die Venen zu bohren. Dann warf er ihn zu Boden und leerte den Rest der Flasche.

Mariola sah fern und schlürfte ihre Tasse Lorbeersud: Die Leckerbissen, mit denen sie sich beim Empfang den Bauch vollgeschlagen hatte – *arancini,* Pizza, Fisch, verschiedene Gemüse, Letztere obendrein frittiert, danach noch Eiskonfekt –, hatten ihr Sodbrennen verursacht. Bevor sie sich für die Nacht vorbereitete, ging sie noch einmal ins Wohnzimmer hinunter. Kein Licht brannte, kein Laut war zu hören. Sie dachte, Tito wäre im Garten, und sah hinaus. Als sie ihn auch dort nicht entdeckte, kehrte sie wieder ins Bett zurück.

Mariola hatte für gewöhnlich einen festen Schlaf, doch in dieser Nacht wachte sie mehrmals auf. Tito war nicht da. Todmüde und von Angst gepackt, ging sie erneut ins Erdgeschoss und suchte sämtliche Zimmer ab. Sie fand ihn im Empfangssaal, schnarchend lag er ausgestreckt auf einem Sessel. Die Terrassentüren standen sperrangelweit offen. Sie rief ihn, sie rüttelte an ihm; Tito bewegte sich zwar ein wenig, reagierte aber nicht: Er war wie im Koma. Mariola kniff ihn in die Wangen, und während sie sich abmühte, dass er Mund und Augen aufmachte, schlug ihr sein Whiskyatem entgegen.

Mit aller Kraft klammerte sich Mariola am Handlauf der Treppe fest, um ihren torkelnden Ehemann zu stützen, und schleppte ihn so Stufe um Stufe nach oben. Weinend führte sie ihn in ihr gemeinsames Schlafzimmer.

21.

Ein Tag, der schlecht begonnen hatte,
nimmt doch ein gutes Ende
*»Man weiß viel weniger über Familien,
deren offiziellen Stammbaum wir in- und auswendig kennen ...«*

Trotz seines Vollrauschs erwachte Tito am nächsten Morgen zur gewohnten Zeit. Er drehte den Kopf auf dem Kissen: Mariola schlief noch – die Lippen halb geöffnet, die Haare auf der fettigen Stirn klebend. Er hatte schrecklichen Durst, sein Mund war trocken und verklebt, sein Schädel brummte; erdrückende Müdigkeit vernebelte ihm die Erinnerung an die vergangene Nacht. Behutsam stand er auf, ohne Mariola zu wecken, und begab sich schleunigst ins Bad. Er nahm die Zahnbürsten aus dem silbernen Becher, drehte den Wasserhahn auf, füllte den Becher und trank gierig, der Brand in seinem Innern aber ließ sich nicht löschen.

Mechanisch nahm er die morgendlichen Waschungen vor; jeder einzelnen Phase war eine geistige Aktivität zugeordnet: Er putzte sich die Zähne und plante seinen Tagesablauf; beim Rasieren rief er sich die Fragen, die er Santi über die Pastafabrik stellen wollte, ins Gedächtnis, und während er sich kämmte, entschied er, was er anziehen würde. Er verzichtete darauf, die Klospülung zu betätigen, damit Mariola ja nicht wach wurde: Zu einer weiteren Auseinandersetzung mit ihr fehlten ihm die Kräfte.

Nach zwei Tassen starkem Mokka und tadellos gekleidet, fühlte Tito sich wie neugeboren und ging zur Tante hinauf; Santi stieß kurz danach zu ihnen.

Die Tante war bereits munter. Dana hatte ihr von dem Konzert erzählt und Irinas Können in höchsten Tönen gepriesen.

»Als ich auf dem Internat war, besuchte mein Vater mich in Rom. Auch mein Bruder kam zu mir, wenn er mit seinem Regiment dort stationiert war. Sie nahmen mich zu Konzerten und auch in die Oper mit. Schöne Zeiten waren das damals … Wisst ihr, was ich euch sage? Ich würde so gern noch einmal Rom sehen, bevor ich sterbe.«

»Das sollten wir uns gut überlegen, es ist eine lange Reise, und du müsstest viel zu Fuß gehen. Erinnere dich daran, du bist gestürzt und brauchst immer Beistand«, sagte Tito.

»Dana könnte mich doch begleiten. Würdest du mitfahren, Tito?«

Bevor Santi zur Mutter ging, um sie zu begrüßen, nahm er den Vater beiseite und berichtete ihm: Am Abend zuvor war es im Hotel zu einem heftigen Streit zwischen den Schwestern gekommen.

Gegen Ende des Empfangs, als die Kellner die noch immer vollen Tabletts von der Buffettafel wegtrugen, hatte ein Dutzend Gäste darum gebeten, die Suite im Dachgeschoss des römischen Turms besichtigen zu dürfen. Dort wollte Irina übernachten. Der Fußboden war aus eingelegtem Marmor; an den Wänden in pompejischem Rot hingen Gemälde, die von der Villa dei Misteri inspiriert waren. Geraffte Stoffbahnen aus dunkelblauem und violettem Atlas hingen von einer vergoldeten Lorbeerkrone an der Zimmerdecke herab und waren um die Eckpfeiler des Bettes geschlungen. Die zwei Badezimmer hatten in den Fußboden eingelassene marmorne Rundbadewannen mit Hydromassagevorrichtung: In der einen sprudelte das Wasser aus dem Mund eines Neptuns mit erigiertem Penis, in der anderen aus dem einer üppigen Venus. Vanna spielte die Fremdenführerin, die Schwestern hatten sich ihr angeschlossen. Elisa redete verächtlich über Irina, bezichtigte sie, sich an verheiratete Männer heranzumachen, Teresa ergriff Partei für sie. Nach der Besichtigung der Suite hatten sie sich von der Gruppe gelöst.

Auf dem ersten Treppenabsatz hatte Elisa schreiend versucht, Teresa – die stumm vor Entsetzen war – gegen die Wand zu drängen. Piero hatte nicht innegehalten, sondern seine Schritte treppabwärts beschleunigt und so seine Frau in der Gewalt der Schwester zurückgelassen. Unterdes hatte Elisa wie eine Rasende Teresa mit Stößen in eine Ecke gedrängt und hielt nun ihr Gesicht im Zangengriff. Als sie nach hinten gezogen wurde, schnellte sie herum und stürzte sich auf Santi, der versuchte, sie zu beruhigen: Eine Ohrfeige brachte sie schließlich zur Besinnung. Mit zerrauftem Äußeren und vernichtendem Blick war sie davongelaufen. Santi und Vanna waren Teresa beim Hinuntersteigen behilflich.

Für den Rest des Abends, der sich aufgrund der unvermeidlichen Kommentare länger als notwendig hingezogen hatte, war von nichts anderem die Rede gewesen.

»Es muss etwas geschehen, andernfalls wird es böse enden. Mir kommt sie wie eine Irre vor«, sagte Santi.

Mariola war noch im Morgenrock und erwartete die Familie im Wohnzimmer; sie war in Gesellschaft von Elisa. Gemeinsam tranken sie Kaffee, als wäre nichts geschehen. Tito wollte es nicht wieder auf einen Streit mit seiner Frau ankommen lassen, und als die Kinder Anstalten machten zu gehen, erhob auch er sich.

»Warte bitte, ich muss mit dir sprechen«, sagte Mariola.

Tito fügte sich, aber erhobenen Hauptes: Er war bereit, sich zur Wehr zu setzen und zu leugnen; er hatte das Gefühl, die Situation trotz allem zu beherrschen, und wartete ab, dass sie das Wort ergriff. Ungeschminkt und unfrisiert bot Mariola einen bedauernswerten Anblick.

»Heute früh hat Teresa angerufen. Du weißt, was gestern Abend passiert ist?« Tito nickte. »Gestern Nacht hast du dich betrunken, das war das erste Mal, seit wir uns kennen. Ich habe dir sogar helfen müssen, auf die Toilette zu gehen. Jetzt will ich dich um etwas bitten, aber du darfst nicht Nein sagen.«

»Was hat das zu bedeuten? Wieder eine von deinen Forderungen?«, fragte Tito sarkastisch.

Die Ehefrau errötete. »Du hast Blut im Urin. Heute früh habe ich wieder Spuren gesehen, in der Kloschüssel. Dahinter steckt etwas Ernstes. Du musst zum Arzt gehen, und zwar heute noch.«

»Wird gemacht!«, sagte Tito erleichtert: Er hatte mit Schlimmerem gerechnet.

In einer Gesellschaft, in der Eitelkeit als Tugend, nicht als Makel galt, konnte Tito als maßvoll eitel bezeichnet werden, wenn er prahlte, seit seinem zwanzigsten Lebensjahr sein Gewicht gehalten zu haben. Er hatte eine robuste Konstitution und sah für sein Alter sehr gut aus. Rasch schlüpfte er in den Hauseingang und bedauerte es bereits, seiner Frau nachgegeben zu haben: Er hasste es, zu Ärzten zu gehen.

Seit drei Generationen suchte seine Familie Rat und Hilfe bei Ärzten und Notaren, die miteinander verwandt waren. Der Arzt hatte seine Praxis im selben Gebäude seines Cousins, des Notars. Er war ein Altersgenosse von Tito, sie begegneten einander mit Hochachtung, fast mit Zuneigung; Ernesto tadelte ihn, weil er das Problem vernachlässigt hatte – auch wenn es sich höchstwahrscheinlich nur um eine Entzündung handelte –, und riet ihm zu einer gründlichen Untersuchung, um andere Diagnosen, einschließlich die eines Tumors, ausschließen zu können.

Tito fühlte sich wie ein rohes Ei.

»Ich möchte Gewissheit haben«, erklärte Ernesto, »es handelt sich um eine Routinekontrolle, aber du weißt ja selbst, dass ihr eine entsprechende genetische Veranlagung habt: Das darf man nicht vergessen.«

Tito brauste auf: »Mein Vater starb an einem Herzinfarkt, wahr ist, dass er Raucher war!«

»Seit drei Generationen holt sich deine Familie bei uns ärztlichen Beistand, wir haben ein historisches Kollektivgedächtnis. Du vergisst deinen Großvater.«

»Was hat mein Großvater damit zu tun? Er wurde Opfer eines Jagdunfalls, auch dein Vater war an jenem Tag dabei!«, rief Tito verärgert aus.

Verdutzt sah Ernesto ihn an. »Ich war der Meinung, dein Vater hätte dir erzählt, dass dein Großvater zu Depressionen neigte; bevor er auf jene Weise den Tod fand, war bei ihm Prostatakrebs diagnostiziert worden. Seit Jahren war er bei meinem Vater in Behandlung, und der hatte, was durchaus korrekt war, beschlossen, ihm die Diagnose ohne falsche Hoffnungsversprechen mitzuteilen. Dein Großvater antwortete: ›Ich will nicht leiden müssen wie meine Ehefrauen. Wenn die Stunde gekommen ist, werde ich dafür sorgen.‹ Er ließ sich nicht mehr untersuchen. Sein Tod soll durch einen groben Fehlgriff beim Laden seines Jagdgewehrs verursacht worden sein, das schrieb mein Vater auch als Todesursache auf den Totenschein, aber überzeugt war er nicht. In den Tagen vor dem Unfall war dein Großvater abweisend und schweigsam: Längst hatte er beschlossen, seinem Leben ein Ende zu setzen. Im Umgang mit seinen Waffen war er sehr geschickt und wusste genau, was zu tun war. Mein Vater war umso überzeugter davon, als er nur auf verstärktes Drängen deines Großvaters hin an der Jagdpartie teilgenommen hatte: Er hätte ihm das kirchliche Begräbnis gewiss nicht verweigert.«

Tito war bestürzt. Elisas Labilität, der Anfall von Wahnsinn am Abend zuvor, aber auch die düsteren Gedanken, die ihn von Zeit zu Zeit befielen, alles zeigte sich jetzt in einem unheimlichen Licht.

Beim Abschied sagte Ernesto mit einem halben Lächeln: »Mach dir keine Sorgen. Obwohl nichts über das Erbgut der mütterlichen Linie bekannt ist, bist du in meinen Augen ein gesunder Mann. »Man weiß viel weniger über Familien, deren offiziellen Stammbaum wir in- und auswendig kennen …«

Der Notar saß im Vorstand der Pastafabrik und wusste über die Vermögensverhältnisse der Familie bestens Bescheid. Als Tito ihm etwas wegen einer Abfindung für Dana andeutete, sagte er, er würde sich darum kümmern; am nächsten Tag aber sollten sie noch einmal darüber beratschlagen.

Bevor Tito ging, fragte er ihn noch: »Meinem Schwiegervater hat man seinerzeit erzählt, dass ich der Sohn einer Prostituierten sei. Was weißt du darüber?«

Auch da konnte der Notar ihn beruhigen: Er schloss es kategorisch aus. Er kannte den Aktenvorgang gut, er hatte ihn gründlich studieren müssen, als Tito vor seiner Eheschließung von der Tante adoptiert worden war. Hätte es sich um ein liederliches Frauenzimmer gehandelt, wäre jemand aufgetaucht und hätte Geld verlangt. »Du warst ein Neugeborenes, das viel wert war. Mein Vater jedoch war sehr darauf bedacht, die Anonymität der Kindsmutter und des Säuglings zu wahren: Geburt, Geburtsurkunde und Amme, in dieser Reihenfolge.« Tito war der Tante vom Waisenhaus aus anvertraut worden, und all das wurde durch seines Vaters Behauptungen bestätigt: Nämlich dass seine Mutter eine verheiratete Frau gewesen war, die sich in den Vater und allein in ihn verliebt hatte.

22.

Titos Eifersucht

»Bist du mehr Santis oder mein Freund?«

Tito steckte im Autoverkehr fest. Er kam sich vor wie eins von den ausgebauten Teilen einer Armbanduhr, die in Reih und Glied auf dem Arbeitstisch lagen – über hundert winzige und federleichte Stücke – und die ein Luftzug beim Öffnen einer Zimmertür durcheinanderwirbelt: Zum einen zwang Mariola ihn, die Beziehung mit Dana zu beenden; dann die Nachricht von der Depression des Großvaters, was ein ganz neues Licht auf Elisas Situation und die eigenen schwarzen Gedanken warf; dazu noch der Arzt, der ihm zu Kontrolluntersuchungen riet: Sicherlich handelte es sich um einen Tumor wie beim Großvater; und schließlich seine Kinder, die ihm mit ihren Forderungen nach Unabhängigkeit lästig wurden … Er sehnte sich nach seinem stillen Kämmerchen mit all den unbeseelten Dingen, denen er Bewegung, ja Leben einzuhauchen verstand. Doch um dort hinaufzugelangen, musste er erst zu Hause vorbeigehen, wo Mariola ihn abpassen würde.

Sein Handy klingelte, es war Dante.

»Ich bin allein. Willst du zum Mittagessen kommen? Es gibt Kartoffelomelett mit wildem Spargel, nach einem Rezept deines Sohnes …« Ohne zu zögern nahm Tito an.

Dante plauderte, trank seinen Aperitif und hantierte zugleich am Herd. Mit geübten Handgriffen hob er mit dem Spatel den Rand des Omeletts an, um den Grad der Bräunung zu prüfen, verkleinerte und vergrößerte die Flamme und stach in die Kartoffeln, um sich zu vergewissern, ob sie bereits gar waren.

»Bei euch bereitet man das Omelett aus geschlagenen Eiern

zu; dann gebt ihr noch reichlich Petersilie, Paniermehl und ein paar Bröckchen Schafskäse hinzu, das ist das Geheimnis. Santi kocht auf dem Schiff. Du solltest sehen, wie er in seinem Element ist, wenn er am Herd steht!«

»Ich bin eine Null in der Küche: Ich koche nur Kaffee. Manchmal.«

»Schade. Kochen entspannt. Und wirkt besser als Beruhigungspillen.«

»Der Arzt hat mir heute erstmals welche verschrieben. Ich habe noch nie welche genommen.«

»Was ist mit dir?«

Tito erzählte von Dana und Mariola, verschwieg aber die anderen Probleme.

»Verstehe. Willst du diese Rumänin aufgeben?«

»Was bleibt mir anderes übrig? Soll ich aus meiner Familie eine Hölle machen?«

»Aber mit ihr hast du dein Vergnügen?«

»Sie stärkt meine Männlichkeit. Mit ihr ist es Sex, weiter nichts.«

Sie spazierten über die Felder und blieben vor einem Mandelbaum stehen: Er hing voller Früchte, die noch nicht ihre rundliche Form hatten. Die weiche geschlossene Schale war tiefgrün und samtig. Sie waren verlockend, eine echte Versuchung.

Tito hielt Dantes bereits ausgestreckten Arm fest: »Die sind noch nicht reif! Warte einen Moment!« Und damit betrat er das Anwesen. Er ging um jeden einzelnen Baumstamm herum, schaute mit prüfendem Blick und traf seine Wahl. Mit einer Handvoll Mandeln kehrte er zurück und legte eine davon auf die niedrige Grenzmauer: mit einem Stein verpasste er ihr einen Schlag und spaltete sie der Länge nach. Der schwach gelb gefärbte Mandelkern war unversehrt, die Schale dick und gefurcht. »Es ist eine *mennulicchia*, ein Süßmandelkind. Nimm sie, schäl sie sorgfältig oder, wenn du es lieber magst, lutsche sie.«

»Die ist ganz anders als die getrockneten Mandeln: sie ist süß, geleeartig und herrlich duftend. Köstlich ist sie«, sagte Dante und nahm noch eine und danach noch eine.

Sie gingen jetzt auf einem Eselspfad weiter. Aus den Spalten der Trockensteinmauern wuchsen üppig grüne Kapernpflanzen mit weit geöffneten weißrosa Blüten. Die Gerüche der wilden Pflanzen vereinten sich zum köstlichen Duft des Spätfrühlings.

»Ich weiß, dass du mit meinem Sohn verkehrst.«

»Ich wollte mit dir darüber reden. Santi hat Talent.«

»Talent?«, Tito war erstaunt.

»Das Fotografieren, die Schwarz-Weiß-Fotografie. Er ist ein junger Mann, der weiß, was er will, er ist sehr begabt und beweist Ausdauer. Ich beneide dich um ihn.«

»Wann seht ihr euch?«

»Abends im Hotel. Sie kommen nach dem Essen, bringen ihre Freunde mit: Es ist eine ganze Gruppe prima junger Leute. Zuweilen, wenn er Zeit hat, kommt er auch zu mir. Ich habe ihm gezeigt, wie man Digitalaufnahmen auf dem PC bearbeitet. Er bewundert dich und stellt sich schützend vor dich, aber das wirst du ja wissen.«

»Er stellt sich schützend vor mich?« Tito war misstrauisch geworden ob der Vertrautheit, die zwischen den beiden herrschte.

»Ja, er spricht voller Enthusiasmus über die Pastafabrik und kritisiert dich nicht, auch wenn er Grund hätte.«

»Was weißt denn du?«

»Früher waren Porträtaufnahmen mein Spezialgebiet. Ein guter Fotograf muss fähig sein, auch das Innenleben seines Modells einzufangen; er muss deshalb immer auch ein wenig Psychologe sein. Ich habe schon berühmte und erfolgreiche Persönlichkeiten fotografiert – darunter auch Leute, die Industrien und Finanzimperien geschaffen hatten, einige davon waren vom Vater auf den Sohn übergegangen. Ich unterhalte mich mit meinem Gegenüber, während ich fotografiere. Ich weiß, wie schwierig es ist, in die Fußstapfen des Vaters zu treten, und was es für einen Vater bedeutet, das Steuer an die Jugend abzugeben. Santi ist in Schwierigkeiten, aber er ist dir treu bis aufs Blut.«

»Bist du mehr Santis oder mein Freund?«

»Das sind zwei unterschiedliche Beziehungen. Du bist für mich wie ein Bruder.«

»Und Santi?«

»Das würdest du nicht verstehen«, sagte Dante und sah weg.

Dante verlangsamte den Schritt und sagte: »Ich habe nachgedacht. Tito, du liebst dich selbst nicht genug. Hab mehr Liebe für dich selbst. Achte auf dich. Das habe ich auch lernen müssen, denn ich bin allein auf der Welt. Mein Bruder ist bereits in jungen Jahren gestorben, und ich hatte nur einen.«

»Das wusste ich nicht …«

»Meine Mutter war über eine kurze Zeit verheiratet, und aus dieser Ehe hatte sie einen Sohn. Er war zehn Jahre jünger als ich. Und er war gay, er ist an Aids gestorben.«

»Ein Homosexueller?«

»Er war ein herzensguter Mensch und hatte ein intensives und glückliches Leben bis in den Tod hinein. Sein Partner hat ihn bis zum Ende gepflegt.«

Ein Schwuler als Bruder!, dachte Tito, er verabscheute Homosexualität. Dante spürte das und ließ ihm Zeit, sich wieder zu fangen.

23.

Die Kirschtorte

»So hat die Tante gesagt … Es zeigt Wirkung, bei den Großen und den Kinderchen …«

»Der Opa ist gekommen! Jetzt können wir den Kuchen essen!« Die Enkelinnen empfingen ihn jubelnd. Mariola trug die Kirschtorte aus der Küche herbei.

Rasch wurde der Gartentisch frei gemacht, und Mariola platzierte den Kuchenteller in der Mitte. Sonia folgte ihr mit dem Tablett mit Kuchentellern, Servietten, Besteck und Gläsern.

Die Mädchen hatten nur Augen für den Kuchen, sie konnten es kaum erwarten. Daniela, Elisas Jüngste, trappelte mit den Füßen, mit der einen Hand stützte sie sich am Tischrand ab, mit der anderen versuchte sie, den Teller zu erreichen. Der noch warme Kuchen verströmte den verführerischen Duft nach Vanille und Zitronenschale.

Während des Backens war die Teigmasse aufgegangen und hatte beim Aufquellen die entkernten Kirschen an die Oberfläche gedrückt – die nun schön eine neben der anderen im luftigen und gebräunten Teig steckten. Mariola war eine Perfektionistin: Sie hatte die Früchte in konzentrischen Kreisen angeordnet und nach dem Backen die Oberseite des Kuchens mit Vanillezucker bestreut.

»Mädchen, ihr wartet ab, bis ihr an der Reihe seid, ich muss den Kuchen ganz vorsichtig anschneiden, innen ist er nämlich noch schön weich … genau wie der Großvater ihn mag«, sagte Mariola und servierte mit einem schüchternen Lächeln ihrem Ehemann zuerst, so als wollte sie sich etwas vergeben lassen.

Töchter und Enkeltöchter aßen mit großem Genuss. Mariola betrachtete sie und schien zufrieden.

Elisa gab sich krampfhaft locker, lachte im unpassenden Moment, während sie die Haare nach hinten schob; sie vermied es, die Blicke der Schwester zu kreuzen, und sah den Vater immer wieder herausfordernd an. Teresa war blass, hatte Augenringe und ihr Lächeln war gekünstelt.

»Bei mir geht der Kuchen nie so auf wie bei dir, obwohl es dasselbe Rezept ist«, sagte Teresa und hob die Gabel, »in der Mitte bleibt er immer klitschig …«

»Du musst das Eiweiß schaumig schlagen und darfst während der Backzeit den Ofen nicht öffnen. Gib dem Teig genau vierzig Minuten, wie es im Rezeptheft der Tante steht. Sie hat es sorgfältig abgeschrieben, es wird der gleiche Wortlaut sein … Halte dich Wort für Wort daran, und du wirst sehen, es klappt!« Mild lächelnd fügte Mariola hinzu: »Ich erinnere mich noch gut, wie sie das Rezeptheft für dich kopiert hat … Nachmittage lang schrieb sie daran, sie beeilte sich, um es dir noch vor deiner Hochzeit überreichen zu können. Du wirst sehen, es wird dir gelingen. Auch ich hatte Probleme, als ich jung verheiratet war: Damals war ich sehr ungeduldig!«

»Mir gelingt der Kuchen immer hervorragend, ich mache alles so, wie die Tante es mir beigebracht hat, und es funktioniert! Mit Antonio und mit den Mädchen, es funktioniert!«, sagte Elisa.

»Was bedeutet das, ›es funktioniert‹?« Teresa war angespannt, aber die Frage kam ihr leicht über die Lippen.

»Die Tante hat mir erzählt, als Mama verlobt war, hat sie ihr geraten, jedes Mal, wenn sie Papa bei schlechter Laune sah, ihm diesen Kuchen zu backen: Dann würde sie ihm schon vergehen. Nicht wahr, Papa, so ist es doch?« Elisa sah den Vater mit einer Spur von Boshaftigkeit an.

»Keine von beiden hat mir je etwas verraten«, erwiderte Tito lakonisch und schob sich Kuchen in den Mund.

Mariola nickte. »So hat die Tante gesagt … Es zeigt Wirkung, bei den Großen und den Kinderchen …«

Sie aßen und plauderten in scheinbarer Eintracht. Die Töchter richteten besonnen und ohne Groll das Wort aneinander, unter dem wohlwollenden Blick der Mutter; wenn sie sich ihren Enkelinnen widmete, vermieden es die Schwestern, sich miteinander zu unterhalten.

Den ganzen Tag über hatte Mariola Mühe gehabt, ihre Töchter zur Vernunft zu bringen und ihnen Druck zu machen, damit sie Frieden schlössen. Sie hatte viel telefoniert, hatte erst mit der einen, dann mit der anderen gesprochen, aber sie hatte auch nicht vergessen, was am Abend zuvor zwischen ihr und ihrem Ehemann vorgefallen war. Als Tito ihr ohne weitere Erklärungen mitgeteilt hatte, dass er zum Mittagessen nicht nach Hause komme, war sie in hellster Aufregung: Er war böse auf sie, dachte sie, und hatte schon das Schlimmste befürchtet: nämlich dass Dana den Trumpf in der Hand hatte. Elisa hingegen, die in der Villa zu Mittag gegessen hatte, hielt die ungewohnte Abwesenheit des Vaters für ein Zeichen seines Überdrusses und seiner geringeren Duldsamkeit ihr gegenüber; deshalb hatte sie eingewilligt, ihre ältere Schwester um Verzeihung zu bitten.

Teresa gegenüber hatte Mariola nochmals betont, dass Elisa, wenn sie Alkohol trank, jähzornig, ja sogar gewalttätig wurde –

sie hätte ihr in aller Öffentlichkeit nicht widersprechen dürfen. Mit keiner der beiden hatte die Mutter jedoch über den wahren Grund des Streits gesprochen: Und das war die allumfassende gegenseitige Eifersucht, deren Wurzeln weit in ihre Kinderzeit zurückreichten.

Nachdem sie ihre Töchter zum Waffenstillstand gebracht hatte, schenkte sie beiden zur Belohnung eine Handtasche. Der Kuchen bedeutete das feierliche Ende der Feindseligkeiten zwischen den Schwestern – und auch ein Friedensangebot zur Wiederherstellung ihres Eheglücks.

In Titos Augen war der Kuchen ein Zeichen für Mariolas Kapitulation, und nachdem er zwei Stücke gegessen hatte, ging er ins Haus und widmete sich seinen Angelegenheiten.

»Ich gehe zur Tante hinauf. Wir haben Geschäftliches zu besprechen«, sagte Tito nach dem Abendessen zu seiner Frau.

»Ich bin müde, ich gehe zu Bett, fang nicht an zu trinken, wenn du herunterkommst, ich bitte dich: Es ist alles wieder in Ordnung.« Zögernd fügte Mariola hinzu: »Es tut mir leid wegen gestern. Die frittierten Speisen im Hotel haben anscheinend wie Gift auf uns drei gewirkt, sie waren schwer verdaulich.«

»Ich habe mir überlegt, den Töchtern eine monatliche Pauschalsumme und eine eingeschränkte Vollmacht über das Familienvermögen zu geben. Die jungen Leute lassen sich auf Dauer nicht gängeln, und die Mädchen verlangen nach Sicherheiten. Ich habe mit dem Notar gesprochen, er überlegt sich eine praktikable Lösung. Ich weiß nicht, ob ich noch andere um Rat fragen soll, ich möchte ja keine komplette Schenkung machen …«, sagte Tito zur Tante.

»Daran tust du gut«, sagte sie und schwieg nachdenklich.

»Traust du dem Notar?«, fragte Tito.

»Vollkommen, auch du musst es so halten. Geh nicht zu anderen.« Nach kurzem Nachdenken fügte die Tante hinzu: »Nicht weil sie die besten ihrer Zunft sind, sondern weil sie von uns mehr erhalten haben, als sie sich von anderen je erwarten konnten. Das wissen sie nur zu gut.«

Dana trug den Kamillentee auf einem Tablett herein. Ein Blick von Tito genügte, und sie verstand. Und so kam es, dass er mit dem stummen Einverständnis seiner Frau seine Rumänin voll und ganz genießen konnte. Ja, er schlief hinterher sogar erschöpft in ihrem Bett ein. Im Morgengrauen erwachte er und begab sich ins eheliche Schlafzimmer. Obwohl Tito versuchte, Mariola nicht zu wecken, als er unter die Decken schlüpfte, öffnete sie ein Auge.

Bis zum folgenden Tag hatte sich Mariola wieder beruhigt und sagte kein Wort.

24.

Die Schenkung

»Überschreib ihr die Villa am Meer und teile
den Palazzo im Städtchen unter den Kindern auf,
behalte aber den Nießbrauch für dich.«

Tito fühlte sich wieder ganz der Alte: Mariola war sich bewusst, dass sie übertrieben hatte, und schweigend nahm sie seine Affäre mit Dana in Kauf. Es waren nur noch wenige Tage bis zum Antritt seiner Rundreise mit Dante, die ihm sehr am Herzen lag. Ein angenehmer Arbeitstag erwartete ihn.

»Was einmal war, das ist vorbei«, sagte er sich.

Alles verlief so, wie er es vorhergesehen hatte.

Beim Abendessen saß Mariola wie auf glühenden Kohlen. Tito merkte es und vermied jede Unterhaltung mit ihr. Er kaute mit Hingabe, suchte sich übertrieben wählerisch das Gemüse vom Servierteller, träufelte Öl und Zitronensaft darauf, tunkte Brotstückchen in das Sößchen. All das, ohne sie eines Blickes zu würdigen: Er wollte nichts mehr hören. Als er mit dem Essen fertig war, wischte er sich mit der Serviette über die Lippen und schickte sich an aufzustehen.

»Ich muss mit dir sprechen, es handelt sich um Irina.«

»Hat sie was mit Piero?« Tito war aufs Schlimmste gefasst.

»Nein, nein, das wäre nichts.«

»Mit Antonio?«

»Auch nicht … Santi scheint es zu sein.«

»Was sagst du da? Ist Vanna jetzt verrückt geworden, so etwas zu behaupten?«

»Nicht Vanna, nicht sie. Sie weiß nichts, sie hat nichts damit zu tun.«

»Sprich.«

Am Nachmittag war Mariola in die Stadt gegangen, um Elisas Handtasche umzutauschen: Sie wollte sie lieber in einer anderen Farbe haben. Die Eigentümerin der Boutique hatte ihr erzählt, dass es für Konfektionskleidung in mittlerer Preislage keinen Markt mehr gäbe, die Leute würden noch immer gern Geld ausgeben, aber nur für exklusive Markenartikel. Sie wollte ihr unbedingt das schönste Stück aus der Sommerkollektion eines spanischen Designers zeigen, ein elegantes Abendkleid. Als sie es ihr vorführte, erläuterte sie mit spitzer Zunge: »Von diesem Modell hatte ich zwei, eines hat Ihr Sohn letzte Woche gekauft.« Das Kleid war identisch mit dem, das Irina beim Konzert getragen hatte.

»Kümmere dich um deine Angelegenheiten. Zieh keine voreiligen Schlüsse. Und ratsche nicht mit deinen Töchtern. Wenn es sich so verhielte, dann wäre Santi gewiss nicht der Einzige. Aber es muss eine andere Erklärung geben. Santi weiß zu gut, dass das ganze Städtchen darüber reden würde«, entgegnete Tito entschieden und ließ Mariola den Tisch abräumen.

Tito war der Meinung, dass von seinen Kindern Santi und Vanna die glücklichste Ehe führten. Er konnte nicht glauben, dass sein Sohn sich so unvorsichtig verhalten hatte; und zu denken, dass Dante ausgerechnet von Santi »hintergangen« wurde, der ihm große Zuneigung entgegenbrachte, schmerzte ihn. Beinahe fühlte er sich verantwortlich. Der Gedanke an Dante machte ihm zu schaffen: Seine Ferien könnten dadurch beeinträchtigt werden.

Die verletzte Ehre der Schwiegertochter kümmerte ihn wenig. Als er jedoch an Titino dachte, begann er sich zu sorgen. Tito liebte den Jungen über alles, und plötzlich hatte er Angst, Vanna könnte aus gekränktem Ehrgefühl wieder in die Stadt ziehen und den Knaben mitnehmen: Darunter würde er sehr leiden. Santis Ehe musste in seinem eigenen Interesse geschützt werden.

Santi war unzufrieden: Er wollte der Chef sein. Das hatte er ihm auf jede erdenkliche Art und Weise begreiflich gemacht. Er hatte ihm auch gesagt, dass Vanna sich seinetwegen bereit erklärt hatte, ihre Stadt zu verlassen; da sie ihn so unglücklich sah, hatte sie ihm vorgeschlagen, sich doch andernorts eine Arbeit als Manager im Angestelltenverhältnis zu suchen. Tito wusste, dass er sich den Sohn und die Schwiegertochter nicht entfremden durfte: Wenn Santi die Pastafabrik haben wollte, dann sollte er sie haben.

An diesem Abend sprach er mit der Tante über seine Kinder: Er beriet sich mit ihr, wie es einst der Vater getan hatte. Die Tante verließ zwar nie das Haus, wollte aber über alles ausreichend informiert sein; Tito hielt sie über die Geschicke ihrer Betriebe auf dem Laufenden. Sie hatte noch immer einen klaren Überblick über die Arbeits- und Geschäftsbeziehungen, ja sogar über das vielschichtige Gesellschaftsleben im Städtchen. Ihre Kommentare verrieten Lebensweisheit und scharfen Verstand.

Zum Thema Teresa sagte sie: »Mach den beiden die Rückkehr ins Städtchen so schmackhaft wie möglich. Ich wünsche mir für Piero zwar, dass er sich in der Toskana gut zurechtfindet, aber ich bin sicher, dass er im Grunde lieber hier leben würde. Überschreib ihr die Villa am Meer und teile den Palazzo im Städtchen unter den Kindern auf, behalte aber den Nießbrauch für dich. Was eine Vollmacht angeht, warten wir die Empfehlungen des Notars ab …«

»Ich müsste es bei Elisa genauso handhaben. Sie ist seltsam, ich begreife sie nicht.«

»Sie ist nicht wie die anderen beiden. Sie ist voller Leidenschaft«, sagte die Tante. »Ich kann sie verstehen. Aber warum weigert sie sich, Verantwortung zu übernehmen? Antonio ist für sie der richtige Ehemann; erkundige dich über seine Aktivitäten, steh ihm auch mit Ratschlägen zur Seite: Er braucht das.«

»Santi möchte eine vollständige Schenkung an alle drei.«

»Davon kann ich dir nur abraten. Dein Vater hat mich schwören lassen, dass ich nichts veräußere: Er war dagegen, die Werte zu Lebzeiten aus der Hand zu geben.«

»Aber unter steuerlichem Aspekt bringt es nur Vorteile«, sagte Tito.

»Genau das habe ich ihm damals auch gesagt: ›Vorteile, für wen?‹, hat er zurückgefragt. ›Für Tito: Er wird dann weniger Steuern bezahlen müssen‹, habe ich geantwortet. ›Du musst an dich selbst denken‹, sagte er zu mir. ›Für dich ist es von Nutzen, etwas zu *haben* und nicht, etwas *gegeben zu haben.*‹«

»Papa hatte dich sehr lieb«, bemerkte Tito. »Hatte er etwa Angst, dass ich dich hier allein ließe?«

»Das schließe ich aus: Er war ein kluger Mann und wusste, dass die älteren Generationen die Kontrolle über den Familienbesitz behalten müssen, den Jüngeren gebühren nur die Früchte ihrer Arbeit.« Die Tante schwieg, dann fuhr sie fort: »Auch Mademoiselle unterstützte ihn dahingehend; sie kannte die Familien gut, für die sie gearbeitet hatte, einige waren sehr viel wohlhabender als wir: Reichtum vor der Zeit schadet den Jungen nur, und wenn sie das sagte, muss es wohl wahr sein.«

»Ich hatte keine Ahnung, dass du so großen Wert auf die Meinung deiner Gouvernante legst«, sagte Tito.

»Sie ist zu uns gekommen, als ich noch sehr klein war. Sie war für mich wie eine Mutter. Dann geschah eben, was geschah …«

Die Tante schloss die Augen und schien wegzudämmern, dann hob sie die Lider und richtete ihren müden Blick auf Tito. »Du bist nicht mehr jung, zeitweise vergesse ich das. Du erinnerst mich an deinen Vater … als er schon älter war. Sag dem Notar, dass ich bereit wäre, dir eine Schenkung zu machen, aber nur dir … Du kannst dann damit machen, was du willst!« Sie setzte sich kerzengerade auf ihrem Sessel zurecht und starrte ihn an, ihre Pupillen waren wie Stecknadelköpfe.

Dana kam ins Zimmer zurück. Die Tante flüsterte noch rasch: »Unter einer Bedingung, dass du der da nicht mehr gibst, als ihr zusteht für die Dinge, die sie für dich tut. Wenn sie zu viel verlangt, entlasse sie. Wir werden eine andere finden.« Sie warf ihm einen vielsagenden Blick zu.

Im Bett war Tito nicht mehr fähig zu lesen. Er schloss das Buch und betrachtete seine Zimmerhälfte, die dem Vater gehört hatte: die Kommode mit den Hemden, den Kleiderständer, den geräumigen Schrank mit zwei Türen, den Schreibtisch, all das, was von Mariolas weiblicher Hand unberührt geblieben war; ihr stand die andere Hälfte des Zimmers zu.

Tito war rundherum glücklich: Er liebte die Tante, und seine Liebe wurde erwidert.

25.

Der Mensch denkt, und Gott lenkt

»Deine Tante hat für ihre Schuld bezahlt und sich wie eine Heilige verhalten!«

Die Reise mit Dante war seine erste Ferienzeit seit dem Tod des Vaters. Es war wie das Präludium zu einer grundlegenden Veränderung in seinem Leben. Tito wünschte sich eine Frau, mit der er auch angenehme Gespräche führen könnte und die nicht so grob wäre wie Dana. Aber die Rumänin würde er nicht aufgeben: Er zählte auf sie für seine primitiven Bedürfnisse, es klappte ja gut bei ihnen. Was Mariola anging, machte er sich nicht die geringsten Sorgen: Sie würde seine Untreue dulden, vorausgesetzt, der Fortbestand der Familie wäre nicht gefährdet. Tito hatte jedes Schuldgefühl abgeschüttelt und dachte, dass der Vater in den langen Jahren der Einsamkeit auf die gleiche Weise gehandelt hätte. Umgehend unterrichtete er den Notar über den Entschluss der Tante; danach war er nicht mehr in der Lage, sich noch mit etwas anderem zu beschäftigen. Er war euphorisch und verspürte eine unbezähmbare Lust, Dante wiederzusehen; unter einem Vorwand rief er ihn an.

Sie verabredeten sich zu einem kurzen Treffen im Städtchen. Dante war in Gedanken. Irina hatte verlangt, dass das Hotel für das Kleid, das sie beim Konzert getragen hatte, aufkäme. Vanna hatte Santi, da er nun einmal im Ort war, bitten müssen, die Rechnung zu begleichen. Dante war das peinlich. Jetzt war Irina im Aufbruch begriffen; der Fürst von Sciali hatte sie nach Palermo in seinen Palazzo eingeladen. Tito lauschte und frohlockte: Seine Glückssträhne hielt an, und ein weiteres Problem war gelöst.

Während des Mittagessens hatte der Notar angerufen: Sie vereinbarten, sich zum Kaffee zu treffen; er war ein Freund, und Tito war über seine Tüchtigkeit und sein promptes Handeln nicht überrascht.

»Deine Tante hat dich bereits adoptiert, und du wirst sie sowieso und in jedem Fall beerben. Wenn sie die im Voraus festgelegte Zeitspanne überlebt, hast du von der Schenkung noch weitere Steuervorteile. Dennoch bin ich entschieden dagegen. Ich möchte dir nur sagen, dass es in euer aller Interesse ist. Warten wir ab. Auch dein Vater hat ihr seinerzeit abgeraten, dir eine Schenkung zu machen, wusstest du das?«

»Ich weiß, und ich weiß auch, warum. Aber ich verstehe dich nicht: Warum nicht die Erbschaftssteuern umgehen? Sie weiß sehr wohl, was sie tut.« Tito war verärgert.

»Das ist nicht das Problem«, sagte der Notar, »es handelt sich um eine Angelegenheit, die unter das Berufsgeheimnis eures Hausarztes fällt, meines Vetters Ernesto. Heute früh haben wir beide lange darüber beratschlagt: Er wäre bereit, eine Unkorrektheit gegenüber deiner Tante zu begehen, um sie und euch alle zu schützen, aber nur, wenn du es verlangst; er würde es vorziehen, das Geheimnis zu wahren. Hab Vertrauen zu uns und beharre nicht weiter darauf. Sag deiner Tante, wenn sie wieder auf das Thema zu sprechen kommt, dass es Zeit braucht, zögere die Sache hinaus. Sie ist schon in fortgeschrittenem Alter, ihr Gedächtnis lässt langsam nach …«

»Nicht, was das Geschäftliche angeht, da lässt ihr Gedächtnis überhaupt nicht nach! Sie wird doch wohl genau wie ich ein Recht darauf haben, zu wissen, wie die Dinge stehen. Wenn die Schenkung die Erbschaftssteuern mindert, warum sie dann nicht machen?«

»Willst du es wissen?« Der Notar holte tief Luft: »Vor rund dreißig Jahren wurde bei deiner Tante eine Hysterektomie durchgeführt, eine Entfernung der Gebärmutter, und dabei wurde festgestellt, dass sie ein Kind ausgetragen hatte. Wir waren seinerzeit nicht mit der Sache betraut.«

Tito wurde bleich. Der Notar sprach weiter, langsam und bedächtig: »Das erklärt auch, warum deine Tante die Operation damals in Rom hatte durchführen lassen. Nur Ernesto durfte sie begleiten, unter dem Vorwand, sie wollte dich in der Nähe deines Vaters und Mariolas wissen, die kurz vor der Niederkunft mit Elisa stand; zu Ernesto sagte sie lediglich, dass sie sich bereit erklärt hatte, sich deiner anzunehmen, um so ihre Schuld gegenüber ihrem eigenen Kind zu sühnen: Sie hatte es eigenhändig in die Obhut gewisser Vertrauenspersonen gegeben. Mehr wollte sie nicht sagen. Eine traurige Geschichte. Aber auch eine außerordentlich großzügige Geste seitens einer jungen Frau …«

»Willst du mir sagen, es gibt eine Person, die nach so vielen

Jahren Ansprüche auf das Erbe anmelden könnte ...« Und in bitterem Ton fügte er hinzu: »Noch ein Bastard!«

»Einer, der euch erpressen, den Namen eurer Familie in den Schmutz ziehen könnte ...«

Tito nahm den Kopf zwischen die Hände; seine Finger lagen in den Augenhöhlen.

»Dein Großvater und dein Vater hatten nicht die geringste Ahnung davon, offensichtlich ist alles geschehen, als sie in Rom lebte: Sie war damals blutjung ... Deine Tante hat für ihre Schuld bezahlt und sich wie eine Heilige verhalten!«, sagte der Notar abschließend und legte vorsichtig seine Hand auf Titos Schulter.

Tito sah nur verschwommen, seine Augen tränten.

Es war Nachmittag. Die Sonne brannte auf den Asphalt. Die Häuserwände strahlten die Hitze zurück. Die Gehsteige waren menschenleer. Tito wanderte durch die Straßen, folgte ziellos dem Schatten, den die Palazzi und die Markisen der Cafés spendeten. Die Händler zogen die Rollgitter ihrer Ladengeschäfte hoch. Tito kannte viele, und ihren Gruß erwidern zu müssen war ihm unerträglich. Er ging an der Piccadilly Bar vorbei, sie schien völlig leer. Er verkroch sich auf einem Sessel in der Ecke. Um diese Uhrzeit herrschte von der Backwerkstatt aus ein Hin und Her: Kellner und Hilfsköche füllten die Thekenauslagen der Konditorei für die Nachmittagskunden auf. Der Duft der *cannoli,* mit Frischkäse gefüllt und mit Vanillezucker bestreut, der warmen Mürbeteigobsttörtchen, des zimtbestreuten Mandel- und Pistaziengebäcks, der Zitronenbeignets stieg Tito in die Nase. Anstatt seine Gier nach Süßem zu wecken, bereitete er ihm nichts als Ekel.

»Sie sind der Freund von Attanasio, dem Fotografen?«, sagte

der Kellner. »Er ist vor Kurzem weggegangen, zusammen mit Ihrem Sohn.«

»Er wird schon wiederkommen«, beschied ihn Tito barsch.

Er schlug die Zeitung auf, die auf dem kleinen Tisch lag, um von niemandem mehr gestört zu werden. Aber er las nicht, sondern grübelte. Von wem war die Tante seinerzeit verführt worden? Wo und wann war es geschehen? Tito wurde von einem irrwitzigen Verlangen gepackt, die Ehre der Familie zu rächen, den aufzustöbern und zu bestrafen, der Schande über sie gebracht hatte, und verschwendete dabei keinen Gedanken an die Tante oder deren Kind. Gesenkten Hauptes ballte er die Fäuste.

Nach und nach füllte sich die Bar. Unter den aufdringlichen Blicken der Kellner suchte Tito das Weite. Ihm kam es so vor, als lachten sie ihn aus: Auch sie wussten also Bescheid. Auf der Straße begegnete er einem General im Ruhestand, der seinen Vater gut gekannt hatte und der ihn mit einem dümmlichen Lächeln bedachte. War das ein Hohngrinsen? War es das? Ein alter Mann, in seinen jungen Jahren als Don Giovanni verschrien, spazierte über den Gehsteig. Er hob die Hand zum Gruß; in Titos Augen war es eine obszöne Geste. Fast im Laufschritt ging er zu seinem Wagen: Es kam ihm vor, als würde er verfolgt.

Er parkte in einer Querstraße, nicht direkt in der Straße, die zur Villa führte; sie schlängelte sich über die Dünen und endete, versteckt hinter Akazien, am Strand. Tito erlebte erneut die Angst, die Unsicherheit und die Scham, die ihn als Achtzehnjährigen befallen hatten, als er am Beginn seines Universitätsstudiums stand. Damals verkehrte er mit den Sprösslingen der Familien, die sein Vater ihm vorgestellt hatte. Jedes Mal, wenn ihm Klatschgeschichten zu Ohren kamen oder er eine Anspielung auf die amouröse Vergangenheit einer verheirateten Frau, die seine Mutter hätte sein können, aufschnappte, fragte er sich, ob nicht gar sie gemeint war. Auf einem Fest wurde er einer Dame vorgestellt, die für ihre Kollektion von Liebhabern bekannt war: »Dein Vater war ein wunderschöner Mann«, sagte sie zu ihm. Tito dachte, dass sie seine Mutter sei. Seit damals mied er die Menschen, die mit seiner Familie bekannt waren.

Mit der Tante fing alles wieder von vorne an. Noch ein namenloses Gespenst, noch eine Schande quälten Tito jetzt.

Eilig stieg er in die Dachkammer hinauf. Sie war noch in dem Zustand, in dem sein Vater sie zurückgelassen hatte, keine Restaurierungsarbeiten waren dort vorgenommen worden. Tito ging auf den Wandschrank zu, in dem er seine Fotoapparate aufbewahrte. Er besaß eine beachtliche Sammlung. Einige Apparate hatten dem Großvater, andere dem Vater gehört, und der Großteil davon funktionierte noch. Er suchte seine alte Leica – er hatte Dante versprochen, sie auf ihre Reise mitzunehmen – und konnte darüber vergessen. Er zog mehrere Schubladen auf, fand aber nicht, wonach er suchte. Sein Blick fiel auf die Rolleiflex, ein Geschenk der Tante zur Erstkommunion.

Der Notar hatte gesagt: »Deine Tante sagte zu meinem Vetter, sie hätte sich bereit erklärt, für das uneheliche Kind ihres Bruders zu sorgen und sich seiner anzunehmen, um so ihre Schuld gegenüber dem eigenen Kind zu sühnen.« Tito musste sich an einer halb aufgezogenen Schublade abstützen. Ihm schwindelte. Jetzt war ihm klar, weshalb die Tante ihn nie wie einen Sohn geliebt hatte. Sie hatte selbst einen Sohn, an ihn dachte sie. Immerzu dachte sie an ihn. Ihn liebte sie. Und er, Tito, war nichts als ein Ersatz!

Ferne, sich überlappende Erinnerungsfetzen bildeten ein rasendes Karussell in Titos Kopf, rhythmisch unterlegt von den widerhallenden Worten:

Sie liebte ihren eigenen Sohn und nicht dich … Sie liebte ihren eigenen Sohn und nicht dich … Sie liebte ihren eigenen Sohn und nicht dich …

Es war der Tag der Erstkommunion. Der Vater sagte: »Rachele, einen Fotoapparat! Du verwöhnst ihn! Ich habe Tito doch bereits ein großes Geschenk im Namen von uns beiden gemacht.«

»Ich wollte ihm ein Geschenk von mir allein geben, damit er immer daran denkt, wie lieb ich ihn habe, wenn er den Apparat benutzt!«, entgegnete sie.

Es war die glücklichste Erinnerung aus seinen Kindertagen: Er fühlte sich vollkommen geliebt von dieser Tante, die so selten ihren Gefühlen freien Lauf ließ.

Jetzt wusste Tito, dass er sich getäuscht hatte.

Er war hingefallen, und die Tante tröstete ihn mit Küssen. Das Kind war selig. Außer zum Abschied oder zur Begrüßung küsste sie ihn nie, sie umarmte ihn nicht und flüsterte ihm keine Koseworte ins Ohr. Das Kind musste so tun, als hätte es sich wehgetan, um von ihr in die Arme geschlossen und gestreichelt zu werden. Auch mit solchen Gefühlsäußerungen war die Tante eher zurückhaltend, so als wären sie ihr untersagt. Dann schickte sie ihn spielen, als gingen ihr ganz andere Gedanken durch den Kopf.

Jetzt begriff Tito, dass sie an ihren eigenen Sohn dachte.

Er war Heranwachsender und in den Internatsferien zu Hause. Die Gruppe junger Leute aus gutem Hause vor Ort hatte ihn aufgefordert, mit ihnen auf ein Konzert mit Unterhaltungsmusik zu gehen; die Veranstaltung war Teil des Sommerprogramms der Ge-

meinde. Er besuchte sonst niemanden, und es war sein sehnlichster Wunsch, wie der eines jeden anderen Sechzehnjährigen, bei diesem Ereignis dabei zu sein. Der Vater erlaubte es ihm nicht. Da spielte er den armen Jungen und zog alle Register: Er langweilte sich alleine in der Villa; er wünschte so sehr, die Bekanntschaft anderer junger Leute zu machen, auch Ernesto, der doch ein vernünftiger Bursche und Sohn ihres Hausarztes war, würde mit von der Partie sein; im Übrigen war er doch fleißig, gehorsam, hielt sein Wort, trank nicht, rauchte nicht … Kurz, er war zuverlässig und würde selbstredend zu der vom Vater festgelegten Uhrzeit zu Hause sein.

Die Tante unterstützte ihn nicht. Er bat sie, doch einzuschreiten, er wollte wissen, was ihre Meinung dazu war. Und sie erwiderte: »Das hat allein dein Vater zu entscheiden.« Auch als er in Tränen ausbrach, blieb sie ungerührt. Dann sagte sie zum Vater: »Geh du und tröste ihn, deinen Sohn«, und mit diesen Worten ließ sie sie allein. Der Vater machte auf dem Absatz kehrt und ging ohne ein Wort davon.

Jetzt begriff Tito, dass sein Schmerz sie nicht rührte.

Das Kind war zum Mann und Vater geworden, und er reichte der Tante das Neugeborene, Teresa. Sie wehrte ab, er drängte sie. Am Ende nahm die Tante die Kleine, wiegte sie aber nicht in den Armen, wie die anderen Frauen es taten. Sie küsste sie nicht. Sie hielt sie einfach fest und sah sie traurig an. Eilig gab sie ihm das Bündel zurück, sein Herz krampfte sich zusammen.

Jetzt begriff Tito, dass sie an das Kind ihres eigenen Kindes dachte.

Tito weinte und strich sanft über die raue Tasche des Fotoapparats, als wäre sie die Haut des Kindes, das sich nach Zärtlichkeiten sehnte.

26.

Ein Neffe verhält sich auf tadelnswerte Weise

»Zum Glück habe ich ein Erste-Hilfe-Diplom!«

Mariola deckte den Tisch ab. Tito blieb am Kopfende sitzen. Er verfolgte sie aus den Augenwinkeln, ohne sie offen anzusehen. Beim Abendessen war er sehr einsilbig gewesen, doch das war bei ihm nichts Ungewöhnliches; überdies waren beide müde. Mariola jedoch wunderte sich: Etwas lief nicht so, wie sie es sich wünschte. Sie hatte die Tischdecke abgenommen, und der Tafelaufsatz stand erneut an seinem Platz.

»Gibt es nicht etwas, was du mir sagen willst?«

Tito schüttelte den Kopf.

»Also lass ich dich allein. Ich gehe nach oben, um mich hinzulegen. Erinnere die Tante daran, dass du morgen früh abreist. Geh nur, du bist spät dran!«

Die Tagesschau war fast zu Ende. Tito hielt die Augen starr auf den Bildschirm gerichtet, ohne das Geschehen auch nur eine Sekunde lang zu verfolgen. Seit er das Zimmer betreten hatte, galt sein Sinnen und Trachten einzig dem, der ihm die Liebe der Tante abspenstig gemacht hatte. Er glühte vor Eifersucht. Er musste wissen, wer derjenige war; er brauchte eine Bestätigung.

Die Erkennungsmelodie zum Abspann der Sendung erklang.

»Geh ins andere Zimmer. Ich rufe dich dann«, sagte er zu Dana.

Sie gehorchte wortlos.

Tito legte die Hand auf den Arm der Tante, wie er es immer tat, um ihre Aufmerksamkeit zu bekommen. An diesem Abend jedoch wurde daraus ein Klammergriff. »Wer ist dein Sohn?«, fragte er. »Wer ist dein Sohn?« Er hatte die Stimme erhoben, seine Hand klammerte noch stärker.

Die Tante bewegte sich nicht: Mit tränenfeuchten Augen sah sie ihn an, ihr Blick war undurchdringlich.

Tito spürte ihre dünnen Knochen unter dem Stoff. Er hatte Angst, ihr wehzutun, und lockerte seinen Griff, fragte aber erneut: »Wer ist dein Sohn?«

»Wer soll mein Sohn sein?«, murmelte die Tante verwirrt.

»Ich muss es wissen. Wer ist dein Sohn?«

Sie antwortete nicht, ihr Blick war starr auf Tito gerichtet. Sie versuchte, ihren Arm zu befreien, doch es gelang ihr nicht.

Erneut packte er zu. »Wer ist dein Sohn?«

Tito hatte mit der anderen Hand die Sessellehne umklammert, ohne seinen Griff um ihren Arm zu lösen, und schüttelte sie; der schmächtige Körper der Tante zuckte bei jedem Stoß zusammen, aber sie antwortete nicht. Auge in Auge mit ihr verlangte er Antworten, sie aber blieb stumm.

Die Tante versuchte, sich zu erheben. Tito musste den Namen dieses Sohnes aus ihrem Munde hören, seine Hand presste weiterhin ihren Arm.

»Ich muss es wissen!«, brüllte er.

Die Beine gegen den Boden gestemmt, schaffte sie es, sich hochzuziehen: Sie behalf sich mit dem anderen Arm, mit dem sie sich am Tischchen neben ihrem Sessel festklammerte. Der kleine Tisch schwankte, aber Tito ließ sie nicht los.

»Ich muss es wissen!«, wiederholte er.

Die Beine der Tante gaben nach, sie fiel quer über den kleinen Tisch und schlug mit der Stirn gegen die bronzene Lampe; der Tisch kippte um, die Lampe krachte mit einem lauten Schlag zu Boden.

Tito lockerte seinen Griff. Die Tante war verletzt und rutschte zu Boden.

»Was ist passiert?« Dana kam ins Zimmer gestürzt.

»Nichts, nichts. Ich bin gefallen, hilf mir beim Aufstehen«, sagte die Tante leise.

Tito ließ die Pflegerin gewähren und hielt sich abseits.

Die Tante gab keine weiteren Erklärungen ab.

»Bring sie ins Bett, anschließend komme ich zurück«, sagte er mit rauer Stimme.

Er empfand keinerlei Schuld. Er hatte einen klaren Kopf, kühl und distanziert war er, als müsste er den empfindlichen Mechanismus einer Pendeluhr in Ordnung bringen; Konzentration, Präzision im Handeln, aufmerksames Erlauschen des Mechanismus, darauf kam es jetzt an. Er hatte kein Mitleid mit der Tante.

Wie ein Schauspieler, der hinter der Bühne auf seinen Auftritt wartet, lauschte Tito aus dem Nebenzimmer auf Dana, die sein Spiel sofort mitspielte; mit lauter Stimme erstattete sie ihm Bericht über das, was auf der Bühne vor sich ging: Sie desinfizierte die Wunde der Tante und bereitete sie für die Nacht vor.

Die Tante war nun versorgt. Als Dana sie zu Bett gebracht hatte, schickte die Tante sie mit den Worten fort: »Gib mir den Rosenkranz und geh jetzt.«

»Was hast du denn mit der armen Alten gemacht? Zum Glück habe ich ein Erste-Hilfe-Diplom!« Dana verlangte eine minutiöse Aufklärung.

»Du wirst sagen, dass sie in der Nacht aus dem Bett gefallen ist. Meine Frau wird dich wahrscheinlich entlassen. Du sagst kein Wort, verstanden?« Tito war eiskalt und hatte sich vollkommen in der Gewalt.

»Aber so verliere ich meine Stelle!«

»Du erhältst zwanzigtausend Euro, der Notar wird sie dir geben; geh morgen Nachmittag zu ihm. Ich werde dann bereits unterwegs sein. Du musst diesen Ort verlassen, du musst weg aus Sizilien.«

»Und wenn der mir das Geld nicht gibt? Und wenn ich ohne Arbeit bleibe?«

»Nimm diese Uhr, sie ist aus echtem Gold und sehr viel wert«, sagte Tito und streifte sich die Rolex ab. »Wir hören voneinander. Ich werde mein Handy angeschaltet lassen.«

»Es tut mir leid. Danke für alles«, sagte er noch und verschwand.

Er eilte die Treppe hinunter und ging geradewegs zum Schlafzimmer. Eine Lichtschneise unten an der Tür besagte, dass Mariola vielleicht noch wach war. Verdutzt hielt er inne, die Hand auf dem Türgriff. Er schwankte, ein bitterer Geschmack breitete sich in seinem Mund aus, und er glaubte, die Besinnung zu verlieren. Er ging in die Küche, und die Hände zu einer Schale geformt, trank er Wasser aus dem Hahn; dann spritzte er sich Wasser ins Gesicht und auf die Haare. Er riss die Terrassentür auf, er brauchte frische Luft.

Tito schickte sich an, in den Garten zu gehen, aber auf der Schwelle hielt er inne. Laubblätter raschelten, in der Ferne hörte man einen Kuckuck rufen. Die kühle Luft und der Duft der feuchten Erde waren verlockend. Er konnte sich nicht vom Fleck rühren, seine Füße waren wie von einem Zauberbann festgenagelt: Er war ein Gefangener der Villa. Er war wie von Sinnen und glaubte, die Tante hätte ihm eine Falle gestellt, in die er prompt getappt war. Sie war es gewesen, die den Bruder ermutigt hatte, ihn, Tito, aus dem Waisenhaus zu holen – nur damit sie ihre Schuldgefühle betäuben konnte und jemanden hätte, der sich im Alter um sie kümmerte. Sie hatte Tito gezwungen, seine Familie ins Städtchen zu bringen – damit sie ihren Herrschaftsbereich nicht verlöre. Und wieder war sie es, die die Schenkung vorgeschlagen hatte – sie war Titos Reaktion zuvorgekommen, der vom Notar informiert worden war – und vortäuschte, gestürzt zu sein, um ihn an sich zu fesseln und den Urlaub mit Dante unmöglich zu machen.

Tito war wütend auf den Vater. Auch er war der Schwester hörig gewesen. Und mit sich selbst haderte er, weil ihm nicht schon früher ein Licht aufgegangen war und er nicht begriffen hatte, wie die Dinge wirklich standen. Aber er war unfähig, sich vom Türpfosten zu lösen.

Etwas Raues und Klebriges machte seinen Handrücken feucht: Es war Zorro, er blickte zu seinem Herrn auf. Von seinem Hund geführt, wanderte Tito mit Tränen in den Augen bis spät in die Nacht durch den Garten.

27.

Der ungewöhnliche Beginn einer Vergnügungsreise

»Ich bin ein Reisender ohne Gedächtnis.«

Der Weckalarm des Mobiltelefons schrillte. Tito stellte ihn ab und drehte sich zu Mariola. Sie schlief noch, die Zeitschrift lehnte gegen ihre Hüfte, genau so, wie er sie am Abend vorgefunden hatte. Er ging ins Bad und machte rasch Toilette. Er trug den Koffer in den Korridor, dann ging er ins Schlafzimmer zurück: ein flüchtiger Kuss und auf und davon, Mariola blieb benommen und noch im Halbschlaf zurück.

Schlag sieben Uhr stand Dantes Wagen vor dem Gartentor und erwartete ihn.

Die CD war zu Ende. Dante wechselte sie gegen eine andere aus und summte dann mit geschlossenen Lippen die Melodie mit. Sie waren bereits seit zwei Stunden unterwegs, Tito hatte noch keine Silbe gesagt. Beim Kreisverkehr nahm Dante die Landstraße, die den Hügel hinaufführte.

»Nicht hier lang!«

»Endlich hört man deine Stimme!«

Die Straße wurde enger und führte in schlechtem Zustand in Haarnadelkurven bergan. Der Hügel war zusammengepresst wie ein Grießpudding, und das Städtchen lag außerhalb des Blickfelds. Wie Maschen eines ausgeleierten Netzes begrenzten halb zerfallene Trockensteinmauern, die sich rechts und links der Straße kreuzten, die unterschiedlich großen Landgüter. Viele von ihnen waren unbestellt, nur mit wilden Margeriten und Mohnblumen überzogen; andere bildeten ein einziges Steinfeld, auf dem hie und da Grasbüschel und wildwüchsige Pflanzen mit kleinen gelben Blüten hervorschauten; auf wieder anderen wuchsen kümmerliche, knorrige Mandelbäume; und schließlich gab es noch solche, auf denen Überreste entlaubter Rebpflanzungen zu erkennen waren. Einige ins Auge fallende Felder waren mit Bockshornklee bebaut: ein Meer aus Blütentrauben, dunkelrot wie geronnenes Blut. Schweiß und Tränen kostete dieses Land.

Nach der letzten Kurve zeigte sich das Dorf auf dem Plateau des Hügels: Eine Handvoll einstöckiger Häuser scharten sich um die Kirche. Auf die Piazza, die nicht mehr als eine Verbreiterung der Straße war, die quer durch das Wohngebiet führte, mündeten von allen Seiten verwinkelte Kopfsteinpflastergassen. Eine Kirche aus dem neunzehnten Jahrhundert und einige verriegelte Werkstattgeschäfte waren zu sehen; an manchen Rollgittern hing das Schild »Zu verkaufen«, andere Läden standen leer. Die einzige Bar war durch das Fehlen eines Schaufensters zu erkennen; näherte man sich der Eingangstür, sah man im Halbdunkel drei kleine Metalltische und ein Dutzend an der Wand aufgestapelte Stühle. Hinter der schmuddeligen Theke hingen eine Jesusfigur mit grellrotem Herzen und ein uraltes Werbeplakat für einen Aperitif. Nur ein einziges Geschäft hatte geöffnet. In der winzigen Schaufensterauslage gab es einfach alles, alle Arten von Waren stapelten sich nebeneinander, übereinander bis ans Glas: Toilettenpapier, Nähkästchen, Schraubenzieher, Heiligenstatuen, Käse und Sardinenbüchsen – ein Notbehelfsladen.

»Zwei Kaffee und zwei Hörnchen bitte«, bestellte Dante beim Betreten der Bar.

»*Genueserinnen* hab ich.« Der Mann hinter der Theke sah sie argwöhnisch an. »Mögen Sie *Genueserinnen*?«

Tito kam ihm zu Hilfe: »Das ist Mürbeteiggebäck, gefüllt mit gelber Creme, ich nehme auch eins.« Dann fügte er hinzu: »Verzeih mir, ich war ein wirklich schlechter Reisegefährte.«

An der Tür stehend, ließen sie sich die süßen Stückchen schmecken.

Gebeugte alte Männer – die *coppola* auf den Kopf gedrückt, die Einkaufstüte von den Händen baumelnd – schleppten sich Richtung Piazza. Alles war in einheitlichem Grau: die Menschen, die Häuser, die Ziegel, die Straßen. Den einzigen Farbtupfer stellten die verblassten Schichten übereinandergeklebter Wahlplakate dar.

»Das Dorf besteht nur aus alten Leuten. Die Jugend ist in den Fünfzigerjahren in Scharen nach Australien ausgewandert.

Von dort führt kein Weg mehr zurück. Nur wenige sind geblieben, und die warten jetzt auf den Tod«, erklärte Tito.

»Mademoiselle erzählte, dass sie sich in den Bars der kleinen Ortschaften nicht verständlich machen konnte. In dieser Hinsicht scheint sich nicht viel geändert zu haben.«

»Auch du kanntest sie?«

Tito wurde von der Klingelmelodie seines Handys unterbrochen. Es war Santi.

»Ich will dich nicht beunruhigen, aber heute früh habe ich auf der Stirn der Tante eine Verletzung entdeckt.« Santi sagte, die Tante wolle ihm keine Erklärung dafür geben, vermutlich um Dana nicht in Schwierigkeiten zu bringen. Weder er noch die Mutter und nicht einmal der Arzt hatten sie zum Reden bringen können. » Ernesto hat sie gründlich untersucht: Sie hat Blutergüsse am rechten Arm. Es sieht aus, als wäre sie gestürzt, es ist jedoch nichts Schlimmes. Angesichts ihres Alters hat er aber Untersuchungen angeordnet.«

»Wie geht es ihr jetzt?«

»Sie bleibt vorsichtshalber im Bett. Und da ist noch etwas: Dana behauptet, dass sie in der Nacht allein war, als sie hingefallen ist; möglicherweise habe sie versucht, aus dem Bett aufzustehen. Sie hat ihr ein Pflaster aufgeklebt, mehr sagt sie nicht. Dann hat sie die Mama beschimpft. Man muss sie entlassen.« Santi machte eine Pause und fügte hinzu: »Es muss sein, Papa.«

»Mir soll's recht sein, sag es der Mama. Willst du, dass ich nach Hause komme?«

»Bestimmt nicht. Lass nur, dass Mama sich darum kümmert, ich denke, so ist es richtig. Jetzt ist Elisa gekommen. Der Tante geht es so weit gut, das kann ich sagen.«

»Danke. Lass mich wissen, wenn es etwas Neues gibt.«

»Grüß Dante schön. Vergnügt euch.«

Sie fuhren durch eine Nebelbank Richtung Tal. Am Ende tauchten ein grauer Himmel und die Sonne hinter Dunstschwaden auf. Aus der Höhe sahen die Felder aus wie ein Harlekinskostüm aus gelben, roten, grünen, grauen Rhomben. Eine große Wanderwolke hatte die Sonne verdeckt, und mit einem Mal nahmen alle Felder eine metallische Tönung an. Die Wolkenmasse bewegte sich langsam voran, schmale Lichtbündel durchbohrten sie, gingen auf die Erde nieder wie Scheinwerfer und ließen die Farben wie gelackt erstrahlen. Kristalle auf den vom Licht getroffenen Steinen funkelten. Die Szenerie hatte etwas Surreales, ja, irgendwie Bedrohliches.

Dante wollte anhalten und fotografieren. Tito machte missmutig seine Aufnahmen. Er wartete, dass Dante fertig wäre, und hing seinen Gedanken nach. Dana würde ihm fehlen. Er dachte an ihren Körper und an ihre unverfälschte Sinnlichkeit.

Unterdes kniete Dante nieder, stand auf, krümmte sich, stieg auf ein Mäuerchen, streckte sich im Gras aus, nahm den Belichtungsmesser, richtete ihn aus, prüfte den Thermofarbenmesser, wechselte den Filter des Objektivs. Sorgfältig. Seine Bewegungen waren verhalten, dann wieder blitzschnell. Schweigend. Wenn der Fotoapparat bereit war, wartete er das richtige Licht ab. Er war die Geduld in Person. Dann betätigte er den Auslöser. Titos Sinne erwachten. Dantes Nerven waren angespannt wie bei einem Katzentier, das auf der Lauer liegt, oder bei einem Jäger, der schießbereit nach Beute Ausschau hält –, um ja den entscheidenden Moment festzuhalten. So war Dante in seiner animalischen Sinnlichkeit.

Sie fuhren hinter einem Lastwagen her.

»Ich sehe, du bist nachdenklich. Wenn ich auf Reisen gehe, lasse ich die Sorgen zu Haus. Zuweilen vergesse ich mich sogar selbst. Wenn mir meine Probleme wieder in den Sinn kommen, dann ist es, als wären es gar nicht mehr meine: Ich verfälsche sie, ich bilde sie mir ein. Ich bin wie die Fotoplatten aus der Vorkriegszeit: Ich absorbiere und sublimiere.

»Auch bei mir ist das so: Wenn ich an meinen Uhrwerken arbeite, vergesse ich ringsum alles: die Pastafabrik, die Geschäfte, die Familie. Ich öffne ein Gehäuse und schließe alle anderen. Aber ich kann die Erinnerung nicht heraufbeschwören, wie du es tust, und ich kann mich auch meiner Phantasie nicht bedienen. Bring es mir bei.«

»Fangen wir an mit der Geschichte von jemandem, der eine imaginäre Figur geworden ist. Wir sind im Jahr 1917 im bolschewistischen Russland. Eine wohlhabende Familie stellt Elsa ein, eine junge Ausländerin, damit sie ihren Kindern Fremdsprachen beibringt. Die Revolutionäre dringen ins Haus ein und metzeln die Hausherren, die Diener und die Kinder nieder. Elsa reißt die jüngste Tochter an sich und versteckt sich mit ihr unter der Bettdecke. Die Kerle aber entdecken sie und wollen ihr die Kleine entreißen. Sie gibt sich als die Mutter aus und fleht sie an, sie beide nicht zu töten, sie seien doch Fremde.

Ohne Mittel und Beziehungen versucht Elsa in einem vom Bürgerkrieg verwüsteten Land den Weg in ihre Heimat zurückzufinden. Sie erleidet Hunger und eisige Kälte, sie nimmt große Gefahren auf sich, sie verkauft ihren Körper gegen Nahrung und Mitfahrgelegenheiten für sich und das kleine Mädchen.

Ihre Familie aber nimmt sie nicht auf, wie sie es erhofft hat: Sie bezichtigen sie, die Mutter des Kindes zu sein, und jagen sie davon. Eine Frau, eine vom *Gewerbe*, hat Mitleid und gewährt Elsa Unterschlupf. Arm und verstoßen, macht Elsa sich fieberhaft auf die Suche nach Verwandten des kleinen Mädchens, die dem Massaker entkommen sind. Sie kann Onkel und Tanten ausfindig machen, die die Kleine zu sich nehmen; für das Mädchen aber ist Elsa die Mutter, von den Verwandten will sie nichts wissen: Es ist eine tragische Situation. Elsa muss weggehen und findet Arbeit in derselben Stadt. Sie ist voller Sorge um das kleine Mädchen und besucht es oft, reißt aber damit immer wieder Wunden auf. Elsa beschließt, ihr Bündel zu packen und weit weg in die Fremde zu gehen. Nun sorgt sie für ein kleines Mädchen in Übersee. Jedes Jahr jedoch kehrt sie zurück, um das russische Mädchen zu besuchen, und gewinnt auch die Neugeborenen in der Familie lieb.

Elsa liebt das Mädchen aus Übersee sehr und bleibt bei ihm, bis es eine junge Frau geworden ist: Nie wird sie sie verlassen, so denkt sie. Doch dann kommt es zu einem Zerwürfnis, das nicht mehr aus der Welt zu schaffen ist. Elsa weiß nicht, was sie tun und wohin sie gehen soll. Unterdes ist aus dem russischen Mädchen eine glückliche Ehefrau und Mutter geworden; sie nimmt eine Cousine bei sich auf, die schwanger ist. Elsa kommt zu ihnen, nimmt sich des Säuglings an und zieht ihn auf. Aber sie ist nicht glücklich: Ihre Gedanken sind bei dem Mädchen in Übersee, und sie nimmt dem kleinen Buben das Versprechen ab, dass er, wenn er einmal erwachsen ist, sie suchen und ihr ihre Vergebungsbotschaft überbringen wird. Sie stirbt alt und in Frieden mit sich: Stets hat sie das getan, was sie als rechtens für die anderen ansah.«

»Und der Knabe, hat er das Mädchen aus Übersee gefunden?«

Dante setzte zum Überholen von zwei Autos an: »Ich bin ein Reisender ohne Gedächtnis«, und gab Gas.

28.

Dana in der Stadt

»Du bist jung, die Zukunft steht dir offen.«

Hoffnungsfroh verließ Dana die Kanzlei des Notars.

Mit ihrem Groll auf Mariola war sie zu Irina gegangen und hatte ihr weisgemacht, sie brauche ihren Rat; auf diesem Umweg würde Tito von dem Vorfall erfahren. Die unerwartete Einladung nach Palermo war in ihren Augen ein gutes Omen.

»Ich gehe in den Palazzo eines Fürsten, zum Teufel mit der Arbeit für deine miesen Herrschaften!«, hatte sie dem Gärtner der Villa gesagt, der sie im Wagen zum Bahnhof begleitet hatte. Sie hatte ihn geheißen, ihr Gepäck an den Zug zu schaffen, und ihn dann mit einem Trinkgeld entlassen.

Das verwitterte Holzportal war verschlossen, der Verputz bröckelte ab, die Balkongeländer rosteten vor sich hin, der Lack der Fensterläden war abgesprungen: Die Fassade konnte den Anschein erwecken, der Palazzo sei vollständig verwaist, wäre da nicht das Messingschild an der Gegensprechanlage gewesen.

Dana trat durch die in einen der Torflügel eingelassene kleine Tür und stand in der Eingangshalle. Es war ein weitläufiger, vornehmer Eingang mit Gewölbedecke; er lief auf einen Kolonnadenbogen zu, und dahinter lag der Hof, einst ein Ziergarten. An der Wand lagerten nach dem Mülltrennungsprinzip gefüllte Säcke – ringsum verstreut Styroporschablonen, ein Stuhl mit durchgebrochenem Sitz, ein Karton mit Weinflaschen. Am Boden bildeten verblichene Flugblätter, Zigarettenkippen und Papierreste einen Teppich auf den Steinfliesen. Unwillig setzte Dana ihren Weg fort. Durch ein Fenster war die Monumentaltreppe hinauf zur Beletage zu sehen. Dana betrat den Innenhof und steuerte auf die Treppe zu, wie Irina es ihr erklärt hatte. Hundegebell war zu hören. Zwischen Palmen und wildwüchsigen Büschen parkten Autos und Mofas; in einer Ecke war mithilfe eines Metallzauns ein Hundezwinger geschaffen worden. Zwei deutsche Schäferhunde knurrten zähnefletschend, die Vorderpfoten in das Trenngitter gekrallt.

Irina bereitete einen Tee zu, Dana wartete im Empfangssalon und sah sich um. Fresken mit mythologischen Szenen in Pastelltönen schmückten das unter Stockflecken verblasste Deckengewölbe. Vergoldete Spiegel und dunkle Gemälde hingen an den Wänden; die Tapeten waren verschossen und stellenweise mit Flickstücken im selben Arabeskenmuster, aber in lebhafteren Farben, ausgebessert worden. Die Brokatvorhänge waren ebenfalls stumpf und schwer vom Staub, der sich in den Faltenwürfen abgelagert hatte. Die Sofas, bezogen mit ungepflegtem Samtstoff, luden keineswegs zum Verweilen ein. Dennoch verströmte der Saal, der prunkvolle Zeiten gekannt haben musste, eine gewisse Noblesse: Ein Farngewächs prangte in einem Messinggefäß, das ursprünglich ein Kohlebecken war; zwei Balkons öffneten sich auf eine Terrasse voll üppig gedeihender Pflanzen; Vasen und antike Schmuckgegenstände waren geschmackvoll auf den mit Intarsien verzierten Möbeln verteilt.

»Ist das nicht zauberhaft?«, sagte Irina und reichte ihr eine Tasse Tee. »Hier lebte die Schwiegermutter des Fürsten von Sciali: eine Gräfin. Das Gebäude wird demnächst von Grund auf saniert, und in der Zwischenzeit hat der Fürst es mir für einen Monat überlassen. Das Appartement ist ideal, um Leute zu empfangen: Eine gründliche Reinigung genügt, und es wird im alten Glanz erstrahlen. Lass uns einen Rundgang machen.«

Die anderen Zimmer vermittelten Dana das Gefühl großer Trostlosigkeit. Die Fußböden wiesen tiefe Risse auf, die weiß-grünen Kacheln im Fischgrätmuster waren abgelaufen, nur in den Ecken und unter den Möbeln leuchtete das Farbenspiel noch intakt hervor. Der Lack an Türen und Fenstern war rissig. Die Arme der Leuchter aus Murano-Glas hatten nur noch wenige Glühbirnen, sie reichten gerade für eine schwache Beleuchtung – die Kronen und Blütenblätter aus mundgeblasenem Glas, die ohne Birnen waren, wirkten wie ins Leere greifende Finger. Das Mobiliar war in heruntergekommenem Zustand – alt, aber nicht antik. Der Hauswirtschaftsbereich war seit Jahrzehnten unverändert und roch ranzig. Diese Räume waren dem unaufhaltsamen Verfall preisgegeben, ohne jegliche Würde. Dana lauschte ungläubig Irinas Geplapper und dachte voller Wehmut an die Villa, in der Ordnung und Sauberkeit herrschten.

»Romantic Luxury, eine internationale Reiseagentur, die den Elitetourismus in Sizilien steigern will, hat sich wegen einer Beratung an mich gewandt. Hier vermietet man Adelspaläste für Empfänge; einige Besitzer bieten auch Übernachtung und Frühstück an. Ich muss Kontakte knüpfen. Ich will Esseneinladungen organisieren … Du könntest kochen und bei Tisch bedienen. Für dein Zimmer brauchst du mir nichts zu bezahlen, dafür teilen wir uns die Arbeiten im Haus und die Unkosten.« Irina schwieg und ließ ihren Blick schweifen. Mit einem leichten Seufzer fügte sie hinzu: »Ich bin knapp bei Kasse. Es gab Zeiten, da war ich felsenfest überzeugt, dass mir so etwas nie wieder in meinem ganzen Leben passieren könnte …« Sie drehte sich zu Dana um: »Du bist jung, die Zukunft steht dir offen. Ich bin wesentlich älter, auch wenn man mir die Jahre vielleicht nicht ansieht …«

Es war Abend. Irina war zu einem Empfang gegangen. Dana wanderte ziellos durch das Gewirr der kleinen Straßen in der Altstadt. Die Mauern waren mit Graffiti und Werbeplakaten bedeckt. Kleine Handwerkerstuben und augenscheinlich verlassene Geschäfte wechselten sich ab mit Bars und Weinstuben, wie sie jetzt Mode waren. Zerfallene Häuser standen neben Gebäuden, die saniert wurden. Einige Straßen waren menschenleer; die anderen, von Lokalen gesäumt, waren dicht bevölkert. Mit einem Mal stand Dana vor der Kirche des Heiligen Franziskus.

»Reich mir die Granatkette«, sagte die Tante.

»Auch die hier steht dir gut«, erwiderte sie und reichte ihr mit träger Hand die Perlenkette.

»Nein, ich will die andere.«

Ihre runzligen Finger spielten mit den amarantfarbenen Steinen, zwischen denen Goldperlen aufgefädelt waren. »Es war mein neunzehnter Geburtstag. Der Krieg war noch nicht ausgebrochen. In den Geschäften gab es keine Auswahl, und er entschuldigte sich deswegen. Für mich aber war die Halskette wunderschön. Er wollte sie mir im Beisein der anderen anlegen. Er streifte meine Haut, und ich spürte, dass ich begehrt wurde. Ich trug sie oft. Ihm fiel das auf. Wenn ich gar nicht damit rechnete, näherte er sich mir und zog am Kettenverschluss. Seine Finger kitzelten dabei meinen Nacken, und ich erschauderte.

Eines frühen Abends war ich mit Mademoiselle in der Kirche des Heiligen Franziskus; ein berühmter Prediger sprach. Als wir hinausgingen, war es bereits dunkel. Die Focacceria *war geöffnet. Offiziere waren dort, mit denen er Umgang hatte, und ich verlangsamte meine Schritte. Mademoiselle trieb mich zur Eile an. Ich wusste, dass er nicht unter den Männern war, dennoch verweilte mein Blick auf den jungen Leuten in Uniform.*

Da schlang jemand von hinten seinen Arm um meine Taille. Eine Hand schlüpfte unter die Granatkette und zog daran. Ich bekam es mit der Angst. Bevor Mademoiselle den Mund öffnen konnte, drehte er mich um und drückte mich ganz fest an sich. Ich weinte, tief in seine Brust versunken, und beinahe unbewusst bedeckte ich ein kleines Quadrat seiner Uniform mit unzähligen Küssen. Ich war nicht imstande, mich von ihm loszureißen. ›Rachele, fass dich wieder!‹, mahnte Mademoiselle. Mit dem Zipfel des Taschentuchs trocknete ich meine Tränen und sah in eine andere Richtung. Das blasse Licht des Mondes lag auf der Fassade der Kirche, und die Rosette war wie ein riesiges Auge; das sternenübersäte Himmelszelt erschien mir wie ein samtenes Ornat. Ich fühlte mich im Schutz von Gottes Auge.

Dann kehrte er zu seinen Freunden zurück, und wir gingen nach Hause. Mademoiselle richtete auf dem ganzen Weg nicht ein einziges Mal das Wort an mich, doch ich achtete nicht darauf, ich spielte mit der Kette …«

Es war heiß. In der *Focacceria* drängten sich die Jugend und die Touristen. Die Leute warteten, dass Tischchen vor dem Lokal frei würden. Die Stimme einer Jazzsängerin drang aus der Weinstube an der Straßenecke und ging auf im Geräuschkonzert der Piazza. Ein Paar stand gegen eine Mauer gepresst und küsste sich.

Dana sehnte sich nach Titos feuchten, saugenden Küssen.

29.

Ein Wortwechsel unter Freunden

»Dir gefallen die unbeseelten Dinge, die ohne Gefühlsregungen sind.«

Sie fühlten sich wohl zu zweit. Tito wurde nicht müde, Dante zuzuhören, und trug selbst zur Unterhaltung bei. Sie sprangen von einem Thema zum nächsten, manchmal neckten sie einander sogar: auch das gehörte zum kennenlernen.

»Du sprichst nie über dich. Beispielsweise, von welchem Beruf hast du als kleiner Junge geträumt?«

»Ich wäre am liebsten Maschinenbauingenieur geworden. Ich spielte sehr gern mit dem *Meccano*. Ich erinnere mich noch gut an den ersten *Meccano*-Baukasten, den ich geschenkt bekam. Im Winter machten wir Urlaub in den Dolomiten, wo wir eine Berghütte besaßen. Mein Vater und ich gingen Skilaufen, die Tante blieb zu Hause. Wenn es dunkel wurde, langweilte ich mich. So schenkte mein Vater mir dieses *Meccano*, und abends hatte ich meinen Spaß beim Bauen von Häusern, Brücken, Mühlen. Ich mochte die Baukonstruktionen, mehr aber noch gefielen mir die Maschinen. Vor dem Einbruch der Computerära hatten die Geräte in der Pastafabrik keine Geheimnisse für mich. Ich war imstande, sie vollständig auseinanderzunehmen und wieder zusammenzubauen. Ich fand es aufregend, den Zusammenhang zwischen Werkzeug und Bewegung zu spüren. Ich überprüfte die Spannung der Riemenscheiben, das Greifen des Räderwerks … Heute liebe ich es, antike und auch alte Uhren zu restaurieren, sowie die Spielsachen meiner Enkel wieder instand zu setzen.«

»Du hast eine Vorliebe für die unbeseelten Dinge, die ohne Gefühlsregungen sind.«

»Wenn du es so siehst, ja, aber beweglich müssen sie sein.«

»Hat dein Vater früher mit dir gespielt?«

»Hin und wieder, ja. Da war eine deutsche Frau, die auf mich aufpassen musste. Er und die Tante gingen aus oder zogen sich jeder für sich zurück. Das waren schöne Ferien damals.«

An einem Bauernhof mit Fremdenzimmern im Hinterland machten sie Halt: Das Anwesen aus dem neunzehnten Jahrhundert lag inmitten von sanften, mit Kornfeldern überzogenen Hängen, die wiederum von kargen, weiter oben felsig werdenden Hügeln umgeben waren. An dem höchsten klebte ein Dörfchen, wie ein anliegender Armreif umschloss es die Kuppel des Hügels. Die Häuser reichten bis zum Fuß eines gigantischen rosafarbenen Gesteinsbrockens, aus dessen Mitte weitere Felsen emporragten – sehr hoch, mit steil abstürzenden, ganz glatten Felswänden –, wie die Hand eines Riesen mit steinernen, kerzengeraden und aneinandergepressten Fingern hoben sie sich scharf gegen das Azurblau des Himmels ab.

Dort war es kühl; nach dem Abendessen schlürften Tito und Dante ihren Wein neben einem Kaminfeuerchen; sie waren allein.

»Ich habe mit Santi gesprochen. Die Rumänin wurde entlassen, es hat zuvor eine Szene gegeben.«

»Mit deiner Frau?«

»Nicht nur mit ihr, auch mit Elisa.« Tito schenkte sich noch ein Glas ein.

»Auch Irina geht früher als geplant. Ich bedaure es nicht. Glaub ja nicht, dass ich ständig eine Frau um mich brauche. Im Grunde liebe ich es, meine Ruhe zu haben.«

Tito betrachtete die Zimmerdecke. »Der Gutsverwalter hat mir gesagt, dass während des Krieges eine amerikanische

Bombe ins Dach eingeschlagen ist. Schau nur, wie stümperhaft sie es repariert haben.«

»Erzähl mir doch von den Kriegszeiten … Was hat dein Vater dir gesagt?«

»Die Pastafabrik wurde nie geschlossen, nicht einmal nach dem Tod des Großvaters. Mein Vater kämpfte im Heer bis zu seinem Abschied: Er wurde verletzt, danach setzten die Probleme mit dem Augenlicht ein. Er bedauerte es zutiefst, dass es ihm nicht vergönnt war, Italien bis zum Ende zu verteidigen. Aber er wird auch angenehme Momente gehabt haben«, fügte Tito augenzwinkernd hinzu, »schließlich kam ich in den Kriegszeiten zur Welt.«

»Als Frucht einer großen Liebe?«

»So sagte er, und ich will es ihm glauben.«

»Wo war Rachele zu jener Zeit?«

»Zu Beginn des Krieges war sie in Rom; sie besuchte einen Schreibmaschinen- und Steno-Kurs. Der Großvater wollte dann, dass sie nach Hause käme; soweit ich weiß, blieb sie in Palermo.«

»Hatte sie noch die Gouvernante?«

»Ja, die war bei uns geblieben, auch als die Tante ins Internat ging. Sie gab Deutschunterricht, hatte ihren Freundeskreis, und alle dachten, sie gehörte zur Familie und bliebe auf immer bei uns. Sie war es, nicht die Tante, die mich eigentlich großziehen sollte. Doch als der Krieg ausbrach, wollte sie zu ihrer Familie in die Schweiz zurück.«

Erst jetzt stellte Tito einen Zusammenhang her zwischen dem Abschied von Mademoiselle und dem Entschluss der Tante, sich seiner anzunehmen: Von sich aus hätte sie das gar nicht gewollt, die Umstände hatten sie dazu gezwungen. Ganz anders als die Geschichte, die sie ihrem Arzt aufgetischt hatte! Tito kippte den Wein hinunter und knallte das Glas auf den Tisch.

»Warst du nie neugierig zu erfahren, wer deine Mutter war?«

»Selten.«

»Und wie es um Rachele bestellt war?«

»Neugierig auf die Tante? Niemals. Ich war ihr dankbar, genau wie mein Vater. Aber auch er hat Opfer für sie gebracht: Er hat ihr die Rolle der Hausherrin bei uns überlassen, aus dem Grund konnte er auch nicht heiraten.«

Tito sprach in abfälligem Ton: Verachtung, das war es, was er verspürte. Er schenkte sich noch einmal nach. Die Tante hatte das Leben des Vaters ruiniert. Doch der war ohne Argwohn und hatte es nicht begreifen wollen; er betete sie an. Je mehr Tito trank, desto glühender wurde sein Zorn.

»Rachele war schön und intelligent und von Seiten der Mutter auch vermögend. Eine strahlende Zukunft lag vor ihr. Dir zuliebe hat sie auf all das verzichtet, willst du das nicht begreifen?« Dantes Stimme klang harsch. Tito lief rot an. Dante fuhr fort. »Santi hat mir einen wunderschönen Satz aus Racheles Mund wiederholt: ›Seit dein Vater auf der Welt ist, war mein einziger Wunsch, mit ihm und meinem Bruder zu leben, ich habe es nie bereut.‹«

Tito platzte bald vor Zorn. Wütend fegte er den Aschenbecher von der Lehne und entfernte sich grußlos. Dante hob ihn auf und nahm den Reiseführer zur Hand, öffnete ihn aber nicht. Dann warf er ihn aufs Sofa und blieb sitzen, die Zigarettenstummel und die Asche auf dem Fußboden betrachtend.

Tief in der Nacht erwachte Tito, um auf die Toilette zu gehen. Er war voll bekleidet eingeschlafen. Er stolperte über den Koffer, der noch immer geschlossen und wie ein Aufseher am Fuße des Bettes stand.

30.

Die Macalube

»Verrat verletzt sie mehr als rohe Gewalt,
und doch lieben sie unverdrossen den,
der ihnen Schmach antut.«

»Bist du sicher, dass dies der richtige Weg ist? Ich sehe keine Menschenseele weit und breit«, sagte Tito und kämpfte sich mühsam voran. Dante hatte darauf bestanden, zu Fuß zu gehen. Weder der Reiseführer noch die Leute, die sie unterwegs gefragt hatten, konnten ihnen eine klare Wegbeschreibung zu den *Macalube* liefern. Jetzt folgten sie einem mit ausgedörrtem Gras überwucherten Pfad. Dante kam trotz der Last mehrerer Fotoapparate zügig voran und schien seinen Begleiter vergessen zu haben.

Er verließ den Weg und überquerte mit weit ausholenden Schritten die aufgeworfenen Erdschollen. Der Boden glich zunehmend einer Wüste. Nicht die geringste Spur von Vegetation, nicht einmal Insekten gab es. Im Näherkommen nahm eine gewellte Plattform mit schwarzen Zinnen immer deutlicher Gestalt an. Dante rannte los.

Er stand auf einer Bodenstufe, Folge der jüngsten Ablagerungsschicht: Es war eine große Fläche schwarzbläulicher Tonschlammerde, überzogen mit einem Netz frischer Risse, und Dutzende schwarzer speiender Kegel ragten daraus auf. Es sah aus wie die Reproduktion einer Vulkanlandschaft im Kleinstformat. Dante kam sich vor wie ein Riese. Der Himmel war in der Länge und in der Breite von zusammenströmenden Vogelschwärmen durchfurcht: Sie wechselten ihre Flugbahnen, um den *Macalube* auszuweichen.

Die Kegel waren von mannigfacher Beschaffenheit: lang gestreckt, zusammengedrückt, bullig, zierlich, bauchig. Jeder folgte einem eigenen Rhythmus, je nach Häufigkeit des Ausstoßes des Schlamm-Methan-Gemischs, das aus dem Schlund austrat und über eine Einbuchtung am Rande hinunterlief. Auch diese Schlammflüsschen waren, was Volumen, Dichte und Geschwindigkeit anbetraf, sehr unterschiedlich. Das eine grub sich seinen Weg im feinen Tonschlamm und bildete einen gewundenen, scheinbar endlosen Kanal. Andere vereinigten sich wie rauschende Mini-Wildbäche; die nächsten formten, breiter werdend, winzige Schlammadern; wieder andere stürzten steil hinab und verschwanden in tiefen Felsspalten; die letzten schließlich gerannen zu weichem Tonschlamm.

Dante bewegte sich auf einem imaginären Weg von einem Miniaturvulkan zum nächsten.

Der ausgetretene Tonschlamm hatte sich an der Basis eines schmalen Kegels verfestigt und so eine Art Damm gebildet; der sich träge dahinwälzende Strom fand kein Bett. Zähflüssig bog er sich in glatten, glänzenden Falten zu sich selbst zurück, wie die Schleppe aus Atlasseide einer in Schwarz gekleideten Braut, die den Stoff mit einer Armbewegung emporzieht und lässig über die Hüfte wieder fallen lässt.

Ein anderer Kegel – niedrig und mit breiter Öffnung – förderte fast klares Wasser zutage. Ein Schmetterling, angelockt vom einladenden Gluckern, schlug nervös mit den braun gesprenkelten Flügeln. Der rutschige Rand des Kraters hätte eine Gefahr für die waghalsige Landung sein können. Mit frisch gewonnener Kraft jedoch begann der Schmetterling erneut zu flattern, stieg auf in die Höhen und flog davon.

Dante kostete das Wasser aus dem Krater. Auch Tito steckte misstrauisch einen Finger hinein. »Bitter, salzig ist es!«, rief er angeekelt aus.

Auf der gegenüberliegenden Seite stiegen sie wieder hinunter.

Vor ihnen lag nichts als Ödnis, grau und kahl wie die Mondoberfläche. Die jüngste Tonschicht lagerte klumpig auf der Masse, die bei der vorhergehenden Eruption ausgespien worden war, und sah aus wie dunkler Guano eines Riesenvogels, von dem sich dicke schwarze Fliegen nährten. Deutlich waren die alten, abschüssigen Stufen zu erkennen; je nach Entstehungsalter zeigten sie verschiedene Grautöne, überzogen mit kristallisierten Salzstreifen, groben Pinselstrichen gleich, die im Sonnenlicht funkelten. Aufgrund der tiefen, schmalen und sehr langen Spalten hatten sich quadratische Blöcke gebildet, in die wieder und wieder andere eingelassen waren; jeder von ihnen war von vielen feinen Rissen durchzogen wie die faltige Haut eines Greises.

Auch dort herrschte scheinbar noch Leben. Wie Eiter, entwich ein Gemisch von Wasser und Methan den Kegelmündern und bildete Schlammadern von unterschiedlicher Größe. Jede Ader zitterte und bebte. Es war, als befände sich unter dem Erdboden eine riesige Gasblase, die ins Freie drängte. Die glänzende Oberfläche bot Widerstand, gab dann aber nach, und es kam zur Eruption: die flüssige Masse trat über den Rand und fand ihren Weg durch das alte Kanalbett.

Weiter oben war eine weitläufige Fläche mit großen trichterförmigen Schlammadern, deren Innenwände tief hinabreichten. Friedlich blubberten sie vor sich hin. Das Gas trat in kleinen Blasen aus, und der Schlamm in verschiedenen Grautönen breitete sich in konzentrischen Kreisen aus. Die an den Rändern dem Anschein nach verfestigte Tonerde war trügerisch: Ähnlich wie Treibsand wurde sie den Unbedachten zum Verhängnis.

Auf der unteren Stufe, die noch immer deutliche Spuren der Eruptionsaktivitäten zeigte, gediehen sogar Pflanzen, die an den Salzgehalt des Bodens gewöhnt waren. Dort hatten die faltig und verschlungen zusammengepressten Ablagerungen des Vulkanschlamms kleine Täler gebildet. Einige waren Regenwasserspeicher und Treffpunkt für Vögel geworden. In anderen hatten sich schmale und sehr tiefe Teiche gebildet, die von unterirdischen Quellen gespeist wurden.

Es tröpfelte. Dante und Tito warteten, bis es aufklarte, und betrachteten von oben einen der kleinen Teiche; er war von nackten, zerfurchten Wänden eingekreist. Das Ockergelb der Tonerde hob sich scharf ab von den Blautönen des Wassers, die oberhalb eines tiefen Spalts ins Pechschwarze übergingen. Wie die Pupille eines Auges tauchte die Ader auf. Zauberhaft, aber tödlich: Die Gasaustritte an der Oberfläche überwältigten jeden, der sich ihnen näherte.

Dante atmete ein. »Wir stehen auf der Kruste der Erdkugel. Ihre Eingeweide verströmen den Geruch nach Leben und Tod, wie die Gerüche unseres Leibes: der fettige Geruch der Haare, der salzige der Haut, der herbe des Ohrgangs. Aber auch andersartige, unangenehme Ausdünstungen, die nach Fisch und sogar nach Fauligem riechen und unsere Instinkte wecken. Über diesem Ort liegt etwas Heiliges.«

Tito verstand ihn nicht. Ihm gefielen die *Macalube* ganz und gar nicht.

Zwei Hunde kamen rennend von einer Anhöhe hinunter. Sie wechselten ihre Laufrichtung und steuerten auf die Männer zu. Sie hielten inne. Auf den Hinterläufen sitzend, keuchten sie vor Durst – ihre Schnauzen mit den heraushängenden Zungen deuteten zu den Adern hin. Sie wagten sich nicht dort hinunter, um zu trinken; in Erwartung eines Kommandos blickten sie die Männer an. Ihre Augen gingen zum Wasser, dann wieder zu den Männern und noch einmal: Wasser – Männer – Wasser. Doch dann sprangen sie gleichzeitig auf und stieben in die Richtung davon, aus der sie gekommen waren.

»Auf ein Zeichen von uns hätten sie in dem Inferno aus Methan dort unten ihren Durst zu löschen versucht«, meinte Dante. Und leise, als spräche er zu sich selbst, sagte er: »Sie sind wie Kinder – vertrauensselig und liebesbedürftig. Verrat verletzt sie mehr als rohe Gewalt, und doch lieben sie unverdrossen den, der ihnen Schmach antut.«

Mit einem Ruck erhob sich Tito und nahm den Weg zu dem Hügel, hinter dem die Hunde aufgetaucht waren. Er ging blindlings geradeaus, ohne zu schauen, wohin er seine Füße setzte. Er stolperte über Steine, versank in Schlammpfützen, stieg auf erloschene Krater, durchquerte Bächlein, Erdschollen zerfielen unter seinen Schuhsohlen. Beinahe wäre er gegen den Stacheldrahtzaun geprallt. Weideland bedeckte die Erdfalten dahinter wie ein Meer sanfter grüner Wellen. Der Wind trug das Zirpen der Zikaden, das Summen der Insekten und zarten Gräserduft herbei. In der Ferne waren die weißen Rücken einer Schafherde zu erkennen; gemächlich grasend zogen die Tiere hügelaufwärts, gefolgt von dem Schäfer und den zwei Hunden von zuvor. Wolken eilten über den Himmel. Schüchtern zeigte sich die Sonne. Tito spürte ihre laue Wärme, und mit einem Mal wurde ihm klar: So wie sich die *Macalube* in Weideland verwandelten, musste das verratene Kind in ihm zum Manne werden.

Fern von zu Hause und mit sich allein, gewann Tito innerlich an Größe. Tränen rannen ihm über die Wangen. Der Wind trocknete sie.

31.

Mariola

»Was soll ich deiner Meinung nach tun?
Mich wegen einer Dienstmagd von ihm trennen?«

Für Mariola war es nicht ungewohnt, dass ihr Mann in der Ferne weilte. Auch in den ersten Jahren ihrer Ehe, als Teresa und Santi noch klein waren, blieb sie in Palermo, wenn er ins Städtchen fuhr, wo er häufig auch übernachtete. Seit sie in der Villa lebten, fuhr er jedes Jahr zu Messen, sie wiederum machte Stippvisiten in Palermo oder reiste nach Rom, um ihre Garderobe zu erneuern. Nie hätte sie offen zugegeben, dass Titos Abwesenheit ihr längst nicht mehr unlieb war. Dann konnte sie essen, was ihr schmeckte – beispielsweise verabscheute er Innereien und Leber, auf die sie ganz versessen war – und sich der eigenen Person widmen, ohne ständig an ihn und seine Versorgung denken zu müssen. Überdies waren da die Töchter, die sich bei solchen Gelegenheiten liebevoll ihrer annahmen: Abwechselnd schickten sie ihr eine Enkelin, die bei ihr übernachten sollte; sie bettete die Kleine dann neben sich ins große Ehebett. Dieses Mal jedoch liefen die Dinge gleich von Anfang an schief: Die Verletzung der Tante und der Krach mit Dana, der in ihrer Entlassung gipfelte, hatten für ein Riesendurcheinander gesorgt.

Sie speiste mit Elisa zu Mittag. Da sie sogar vergessen hatte, Anweisungen fürs Mittagessen zu geben, aßen sie jetzt den Reis und das Hühnercurry mit Gemüse, das Sonia und Manuel für sich gekocht hatten.

Elisa war außer sich: Bereits am frühen Morgen war sie in die Villa gekommen, sie war die Erste, die das Wort Diebstahl in den Mund genommen hatte; die Mutter hatte noch keine Ermittlungen angestellt, jetzt aber waren beide überzeugt, dass Dana gestohlen hatte, und außer dem wieder aufgetauchten Schal noch so manches andere Stück. Elisa hatte zufällig im Koffer der Rumänin auch die Uhr des Vaters gesehen, die ein Geburtstagsgeschenk der Mutter gewesen war. Das hatte den Ausschlag gegeben, dass Dana sie am Arm gepackt hatte und die beiden aufeinander losgegangen waren. Diese Information behielt Elisa für sich: Das war ein Trumpf, den sie erst später ausspielen wollte. Teresa jedoch war zu Hause geblieben, sie habe zu viel zu tun, sagte sie; am Nachmittag wollte sie nachkommen.

»Ich weiß nicht, was ich ohne dich und Santi gemacht hätte«, sagte Mariola und schöpfte noch einmal von dem Reis, »hoffen wir, dass die Tante sich rasch erholt. Santi sagt, es sei nicht notwendig, Papa nach Hause kommen zu lassen, was meinst du?«

»Wir könnten ihm die Ferien mit dieser falschen Schlange ganz schön vermasseln! Aber wir überlassen alles Santi, wie immer …«

»Santi ist klug, auch du befolgst seinen Rat. Und im Übrigen – lass ihn in Ruhe, er ist in großer Sorge wegen Titino. Meiner Meinung nach ist es Schuld von diesen Computern, den Kindern tut es gar nicht gut, Stunde um Stunde vor dem Bildschirm zu hocken.«

»Wir wollen erst mal hören, was der Augenarzt sagt«, Elisa war kurz angebunden. Auch sie war besorgt. »Inzwischen musst du entscheiden, was du zu Papa sagen willst.«

»Was soll ich deiner Meinung nach tun? Mich wegen einer Dienstmagd von ihm trennen?«

»Du musst ihm gehörig den Marsch blasen: Er darf nicht länger den rechtschaffenen Mann spielen«, verkündete Elisa. Sie warf dem Vater vor, aus der Sache mit dem Stammbaum eine unsinnige Tragödie gemacht zu haben: Alle wussten doch, dass es die Frauen der Soldaten während des Kriegs wild getrieben hatten, und der Großvater wird davon profitiert haben. »Eine Heilige bin ich nie gewesen, aber im Vergleich zu denen werde ich es noch!«, rief sie. »Wer weiß, was die Tante während des Kriegs gemacht hat. Es stimmt, sie hat sich um Papa gekümmert, hatte aber immer ein Kindermädchen zu Diensten! Hast du nicht gehört, was Dana heute gesagt hat? Aber ich!« Sie hat gesagt, dass die Tante Liebesschwüre wiederholte, sie redete von Schwangerschaften, ja sogar von Abtreibungen. Elisa ignorierte den Blick der Mutter, aus dem einmal Strenge, dann wieder Überraschung sprach, und unterstellte der Tante nun, dass sie als junge Frau unter dem Vorwand, einer alten Nonne einen Besuch abzustatten, ganz woanders Ferien gemacht habe. »Wer weiß, wo und mit wem! Fest steht, dass ihr alle, einschließlich des Großvaters, nichts davon wusstet.« Sie aber war eingeweiht: Ein alter Psychiater, der ehrenamtlich in der Drogenheilanstalt Dienst tat, hatte ihr erzählt, dass er in jungen Jahren die Tante hatte heiraten wollen, sie aber hatte ihn abgewiesen. Jahre später hatte er sie in Norwegen wiedergesehen: Sie war auf einer Kreuzfahrt zur Mittsommerwende, hatte der Arzt erzählt; sie war zu einer schönen, reifen Frau geworden, sie lachte, ihr Haar flatterte im Wind. Er stand auf dem Kai und machte ihr ein Zeichen. Er war sich sicher, dass sie ihn erkannt hatte, vielleicht jedoch wollte sie nicht gesehen werden. Jedenfalls war es ihm nicht geglückt, mit ihr zu sprechen. Und er war höchst erstaunt, als Elisa ihm erzählte, dass sie nie geheiratet habe.

»Die Tante, die mag noch so lieb und brav erscheinen, in Wirklichkeit hat sie immer nur an sich gedacht!«, schloss sie.

»Was sagst du da! Nichts wurde je über sie gesagt, und die paar Reisen, die sie unternommen hat, waren immer in Gesellschaft des Großvaters. Trink deinen Kaffee, ich muss zur Tante gehen.«

Mariola maß Elisas wilden Geschichten keine Bedeutung mehr bei, und während sie ihre zusammengerollte Serviette in den silbernen Serviettenring schob, sagte sie seufzend: »Heute fällt das Mittagsschläfchen aus! Wer weiß, ob sie sich daran erinnert, dass wir Dana entlassen haben.« Für die Tante zu sorgen war ihr eine Last; sie hatte sich zwar immer tadellos verhalten, war diskret und liebevoll, doch immer auf Abstand, und die alte Dame war ihr im Grunde eine Fremde geblieben. Als sie dann im vergangenen Jahr gestürzt war, hatte Mariola Titos Entscheidung, eine Vollzeitpflegerin für sie einzustellen, gutgeheißen; von dem Tag an hatte sie mit der Tante nur wenig Zeit verbracht, und sie hatte es nicht bedauert.

Die Tante lag im Halbschlaf: Ernesto hatte ihr ein Beruhigungsmittel verschrieben. Mariola bereitete den Stoff für die Smokstickerei an den Kleidchen von Teresas Mädchen vor.

»Wohin ist Dana gegangen?«

»Tante, wir haben sie entlassen müssen: Sie hat es mir und Elisa gegenüber an Respekt fehlen lassen, sie hat gestohlen …«

»Ich weiß. Aber ich will wissen, wohin sie gegangen ist.«

»Ich habe keine Ahnung, sie hat sich zum Bahnhof bringen lassen. Sie wird in ihre Heimat zurückkehren oder sich vielleicht woanders eine Arbeit suchen.«

Die Tante wollte Musik hören: Den letzten Akt der *Madame Butterfly*.

Che tua madre dovrà prenderti in braccio ed alla pioggia e al vento andar per la città a guadagnarti il pane …

»Ich hätte ihr noch ein Geschenk für ihren Sohn mitgeben wollen …«, murmelte sie.

»Dana hat ein Kind?«, rief Mariola aus; sie fädelte gerade den Faden in die Nadel und stach sich vor Schreck in den Finger: Kannte Tito sie etwa schon von früher?

»Es ist ein dreizehnjähriger Knabe, er lebt bei einer Cousine von ihr; sie schickt ihm jeden Monat Geld. Sie ist eine gute Frau.«

»Zumindest kümmert sie sich auf diese Weise um ihn …«

»Sie lässt sich nicht Mama rufen, und das gefällt mir nicht. Der Junge weiß nicht, wer sie ist …« Die Tante unterbrach ihre Rede und lauschte – *e starem zitti come topolini ad aspettar* –, das waren die letzten Worte der Butterfly, bevor der Chor mit dem Summgesang einsetzt. Dann folgte sie den gesäuselten Worten – lieblich und herzerweichend – mit kleinen Bewegungen des Kopfes und leerem Blick. Auch Mariola lauschte; die Musik gefiel ihr.

»Das eigene Kind anderen anzuvertrauen, das bereitet unsäglichen Schmerz, auch wenn das Kind beim Vater bleibt!«, sagte die Tante laut.

Mariola starrte sie an und vergaß die Anzahl der Viereckchen auf dem Stoff, jetzt musste sie von vorn anfangen. »Arme Madame Butterfly!«, sagte sie und begann wieder zu zählen.

»Aber schmerzlich ist es auch, vom eigenen Sohn nicht Mama genannt zu werden.« Die Tante richtete ihren Blick starr auf Mariola. »Es ist wunderschön, Mama gerufen zu werden, nicht wahr?«

Mariola wollte jetzt auch etwas zum Thema beisteuern. Sie steckte die Nadel in den Stoff und sagte ernst: »Aber Dana ist nun einmal so. Nur eine entartete Mutter kann vor dem eigenen Kind verheimlichen wollen, dass sie seine Mutter ist.«

Die Tante blickte sie an, in ihren grünen Augen blitzte ein kaltes Licht. »Leg diese Musik wieder auf, geh«, befahl sie ihr und lauschte der Oper mit geschlossenen Lidern, ohne noch einmal den Mund zu öffnen.

Tags darauf kam der Arzt und beurteilte den Zustand der Tante als besorgniserregend; höchstwahrscheinlich hatte sie einen leichten Gehirnschlag erlitten: Sie wirkte noch müder als am Vortag und führte Selbstgespräche. Man musste sie im Auge behalten.

Mariola organisierte alles bestens: Sonia sollte ihre neue Pflegerin werden, und die Kinder würden sich an der Bettstatt der Tante abwechseln. Jetzt ruhte sie, während Sonia oben war. Antonio rief an, er müsse ganz dringend mit Mariola reden, persönlich, unter vier Augen.

Mariola stürzte zum Telefon, um ihren Ehemann anzurufen. Sie sagte ihm geradeheraus, dass Antonio ihr etwas Schwerwiegendes anvertraut habe, etwas, was Elisa und Piero anging. Er hatte die beiden allein zu Hause angetroffen. Er war fest entschlossen, Elisa nicht zu verlieren wegen einer, wie er es nannte, Schwärmerei; ihm lag aber daran, dass seine Schwiegereltern davon erfuhren: Er bat um ihre Hilfe, um seine eigene Familie zusammenzuhalten.

»Was will er von uns? Geld etwa?«

»Nein, er will Elisa.«

»Nach dem, was er gesehen hat?«

»Er liebt sie. Sie haben zwei kleine Mädchen, und sie verstehen sich …«

»Was für eine Art von Verstehen sollte das denn sein!«

»Eine Harmonie zwischen ihnen, körperlicher Art, Leidenschaft … Wie bei uns, seinerzeit«, fügte Mariola schamhaft flüsternd hinzu. Dann fuhr sie fort: »Sag mir zumindest, was ich tun soll.«

»Nichts! Nichts sollst du tun. Und nicht reden. Ich meine damit, halt keine Standpauken und komm dann hinterher mit Geschenken. Wenn es Probleme gibt, werden wir die bei meiner Rückkehr besprechen.«

»Darf ich es wenigstens Santi erzählen?«

»Ausgeschlossen, nein.«

»Wenn du meinst …«

Mariola legte auf und brach in Tränen aus. Dann fasste sie sich wieder: Sie wartete auf Santi und Vanna, die jetzt an der Reihe waren, am Bett der Tante zu wachen.

Sie begleitete die beiden zur Eingangstür. Bis Santi abrupt mitten im Raum stehen blieb und sagte: »Vanna und ich müssen mit dir reden. Papa habe ich es noch nicht gesagt. Du weißt doch, dass Großvater unter Retinitis pigmentosa litt … Diese Form der Netzhautdegeneration ist erblich.« Starr blickte er zum Fenster hinaus. Dann richtete er seinen tränenverschleierten Blick auf die Mutter und sprach rasch weiter: »Möglicherweise ist auch Titino davon betroffen, es steht noch nicht fest …« Er holte Luft und sprach ohne Pause weiter:

»Es muss eine DNA-Analyse von uns allen gemacht werden, auch von dir; die Frauen können gesund sein und trotzdem Überträger. Du müsstest dich über deine Familie erkundigen.«

Er ließ ihr keine Zeit, das Gehörte zu verarbeiten, und fügte hinzu: »Da ist noch etwas. Heute ist Piero unerwartet in die Pastafabrik gekommen. Er hat mir eine unglaubliche Geschichte erzählt. Elisa habe ihn angerufen und verlangt, dass er zu ihr komme; sie wollte ihm das Bild zeigen, das sie für ihn und Teresa malte: halb nackt und völlig außer sich habe sie ihn empfangen. Da er fürchtete, der Vergewaltigung oder anderer Dinge bezichtigt zu werden, sei er bei ihr geblieben, um sie zu besänftigen. Seinen Worten nach sei nichts passiert. Im Weggehen aber habe er Antonios Aktenkoffer im Eingang gesehen: Er wird ins Haus gekommen sein, sie beide gesehen und alles falsch gedeutet haben. Piero war außer sich. Er wollte mich glauben machen, dass alles Elisas Schuld sei. Was machen wir mit den beiden?«

»Nichts! Vorerst tu nichts, und rede nicht darüber, auch nicht über Titino. Warten wir ab, bis Papa zurück ist.« Mariola hatte in entschiedenem Ton gesprochen, stille Tränen ließen ihre Augen anschwellen. Verhalten murmelte sie: »Titino … mein Titino …« Vanna umarmte sie und flüsterte ihr tröstliche Worte zu.

Niedergeschlagen betrachtete Santi die Frauen. Er hatte der Mutter nicht erzählt, dass es im Lager der Pastafabrik einen Brand gegeben hatte. »Ist gut, aber Papa muss jetzt heimkommen: Es sollte doch sowieso nur ein kurzer Ausflug werden.« Und mit diesen Worten nahm er Vannas Arm und verließ mit ihr das Haus.

Mariola blieb in der Diele zurück: Es war ihr wieder zumute wie damals, als sie verlobt war und zum ersten Mal die Villa betreten hatte: Alles war ihr alt, kalt, finster und unwirtlich vorgekommen. Verborgen zwischen den Vorhängen und der Terrassentür beobachtete sie Santi und Vanna. Sie hielten einander an der Hand. Seine Schultern waren gebeugt, er schien kleiner geworden zu sein; Vannas schlaksiger Gang war der eines Teenagers: So mager, wie sie war, und in Bluejeans und T-Shirt, die Haare kurz geschnitten, wirkte sie von hinten wie ein Knabe. Vanna redete mit ihm, bei jedem Satz schien sie fest seine Hand zu drücken.

32.

Die Briefe der Tante

»Nicht immer schadet die Wahrheit.«

»Die Leute von hier scheinen die *Macalube* gar nicht zu kennen: keine Menschenseele war dort zu sehen«, sagte Dante beim Abendessen. Er strich Olivenpâté auf eine Scheibe Brot und verspeiste es mit kleinen Bissen.

Er stützte die Ellenbogen auf den Tisch und redete, ohne Atem zu holen, als fürchtete er, unterbrochen zu werden: »Das ist eure Art und Weise, das Leben zu sehen. Ihr nehmt das Unwahrscheinlichste als vollkommen normal – und umgekehrt. Die absurdesten Situationen erscheinen euch als vernünftig. Ihr macht eine Tragödie wegen nichts und wieder nichts, die wahren Tragödien aber verharmlost ihr. Auch eure Religiosität hat etwas Heidnisches: Hier zählen die Heiligen – die echten wie die falschen – mehr als Gott!«

Tito hörte ihm zu und nippte am Wasserglas.

»Sieh mal, meine Mutter war ständig unterwegs, in aller Herren Länder. Das Mädchen, deren Geschichte ich dir erzählt habe, war Mademoiselle, die Erzieherin deines Vaters und deiner Tante: Sie war die einzige mütterliche Bezugsperson in meinem Leben. Mademoiselle sprach oft von Rachele, es ist, als würde ich sie persönlich kennen; sie war ein Prüfstein, und ich gewann sie schließlich lieb wie eine Familienangehörige.« Tito riss die Augen auf. »Meine Mutter sagte mir des Öfteren, ohne ihre ermutigenden Worte wäre ich heute gar nicht auf der Welt: ›Sie ist deine zweite Mutter‹, sagte sie. Mademoiselle hatte ihr eine Botschaft zu übermitteln. Gestern habe ich den Groll in deinen Worten über Rachele herausgehört, und ich habe sie verteidigt. Das hätte ich nicht tun dürfen, es tut mir leid. Ich habe falsch reagiert.«

Tito blinzelte nun ängstlich, fast erschrocken. Er grummelte ein »schon recht« und leerte sein Glas.

»Nicht immer schadet die Wahrheit«, fuhr Dante fort. »Die Rachele aus den Briefen ist eine schöne Person. Ich wünschte, du würdest die Briefe lesen: Dann würdest du sie wirklich kennen.«

Tito saß im Aufenthaltsraum; Dante war in Begleitung des Gutsverwalters unterwegs, um die Getreidefelder bei Nacht zu fotografieren. Er nahm die Dokumentenmappe vom Tischchen, wo Dante sie vorm Weggehen abgelegt hatte. Mutlos goss er sich ein Glas Wein ein. Dann fuhr er mit der Handfläche über die Mappe, wog sie in den Händen, öffnete sie aber nicht.

Die vorangegangenen Gefühlsstürme hatten ihn ermattet, er war daran nicht gewöhnt. Er sehnte sich nach seinen Uhrwerken und seiner Dachkammer.

Er dachte an Mariola. Sie hatte die gesamte Verantwortung für die Kinder auf sich übernommen – ohne seinem Ansehen als Vater Abbruch zu tun –, und auf diese Weise hatte er die Möglichkeit gehabt, die eigene Jugendzeit zu verlängern. In den schwierigen Momenten des Lebens war sie tapfer an seiner Seite geblieben. Tito hatte das Bild der jungen Frau in den ersten Zeiten ihrer Ehe vor Augen – in ihrem pausbäckigen Gesicht lag ein strahlendes und ansteckendes Lächeln, ihr rundlicher Körper war fest. Er erinnerte sich an das stürmische Begehren von einst, aber nicht einmal das war echte Leidenschaft gewesen. Er hatte sie nie so geliebt, wie sein Vater seine Mutter geliebt hatte: unermesslich. *Du hast keine Mutter. Du musst wissen, dass ich sie unermesslich geliebt habe und dass du der Sohn einer anständigen Frau bist. Wir konnten einfach nicht heiraten,* hatte er zu ihm gesagt.

Ein dänisches Touristenpärchen saß auf dem Sofa. Sie küssten sich ohne Verlegenheit. Betreten öffnete Tito die Mappe. Sie enthielt viele Briefe, die er durchblätterte, als wären es Seiten eines Buchs, ohne je seinen Blick ruhen zu lassen, ohne den Sinn der Wörter zu unterscheiden, obwohl die Handschrift – das fiel ihm ins Auge – ordentlich, klar und gut leserlich war. Sein Blick fiel auf einige Sätze: *Wenn er nach mir rufen lässt, fliege ich zu ihm … Sobald unsere Blicke sich treffen, erstrahlen wir …* Eilig schloss er die Mappe wieder: Ihm war, als würde er unerlaubt das Geheimnis der Tante lüften.

Der Däne hatte jetzt die Hände unter den Pulli des Mädchens geschoben und betastete ihre Brüste. Tito kam sich vor wie ein Voyeur und schaute betrübt in die knisternden Flammen im Kamin. Ein dicker Ölbaumast brannte, gerade aufgerichtet. Er hatte noch Zweige mit trockenen Blättern. Es sah aus wie ein Stammbaum aus dem achtzehnten Jahrhundert mit den Namen der Vorfahren in Flammen. Wieder einmal wurde Tito eingeholt von der quälenden Frage: Wer war seine Mutter?

33.

Ein stiller Abschied im Wald

»Das war Santi: Leider muss ich früher als geplant nach Hause zurück.«

Tito war mitten in der Nacht aus einem bösen Traum erwacht.

Er war ein kleiner Junge und saß mit der Tante zu Tisch. Sie war so, wie er sich am liebsten an sie erinnerte: schlank, in

Grün gekleidet – das war die Farbe, die ihr am besten stand, der Farbe ihrer grau gesprenkelten Augen ähnlich –, an den Ohren die zusammen mit einem Brillanten gefassten Perlenohrringe, das kastanienbraune Haar zu einem weichen Knoten geschlungen, dem einige Strähnen entwichen waren und in den Nacken fielen.

»Tito, du bist unverbesserlich. Halt doch das Messer am Griff! Iss anständig, lass den Mund beim Kauen geschlossen! Ich bin mir sicher, mein Sohn ist viel braver als du. Mademoiselle wird ihm gewiss gute Manieren beigebracht haben. Ich schäme mich deinetwegen. Wenn du ihm begegnest, wird dir klar sein, dass du ihm nicht ebenbürtig bist.«

Tito richtete sich im Bett auf: Er hatte vergessen, die innseitigen Fensterläden zu öffnen, um zumindest einen Lichtspalt ins Zimmer zu lassen, es war stockfinster. Er hatte eine Phobie vor der Dunkelheit, ja sogar vor der Farbe Schwarz; Panik überkam ihn, er fiel zurück in einen Albtraum.

Das Schlafzimmer drehte sich, wurde zur *Stanza di Nuddu*. Der Fußboden war ein dichtes Kornfeld, die Ähren waren grellgelb und stechend. Türen schlugen. Windstöße bildeten Wirbel und ließen alles verschwinden, was sich auf den Tischen und in den kleinen Schachteln befand: Pinzetten, Bläser, Gehäuseöffner, Schraubendreher, Lupen, Heber fürs Rotorkugellager, Stichel, Handschraubstöcke, Federhäuser, Unruhen, Spiralfedern, Zahnräder, Zeiger, Ziffernblätter, Gläser, Platinen, moderne und antike Instrumente und wertvolle Ersatzteile, die im Laufe der Jahre zusammengetragen worden waren. Das waren die Dinge, die er am meisten liebte. Tito kauerte in einer Ecke und hielt sich Augen und Ohren zu.

Dann, wie ein Wespenschwarm, der eindringt, sticht, sich verflüchtigt und summend wieder zurückkehrt, war da ein anderer Wirbel: Uhrenzeiger – aller Art und Größe – kreisten wie ein Wahnsinnskarussell. Plötzlich war da kein Windhauch, kein Geräusch mehr. Alles verharrte unbeweglich. Tito blinzelte zwischen den Fingern hindurch: Die Zeiger schwebten auf halber Höhe im Raum wie eine wunderliche Blendung. Dann bildeten sie eine Formation wie ein Zinnsoldatenheer und stürzten sich auf den Magnet, zu dem er geworden war. Sie bohrten sich in sein Fleisch und verhakten sich ineinander zu einem klirrenden Metallgewirr.

»Hör mir zu! Hör mir zu, Tito!« Dantes tiefe Stimme rief ihn, irgendwo von draußen. Er öffnete die Finger einen winzigen Spalt breit, schneidender Wind traf auf seine Augäpfel. Er konnte ihn durch den Schlitz sehen, wie er am Geländer der kleinen Terrasse lehnte. Schmachtend ruhte sein Blick auf ihm – kein Härchen war am falschen Platz. Hinter ihm der Sternenhimmel und der Mond, friedlich und hell. Dante lächelte. »Ich bin der Sohn der Tante. Du musst sie lesen. *Du musst* die Briefe lesen.«

Aus der Ferne ertönte die schrille Stimme von Elisa: »Er ist der Sohn der Tante … Ich hab's dir doch gesagt, dass ich ihm nicht über den Weg traue … Er will der Patron in der Villa und auf Torrenuova werden und dich aus der Pastafabrik verdrängen …«

»Das ist nicht möglich! Er ist nicht der Sohn der Tante!«, brüllte Tito und erwachte.

Starr und schweißüberströmt lag Tito zwischen den gestärkten, nach Bleichmittel riechenden Betttüchern und sprach in die Finsternis eines fremden Zimmers hinein: »Er ist nicht der Sohn der Tante!« Dann bedachte er sich wieder: Dante wusste Bescheid. Die Briefe der Tante sollten es beweisen, genau, das war der Grund, weshalb er Tito so drängte, sie zu lesen. Die

Sache war ganz einfach: Die Tante wird in Rom schwanger, ihre Busenfreundin und Mademoiselle vereinbaren, sich des Neugeborenen anzunehmen. Bevor die Freundin stirbt, versucht sie, die Tante ausfindig zu machen; da es ihr nicht gelingt, trägt sie Dante auf, es zu tun, und dazu überreicht sie ihm die enthüllende Korrespondenz. Dante wollte seine Mutter kennenlernen und seinen Anspruch auf das Erbe anmelden.

Jetzt bekam alles einen Sinn: Die Affinität zwischen ihnen, die Beharrlichkeit, mit der Dante die Sympathien seiner Kinder gewinnen wollte, die Freundschaft mit Santi und die entschiedene Weigerung der Tante, ihn zu treffen. Erschöpft fiel er in den Schlaf und in den Albtraum von zuvor. Jetzt wurde die *Stanza di Nuddu* von einem Erdbeben erschüttert, alles bebte: Bilder, Tische, Stühle, Kissen. Der Deckenleuchter schwankte, und als Erstes öffneten sich die Türen der Schränke und dann die Wände wie die Blätter einer aufbrechenden Blütenknospe, die im Moment des Erblühens schon welkt. Die Villa hatte starken Schaden genommen und löste sich in Einzelteile auf, brach in sich zusammen in einer Explosion aus Staub, Steinen, Balken, Möbeln, Fenster- und Türrahmen – und riss Tito mit sich.

»Du musst lesen!« Tito hob den Blick und sah Dante, der noch immer an dem in der Luft schwebenden Terrassengitter lehnte. Mit einem grausamen Grinsen wiederholte er: »Du musst lesen, *du musst* lesen …«

Beim Frühstück am nächsten Morgen war Dante bei bester Laune. Er hatte mit Irina gesprochen, sie brauchte Bargeld, und er hatte ihr ein Treffen bei den Thermen vorgeschlagen, nicht weit von der Ausgrabungsstätte, die sie an diesem Tag aufsuchen wollten. Dann fragte er Tito ganz nebenbei, ob er die Briefe gelesen habe. Tito hatte die nächtlichen Gedanken verdrängt und freute sich darauf, Irina wiederzusehen; er habe nur einen kurzen Blick in die Mappe geworfen, gab er zur Antwort.

Sein Handy klingelte. Es war Santi; er bat den Vater, früher als geplant heimzukommen; am nächsten Tag habe er für Titino einen Termin beim Augenarzt: Das Schreiben am PC-Bildschirm hatte seine Sehschwäche noch verschlimmert. Tito verzog das Gesicht. Er fixierte Dante, der über sein Notizbuch gebeugt war und zeichnete. Seine Haare waren mit blonden Strähnchen aufgehellt. Diese weibliche Eitelkeit, die er für gewöhnlich verlacht hätte, erschien ihm nun völlig legitim, ja, sie rührte ihn: Er mochte diesen Mann, der sich bemühte, vital zu bleiben, ohne sich dabei lächerlich zu machen. Entschlossen, sich den letzten Urlaubstag nicht verderben zu lassen, schluckte Tito den aufkeimenden Ärger hinunter.

»Sieh mal, eine *Macalube* in Eruption!« Dante reichte ihm die Skizze.

»Bravo!« Tito reichte ihm mit anerkennendem Blick das Heft zurück. »Das war Santi: Leider muss ich früher als geplant nach Hause zurück.«

»Auch ich dachte daran, früher abzureisen, wir könnten heute am späten Abend heimfahren.«

Das Wetter war schlecht. Die Straße war überschwemmt, und die Autoschlangen fuhren langsamer, um die Pfützen behutsam zu durchfahren. Tito und Dante scherten sich nicht darum und plauderten angeregt, mit der Briefarie aus *Eugen Onegin* als Hintergrundmusik. Sie mochten einander und wussten beide, dass sie sich am Abend trennen würden.

Ya Lyublyu vas, Ol'ga. »Olga, ich liebe dich«, sang Lenskij.

»Die Grundidee in den Partituren von Tschaikowsky ist einfach: Sich aufs Leben zu verstehen ist unmöglich«, sagte

Dante. »Aber ist das überhaupt wichtig? Fest steht, dass sie zu lieben imstande sind, diese jungen Leute, die noch keine zwanzig sind … Irina identifiziert sich mit dem tragischen Dichter Lenskij und sogar mit dem zynischen Onegin, aber für mich ist sie einfach nur Olga, die ergötzliche Olga, oberflächlich, ja, das ist sie, aber von instinktsicherer Klugheit, die Einzige, die, ist sie einmal erwachsen, vielleicht zu leben verstehen wird.« Er stellte die Musik lauter: Tatjana erklärte Onegin ihre Liebe, und im Gegengesang lehnte er ab, jede Strophe war wie ein Peitschenhieb, jede neue Note herrlicher als die letzte. *»Doch bin ich nicht zum Glück geboren / mein Herz liegt mit sich selbst im Streit / was Sie mir bieten, wär' verloren* … die Qual, *Wie sehr mein Herz auch wallt und glüht / Gewohnheit macht es schlaff und müd.* Und dann lässt er jeden Rest von Hoffnung in Tatjanas Brust zerbrechen: *Entschwundnen Jahren, Träumen, Trieben / winkt ewig keine Wiederkehr* …«

Dante schwieg jetzt. Tito kannte die Oper und folgte ihr, auch er war in Gedanken versunken: Dana fehlte ihm, und er dachte, dass er zumindest einmal in seinem Leben wirklich lieben wollte; er fragte sich, ob und wie er eine andere Frau finden könnte. Dante hatte unterdes die zweite CD eingeschoben.

Sie fuhren über die spitzkurvigen Bergstraßen, es hatte zu regnen aufgehört. Sie hielten an der Ausbuchtung einer großen Kurve an und stiegen aus. Die Luft war klar und roch nach Frische. Die Felder waren mit Wasser getränkt, das Gras glänzte. Dunkle Sturmwolken ballten sich am Horizont, und in der Höhe war der blasse Himmel mit weißen duftigweichen Wolkenstreifen überzogen, als wäre die Erde in ein riesiges Blatt Papier gewickelt, das mit breiten Musselinbändern zusammengehalten wird.

Dante fotografierte. Mit einem Mal ließ er den Fotoapparat sinken und sah Tito in die Augen: »Es gibt auch noch dein eigenes Geschlecht: Ich beispielsweise bin bisexuell.« Dann fotografierte er weiter.

Der Wagen fuhr mit hoher Geschwindigkeit durch das Tal.

»Wenn du es mir vergangenen Monat gesagt hättest, als wir uns gerade kennenlernten, hätte ich mich vor dir geekelt. Jetzt nicht, auch wenn ich es nicht begreife«, sagte Tito.

»Wahre Liebe ist selten – oft verwechselt man sie mit körperlicher Anziehungskraft. Die Homosexualität hat nichts Perverses an sich. Mademoiselle war eine moderne Frau und von freier Denkungsweise; sie hat mich gelehrt: Die Liebe, welcher Art auch immer sie ist, verdient Respekt. Mit Rachele wird sie es genauso gehalten haben. Und zu dir hat sie so etwas nie gesagt?«

Tito murmelte gemeinsam mit Dante, der Musik folgend, den Text von Lenskijs Sterben.

Nach einer Weile sagte Dante: »Dennoch hat Mademoiselle Racheles Tun missbilligt, und zwar so sehr, dass sie sie verlassen hat, genau zu der Zeit, als bei euch der Krieg tobte. Mir sagte sie nur, dass es wegen einer irrigen Liebesgeschichte war. Ich frage mich, was es damit auf sich hatte …« Mehr sagte er nicht. Die Stirn in Falten gezogen, hatte er aufgehört zu summen.

Tito überlegte, und die sorgenvollen Gedanken häuften sich: die Rückkehr nach Hause, die Kinder, Mariola, die Tante. Er verfiel in Schweigen ähnlich wie zu Anfang ihrer Reise. Er suchte nach Ablenkung. Er dachte an die Pastafabrik – das Verpackungssystem musste überprüft werden –, dann ging er zu den Oldtimern über – das nächste Rennen rückte näher, und die Gangschaltung des Bentley musste überholt werden; danach kamen die Uhrwerke dran; doch es gelang ihm nicht, sich zu konzentrieren, und er fing wieder von vorne an; *Pasta-*

fabrik – Oldtimer – Uhren. Das höhnische Lachen des Kastenteufels ertönte im ungünstigsten Moment, und jedes Grinsen brachte ihn an den dunklen Punkt zurück: seine Mutter. *Pastafabrik – Oldtimer – Uhren.* Noch ein weiterer Punkt kam hinzu: Wer war der Sohn der Tante? Und wo war er? Jetzt wusste er, dass ihre Liebesaffäre in die Kriegszeit zurückreichte und sich nicht in Rom abgespielt hatte, wie der Notar behauptet hatte. Sie war zu Hause. Mademoiselle musste sich an den Großvater oder an seinen Vater gewandt haben, der sicherlich informiert gewesen war – sie waren doch immer ein Herz und eine Seele gewesen. *Pastafabrik – Oldtimer – Uhren.*

Warum hatte der Vater nie mit ihm darüber gesprochen?

Sie kehrten ein in einer Trattoria in der Nähe des Waldes, der einst königliches Jagdreservat war. Sie aßen *Pasta con olio e aglio*, perfekt bissfest gekocht und vor dem Servieren mit einer Handvoll Petersilie bestreut, danach einen Hammeleintopf. Vom Essen gestärkt und vom Wein beschwingt, hatte Tito die Sprache wiedergefunden. Dante blieb nachdenklich.

»Machen wir einen Spaziergang?« Tito hatte gelernt, die Dinge intuitiv zu erfassen, und er spürte die Wehmut des anderen. »Vielleicht wird es unser letzter sein«, und verschämt fügte er hinzu, »in diesem ersten gemeinsamen Urlaub.«

Es war ein schöner Mischwald: Pinien, Haselbäume, Eichen und andere Bäume. Auch hier hatte es geregnet, der Himmel war bedeckt. Sie bogen vom Waldweg ab und schlugen sich zwischen den Bäumen durch. Der feuchte Erdboden verströmte den Geruch des Humus. Die jungen Pinienzapfen – grün, geschlossen, spindelförmig – glänzten an den Zweigen. Die niedere Vegetation gedieh kraftvoll im Schatten der Bäume und zeigte sich in zartem Blütenschmuck: Er war nicht üppig wie der der Pflanzen, die im vollen Sonnenlicht wuchsen. Die Blätter und die Piniennadeln, vom Regen reingewaschen, schillerten in allen Grüntönen. Schnecken jeder Größe und Farbe waren aus ihrem Versteck gekrochen. Von der Luftfeuchtigkeit gestärkt, labten sie sich nun an den Pflanzen. Andere mühten sich an den Baumstämmen hinauf.

Die Stille wurde unterbrochen von den Schritten Dantes und Titos und den knappen Sätzen, die ihre Bewegungen begleiteten.

»Hast du den Spatz auf dem Zweig dort gesehen?«, fragte Tito, der den scharfen Blick des Ortskundigen hatte, und nahm Dante am Arm, um ihn in die Richtung seines Beobachtungspunktes zu lenken.

»Aufgepasst, hier braucht man das Zoom.« Dante kam ihm zuvor, er spürte ein gewisses Zögern: Der andere dankte es ihm mit einem Blick, der länger als notwendig auf ihm verweilte.

Sie entfernten sich nicht voneinander; schüchtern berührten sie einander; sie tranken aus derselben Flasche; sie riefen sich abwechselnd zu, um auf das hinzuweisen, was sowieso im Blickfeld lag.

»Da, schau, eine Pilzfamilie.«

»Es sieht aus wie ein kranker Baumstamm.«

»Hier hat es stark geregnet.«

»Pass auf, du rutschst aus!«

»Beinahe wäre ich gestolpert!«

»Der Zweig dort hat Dornen.«

Pausen, Gesten, Blicke, die, je mehr Zeit verstrich, desto gewichtiger wurden: Tito und Dante bereiteten sich aufs Abschiednehmen vor.

34.

Wie die Ameisen

»Das hätte ich mir nie träumen lassen, dass die Tante jemals verliebt war.«

Missmutig riss der Türsteher die Eintrittsbillets ab und deutete mit einer Handbewegung auf die Eingangstreppe. Sie stiegen zu den heiligen Thermalbädern hinab, die von einem orientalischen Volk stammten, das vor Tausenden von Jahren hier aufgetaucht war. Das Becken wurde von der Quelle eines warmen Stroms gespeist; das Wasser floss aus einer Öffnung, lief in ein anderes, tiefer gelegenes Becken, und von dort ging es über in einen Mäander, aus dem ein Schlammbett geworden war; Schilfrohr gedieh dort üppig. Der Flussverlauf talwärts war gekennzeichnet vom gewundenen Grün des Schilfrohrs, das sich murmelnd und rauschend im Wind wiegte. Die Luftfeuchtigkeit war erdrückend. Sie kreuzten einige Touristen, dann waren sie wieder allein. Tito zeigte sich sehr interessiert an der Anlage der Therme und folgte dem Lauf der Wasser.

Irina war mit Dana gekommen; Tito hatte nicht damit gerechnet, ihr noch einmal zu begegnen.

»Die Hitze hier drinnen ist unerträglich«, klagte Irina, zog Dante mit sich ins Freie und ließ die anderen alleine zurück. Dana war geschminkt, sie trug spitze Stöckelschuhe, ein geblümtes Kleid, auffällige Ohrringe. Aufgetakelt, wie sie war, konnte Tito kein Begehren für sie empfinden.

»Irina wollte nicht, dass ich mitkomme, aber ich habe darauf bestanden. Hier nimm!«, und sie reichte ihm einen kleinen Plastikbeutel.

Tito sah sie an.

»Hast du deine Uhr vergessen? War sie denn nicht wertvoll?« Dana klang beleidigt.

»Das ist sie …. Danke.« Tito nahm die Uhr nicht an.

»Was ist, willst du sie mir überlassen?«

»Wenn du willst, oder wenn sie dir von Nutzen sein kann …«, nuschelte er. Ein Besucherpaar kam näher.

»Bargeld ist mir lieber: Die Freundin da lässt mich ihre Gastfreundschaft teuer bezahlen. Ich schlafe in einem Kabuff: Das ist mein Zimmer im Palazzo!«, meinte Dana bitter. »Aber die Uhr, die musst du wieder an dich nehmen: Deine Tochter hat sie in meinem Koffer entdeckt. Wie eine Diebin wurde ich aus dem Haus gejagt … Eine schöne Familie hast du, wirklich!« Und damit drückte sie ihm die Uhr in die Hand.

»Danke. Sag mir, wohin ich dir das Geld schicken soll.«

»In den Palazzo sicher nicht, die da reißt sich alles unter den Nagel! Vor mir jammert sie immer, dass sie kein Geld hat. Heute Abend aber geht sie auf eine Kreuzfahrt. Sie ist hier, um an Geld ranzukommen, damit sie vor ihren neuen Freunden angeben kann. So bald wie möglich haue ich von dort ab. Gib das Geld dem Notar, ich werde ihm schon sagen, was zu tun ist.« Dana hatte einen hochmütigen Ton angeschlagen; wesentlich sanfter fragte sie dann: »Und du, wie geht es dir? Du fehlst mir, du alter Kerl!«

Tito wusste nicht, was er sagen sollte.

»Sei nicht beleidigt, es stimmt, dass du mir gefehlt hast. Eigentlich müsste ich dir böse sein, weil du die arme Frau so übel behandelt hast. Als ich bei euch in den Dienst trat, habe ich geglaubt, sie ist deine Mutter. Du musst sie mit Respekt behandeln, sie hat dich gern. Sag ihr, dass ich mich um meinen Sohn kümmern werde, das ist es, was eine gute Mutter tun muss. Ich werde noch ein Weilchen hier bleiben, dann werde ich meine Konditorei aufmachen, mit dem Geld von dir und mit dem, das sie mir geschenkt hat.«

»Du hast einen Sohn ...«, sagte Tito leise.

»Ich war noch sehr jung, als er zur Welt kam. Im Waisenhaus haben sie ihn wie einen Idioten behandelt! Dann habe ich ihn dort weggeholt, und jetzt muss ich die Frau bezahlen, die für ihn sorgt. Aus dem Grund bin ich hier: um Geld zu verdienen.«

Sie hatten beschlossen, statt des warmen Abendessens nur einen Imbiss zu sich zu nehmen, um so den Sonnenuntergang vom Tal aus verfolgen zu können; danach wollten sie ohne Pause zurückfahren. Sie folgten einem schwach angedeuteten Fußpfad über das abschüssige Gelände, das in ein enges Tal auslief; das wiederum war von einer steilen Felswand – hoch wie die, auf der der Tempel stand – begrenzt; dieser erhob sich am Rand der Schlucht wie ein neugieriger Regenwurm, der das Panorama absucht und sich in den Strahlen der ersterbenden Sonne räkelt.

Dante hockte sich auf einen Stein nieder; er sah sich um und schrieb etwas in sein Notizbuch. Der Boden war steinig; wild wachsendes Buschwerk, Wildölbäume, Mandel- und Granatapfelbäume wuchsen hie und da inmitten des Unkrauts und des Dornengestrüpps, auch Myrrhensträucher gab es. Pflanzen, die erst im Laufe der Zeit zum Bestand der heimischen Inselflora dazugekommen waren, fehlten gänzlich: Feigenkakteen, Agaven und der zuletzt eingeführte Eukalyptus. Zu dieser Stunde war das Insektensummen allgegenwärtig, und säuerliche, feine und wohlige Gerüche vermischten sich.

Tito kramte in seinem Reisesack. Er betastete die raue Oberseite der Dokumentenmappe und spürte Dantes Blick auf sich.

»Wie viele sind es?«

»Viele. Ich habe sie chronologisch geordnet. Die ersten fünf sind jüngeren Datums. Die anderen sind typische Briefe zweier junger Leute: ausufernde Beschreibungen mit zahlreichen romantischen Anklängen, aber auch voller Lebenslust und Scharfsinn: Man kann sich ein Bild machen, wie Rachele wirklich war …« Dante begann wieder zu schreiben.

Tito hielt den ersten der Briefe in der Hand. Das hellblaue Papier hatte Pergamentstruktur und war an den Rändern ausgefranst. Er erkannte die steile Schrift der Tante, und ihm war nicht wohl. Er las, mühte sich um Konzentration.

TORRENUOVA, MAI 1940

Liebste Marta,

Du bist wahnsinnig verliebt in den Vater des Kindes, das Du unter Deinem Herzen trägst, und weißt, dass Du ihn niemals wiedersehen wirst. Ich begreife Dich nicht. Eben genau, weil Du ihn nicht mehr sehen wirst, darfst Du nicht abtreiben: Du würdest es Dir nie vergeben. Dieses Kind wird das Zeugnis einer großen Liebe sein: Sein bloßer Anblick wird dir viel Freude und Trost bedeuten. Und – es hat ein Recht auf Leben.

Gewiss, es ist nicht einfach, ein Kind alleine großzuziehen; es kostet auch Geld. Du hast mir aber gesagt, dass Deine Familie Dich unterstützt und dass Deine Cousine angeboten hat, Dich bei sich aufzunehmen. Du willst nicht von ihnen abhängig sein, aber es wäre ja nicht auf immer. Als wir von unserer Zukunft sprachen, seinerzeit auf dem Internat, da waren wir ehrgeizig: Wir wollten auch als verheiratete Frauen einen Beruf ausüben und unabhängig sein. Du hast Talent und wirst Erfolg haben in allem, was Du anpacken wirst; die Notwendigkeit, den Unterhalt Deines Kindes zu verdienen, wird Dir ein Ansporn sein, stets Dein Bestes zu geben.

Ich weiß, dass es ein Riesenproblem darstellt, jung und unverheiratet Mutter zu werden. Aber Du bist doch nicht allein, Du kannst auf die Deinen zählen. Den Respekt der anderen wirst Du Dir noch verdienen. Wenn Du bewiesen hast, dass Du eine gute Mutter bist, werden die Leute Dich bewundern. Es wird ein Punkt zu Deinen Gunsten sein: So werden sich nur die tüchtigen Männer zu Dir hingezogen fühlen und die fernbleiben, die Deiner nicht würdig sind.

Du sagst mir überdies, dass ich Dich nicht verstehen kann, weil ich noch nie wahnsinnig verliebt gewesen sei. Da täuschst Du Dich. Ich bin es, schon seit vor unserer Freundschaft, und immer noch in denselben Mann, auch wenn ich mir anfangs dessen nicht bewusst war. Er weiß es nicht. Ich habe Dir nie davon erzählt, denn es ist eine Liebe, die keine Zukunft hat. Wir werden niemals heiraten können; seine Familie und auch andere Menschen würden mich verstoßen. Ich denke ununterbrochen an meinen Liebsten. Ich habe glühende Träume. Es ist eine Qual, nicht zu wissen, ob er noch am Leben ist: Nur ich von all den anderen – Verliebten, Ehefrauen und Müttern – darf nicht von ihm sprechen. Die eigenen Liebesgefühle verbergen zu müssen ist etwas Unerträgliches. Echte und eingebildete Krankheiten suchen mich heim, doch auch die muss ich vertuschen. Wenn mich seine Nachrichten erreichen, würde ich am liebsten vor Freude jubilieren, aber ich halte mich zurück.

Dennoch, wäre ich schwanger, würde ich der Welt die Stirn bieten und das Kind behalten, dieses Kind, das mich nie Mutter und Ehefrau seines Vaters nennen würde. Schenke Deinem Kind das Leben, auf das es ein Anrecht hat, und gib ihm Deinen Segen, wie es auch Dich voller Dankbarkeit, weil Du ihm zu leben erlaubt hast, segnen wird.

TORRENUOVA, JUNI 1940

Liebste Marta,

Du sagst mir, dass es Dir ein Trost wäre, mehr über meinen Liebsten zu erfahren, und schweren Herzens erzähle ich Dir von ihm. Mit ihm habe ich meinen ersten Ball erlebt; ich war fünfzehn Jahre alt und noch ahnungslos, was Begehren bedeutet. Doch jetzt weiß ich, dass ich ihn seit jenem Moment geliebt habe. Ich sah ihn sonntags. Wir flanierten durch Rom, dann lud er mich zu einer heißen Schokolade auf der Piazza di Spagna ein. Ich war vollkommen glücklich, so als wären wir die zwei Hälften eines endlich zusammengefügten Kreises.

Der Liebesblitz schlug erst Jahre später ein. Es ist eine Liebe, die auf einfachen Dingen gründet. Kaum dass unsere Blicke sich treffen, beginnen wir zu strahlen. Wir lachen über die gleichen Dinge, lesen die gleichen Bücher, haben ein und denselben Geschmack und denken gleich. Ein Blick von ihm genügt, um mich glücklich zu machen; eine Berührung seiner Hand lässt mich erglühen. Er hat mir noch nicht gesagt, dass er mich liebt, aber ich weiß, dass es so ist. Er jedoch ist sich noch nicht bewusst, wie sehr ich und auf welche Weise ich ihn liebe: Er wäre entsetzt darüber. Wir sind nie alleine, und er bekommt nur selten Ausgang.

Mademoiselle findet, dass ich merkwürdig geworden bin, und so kontrolliert sie mich. Ich gehe mit anderen jungen Leuten aus, um ihrem Misstrauen den Boden zu entziehen; einer aus diesem Kreis macht mir den Hof. Jedes Kompliment aus seinem Mund, jeder schmachtende Blick und jede Berührung von ihm widern mich an.

Es ist eine unmögliche Liebe. Obwohl ich weiß, dass es für mich keine Zukunft gibt, lebe ich in der Hoffnung, ihn wiederzusehen. Zeitweilig denke ich, dass ich diesem Wahnsinn ein Ende bereiten und verzichten muss. Ich bin nicht imstande dazu. Und selbst wenn ich es wäre, wollte ich es nicht.

Lieber würde ich nicht leben wollen.

PALERMO, JULI 1940

Liebste Marta,

was ich befürchtet habe, ist eingetreten, aber er lebt. Er hat Genesungsurlaub, denn es geht ihm noch immer schlecht. Ich muss an mich halten, dass ich nicht zu ihm eile, um ihn zu pflegen.

Wenn er nach mir ausschickt, fliege ich zu ihm. Die Erregung, in seiner Nähe sein zu dürfen, lässt mich verstummen. Dennoch habe ich aufgrund dieser langen Schweigemomente begriffen, dass auch er mich liebt. Ich lebe ganz für die Gegenwart.

Er wird an die Front zurückkehren: Er will es so. Die Qual dieser unerfüllten Leidenschaft wird erneut einsetzen. Mademoiselle und mein Vater drängen mich, dass ich mir einen Ehemann nehme.

Tito ließ die Hand sinken, den Blick unverwandt auf die steile, saubere, kantige Schrift der Tante gerichtet. Eine Biene ließ sich auf dem Blatt nieder, er verscheuchte sie, doch sie umsurrte ihn weiterhin. Eine zweite gesellte sich zu ihr, gemeinsam flogen sie in weiten, vielfach gewundenen Pirouetten auf und immer höher, bis sie im goldenen Äther verschwanden. Tito las weiter. Die letzten zwei Briefe, ohne Anrede und nicht unterzeichnet, waren kurz. Die großen Buchstaben in ein und derselben Schrift füllten die Seite aus.

Die Geburt ist nicht mehr fern. Ich werde an Dich denken und mich gemeinsam mit Dir als Mutter fühlen. Ich, die ich niemals Kinder haben werde, möchte gerne die Patin Deines Kindes sein. Er wurde vom Heer verabschiedet: Er wird nie mehr gesunden. Nichts bremst mich mehr: Ich trotze allen und bin an seiner Seite, wenn er mich will. Wir rezitieren Gedichte, und so lieben wir uns: glücklich und ohne Hoffnung auf eine gemeinsame Zukunft.

Hier fallen Bomben. Mademoiselle hat uns verlassen. Ich habe es erwartet. Allein und zweifach Waise, habe ich mich in ein stilles und unscheinbares Leben ergeben. Es macht mir keine Angst: Zufrieden werde ich mich fügen. Manchmal jedoch frage ich mich, ob ich, so verändert, imstande bin, die Liebe zu meinem Liebsten am Leben zu erhalten. Ich will gar nicht daran denken: Es ist eine Straße ohne Wiederkehr.

Mit gebeugtem Rücken, die Ellenbogen auf den Tisch gestützt, hielt Tito die Dokumentenmappe in den Händen, als wollte er sie jeden Moment zu Boden gleiten lassen. Dort liefen Ameisen umher. Sie hatten die Dose mit dem Orangensprudel geortet. Tito hatte sie in wackeligem Gleichgewicht inmitten der Erdschollen zwischen seinen geöffneten Beinen abgestellt, sie war umgekippt, und die zuckrige Flüssigkeit war auf den Boden gelaufen. Angezogen vom Geruch, versammelten sich die Tiere in strahlenförmiger Formation um die Dose. Sobald sie den Rand erreicht hatten, zögerten sie verdutzt, liefen auseinander und setzten dann voller Gier ihren Marsch die klebrigen Dosenwände hinauf wieder fort. Andere Ameisen stießen dazu, und wie von Sinnen kletterten sie über ihre Artgenossen hinweg, um das Objekt ihrer Begierde zu erreichen. Sie bildeten einen schwarzen pulsierenden Klumpen um das Loch der Dosenlasche, aus dem Tito getrunken hatte; gierig krabbelten sie übereinander kreuz und quer, und kämpften – jede gegen jede – auf der Suche nach ihrem Glück. Die unterlegenen Ameisen kehrten in tristem Zug in ihr unterirdisches Heim zurück.

In den letzten zwei Wochen war Titos Leben gründlich durcheinandergewirbelt worden, er selbst erkannte sich nicht wieder. Er wusste nicht, wie er es anstellen sollte, zu seinem friedlichen Dasein zurückzukehren. Er beobachtete die Ameisen, und mit einem Mal entdeckte er eine Ähnlichkeit zwischen ihnen und sich: Gehorsam und vom Pflichtgefühl angetrieben, arbeiteten die Ameisen ordentlich und zäh; erst der Geruch des Orangengetränks hatte sie ausbrechen lassen. Was tun, um seinen Platz in der Reihe wieder einzunehmen? Die Tante, ja, ihr war es gelungen, nach all dem, was ihr widerfahren war, ihren Platz wieder einzunehmen; jetzt erschien es sogar ganz unmöglich, dass sie ihn jemals verlassen hatte. Tito hatte Mühe, sie sich als junge und leidenschaftliche Frau vorzustellen: Ihre Briefe klangen für ihn unglaubwürdig wie ein Roman.

»Das hätte ich mir nie träumen lassen, dass die Tante jemals verliebt war«, sagte Tito und hob den Kopf. »Und doch liebte sie mit einer Heftigkeit, die mich verblüfft.«

Dantes Pupillen bohrten sich in die Mappe: Sie waren erweitert und schienen wie Pistolenmündungen im Anschlag. Mit seinem weißen, um Hals und Schultern drapierten Baumwollschal, dem undurchdringlichen Gesichtsausdruck wirkte er wie ein mythischer Priester, der ihn antrieb, das Geheimnis seiner Herkunft durch die Aufarbeitung seiner Vergangenheit zu lüften. Tito war unfähig, sich zu bewegen; auch den Blick konnte er nicht von ihm wenden. Er war wie ein Kaninchen, das starr im Scheinwerferlicht verharrt.

Torrenuova?, fragte er sich und senkte endlich die Lider.

Das letzte Licht des Sonnenuntergangs überließ seinen Platz den Schatten der Nacht, die den Talgrund erfüllten und, unaufhaltsam nach oben steigend, immer undurchdringlicher wurden. Alles war in braune Farbe getaucht. Die letzten Sonnenstrahlen – flüchtig gleißend und zuckend – trafen den höchsten Teil des Gebirgskamms und umzüngelten die zerklüfteten Felswände in einem Wechselspiel von Schatten und glutroten Flammen.

Einen Atemzug lang erstrahlte der Himmel wie blau emailliert. Dann wurde es Nacht.

Tito sehnte sich nach der *Stanza di Nuddu*. Dort könnte er wieder er selbst sein und den Mann von früher in sich finden, der seine Leidenschaft bei seinen Uhrwerken auslebte und darüber die menschlichen Regungen vergessen konnte.

»Es ist kühl geworden, gehen wir«, sagte Dante und erhob sich. Tito bewegte sich nicht.

Dante beugte sich vor, um die leere Dose zwischen Titos Beinen aufzuklauben: Er streckte den Arm aus, nahm sie und schüttelte sie, damit die Ameisen abfielen. Die Tiere kreisten frenetisch um sich selbst; in der Finsternis waren sie eins mit den Erdklumpen. Tito war blass geworden. Es schien, als zitterte das gesamte Erdreich.

Seelenruhig machte sich Dante daran, seinen Reisesack zu füllen.

35.

Die Bougainvillea

»Es war eine Entdeckungsreise.«

»Du hast mir nicht gesagt, was du von den Briefen hältst«, sagte Dante am Steuer des Wagens.

»Ich habe die ersten fünf gelesen, wie du es mir geraten hast. Wer weiß, wer dieser Mann war: Er scheint verheiratet gewesen zu sein, vielleicht war es ein Verwandter.« Tito war erschöpft, seine Stimme klang müde.

»Ein sehr naher Verwandter, würde ich behaupten.« Dante blickte unverwandt auf die Straße.

»Was willst du damit sagen?«

Dante hob nur kurz den Blick von der Straße und sah ihn vielbedeutend an.

Fortwährend musste Tito an den Liebsten der Tante denken. Er entnahm den Briefen Sätze, Wörter und Anspielungen, befreite sie von allem Überflüssigen, wog sie ab, klassifizierte sie, als wären sie Teile eines Uhrwerks, das zusammengesetzt werden soll.

Es ist eine Liebe, die keine Zukunft hat. Sie würden mich verstoßen. Doch dann, nach dem Tod des Vaters, *allein und zweifach Waise*, hatte sie sich gefügt und ein *stilles und unscheinbares Leben* begonnen – in der Villa, *zufrieden.* Aber sie sah ihn, diesen Liebsten, denn sie hatte Zweifel, ob sie, *so verändert,* in der Lage wäre, die Liebe zu ihm *am Leben zu erhalten.* Tito verstand nicht, wer es gewesen sein konnte: Die Tante sah niemanden außer dem Bruder.

Wir werden niemals heiraten können, schrieb sie an die Freundin. Tito leitete daraus ab, dass der Liebste bereits verheiratet war, wie sicherlich auch seine eigene Mutter. Der Vater hatte zu ihm gesagt: *Wir konnten nicht heiraten.* Zwei ähnliche Sätze aus dem Mund des Bruders und der Schwester.

»Bruder und Schwester«, wiederholte Tito für sich.

Bruder und Schwester.

Tito war erschüttert und suchte angestrengt nach Erinnerungsbildern, Gesten, Gewohnheiten, Worten – zufällig dahergesagten, zwischen den Zeilen enthaltenen, ungesagten –, Anspielungen, Blicken, beredtem Schweigen. Er brachte diese Elemente in eine Reihenfolge und fügte sie in die Briefe der Tante ein. So hatte er ihr Bild in der Villa wieder vor Augen: Schön war sie und von gepflegtem Äußeren; sie weigerte sich, auch nur auf einen Spaziergang das Haus zu verlassen; Fremden gegenüber war sie verschlossen und schweigsam. Er verglich sie mit der selbstsicheren und wissbegierigen Frau auf den Reisen, die die drei durch Italien unternommen hatten. Jetzt sah er die Vorleseabende und das harmonische Einvernehmen zwischen Vater und Tante in einem anderen Licht.

Wir lachen über die gleichen Dinge, lesen die gleichen Bücher, erzählte sie der Freundin. Er hatte nicht darauf geachtet. Der Einklang zwischen den beiden, fast eine Symbiose, war für ihn Teil des Stoffs, aus dem das Leben war.

Jetzt erinnerte er sich an den stummen Empfang, den die Tante dem Vater bei der Rückkehr von seinen Geschäftsreisen immer bereitete. Sie stieg die Treppe hinunter, ging ihm entgegen, und auf der letzten Stufe hielt sie inne, stützte sich auf dem Handlauf ab. »Geh, geh zu deinem Vater!«, sagte sie dann zu Tito und gab ihm einen leichten Schubs. Der Vater nahm ihn hoch, gab ihm einen Kuss und richtete dann den Blick auf die Schwester. »Ich bin zurück, Rachele.«

Tito spürte sofort seine Zurückhaltung. Den Jungen an der Hand, näherte sich der Vater der Tante; er streichelte ihr über die Wange und wiederholte: »Ich bin zurück, Rachele.« Keine Andeutung eines Willkommensgrußes von ihrer Seite, niemals. So war es immer.

Da war eine andere Erinnerung, dieses Mal an einen bestimmten Zwischenfall, auch den hatte er verdrängt: Der Vater war von einer Reise heimgekommen. »Ich bin zurück, Rachele.« Und er, in die Arme des Vaters geschmiegt, hatte sich zur Tante umgedreht, die wie immer auf der Treppe stand. Tito hatte Angst bekommen. Auge in Auge standen sie sich gegenüber, als wäre ein Stahlseil zwischen den Pupillen des einen und denen des anderen gespannt und würde sie sprengen. Dann, wie von einem elektrischen Schlag getroffen, überzog ein Strahlen ihre Gesichter. »Ich bin zurück, Rachele«, hatte der Vater wiederholt. Er hatte ihn auf dem Boden abgesetzt, und gemeinsam waren sie in Richtung Tante gegangen. Auch dieses Mal hatte sie den Mund nicht aufbekommen. Und dann hatte sie geschrieben: *Die Erregung, in seiner Nähe sein zu dürfen, lässt mich verstummen. Kaum dass unsere Blicke sich treffen, beginnen wir zu strahlen.*

Tito aber brauchte einen handfesten Beweis. Verzweifelt wühlte er in seinem Gedächtnis auf der Suche nach Erinnerungen.

Er führte mich auf die Piazza di Spagna und lud mich zu einer heißen Schokolade ein. Genau das war das Ritual des ersten Ferientags in Rom, das er, Tito, an seine Kinder weitergegeben hatte: Die Schokolade bei Babington, dem Teesalon auf der Piazza di Spagna. Klar und deutlich tauchte die Erinnerung an einen Nachmittag bei Babington auf. Der Vater hatte einen wichtigen Auftrag für die Pastafabrik erhalten, und alle waren gut gelaunt. Sie wollten eine heiße Schokolade trinken gehen. »Hierher führte ich die Tante, wenn sie Ausgang vom Internat hatte; sie war damals in deinem Alter«, hatte er gesagt; und zu ihr gewandt fügte er hinzu: »Das war schön … Erinnerst du dich, Rachele?« Errötend blieb sie ihm die Antwort schuldig und sah ihn bloß an; sie nippte an dem heißen Getränk. Er, ein junger Bursche, fühlte sich fehl am Platze.

Tito fror. Er war wie zu Eis erstarrt. Er rutschte auf dem Sitz nach hinten und legte den Kopf an die Nackenstütze, sein Blick verlor sich im Dunkel der Nacht. Zwei Nachtfalter waren ins Wageninnere gedrungen und flatterten sachte; sie kreisten um seinen Mund, die Flügelschläge waren kaum hörbar. Er vertrieb sie nicht. Einmal, als Kind, hatte er den Kokon eines noch unfertigen Schmetterlings aufgeschnitten. Sorgfältig hatte er den Flaum Schicht um Schicht abgetragen; dann war die Larve zum Vorschein gekommen – schwabbelig, glibberig und blind. Tito, nunmehr erwachsen, fühlte sich aufgeschlitzt und nackt, genau wie jene Larve. Die Scheinwerfer der entgegenkommenden Autos bohrten sich in seine Pupillen, er zuckte nicht einmal mit den Lidern: Er spürte nichts, er war außerstande, überhaupt noch etwas zu denken.

Am Ende der Straße tauchte die Villa auf; undeutlich waren die Umrisse des Gemäuers zu erkennen. Dante legte ihm die Hand aufs Knie, und Tito fing sich wieder. Dunkel erhob sich das Türmchen der *Stanza di Nuddu* gegen den Sternenhimmel.

»Es war eine Entdeckungsreise«, sagte Dante und zog seine Hand zurück.

Die Scheinwerfer erleuchteten die Ringmauer der Villa und die Bougainvillea, die darüber hinwegwuchs. Die Blüten fielen üppig in einer Mischung aus Violettrot und Karmesin hinab. Junge, noch nicht gekrümmte Zweige reckten sich wie Helmbüsche in die Höhe, auch sie hatten einen dichten Blütenstand. Geblendet musste Tito blinzeln.

Die Villa war jetzt verkleinert und zu einer Blechdose geworden; er selbst war ein Nachtvogel, der einsam in dunkler Nacht über sie hinwegflog. Der Deckel hatte die Form der *Stanza di Nuddu* und war windschief aufgesetzt: Stoffränder fielen über den Rand der Dose, und darin ruhte, eingehüllt in stacheligen Samt, das Geheimnis, das keines mehr war. Der Vogel hatte sich in ein Kind verwandelt: Das versuchte, den Deckel anzuheben, doch der klebte fest. Verzweifelt mühte es sich. Die Clownfigur mit der Sprungfeder war verschwunden. Die Dose war wieder zur Villa geworden. Auf Zehenspitzen versuchte das Kind, auf die Mauer zu klettern; es klammerte sich an den erblühten Zweigen fest, die sich einladend seinen ungeduldigen Händen darboten. Doch unter den Blüten verbargen sich mächtige Dornen, die sich nun in die Finger und Handflächen des Kindes bohrten und es zurückwiesen.

Die Angst packte Tito.

Dritter Teil

Byblis, erfasst von Begehr nach dem apollinischen Bruder,
liebte ihn mehr als recht und nicht
wie den Bruder die Schwester.

Publius Ovidius Naso, *Metamorphosen*, IX, Verse 455–456

Byblis Apollinei correpta cupidine fratris;
non soror ut fratrem, nec qua debebat, amabat.

36.

Titos Rückkehr

»Du brauchst nicht zu weinen, Tito, es gefällt mir doch …«

Die Schachtel mit dem Schokoladenkonfekt stand offen auf dem Beistelltisch. Die Zeitschrift war ihr aus der Hand geglitten und hatte sich in den Falten ihres Morgenrocks verfangen: Mariola hatte im Schlafzimmer, im Sessel sitzend, auf ihn gewartet und war dabei eingenickt; die fettige Nachtcreme ließ ihr Gesicht glänzen. Sie wechselten einige Worte und gingen dann schlafen.

Ihr Ehebett bestand aus zwei schmiedeeisernen Einzelbetten, die mit Gurten zusammengehalten wurden; darauf lagen zwei separate Matratzen. Jeder blieb für sich in seinem Teil des Bettes; selbst wenn sich Mariola, die ein langwieriges, beschwerliches Klimakterium durchmachte, im Schlaf unruhig hin und her wälzte, berührten sich ihre Körper nicht. Das Betttuch zum Zudecken war groß genug, um in der Mitte ein Tal zu bilden; so waren sie voneinander getrennt.

Tito war noch nicht schläfrig. Mariola war sofort weggeschlummert, hatte aber einen unruhigen Schlaf; ihr regelmäßiges Atmen, in das von Zeit zu Zeit ein leichtes Seufzen einfloss, störte ihn keineswegs, im Gegenteil, es vermittelte ihm ein Gefühl der Geborgenheit: Er war nicht allein. Jetzt dachte Tito an sich selbst. Welche Rolle hatte er in der Liebe zwischen seinem Vater und seiner Mutter gespielt? Er war es leid, in schmerzvollen Erinnerungen herumzustochern. Aber er musste es tun, es war notwendig.

In den letzten Jahren hatten es sich die jungen Leute des Städtchens angewöhnt, die Zufahrtsstraße zur Villa zum Ziel ihrer nächtlichen Ausflüge zu machen. Dort parkten sie ihre Fahrzeuge und verzogen sich in die Dunkelheit, oft ließen sie im Hintergrund auch Musik laufen. Tito hörte sie in der Ferne. Er knipste das Nachttischlämpchen an und erhob sich, um das Fenster zu schließen, doch dann überlegte er es sich anders. Gerade lief ein Schlager aus seiner Jugendzeit. Er bog die Stäbe des Fensterladens auseinander; der Wagen war nicht zu sehen. Er machte das Licht aus und schlüpfte wieder ins Bett.

Der Refrain erinnerte ihn an seine erste Liebe, eine entfernte Verwandte; sein Vater hatte sich damals energisch gegen diese Verbindung gestellt, und er hatte sich ihm gebeugt. Als Belohnung bekam er sein erstes Sportcoupé, einen roten Alfa Romeo Giulietta.

Tito dachte noch immer wehmütig zurück an die schönen Schmusereien in jener Zeit. Einige Monate später hatte er Mariola kennengelernt, und ermutigt von den beiden Familien, hatten sie sich verlobt. Er hatte Mariola anziehend gefunden; sie würde für ihn eine Ehefrau abgeben, auf die Verlass war, und so geschah es dann auch.

Ein neapolitanisches, auf Englisch gesungenes Lied ertönte: melodisch und schmachtend. Tito dachte an die drei Frauen in seinem Leben – die erste, die er nicht besessen hatte; seine Ehefrau und die Rumänin – und tauschte sie gegeneinander aus, formte aus ihnen ein einziges weibliches Wesen. *It's now or never,* sang Elvis Presley. Die Musik schien jetzt lauter zu sein. Rasch steckte er eine Hand unters Leintuch. Dann hielt er inne: Wo und wann hatten sein Vater und seine Mutter sich vereint? Hatten sie ihre unnatürliche Beziehung auch nach seiner Geburt weitergelebt? Wo? Wie?

Ein stechender Schmerz durchfuhr ihn. Benommen setzte Tito sich auf und betrachtete Mariola; sie lag mit dem Rücken zu ihm; das Betttuch zeichnete ihre üppigen Formen nach: die rundlichen Schultern, die knappe Andeutung einer Taille, die kräftigen Hüften. Er drehte sie auf den Rücken und zog ihr Nachthemd hoch – und rollte es bis zu den fülligen, flach liegenden Brüsten, nicht weiter. Er nahm sie, ohne abzuwarten, dass sie wach wurde. Mariola zuckte zusammen, ließ ihn aber gewähren, ja, sie vollführte sogar leichte Beckenbewegungen. Dessen hätte es gar nicht bedurft.

Tito stützte sich noch keuchend mit den Armen ab. Er stieg über Mariolas Körper hinweg und ließ sich neben sie fallen. Zärtlich strich er über ihren weichen Bauch, und ohne es zu merken, liefen ihm stille, tröstliche Tränen übers Gesicht, und viele waren es …

»Du brauchst nicht zu weinen, Tito, es gefällt mir doch …«, flüsterte sie und wollte seinen Brustkorb streicheln.

Ermattet war Tito bereits eingeschlummert.

37.

Ein traumatischer Tag

»Seit wann küsst du der Tante die Hand?«

Mariola hatte ihm den Kaffee ans Bett gebracht. Tito empfand das als lästig, es war ihm auch peinlich: Sie würde ihn nicht vergessen lassen, was zu nächtlicher Stunde geschehen war. Sie flötete und säuselte ohne Unterlass.

»Geh gleich zur Tante, bevor Santi kommt. Wir haben sie noch nie allein gelassen. Ernesto war überaus liebenswürdig: Morgens und abends ist er gekommen, mittags hat er stets angerufen und sich nach ihr erkundigt. Ihr geht es jetzt viel besser, aber sie ist nicht ganz klar, manchmal spricht sie ungereimtes Zeug. Sie wollte, dass ich ihr Gedichte vorlese – ich wusste gar nicht, dass sie so viele Bücher besitzt. Sie bewahrt sie alle im Schrank auf, Santi kauft sie für sie.

Unsere Töchter werden am Vormittag kommen. Elisa zählt auf dich, da bin ich mir ganz sicher. Sie scheint reumütig zu sein: Die Schuld liegt immer auf beiden Seiten, nicht nur auf einer. Wenn man überhaupt von Schuld reden kann … Sie war im Bikini, vielleicht sonnte sie sich gerade …« Tito warf ihr einen strengen Blick zu; doch anstatt sie zu tadeln, hielt er ihr die leere Mokkatasse hin und machte den Mund nicht auf. »Jetzt haben wir auch die Sorge um Titino …«, fügte sie mit einem Hauch von Traurigkeit in der Stimme hinzu.

»Eins nach dem anderen, Mariola. Wer kümmert sich jetzt um die Tante?«

»Im Augenblick Sonia. Aber wir suchen nach einer neuen Betreuerin. Teresa will uns ihr Dienstmädchen, die zweite Tochter von Sonia, weiterreichen: Die ist ja dann arbeitslos, wenn sie wegziehen … Ich habe deine Rückkehr abgewartet, um eine Entscheidung zu treffen.«

»Das sind deine Angelegenheiten.«

Tito ging hinauf in den zweiten Stock. Die Tante war bereits wach und saß gekämmt auf dem Bett, gegen die Kissen gelehnt. Sie trug ein malvenfarbenes Bettjäckchen, das mit kleinen Atlasseidenschleifen zugebunden war: dieser liebreizende Hauch von Zerbrechlichkeit betonte ihren glatten Teint und ihr dichtes weißes Haar, das Sonia zu einem jugendlichen Zopf geflochten hatte. Tito begrüßte sie mit dem üblichen doppelten Wangenkuss. Er erzählte ihr von seiner Reise, doch sie schien ihm gar nicht zuzuhören; aus den Augenwinkeln folgte sie Sonia, die damit beschäftigt war, eine Schublade aufzuräumen.

Dann ging sie ins andere Zimmer. Tito beendete seinen Satz und schwieg dann. Verschämt und betreten blickten sie sich an.

»Verzeih mir, Tito …« Sie berührte seine Hand.

Er ergriff die ihre, unschlüssig, was er tun sollte, und dann gab er ihr zum ersten Mal in seinem Leben einen zaghaften Kuss auf die Knöchel. »Ich hätte es nicht tun sollen … Ich habe nichts begriffen … Ich wusste nicht. Ich wusste es nicht«, wiederholte er mit tonloser Stimme.

Sie glitt in die Kissen zurück, Müdigkeit und Schmerz standen in ihren Augen.

»Ich habe dich immer lieb gehabt … sehr sogar.« Dann schwieg sie. Der Blick des einen ließ nicht ab von dem des andern.

»Willst du mir vorlesen? So hielten wir es immer, dein Vater und ich.«

Tito schlug das Buch auf der gekennzeichneten Seite auf. Verwundert hielt er inne: *»I cry your mercy-pity-love! aye, love …«* Es war eine zweisprachige Ausgabe.

»Ich schreie nach deiner Gnade, nach Mitleid und Liebe! Oh, ja, Liebe!

Mildtätige Liebe, die keine Qualen beschert …«

Die Augen geschlossen, flüsterte sie auf Englisch; sie schien erneut wegzudämmern, ihre Lippen waren zu einer Grimasse verzogen, die auch ein Lächeln hätte sein können.

Mariola und Santi betraten das Zimmer.

»Sie ist eingenickt«, sagte Mariola, »ich bleibe da, geht ihr ruhig nach unten.« Und so überließ sie Vater und Sohn ihrem morgendlichen Rendez-vous.

Santi schlug genau den Ton an, in dem der Vater mit ihm über Geschäftliches sprach, und unterrichtete Tito über den

Zustand der Tante, ohne auch nur eine Andeutung über die Pastafabrik zu machen. Er fügte aber hinzu, dass der Notar ihm noch konkrete Vorschläge unterbreiten wolle; dann erzählte er ihm von Elisa und Piero.

»Und was ist mit Titino?«

»Warten wir ab, was sie uns sagen.« Ein Schatten überzog Santis Gesicht.

»Kommt ihr zum Mittagessen?«

»Ich habe zu tun. Vanna will mit Titino alleine essen, der Termin beim Augenarzt ist am frühen Nachmittag.«

Tito verspürte keine Lust, in die Pastafabrik zu gehen. Die Diagnose bei Titino hatte einen schicksalsträchtigen Beigeschmack; verglichen damit waren die Probleme seiner Töchter verschwindend gering. Die Pastafabrik interessierte ihn überhaupt nicht. Jetzt, da alle Einzelteile seiner Existenz vor ihm ausgebreitet lagen, kam er sich vor wie ein ausgehöhltes Uhrengehäuse und wagte nicht, Hand anzulegen. Er wollte die ganze Wahrheit wissen und hatte dennoch Angst vor ihr. Ihm fehlte der Mut, die Briefe alleine zu lesen, er wollte – er musste – sie in ihrer Gegenwart lesen. Wie eine gepeinigte Seele wanderte Tito durch den Garten, kam in die Nähe der Ringmauer. Zorro folgte ihm auf dem Fuß. Er blieb stehen, wenn Tito stehen blieb, und beim geringsten Geräusch sprang er auf, bereit, seinen Herrn zu verteidigen: Er ja, er verstand ihn.

»Papa, wo hast du nur gesteckt?« Elisa stieß unter den Bananenstauden zu ihm: »Hier war die Hölle los!«

»Der Tante wird es bald besser gehen.«

»Und an Mama, an die denkst du gar nicht?« Elisa schimpfte auf Dana, bezichtigte sie, eine Diebin zu sein und die Mutter beleidigt zu haben. Und neunmalklug fügte sie hinzu: »Vom

Rest ganz zu schweigen …« Und hob mit abfälliger Geste die Augenbrauen.

»Elisa, hör auf damit; kümmere dich um deine eigenen Angelegenheiten.«

»Aber die andern, die kümmern sich nicht um ihre! Ich weiß schon, was man sich über mich erzählt! Alles bösartige Verleumdungen, und keiner fragt mich, was wirklich geschehen ist!« Elisa kreischte. Zorro spitzte die Ohren und drängte sich näher an seinen Herrn.

»Die Rumänin ist weg; hast du sonst noch was über deine Mutter zu sagen?«

»Wenn du es so willst, ja. Wir alle wissen, was du mit der da getrieben hast! Das war nicht nur ein Ausrutscher! Was für ein Dummkopf du doch bist!« Und weiter: »Die Mama unterm selben Dach zu betrügen, die ausländische Hure mit Geschenken zu überhäufen und ihr sogar die Rolex zu geben, die du – es ist noch keinen Monat her – von deiner Ehefrau zum Geburtstag geschenkt bekommen hast! Du musst wirklich übergeschnappt sein!«

Tito entfernte sich. Elisa folgte ihm, so gut sie konnte, mit ihren Pfennigabsätzen hatte sie auf dem Kiesboden Mühe, das Gleichgewicht zu halten, und wiederholte: »Die Rolex – der Geburtstag – die ausländische Hure – Dummkopf«, und schob immer wieder ein: »Warte auf mich! – ich falle sonst hin! – warte auf mich!«

Mit dem Rücken zur Bougainvillea wartete der Vater auf sie. »Hör mir ein für alle Mal zu. Die Angelegenheiten zwischen deinem Vater und deiner Mutter gehen dich nichts an, genauso wie die zwischen dir und deinem Ehemann mich nichts angehen. Ich bin nicht gewillt, dein Benehmen länger hinzunehmen. Du handelst völlig unverantwortlich, und wenn du so weitermachst, wirst du dir und den anderen nichts als Schaden zufügen. Die Schenkung kannst du dir derzeit aus dem Kopf schlagen. Ich bin jedoch bereit, deinem Ehemann unter die Arme zu greifen, auch bei einer neuen Geschäftsaktivität: Wenn Antonio will, kannst du mit ihm arbeiten.«

»Ja, wer bin ich denn? Die ungewollte Tochter?«

»Glaubst du etwa, dass ich ein Wunschkind war?«, sagte Tito ungerührt und hob den Arm. Das Goldarmband der Rolex funkelte in der Sonne.

Seite an Seite kehrten sie in die Villa zurück, schweigend wie Zorro, der ihnen niedergeschlagen folgte.

Mariola strahlte übers ganze Gesicht, als sie nach Tito rief, damit er zu ihr und den Kleinen käme; sie bezog ihn ein in die schlichten Spiele von Großeltern und Enkeln. Elisa gab sich geschlagen. Mit den Schultern gegen die Wand gelehnt, mit einer unwirschen, eher resignierten als wütenden Handbewegung streifte sie erst den einen, dann den anderen Schuh ab und ließ sich zu Boden gleiten; dann rollte sie sich in Zorros Nähe zusammen, verborgen zwischen zwei großen Geranientöpfen und der Wand.

Die kastanienbraunen Locken der einen Enkelin und die hellen Augen der anderen riefen ihm überdeutlich die Tante ins Gedächtnis, und Tito sagte: »Ich gehe nach oben und bleibe dort bis zum Mittagessen.«

»Stört es dich, wenn ich mir einige Papiere vornehme, während ich hier bei dir bin?«, fragte er und nahm ihre Hand, um sie, nun nicht mehr schüchtern, zu küssen.

Tito las die Briefe in chronologischer Reihenfolge und lernte die Frau seines Vaters kennen. Sein Blick wanderte zum Foto des Vaters als junger Mann, das auf dem Nachttisch stand. Bruder und Schwester sahen sich ähnlich: Beide hatten ein scharf geschnittenes Gesicht mit tief liegenden Augen und vollen Lippen.

Aus den Briefen ergab sich das Bild einer jungen, geselligen Frau, die begierig darauf war, die Welt kennenzulernen, zu arbeiten, mit einem Wort: einer modernen Frau. Leidenschaftlich und gebildet. Er hatte in ihr immer eine vertrocknete, spießige alte Jungfer gesehen.

Warum hast du aus ihr eine ganz andere gemacht?, fragte er den Vater in einem stummen Dialog.

»Ich will mit dir zusammenleben. Als deine Ehefrau: als die fühle ich mich.«

»Rachele, das ist nicht möglich! Begreifst du das nicht? Es ist verboten, es ist eine Sünde!«

»Wenn der Krieg einmal zu Ende ist, verkaufen wir alles und gehen weit weg, dorthin, wo uns keiner kennt.«

»Du redest wirres Zeug! Da ist doch Papa … die Pastafabrik, unsere Besitzungen …«

»Wir werden unser Geheimnis wahren, es wird uns gelingen! Es gibt viele Geschwister, die nicht heiraten können und dennoch zusammenleben … Auch du kennst welche!«

»Das vor den anderen geheim zu halten wird unmöglich sein. Du bist gern in Gesellschaft, du liebst es, auszugehen und zu tanzen! Du müsstest dein Leben von Grund auf ändern.«

»Zeig mir, wie, und ich werde es tun.«

»Du müsstest eine Hausfrau werden. Würdest du das ertragen? Ich aber werde weiterhin das Leben eines Junggesellen führen.«

»Wenn du dann immer wieder zu mir zurückkehrst, werde ich auch so glücklich sein!«

»Wieso versagst du mir die Mutter, warum sagst du mir nie, wer sie ist!«, fragte Tito den Vater, und auch diese Frage blieb unbeantwortet.

»Wir haben abgesprochen, er darf nie wissen, dass du seine Mutter bist. Wenn er dich je fragen sollte, leugne es.«

»Ich soll meinen eigenen Sohn belügen?«

»Er ist dein Neffe, erinnere dich daran. Also, nicht antworten. Du musst dich wie eine Tante benehmen. In jedem Augenblick, hast du verstanden?«

»Es wird nicht nötig sein, dass du mir diese Worte jemals wiederholst.« Und wieder bedeckte sie das Kind mit kleinen Küssen.

Tito drehte sich um: Auch sie hielt den Blick auf das Bild des Bruders gerichtet. Dann ließ sie ihn zu Tito wandern und sah ihn an, schutzlos, ruhig, ihrem Mann verbunden. Jedes Mal, wenn sie diese langen Blicke ausgetauscht hatten, kehrte Tito danach in Gedanken zu seinem Vater zurück und glaubte zu verstehen.

Mariola brachte das Tablett mit dem Mittagsgedeck. Still setzte sie sich abseits auf einen kleinen Sessel. Dann kam Sonia mit dem warmen Essen; es war Zeit zu gehen für Tito. Er legte die Papiere beiseite und küsste die Tante auf die Wangen. Dann ergriff er ganz instinktiv ihre rechte Hand und drückte wie zuvor seine Lippen zu einem leichten Kuss auf ihren Handrücken.

»Seit wann küsst du der Tante die Hand?«, fragte Mariola ihn auf der Treppe.

»Das ist doch unwichtig«, erwiderte Tito und streichelte ihr übers Kinn.

38.

La Stanza di Nuddu

»Achte auf das, was ich dir gesagt habe;
und denk daran, ich habe zwei Töchter.«

Piero und Teresa waren mit ihren Töchterchen unerwartet zum Mittagessen aufgetaucht. Mariola hatte eines von Titos Lieblingsessen zubereitet: frittierte Sardinen in süßsaurer Marinade, zum Nachtisch *biancomangiare*, das echte, das aus Mandelmilch. Alle außer ihr hatten sich ein zweites Mal von den Sardinen aufgetan; sie hatte sich Fenchel-Orangen-Salat auf den Teller gehäuft.

Auf Teresas fragenden Blick hin errötete Mariola und sagte: »Es ist, weil ich abnehmen will.« Eilig fügte sie hinzu: »In meinem Alter muss man an die Gesundheit denken.« Dann sah sie ihren Ehemann an. Tito war in Gedanken und hatte ihre Worte nicht gehört, schenkte ihr dennoch ein halbes Lächeln. Als Sonia ihr den Nachtisch reichte, lehnte sie auch den ab. Sie machte Sonia ein Zeichen, die Portion ihrer Tochter zu geben, doch zuvor sog sie einmal tief den Duft von zerstoßenen und mit Schokolade- und Zimtpulver vermischten Pistazien ein, die auf das *biancomangiare* gestreut waren. Dann griff sie in die Obstschale voller Aprikosen.

Während des Kaffees wich Piero nicht von Titos Seite, und schließlich sagte der Vater: »Gehen wir nachschauen, was sie mit dem Bentley gemacht haben, als ich weg war.« Piero, die Hände in den Taschen vergraben, die Schultern nach hinten gezogen, folgte ihm mit langem Schritt und sah sich dabei immer wieder um.

»Du wirst es schon von Santi erfahren haben: Ich trage mich mit dem Gedanken, Teresa eine Schenkung zu machen. Es ist nicht, weil du nicht in der Lage wärst, deiner Familie einen mehr als zufriedenstellenden Lebensstandard zu bieten, aber ich hoffe, es ist euch eine Hilfe. Ich werde auch den Mädchen eine Schenkung machen. Es versteht sich von selbst, dass ich, solltet ihr weiteren Nachwuchs bekommen – was ich hoffen will –, für diesen das Gleiche tun werde.« Piero brachte ein knappes »Danke« heraus.

»Ihr werdet fern von uns leben«, setzte Tito seine Ansprache fort, »Teresa wird mehr Zuneigung und Fürsorge deinerseits brauchen. Und Respekt. Ich bin mir sicher, du wirst ihr all das geben.«

Verstohlen sah er Piero an: Mit hängenden Schultern, hohlem Brustkorb, unsicher auf den Beinen, wirkte Piero kleiner als früher. Er hatte Angst, Tito hatte beinahe Mitleid mit ihm: Teresa hatte einen Drückeberger geheiratet. Er dachte an Elisa, und er spürte einen Stich im Magen. Ruckartig riss er die Wagentür des Bentley auf und zeigte dem Schwiegersohn das Armaturenbrett und die Kommandoschalter – mit eisiger Freundlichkeit.

Auf dem Weg zurück zu den anderen sagte er: »Achte auf das, was ich dir gesagt habe; und denk daran, ich habe zwei Töchter.«

Piero schien zu taumeln, um ein Haar wäre er zu Boden gegangen.

Am frühen Nachmittag, während Sonia das Geschirr spülte und das Abendessen vorbereitete, war Mariola an der Reihe, der Tante Gesellschaft zu leisten. Tito musste die Fotoapparate zurückräumen und stieg widerwillig die Wendeltreppe hinauf. Ohne die Fensterblenden zu öffnen, tat er in Eile, was er tun musste. Dann blickte er um sich. Von ihm waren in diesem Zimmer nur die Uhrmacherbank mit dem niedrigen Hocker und die Arbeitsleuchten. Die Einrichtung im maurischen Stil, frühes zwanzigstes Jahrhundert, war unverändert geblieben: Stühle und kleine Holztische mit Perlmuttintarsien, marokkanische Puffs und Vorhänge im Kaschmirmuster. Die Ottomane, die den Alkoven ausfüllte, war zwischen zwei tiefen Wandschränken eingelassen und hinter einem Vorhang verborgen; sie diente Tito als Ablagefläche für seine Oldtimerzeitschriften. Jetzt gewahrte er an ihr, bedeckt mit großen Kissen mit Besatzbordüren, vergoldeten Tressen und Quasten aus glänzender Seide etwas unbestimmt Sinnlich-Dekadentes. Er fühlte sich unwohl, dennoch ging er nicht weg. Die brütende Hitze war unerträglich; er fuhr sich mit der Zunge über die Lippen: Sie schmeckten nach bitterem Staub. Plötzlich hatte Tito das Gefühl zu ersticken und eilte davon.

Die Tante war eingenickt; Mariola las in einer Zeitschrift.

»Ich bleibe hier. Sag Sonia, ich werde sie rufen, wenn ich weggehe.« Tito nahm seinen Platz neben dem Bett ein und begann zu lesen.

Dann ließ er davon ab. Beklommen betrachtete er die Fotografie des Vaters. Er hatte immer geglaubt, es gäbe keine Geheimnisse zwischen ihnen; jetzt war es an ihm, die Vergangenheit seiner Eltern zu rekonstruieren.

Bis zu seinem zehnten Lebensjahr hatten sie ihn zu Hause erzogen: Sein Leben bestand aus festen Zeiten und klar definierten Aufgaben – diszipliniert wie das eines Soldaten. Es war ein einsames, aber kein unglückliches Leben. Während der Schulzeiten kam jeden Morgen eine Lehrerin und erteilte ihm Unterricht. Dann gab es die Ferien auf Torrenuova, den Aufenthalt im Monat Mai in ihrem Appartement in Rom, im Sommer die sogenannte Bildungsreise in eine italienische Stadt, den Skiurlaub zu Weihnachten. Im Hotel schlief er mit dem

Vater in einem Zimmer, tagsüber waren sie immer zusammen, alle drei.

Tito verbrachte während der Internatszeit sämtliche Ferien in der Villa; im Laufe der Jahre hatte es kleine Veränderungen gegeben. Waren Bruder und Schwester allein, hatten sie es sich zur Gewohnheit gemacht, sich die Abende über im kleinen Wohnzimmer neben dem Schlafzimmer der Tante im zweiten Stock aufzuhalten: eine praktische und wohlüberlegte Lösung. Tito hatten sie einen eigenen Fernseher in sein Zimmer gestellt – was für jene Zeiten ein echter Luxus war –, er aber sah öfter mit ihnen im Wohnzimmer der Tante fern, wo er stets willkommen war. Im Alter fuhren sie nicht mehr so oft nach Rom und machten weniger Kreuzfahrten, womit sie nach Titos Heirat begonnen hatten. Schließlich trat beim Vater die vollständige Erblindung ein, und er verließ die Villa überhaupt nicht mehr.

Tito hätte gern gewusst, ob sie sich in der Villa, später noch, in jeder Hinsicht geliebt hatten. Er, der noch nie die wahre Liebe erfahren hatte, verstand nicht, die unsichtbaren Zeichen zu deuten. Er musste in seiner Erinnerung graben.

Er war ein kleiner Junge. Am Sonntag hatten die Hausangestellten nachmittags frei. Die Tante war in ihrem Zimmer und ruhte. Der Vater hielt nach dem Essen keinen Mittagsschlaf: Je nach Befinden spazierte er durch den Garten oder las im Wohnzimmer; häufiger aber ging er in die Stanza di Nuddu, *zu der er, Tito, keinen Zutritt hatte. So zog er sich in sein Zimmer zurück; er lernte oder spielte mit dem* Meccano, *bis die Tante ihn zum Nachmittagsimbiss nach unten rief.*

An jenem Tag wollte ihm eine schwierige Hausarbeit nicht gelingen, er brauchte Vaters Hilfe. Aber er konnte ihn nirgendwo finden. So stieg er die Wendeltreppe hinauf; sie war verborgen, man erreichte sie über den Treppenabsatz im zweiten Stock. Zögernd drehte er den Türknauf. Vorhänge und Fenster waren geschlossen. Auch damals roch es in dem Raum nach abgestandener Luft. Auf dem Teppich neben dem Alkoven lagen große Samtkissen mit goldenen Bordüren aufeinander, vom selben Samt wie die Schlafcouch, auf der der Vater ruhte. Er schlief, die Nachttischlampe verbreitete ihr schwaches Licht über das aufgeschlagene Buch auf des Vaters Brust. Er schloss die Tür und stahl sich davon.

Wenige Male noch war er in die *Stanza di Nuddu* zurückgekehrt: Einmal in einer Nacht, um die Sonnenfinsternis von der kleinen Terrasse aus zu beobachten, und bei anderen Gelegenheiten, um dem bereits gealterten Vater zu helfen, schwere Gegenstände dorthin zu schaffen. Tito dachte, dass sich der Vater als Gast der Tante fühlen müsste – die Hausherrin war sie – und dass dies der einzige Ort sei, der ganz allein ihm gehörte und über den er eifersüchtig wachte. Nie hatte ihn die Neugier getrieben, dort einzutreten.

Die *Stanza di Nuddu*: Niemands Zimmer. »Wo nichts geschieht«, hatte der Vater ihm beigebracht. Jetzt kristallisierte sich ein Erinnerungsbild heraus: Er sah den Vater schlafend auf der Couch, bekleidet nur mit einem Hausrock in rot-gelbem Kaschmirmuster, den er zuvor noch nie an ihm gesehen hatte. Im Schlaf war der Mantel aufgegangen und hatte den schlaffen Penis in der Leiste und die nackten Beine des Vaters entblößt.

Die Tante war erwacht. Sie war noch verwirrt.

»Bis du aus dem Urlaub zurück?«

»Ja, seit gestern. Wir haben uns seitdem schon gesehen, heute Morgen.«

»Ach ja, stimmt … Du bist mit dem Sohn einer meiner

Freundinnen aus dem Internat aufgebrochen … Wie heißt sie noch? Ich erinnere mich nicht mehr …«

»Marta. Sie war deine Busenfreundin, sie wollte dir die Briefe zukommen lassen, die du ihr über Jahre geschrieben hast. Oder gab es noch eine andere? Byblis etwa? Du sprichst auch von ihr in deinen Briefen«, sagte Tito bohrend.

»Nein, die hat nichts damit zu tun. Marta, ja, sie war meine Schulkameradin …« Und sie hielt inne, Panik blitzte auf. »Ihr Sohn, ist er schon weg?«

»Noch nicht. Er hat mir die Briefe gegeben, die du an seine Mutter geschrieben hast, erinnerst du dich?«

»Wir schrieben uns, ja …« Verloren sah sie ihn an.

Tito ergriff ihre Hand. »Ich habe sie lesen wollen, und das habe ich gern getan, jetzt kenne ich dich besser.« Tito streichelte ihre Hand, sie ließ ihn gewähren und wurde ruhiger.

»Denkst du, dass mein Vater glücklich gewesen wäre darüber …?«

»Worüber? Er kannte Marta doch gar nicht.« Die Tante sah auf den Rand des Betttuchs und fuhr mit dem Zeigefinger über die rosafarbene gestickte Rosengirlande. Leise sagte sie: »Ich war eifersüchtig, ich hatte Angst, er könnte sich in sie verlieben …«

»Ich meinte die Briefe, denkst du, es wäre ihm lieber gewesen, ich hätte sie nicht gelesen?«

Sie zog ihre Hand zurück und hob den Kopf von den Kissen. »Mag sein. Ich habe immer geargwöhnt, dass er an erster Stelle mich, vor allen anderen, dich eingeschlossen, schützen wollte … Doch vielleicht täusche ich mich auch: Er hat dich sehr geliebt.«

»Und du?«

»Ich habe dich gewollt.« Seelenqual stand in ihren Augen, aber sie blieben trocken. Mit gefasster Stimme sprach sie weiter: »Ich weiß nicht, ob wir das Richtige getan haben. Für dich.«

Tito ergriff erneut ihre Hand und streichelte sie. Die Tante versank in den Schlaf. Auch dann noch strichen seine Finger in einem fort über die ihren, mager und runzlig waren sie. Sonia sah ihm verwundert zu.

Bei jeder Berührung wuchs Titos Zuneigung zu seiner Mutter.

39.

Dante bereitet sich auf seine Abreise vor

»Die Seele des Gärtners offenbart sich mit außerordentlicher Klarheit.«

Nachdem Dante Tito zur Villa begleitet hatte, überkam ihn der heftige Wunsch, das Städtchen zu verlassen. Am nächsten Morgen war er früh schon wach und voller Tatendrang. Er hatte das Fotomaterial der Reise und die Abzüge geordnet, die er Tito am Nachmittag übergeben wollte. Tags darauf würde er abreisen. Nun blieb nichts weiter zu tun, als Koffer zu packen und das Mittagessen zuzubereiten: Er erwartete Santi zum Essen.

Dante wusste, dass Titino Probleme mit den Augen hatte. Und nur ihm hatte Santi seine Verzweiflung gestanden: Die Ärzte hatten ihm zu verstehen gegeben, dass die Diagnose zwar feststehe, doch zur letztendlichen Bestätigung wollten sie noch seine und Vannas Untersuchungsergebnisse abwarten. Bei frisch gepresstem Orangensaft saßen sie plaudernd auf der überdachten Terrasse, und ihre Blicke folgten dem Flug der

Vögel. Dante versuchte, Santi Mut zu machen, er solle die Hoffnung doch nicht aufgeben; und Santi entdeckte bei dem Freund eine beinahe väterliche Fürsorglichkeit und ganz unverhofft die Fähigkeit, Trost zu spenden. Dante schilderte ihm die Fortschritte auf dem Gebiet der Medizin, und ganz konkret bot er sich an, einen berühmten Schweizer Augenarzt, den er gut kannte, anzurufen und für Titino einen Untersuchungstermin festzulegen. Er machte Andeutungen über die Lebensqualitäten der Nichtsehenden, über die Hilfsmittel und Instrumente, die heutzutage zur Verfügung stünden; er führte als Beispiel Personen an, die er kannte, und erzählte Anekdoten über Politiker, Manager und sogar Künstler, die mit einer solchen Behinderung lebten.

Dantes Telefon klingelte. Es war Irina, sie stammelte etwas von einem Krankenhaus, von einer Operation und der Schraube eines Motorboots.

Dante sprang auf und stürzte davon. Santi war zu erschöpft, um mitzubekommen, was vor sich ging: Er beobachtete die Vogelschwärme. In unterschiedlichen Formationen – in Einzel- oder Doppelreihen, in Dreiecksform, in gedrängten, unregelmäßigen Gruppierungen – folgten alle derselben Route: Sie steuerten auf den Hügelkamm im Inneren der Insel zu, flogen darüber hinweg und tauchten wieder auf, durchfurchten den Himmel in weiten Kurven, einige Schwärme waren noch kompakt, andere hatten sich bereits in kleinere Scharen geteilt.

»Was wird nur aus Olga geworden sein? Hat ihr Herz lange leiden müssen, oder wird das Tal der Tränen rasch vorbei gewesen sein?«, murmelte Irina leise. Die Leitung wurde unterbrochen, Dante rief zurück. Die Stimme eines Mannes antwortete: »Ich bin Doktor Foti von der Poliklinik in Messina. Die Dame ist in einem sehr kritischen Zustand … Sie hat darauf bestanden, Sie anzurufen, aber eigentlich hätte sie das nicht tun dürfen. Heute

Morgen wurde sie von der Schraube eines Außenbordmotors erfasst, sie hat schwerste Verletzungen davongetragen. Wir werden alles tun, was in unserer Macht steht.«

Dante kehrte zu Santi zurück: Mit zuckenden, knetenden Handbewegungen umfasste er die Rückenlehne des Stuhls; ansonsten wirkte er normal. »Wer weiß, was sie jenseits der Hügel sehen, irgendetwas erschreckt sie dort …«, sagte Santi leise.

»Das werden wir nie wissen. Ich jedoch weiß, dass es in Zürich eine Konditorei mit der besten Schweizer Schokolade gibt, Titino würde sie sehr gut schmecken! Ich könnte euch dorthin begleiten, wenn ihr wollt.«

»Er und Vanna wären glücklich, ich natürlich auch!« Und zum ersten Mal an diesem Tag schenkte Santi Dante ein Lächeln.

Die Fotografien von ihrer Reise waren in chronologischer Reihenfolge auf dem Esstisch ausgebreitet. Er war vollständig von ihnen bedeckt. Tito nahm sie sich vor, eine nach der anderen, und war wie gefangen. Dante hielt sich abseits. Sein Blick fiel auf eine Aufnahme von Irina. Er hatte sie bei den Heilquellen fotografiert, und zwar im Profil; nachdenklich sah sie darauf in die Ferne. Er nahm das Foto an sich. Irina war an diesem Nachmittag gestorben, bevor man sie in den Operationssaal hatte bringen können. Der Fürst von Sciali hatte ihm die Nachricht übermittelt. Am Vorabend waren sie auf die Jacht eines Freundes gegangen und hatten Kurs auf die Äolischen Inseln genommen; gleich nach dem Aufwachen – ohne auf den Rest der Gruppe zu warten – hatte sich Irina ins Wasser gestürzt, um zu der Grotte zu schwimmen, von der sie beim Abendessen gesprochen hatten; man konnte sie schwimmend durch eine Öffnung unterhalb der Felsen erreichen. Der Küstenabschnitt galt als gefährlich, weil dort starker Wasserfahrzeugverkehr herrschte; auf dem Rückweg war Irina aus den Fluten aufgetaucht und von einem Außenborder mitgerissen worden, der mit Vollgas viel zu nah an der Küste fuhr. Sie hatten sie zur Erste-Hilfe-Station auf Lipari gebracht und von dort – mit dem Hubschrauber – ins Krankenhaus nach Messina ausgeflogen, aber es war zu spät. Irina war bis zum Ende bei Bewusstsein gewesen; ihr Sohn war bereits nach Sizilien unterwegs.

Auf diesem Bild ist sie so, wie ich sie in Erinnerung behalten will, dachte Dante, als er das Foto betrachtete. Eine Frau mit vielen Gesichtern, eine sensible, hungrige Seele. Sie war begierig nach allem. Nach dem Ende der kommunistischen Ära hatte sie sich in den Kopf gesetzt, Geld zu machen, und war die Gefährtin eines jungen russischen Millionärs geworden, eines skrupellosen Mannes ohne Kultur, der nur im Sinn hatte, zur Krönung seiner Erfolge noch eine schöne und kultivierte Frau zu erobern. Dante war damals auf Porträtaufnahmen spezialisiert und hatte von einem amerikanischen Magazin den Auftrag bekommen, ihn zu fotografieren. Irina war hinreißend und hatte ihn gebeten, auch von ihr Fotos zu machen. Von da an konnte er dank Irina für eine gewisse Zeit die neue russische Oligarchie porträtieren: Es war eine Goldmine. Doch dann waren diese Leute zu berühmteren Fotografen übergewechselt … Dante dachte zurück an eine strahlende Irina, die vollkommen in ihrer neuen Rolle als Jet-Set-Hausherrin aufging: Ihre Feste hatten immer Klasse, was in einem solchen Ambiente eher die Ausnahme war, und die mondäne Klatschpresse berichtete darüber. Aber er erinnerte sich auch an Irina, erniedrigt und rasend vor Wut, als ihr Lebensgefährte ihr Lebwohl gesagt, sie jedoch finanziell sehr gut bedacht hatte: Sie hätte nie mehr arbeiten müssen, hätte sie nicht alles, was sie von ihm bekommen hatte, verschleudert; trotzdem hatte sie ihn in glühendem Zorn jeder erdenklichen Niedertracht bezichtigt und damit auch die gemeinsamen Freunde vor den Kopf gestoßen, die sich prompt auf die Seite des Siegers geschlagen hatten. Rein zufällig waren Dante und sie sich wenige Monate zuvor über den Weg gelaufen; sie hatte gerade eine Liebesgeschichte ohne Happy End hinter sich und war schwermütig: Überdies hatte sie eine Reihe von Fehlinvestitionen getätigt und befand sich auch in finanziellen Nöten. Sie war auf der Suche nach etwas völlig anderem und hatte sich ihm als Begleiterin auf dieser Sizilienreise angeboten.

»Eine intelligente und mutige Frau. Und sehr einsam. Ein feuriges Temperament, das bei ihren Mitmenschen auch auf Ablehnung stoßen konnte; im Grunde jedoch ein großzügiger und herzensguter Mensch«, sagte Dante leise, und zu Tito gewandt fügte er hinzu: »Ein vertanes Leben, wie es typisch ist für die heutige Zeit.«

Aber Irina interessierte Tito nicht mehr, er hatte nun Mariola, und genau wie er es bei seiner Frau hielt, schenkte er Dantes Reden jetzt kein Gehör mehr; er ging die Bilder durch und lernte dazu. Dann gewahrte er einen Anflug von Traurigkeit auf dem Gesicht des Freundes und dachte, es sei wegen Irina, die ihm fehlte, so wie er selbst unterwegs Danas Fernsein gespürt hatte.

»Lass sie ruhig gehen, die da«, sagte er in besänftigendem Ton. »Du wirst eine andere finden … Auch du …« Und verlegen ließ er den Satz unbeendet in der Luft hängen. Wieder widmete er sich den Fotografien und sagte: »Ich hätte gern Abzüge davon. Hast du welche?«

Dante hatte sie im Wagen vergessen.

»Darf ich dich zum Schluss noch um etwas bitten«, fragte Dante forsch.

»Gewiss, vorausgesetzt, es geht nicht um besagtes Kennenlernen …« Tito hielt inne.

»Keine Sorge. Ich möchte nur einmal durch den Garten gehen. Er ist ihr Werk, stimmt das?«

Tito ging voran. Der Garten war so angelegt, dass er viel größer wirkte, als er in Wirklichkeit war. Pflanzen und Wege schufen Ausblicke und Panoramen, die die Illusion von Raum vermittelten. Beim Eintreten befand man sich unverhofft in einem regelmäßigen Labyrinth: Überall grenzten Nutzgarten und Ziergarten nach genauen, von Farbe und Form der Laubblätter, der Blüten, der Früchte und des Gemüses diktierten Kriterien aneinander. Die Auberginenpflanzen wuchsen neben den Gladiolen. Die kleinen traubenständigen Blüten – violette Blütenblätter und gelbe Blütenstempel – und die bereits gereiften Früchte – dunkle, glänzende, zum Anfassen verlockende Eierfrüchte – standen im Kontrast zum strahlenden Orange der Gladiolen. Das Grüppchen Bananenstauden war dicht gesäumt von Baumwollpflanzen; die dreilappigen Blätter begannen zu verdorren, und die Samenkapseln hatten sich bereits herausgebildet; aus den halb geöffneten Klappen einiger hühnereiergroßer Pflanzenköpfe trat schneeweiß der Flaum heraus. Andere, die noch geschlossen waren, schienen wie dornige Blütenknospen, die kurz vorm Aufbrechen standen.

»Im Frühjahr sind die Baumwollbüsche prächtig und dicht; dann kommt es zur üppigen Blüte, die nur von kurzer Dauer ist. Außer der gemeinen oder wilden Baumwolle, die auf unseren Feldern wächst, züchtete die Tante auch mehrere Arten in Staudenform; eine hat eine weißgelbe Blüte, die nach der Bestäubung violettrosa wird, eine andere schmückt sich mit großen gelben Blüten«, erklärte Tito.

Jetzt waren sie bei den Plumerien angelangt. »Ihr ist es gelungen, auch die hier wachsen zu lassen!«, rief Tito stolz. Sie stammen von den Antillen und wurden neben vielen anderen tropischen Pflanzen im neunzehnten Jahrhundert eingeführt. Sie hatten sie auf der Terrasse in Palermo, und die Tante hat die Töpfe in die Villa schaffen lassen. Sie selbst hatte sie mittels Keimlingen vermehrt. »Im Winter sehen sie wie tot aus«, sagte Tito, »die Kälte setzt ihnen schwer zu, früher stülpte sie Eierschalen über die Knospen, um sie zu schützen. Heutzutage nimmt man Plastiktüten.« Und bei diesen Worten verzog er das Gesicht; abschließend sagte er, dass die Blüte im Hochsommer großartig sei. Darauf zeigte er Dante andere Blütenrispen mit weißen, im Innern tiefgelben Blüten, deren fünf fleischige Blütenblätter ausgebreitet und übereinandergelagert waren. Und er pflückte eine davon. »Palermische Plumerie oder gemeinhin auch *pomelia* genannt. Als ich klein war, wurden sie in Palermo auf der Straße verkauft: in kleinen, köstlich duftenden kugelförmigen Sträußen: Jede Blume war auf einem Stab aufgespießt. Mein Vater hielt jedes Mal an, um ein Gebinde zu kaufen: Darauf überreichte er mir die Blumen, damit ich sie der Tante schenkte.«

Dante war schweigsam. Er beobachtete, sog die Luft ein, von Zeit zu Zeit drehte er sich um und betrachtete die Villa. »Die Seele des Gärtners offenbart sich mit außerordentlicher Klarheit«, sagte er am Ende des Rundgangs, »dies ist ein heiterer, phantasievoller und origineller Garten, eingepasst in ein traditionelles Schema; aber er ist auch ein Gefängnis. Der von Torrenuova hingegen ist ganz dein Vater: ein Gewirr der Sinne, ein steter Konflikt …«

»Mein Vater war ein rationaler, bedächtiger, strenger Mann …«

»Aber auch ein Nonkonformist …«

Tito fixierte Dante: »Du wusstest es.«

»Nein, aber ich habe es vor dir begriffen. Ich kenne Rachele sehr gut, auch wenn ich ihr nie begegnet bin. Dennoch frage ich mich, wieso sie beschlossen hat, hier zu leben.«

Sie verabschiedeten sich ohne Wehmut: Sie würden sich wiedersehen. Tito ging sogleich in den zweiten Stock hinauf.

40.

Titos Fragen

»Das Fernglas habe ich benutzt, um dich besser beobachten zu können.«

»Warum habt ihr nicht das Haus im Städtchen oder das in Palermo als Wohnsitz gewählt?« Seit langer Zeit schon wollte Tito ihr diese Frage stellen. Er legte die Dokumentenmappe auf dem Hocker ab. Voller Ungeduld hatte er auf das Erwachen der Tante gewartet, und in die Lektüre vertieft, hatte er nicht gemerkt, dass sie gar nicht mehr schlief und ihn still ansah.

»In der Tat, dein Vater hätte lieber in der Stadt gelebt oder zumindest im Dorf, das wäre für alle viel einfacher gewesen …«

»Also warum dann? Dir gefiel die Villa besser?«

»Nicht einmal deswegen.« Sie hob die Hand und streichelte ihn sachte. »Es war, um dich besser beobachten zu können, aus der Ferne.« Tito war verdutzt, und sie erklärte es ihm: »Du hattest doch deine Kindermädchen, ich durfte dich nicht versorgen … Ich war eine Tante … Von der zweiten Etage aus konnte ich dich im Garten sehen, ich folgte dir mit den Augen, wenn du mit dem Fahrrad über die Gartenwege fuhrst, wenn du ranntest … Das Fernglas habe ich benutzt, um dich besser beobachten zu können.«

Jetzt begriff Tito.

»Außerdem bist du hier geboren, in der *Stanza di Nuddu* … Schwester Maria Assunta war dabei, sie stand …« Die Tante suchte nach einem Wort, schien erregt. Dann beendete sie den Satz mit einem Seufzer: »… deiner Mutter bei.«

Bei einem Todesfall war es Brauch, die Armen auf dem Weg über religiöse Einrichtungen mit Geld oder Naturalien zu beschenken. Die Pastafabrik war beschlagnahmt, und somit war das Nächstliegende – Pasta und Mehl – ausgeschlossen. Also boten Bruder und Schwester den Nonnen des San-Vincenzo-Ordens für ein ganzes Jahr Unterkunft in der Villa an: Sie sollten ihre Gäste sein und nach den Mühen des Apostolats wieder Kraft schöpfen.

»Eine ältere Klosterschwester wird verantwortlich sein für die Nonnen, die ich euch von Zeit zu Zeit schicke. Nur wir zwei sind eingeweiht. Ich will keinen Dank: In meinen Augen ist es eine viel größere Sünde, ein Kind seiner Mutter wegzunehmen. Sie werden das Kind aus dem Waisenhaus holen …«, hatte Schwester Maria Assunta gesagt und Gaspare streng angeschaut, als sie eine Begegnung zwischen ihnen arrangiert hatte.

Mademoiselle hatte sie nach der Dreißig-Tage-Gedenkmesse verlassen: Es war ein trauriger Abschied. Sie machten glauben, dass die beiden zusammen abreisen würden, aber sie, Rachele, befand sich bereits in der Dachkammer der Villa. Sie hatten nur das Unentbehrlichste hinaufgeschafft, damit sie, im Falle einer Bombendrohung, jederzeit fliehen könnte, ohne Spuren ihrer Anwesenheit zu hinterlassen.

Das Zimmer war sehr hell. Die Fenstertür ging auf eine kleine Terrasse, und durch eine schmale, längliche Scheibe über dem Alkoven fiel Licht in die Mitte des Raums. Von außen wirkte es wie architektonischer Dekor; rechteckige farbige Ziegel waren als wabenförmiges Gitter vor dem Glas angebracht, und durch sie hindurch traf das Sonnenlicht auf den Holzfußboden und ließ die

Schlafcouch im Alkoven im Schatten. Dank dieses Lichtbündels vermochte sie zu lesen und Stickereiarbeiten anzufertigen.

Die Einsamkeit bedrückte sie nicht. Tagsüber hielt sie die Fensterläden geschlossen und beobachtete die Nonnen im Garten durch die Stäbe der Jalousien, sie lauschte dem Gurren der Tauben, die zwischen den Ziegeln des Oberlichts nisteten; sie sang sogar, um ihre Stimme in Übung zu halten. Des Nachts riss sie die Tür weit auf, und endlich durften ihre Augen frei über das Firmament wandern.

Tito war ein friedliches Baby, aber sie war stets im Alarmzustand. »Er schläft zu viel: Er ist lethargisch.« »Er weint: Er ist krank.« »Er trinkt zu wenig an meiner Brust: Er kriegt nicht genügend Nahrung.« Da begann sich die Einsamkeit in Isolation zu verwandeln und weiter in einen Albtraum. Schwester Maria Assunta beschloss, den Bruder kommen zu lassen.

Es war an einem Spätnachmittag. Sie wiegte Tito, der in ihren Armen eingeschlafen war. Der Lichtstrahl hinter ihrem Rücken traf auf den Fußboden und ließ ihn erglühen; der Rest lag im Dunkel. Auf der Ottomane kauernd, den Rücken gegen die Wand gepresst, hatte sie sich daran gewöhnt, in der Dunkelheit zu sehen, und so betrachtete sie ihren Sohn.

Mit einem Mal vernahm sie Gaspares Schritte auf der Treppe; sie wollte nicht aufstehen, um das Kind nicht zu wecken.

Mit entschlossener Bewegung öffnete er die Tür und hielt verstört inne. Der Lichtstrahl teilte den Raum in zwei Hälften: Im hinteren Teil herrschte undurchdringliches Dunkel. Er sah sie nicht. Bei jeder seiner Bewegungen knackte der Holzfußboden, jeder Schritt schien einen schrecklichen Lärm zu verursachen.

»Rachele! Rachele, bist du da?«, fragte er flüsternd.

Sie hob die Hand, um seine Aufmerksamkeit auf sich zu ziehen. Aber sie war unsichtbar. Tito bewegte sich im Schlaf.

»Oh, oh, oh e Titino fa la vovò…« *Sang sie leise, ein Wiegenlied.* »Nannu, nannu, nannu … e Titino va caminannu …«

Wie der Blitz war Gaspare bei ihnen. Vor der Ottomane kniend, streckte er die Arme aus. Erneut das Liedchen anstimmend, lenkte sie seine Hände auf den Kopf des Sohnes, weiter auf seine Schultern und die winzigen Fäuste. Und dann auf sich selbst.

»Hatte mein Vater mich gewollt?« Noch eine Frage. Tito musste es wissen.

Die Nonnengewänder lagen gefaltet in einer rechteckigen Tasche aus grauem Tuch. »Bevor du sie anlegst, wasch dich mit dieser Seife: Es ist die, die wir immer benutzen, sie hat einen besonderen Geruch. Die Carabinieri kennen ihn«, hatte Schwester Maria Assunta zu ihr gesagt. »Wenn ich zurück bin, werde ich dir helfen, den Schleier zu drapieren. Tito muss dann bereits in der Tasche verstaut sein. Und denke daran: Ich kümmere mich um ihn, er ist ein Findelkind. Morgen früh werden der Vater und die Tante kommen und ihn aus dem Waisenheim holen. Du wirst auf der ganzen Fahrt den Mund nicht aufmachen.« Tito schien zu begreifen, er weinte nicht, als sie ihn in jene improvisierte Wiege gebettet hatte, und schlief selig.

Zwei Nonnen stiegen rasch in den Fond des Wagens, der vor dem Tor geparkt war. Gaspare ließ den Motor an und fuhr los. Es war eine mondlose Nacht. Die Scheinwerfer, die zur Tarnung fast gänzlich mit Wachstuch abgedeckt waren, warfen nur einen schmalen Lichtstreifen. Er kannte die Straße gut und fuhr schnell, doch immer wieder musste er verlangsamen: Kontrollen, Erdrutsche, Umleitungen. Das Kind weinte laut, und Schwester Maria Assunta steckte ihm den kleinen Finger in den Mund, um es zu beruhigen.

Sie hatten eine Nebenstraße nehmen müssen. Die Fahrbahn war stark beschädigt, das Auto tat einen gewaltigen Satz, und die Tasche schlug gegen den Vordersitz. Ein Wehlaut voller Erschrecken und echtem Schmerz. Instinktiv nahm sie ihr Kind an sich. Sie hielt es fest gegen den Busen unter dem rauen Stoff gepresst. Die Bänder des Schleiers fielen ihr ins Gesicht, das sie gesenkt hielt, während sie den Kleinen streichelte, und ihre Finger rochen nach Chlorbleiche. Tito wurde unruhig, in der Finsternis hörte er die Stimme der Mutter, aber dieser Körper war ihm unbekannt. Je fester sie ihn an sich drückte, desto mehr rieb er sich an dem schwarzen Gewand und verlangte heftig nach der Mutter, die er nicht erkannte. Dann brach er in herzzerreißendes Weinen aus, drückte die kleinen Fäuste gegen ihre Brust. Schwester Maria Assunta nahm das Kind an sich, und an ihrem Finger saugend, beruhigte es sich sogleich und schlummerte ein. Auf der ganzen Fahrt rührte sie sich nicht mehr und hielt die Augen starr auf Gaspares Nacken gerichtet.

Sie waren in Palermo angelangt. Die beiden Nonnen betraten das Kloster durch eine Seitentür. Gaspare wartete im Wagen.

Dann öffnete sich die Klostertür gerade so weit, dass die junge Frau in eng anliegendem Kleid hinaustreten konnte. Sie nahm neben dem Fahrer Platz, und der Wagen fuhr an.

Gaspare schloss die Haustür hinter ihnen. Sie tat einige Schritte, sah sich um, war bemüht, eine gewisse Vertrautheit mit dem Haus wiederherzustellen, das sie sechs Monate zuvor verlassen hatte. Er legte seine Hand in ihren Nacken und versuchte, sie an sich zu ziehen.

»Er hatte Angst vor mir, begreifst du das? Er erkannte mich nicht wieder, es war dunkel … Mich, seine Mutter im Gewand einer Nonne.« Sie hatte die nächtliche Stille zerrissen und redete erhitzt, widersetzte sich Gaspare.

»Auch er wird sich daran gewöhnen …!«

»Woran? Keine Mutter zu haben? Was ist das nur für eine Welt, die einem unschuldigen Kind die Mutter versagt?«

Gaspare, sie überragend, zwang sie an seine Brust, sie leistete Widerstand und überließ sich zugleich, klein, wie sie war, seinen Armen.

»Beruhige dich, Rachele, du weißt, dass wir in aller Öffentlichkeit uns und das Kind nicht lieben dürfen: Wir würden im Gefängnis landen.«

»Im Gefängnis, weil wir uns lieben.«

Gaspare lockerte seinen Griff und beugte sich über sie, seine Arme hingen erschöpft über Racheles Rücken, sein Kopf lag auf ihrer Schulter. Er weinte viele Tränen.

Sonia kam ins Zimmer und wollte sie versorgen. Tito beugte sich für den Abschiedskuss hinunter. Sie legte ihren Arm auf seinen Hals und murmelte: »Gib mir noch einen, *bedduzzu mio.*« Nie zuvor hatte sie ihn um einen zweiten Kuss gebeten.

Sie waren in der Stadt, zusammen mit dem Kind, das sie gerade aus dem Waisenhaus abgeholt hatten. Die Freundinnen waren zu Besuch und gerieten wegen Gaspares Sohn in Verzückung. Sie nahmen ihn in den Arm, küssten und herzten ihn. Wie der Kleine so von all den Fremden herumgereicht wurde, begann er zu weinen und sah sie herzerweichend an. Das Mädchen, das als sein Kindermädchen eingestellt war, befand sich ganz in der Nähe, machte aber keine Anstalten, ihn an sich zu nehmen: Sie hatte Augen nur für das Haus dieser reichen Leute, in das sie geraten war, und für die Kleider der jungen Damen und ihr Benehmen.

Das Kind streckte sich in ihre Richtung. Da nahm sie es in den Arm, und sofort beruhigte es sich. In diesem Augenblick betrat Gaspare den Raum. Streng blickte er auf sie herab. Dann lächelte er den anderen Frauen zu.

»Rachele, du musst dich beherrschen! Für ihn ist das Kindermädchen zuständig, du darfst ihn nicht in den Arm nehmen. Und nicht auf diese Weise küssen! Du bist die Tante, ihr kennt euch kaum!«

»Aber er hat doch geweint! Auch meine Freundinnen haben ihn hochgenommen und ihn mit Küssen bedeckt, warum nicht ich?«

»Lass ihn weinen. Mögen die anderen ihn küssen und herzen. Du darfst das nicht. Erinnere dich daran.«

»Darf ich wenigstens in seiner Nähe sein und ihn anschauen?«

»Nicht immer: Du musst dich von ihm lösen. Und im Übrigen – es hängt von deinen Blicken ab!«

Die Situation wurde unerträglich. Die Besuche rissen nicht ab, ständig war sie den forschenden Blicken der anderen ausgesetzt.

Am Ende beschlossen sie, in die Villa umzuziehen, sobald die Nonnen weg wären. Diese Entscheidung war am vernünftigsten: im Städtchen war der Sitz der Pastafabrik, zudem machten die von den Bombeneinschlägen beschädigten Straßen das Autofahren zu einem sehr riskanten Unternehmen; des Weiteren dachte man, dass das Städtchen nicht zum Ziel der feindlichen Luftwaffe würde. Dort könnte sie fern von ihren Freundinnen das Kind in ihrer Nähe haben und sich an ihre neue Rolle gewöhnen.

So geschah es. Sie ließ das Kindermädchen gewähren. Als Tito sprechen lernte, gewöhnte sie ihn daran, sich an den Vater zu wenden, wenn er einen Wunsch hatte. Und wenn er weinte, war der Vater zur Stelle und tröstete ihn.

Sonia befeuchtete mit einem in lauwarmem Wasser getränkten Wattebausch ihr Gesicht und sprach zu ihr, aber sie antwortete nicht; auf ihrem Antlitz lag ein schmerzlicher Ausdruck. Dann hellte es sich auf, und sie schien wieder ruhig.

Aber je mehr Sonia ihr das Gesicht abtrocknete, umso nasser wurde es.

Rachele hatte ihren Tränen freien Lauf gelassen: Ihr Sohn wusste nun Bescheid und akzeptierte es.

41.

Mein ganzes Leben bist du

»Sag bloß, das ist das Schwesterlein,
von dem du erzählt hast!«

Jetzt war Teresa an der Reihe, am Bett der Tante zu wachen; sie war mit ihren Töchtern gekommen. Sandra und Marò, sechs und acht Jahre alt, waren putzmunter. Teresa hatte eine Tasche voller Spielzeug mitgebracht: Die Mädchen sollten sich mit ihren Barbies oder Buntstiften vergnügen und die Tante nicht stören. An diesem Nachmittag waren sie außer Rand und Band: Eine ihrer kleinen Freundinnen hatte am selben Tag Geburtstag wie die Urgroßmutter, und am morgigen Tag wollten sie die acht Jahre der einen und die siebzig der anderen feiern. Die Familie hatte eine Überraschung vorbereitet: Die Enkelin und einige ihrer Freundinnen sollten, gekleidet im Stil der Dreißigerjahre, bei einem kleinen Konzert mit Liedern aus jener Zeit auftreten.

Marò stimmte an: »*Maramao, warum bist du gestorben, Brot und Wein waren dein … Salat kam aus dem Garten und auch ein Dach überm Kopf hattest du …*«, und deutete dann einen Charlestonschritt an.

»Tante, stimmt es, dass die Katzen früher Gemüse fraßen?«, fragte Sandra.

»Ganz bestimmt nicht, Fisch schmeckte ihnen immer am besten.« Sandra war Tantes Liebling, was sie aber nur mit Blicken erkennen ließ: Voller Liebe und Zärtlichkeit ruhten sie längere Zeit auf ihr.

»Aber das Lied sagt es so!« Marò wollte recht behalten, sie war immer schon etwas naiv.

»Du darfst nicht glauben, was sie über jene Zeiten erzählen: Sie haben die Tatsachen vertauscht … Sie haben sie als Wahrheit ausgegeben …« Es war, als führte die Tante ein Selbstgespräch.

»Tante, gefällt dir das?« Sandra begann, Pirouetten zu drehen, und sang dabei *Erzähl mir von der Liebe, Mariù.*

Marò war die Hintergrundstimme, Teresa stimmte in den Chor ein, darauf bedacht, ihre Stimmen gedämpft zu halten.

Sag mir, du bist mein und nur mein …

Vom Bett erhob sich schwach die Stimme der Tante. Auch sie sang …

Sie war bei Freunden des Vaters zu Gast. Die jüngste Tochter war ihre Klassenkameradin. Die Schwester feierte ihren einundzwanzigsten Geburtstag, und sie beide, die noch keine sechzehn Jahre alt waren, durften – das war eine große Ausnahme – bei dem Fest dabei sein: Es war ihr erster Ball.

Fasziniert hatte sie die Vorbereitungen verfolgt: Der Esstisch war zerlegt und im Wohnzimmer fürs Buffet wieder aufgebaut worden; das Esszimmer war leer geräumt, und die Männer hatten das schwere Radio-Grammofon-Möbel hineingeschafft, das nun der strahlende Mittelpunkt des improvisierten Ballsaals war.

Das Geburtstagskind hatte sich von den Freundinnen weitere Schlagerschallplatten ausgeliehen, und die hörte sie nun, eine nach der andern, und dann auch noch die aus eigenem Bestand zur Probe und versuchte immer wieder einen Tanzschritt.

Die Mädchen gingen den Frauen zur Hand und trugen Teller, Besteck und Gläser ins Wohnzimmer. Die Mutter verteilte die Dinge auf der Tischdecke, sodass sie für die tablattè *bereit waren. Wenn die Mädchen mit leeren Händen in die Küche zurückkehrten, vollführten auch sie eine halbe Pirouette, einen zaghaften Tanzschritt, erhoben den rechten Arm, als legten sie ihn auf die Schulter eines imaginären Tanzkavaliers: In Wirklichkeit konnten sie gar nicht richtig tanzen.*

Jetzt waren sie so weit. Sie zitterte vor Aufregung, aber sie war glücklich. Von Mademoiselle hatte sie ihre ersten Schuhe mit Absatz, einen ausgestellten grünen Rock und eine kurzärmlige weiße, taillierte Bluse mit Spitzenbesatz auf der Vorderseite bekommen. Die Mutter hatte auf dem Gesicht der Tochter einen Hauch Puder-Make-up verteilt und ihre Ohrläppchen mit einem Tropfen Eau de Cologne befeuchtet. Bei ihr tat sie das Gleiche.

»Ich flechte dir den Zopf neu: Lockerer steht er dir besser«, sagte sie zu ihr, »genau so … Du bist wirklich hübsch … Du hast wunderschönes Haar, dicht und glänzend ist es. Heute wirst du eine echte Überraschung erleben!« Sie dachte, dass sie den Vater wiedersehen würde, der zu Besuch in Rom war, und war glücklich darüber.

Bereits ein Dutzend Paare hatte sich zum Tanz zusammengefunden. Sie und die Freundin hatten sich schüchtern und verträumt auf den Balkon des Esszimmers zurückgezogen und beobachteten von da aus die Tanzenden. Da sie sich ihrerseits beobachtet fühlten, täuschten sie ein angeregtes Zwiegespräch vor; doch keine Geste, kein Lachen, kein Blickkontakt entging ihnen; sie zählten die Tanzrunden eines jeden, hielten fest, wer mit wem tanzte, und nahmen auch die winzigsten Kleinigkeiten an der Kleidung der anderen wahr.

Ein Freund der Gefeierten näherte sich dem Balkon: Zwei po-

chende und aufgeregte Herzen schlugen im Einklang. Der Jüngling forderte die Freundin zum Tanz auf.

Wie sie nun so ganz alleine unter den Blicken aller dastand, wäre sie am liebsten in den Erdboden versunken.

Die Hausherrin befreite sie aus ihrer Not. »Rachele, komm mit mir, eine Dame möchte deine Bekanntschaft machen.« Gesenkten Blickes folgte sie ihr quer durch den Tanzsaal, den tanzenden Paaren ausweichend.

Die Erwachsenen hatten es sich auf den Esszimmerstühlen im Empfangsraum bequem gemacht. Eine zierliche Dame mit dunklen Augen kam auf sie zu: »Du bist deiner Mutter wie aus dem Gesicht geschnitten, auch die Art und Weise, wie du dich bewegst! Die gleichen wunderschönen Augen, aber deine sind grün! Sie wäre glücklich gewesen, dich so prächtig gewachsen und so hübsch sehen zu können, die arme Teresa.«

Die zwei Mädchen waren auf ihre Beobachterposten zurückgekehrt. Die Schallplatte war zu Ende, doch niemand fühlte sich verpflichtet, eine neue aufzulegen: Der Saal leerte sich nach und nach. Vom Eingang her ertönten laute Stimmen und Gelächter: Eine Gruppe Offiziere war eingetroffen. Die erregte Stimmung der jungen Leute war auf dem Höhepunkt, die Musik setzte wieder ein, und alle begannen mit neuem Schwung zu tanzen. Die Paare drehten ihre Kreise, beinahe ohne den Boden zu berühren.

Die beiden waren ganz Auge und Ohr. Mit den Absätzen schlugen sie den Takt zur Musik und beobachteten die Tänzer ohne Furcht, selbst gesehen zu werden: Sie glaubten unsichtbar zu sein. Die Schultern dem Geländer zugewandt, die Arme locker hinter ihren Rücken, so hielten sie einander bei der Hand, singend und schaukelnd im Rhythmus der Musik. Das unschuldige Hervordrücken des Brustkorbs ließ ihre kleinen Apfelbrüste anschwellen und weitete die Knopflöcher ihrer Blüschen, so sagte er es zu ihr im Nachhinein.

Sie summte zu den Noten der Musik und dachte an ihre Mutter. Die Worte dieser Dame hatten ihr Freude gemacht und sie zugleich traurig gestimmt. Sie hatte keine Erinnerung an ihre Mutter, doch ihre Gesichtszüge kannte sie in- und auswendig: Ihre Fotografie stand auf dem Nachtschränkchen.

»Wo hast du dich bloß versteckt, Rachele? Ich habe überall nach dir gesucht!«

Ein junger Mann in Uniform baute sich vor ihr auf. Sie zuckte zusammen. Es war Gaspare. Seit seinem Eintritt in die Militärakademie vor einem Jahr hatten sie sich nicht mehr gesehen. Sofort stellte sie sich aufrecht hin, sie sahen sich an. Dann bot sie ihm die Wange zum Kuss.

»Du bist eine echte Schönheit geworden! Komm!« Und er umfasste ihre Taille und zog sie mit sich fort auf die Tanzfläche.

Sie legte den Arm auf die Schulter des Bruders – steif und zögernd – und blickte ihn an mit der gleichen Intensität, mit der sie kurz zuvor an die Mutter gedacht hatte. Er hatte ihre Augen, die gleichen langen, seidigen Wimpern, die gleichen dichten Augenbrauen, die gleiche helle Hautfarbe.

»Sag, ist das etwa dein erster Ball? Wenn ja, wäre es wahrlich ein großes Privileg für mich!« Sie nickte. Über und über rot im Gesicht.

Wie bist du so schön, noch schöner heut Nacht, Mariù, ein Sternenlächeln in deinen Augen so blau … *Und sie begannen zu tanzen.*

Sie machte einen falschen Schritt – und trat ihm auf die Füße, prallte gegen sein Knie.

Gaspare hielt inne und sagte in bestimmendem Ton: »Lass dich führen, folge meinen Schritten …«

Der Refrain setzte ein. Erzähl mir von der Liebe, Mariù. Mein ganzes Leben bist nur du … *Aufmerksam seinen Bewe-*

gungen folgend und ängstlich, dass sie stolpern könnte, zugleich voller Zuversicht, lernte sie in den Armen des Bruders das Tanzen.

Sag mir, es ist keine Täuschung nicht … Sag mir, du bist ganz für mich … *Gaspare drückte sie heftig an sich und zwang sie, seinen Schritten zu folgen.*

Hier an deinem Herzen leid ich nicht mehr … *Jetzt tanzten sie in vollkommener Harmonie. Er lockerte seinen Griff, und Pirouetten drehend, blickte er sie ermutigend an. Da erblühte sie in einem strahlenden Lächeln, das nicht mehr von ihren Lippen wich.*

»Bleib locker, das erste Mal ist es immer so. Du hast ein gutes Gefühl für den Rhythmus, lass dich von mir führen.«

Glückselig gehorchte sie, und gemeinsam mit den anderen Paaren drehten sie ihre Kreise. Ein Offizier tanzte mit der Gefeierten. Die zwei Tanzpaare waren nun ganz nahe, und der junge Mann säuselte: »Sag bloß, das ist das Schwesterlein, von dem du erzählt hast!«

Schamröte überzog ihr Gesicht. Gaspare hob die Augenbrauen und antwortete mit einer Kopfbewegung; dann presste er sie ganz fest an sich und führte sie weit weg von den beiden.

Sie sahen sich an. Sag mir, du bist ganz und gar mein …

»Ich habe nicht gedacht, dass ich jetzt schon Grund hätte, wegen meiner kleinen Schwester eifersüchtig zu sein«, sagte Gaspare leise. Er sah sie an. Wieder und wieder. »Du erinnerst mich an unsere Mutter; mit den Jahren ähnelst du ihr immer mehr, liebe Rachele …« Und er drückte sie an sein Herz.

Wieder war die Musik zu Ende. Mitten im Tanzsaal hielten sie inne und standen sich von Angesicht zu Angesicht gegenüber. Wieder sahen sie sich an. Er rührte sich nicht. Einige Paare hatten sich bereits getrennt, und jeder ging seines Wegs. Sie war verlegen.

»Gestatte mir noch einen Tanz. Der erste zählt nicht: der war nur zur Probe!« Und Gaspare ergriff ihre Hand.

Sie tanzte und tanzte und folgte dem Bruder, ohne daran zu denken, wohin sie ihre Füße setzte. Er sprach zu ihr, aber sie hörte ihm nicht zu. Erzähl mir von der Liebe, Mariù … *Glückselig lag sie in seinen Armen und blickte voller Bewunderung den Bruder an, der schön war wie ihre Mama.*

Gaspare begleitete sie auf den Balkon und forderte ihre Freundin zum Tanz auf. Die Magie des Tanzens war verflogen. Zutiefst betrübt blieb sie zurück. Ein heftiges Unbehagen hatte sie gepackt, dessen Ursache ihr nicht bewusst war. Mit den Blicken suchte sie unter den Tanzpaaren nach ihnen und ließ sie dann nicht mehr aus den Augen. Sah sie die beiden lachen, fragte sie sich, was sie sich gerade gesagt hatten; wenn sie ihr den Rücken zuwandten, fragte sie sich, was sie wohl taten. Ja sie, sie müsste jetzt dort an der Seite des Bruders sein! Wie ein Raubtier kämpfend, würde sie ihm die da aus den Armen reißen. Stolz schluckte sie die Tränen hinunter, die ihr in die Augen gestiegen waren.

Gaspare brachte die Freundin auf den Balkon zurück. Die Verletztheit in ihrem Blick fiel ihm nicht auf, und mit einem »Wir sehen uns später« ging er weg, um mit den anderen Mädchen zu tanzen.

»Er sieht ja fantastisch aus, dein Bruder!«, sagte die Freundin. Rachele erwiderte nichts.

Für den Rest des Festes tat sie nichts anderes, als Gaspares Tanzrunden und seine Partnerinnen zu zählen. Ein Mädchen mit kurzem, lockigem Haar schien es ihm besonders angetan zu haben. Sie hasste sie.

In der Pause wurden Erfrischungen gereicht, und der Bruder trat neben sie: »Ich werde bis Weihnachten in Rom bleiben, hast du das gewusst? Am Sonntag führe ich dich aus: Nie mehr wieder dürfen wir zulassen, dass Monate vergehen, ohne dass wir uns sehen und uns nicht einmal schreiben. Versprochen?«

Sie nickte. Er sah sie an. Und mit belegter Stimme sagte er: »Du wirst immer schöner!«

42.

Tito ist nicht allein in der Stanza di Nuddu

»Sprichst du da von meinem Vater?«

»Sie ist müde, vielleicht ist es besser, wenn du sie ruhen lässt. Sonia ist ja da: Sie hat Bügelwäsche mitgebracht und arbeitet im Zimmer nebenan«, sagte Teresa.

»Ich bleibe hier. Bring die Mädchen zu Mama.« Tito war bereits im zweiten Stockwerk, in der Hand die Mappe mit den Briefen. Gleichgültig, ob er möglicherweise die Neugier der Tochter wecken könnte, zählte jetzt für ihn nur eins: Er musste die verlorenen Jahre nachholen.

»Rom war schön zu jener Zeit …«, flüsterte sie im Halbschlaf.

Tito lauschte aufmerksam und wagte nicht, sie mit einer Zwischenfrage zu unterbrechen. Von Zeit zu Zeit schnappte er einige Worte auf.

»Die Kirchen interessierten mich nicht, ich zog die heiße Schokolade bei Babington vor. Gewiss, ich gab das nur vor, denn ich wollte dich nicht verlieren … Aber nicht die Bilder im Museum – dich verschlang ich mit Blicken! Dennoch ging ich gerne mit dir in die Museen: Du legtest dann deine Hand auf meine Schulter und lehrtest mich ›Sehen‹.

Ich zog das Biskuit-Eis vor, verlangte aber stets eine Waffel-

tüte … Du wolltest kein Eis für dich – in deinen Augen war es ungehörig, wenn ein Offizier sich Eis leckend in der Öffentlichkeit zeigte –, von meinem aber wolltest du zumindest kosten. Ich leckte an der Stelle, wo deine Zunge gewesen war, ich wollte dich schmecken …

Ich hatte ein Faible für die Schlagermusik von damals … Wenn wir alleine waren, hast du mit mir gesungen … Leicht wie eine Feder bewegte ich mich, ich war glücklich …

Manchmal behandeltest du mich wie ein kleines Mädchen … Das tat mir weh … Einmal lieh mir eine Freundin ein Paar Seidenstrümpfe. Ich stieg sämtliche Treppen hinauf, damit du sie bemerktest … ›Rachele, ein bisschen mehr Anstand, wenn ich bitten darf, du bist doch eine junge Dame! Die Leute schauen auf dich!‹ … Ich aber wollte, dass du nach mir schautest!

Oft begriff ich nicht, ob du mich aus Pflichtgefühl oder zum Vergnügen ausführtest … Eines Tages hielt dich ein schönes junges Fräulein an … Ihr plaudertet miteinander … Ich war das fünfte Rad am Wagen … Sie sagte zu dir: ›Auf Wiedersehen, bis morgen …‹ Den ganzen Tag über fühlte ich mich elend …

Wir überquerten die Straße, und ich begann zu rennen. Ein Auto musste meinetwegen heftig bremsen …. Auf dem Gehsteig tadeltest du mich mit scharfen Worten. Ich brach in Tränen aus … Du tätscheltest mir das Kinn und sagtest: ›Verstehst du denn nicht, dass du alles bist, was ich habe?‹ Ich musste noch mehr weinen … Du hast nicht verstanden.

Dann bezogst du mit deinem Regiment an einem anderen Ort Quartier … Wir sahen uns nur selten, aber wir schrieben uns … Ich schrieb Gedichte für dich ab … Mademoiselle war glücklich darüber. Aber du erzähltest mir nichts über die Mädchen, die du kennenlerntest … Ich wusste, dass es da viele gab … Papa sagte, dass du ein Frauenheld wärest. Ich quälte mich deswegen … Aber du warst um so vieles älter als ich!«

»Sprichst du da von meinem Vater?« Tito konnte einfach nicht mehr an sich halten.

Sie antwortete nicht. Von Zeit zu Zeit lächelte sie, dann ein Seufzer, ein Stirnrunzeln, aber sie sprach nicht weiter; so glitt sie in einen leichten Schlaf. Tito blieb bei ihr, bis es Zeit zum Abendessen war; auch er lächelte ab und an, dann wieder seufzte er.

Das Essen war noch nicht fertig. In der Zwischenzeit schlenderte Tito durchs Haus; es kam ihm verändert vor, genauso verändert, wie er sich selbst fühlte. Mariola rief ihm aus der Küche zu, er möge ihr beim Tischdecken helfen: Das war das erste Mal. Es kam ihm nicht ungelegen, er hatte das Bedürfnis, mit ihr zu reden – auch das war eine Neuheit –, aber er wusste nicht, mit welchen Worten er ihr erklären könnte, was mit ihm geschehen war.

Willig ging er ihr zur Hand und machte sich daran, den Tisch zu decken. Er wusste nicht, an welche Stelle genau das Besteck gelegt wurde, und rief Mariola, damit sie kontrollierte. »Das Messer kommt doch auf die rechte Seite! Bist du etwa Linkshänder geworden?«

Der Dessertlöffel lag neben dem Messer. »Der ist für den Obstsalat, also kommt er oben hin!«

Er fand den Brotkorb nicht. Mariola war an seiner Seite und deutete auf den Korb, der auf der Küchenanrichte stand: Er war mit einer Stoffserviette bedeckt, damit das Brot frisch und sauber blieb. Das Brot war dann sein Stichwortgeber; jetzt fühlte Tito sich bereit, die neuen Prioritäten in seinem Leben zu benennen; zaghaft legte er die Hand auf ihre Schulter: »Du wirst bemerkt haben, dass ich noch nicht in die Pastafabrik gegangen bin …«

»Du brauchst dir keine Sorgen zu machen, morgen bleibe

ich bei der Tante. Auch heute hättest du gehen können, Teresa war ja da«, fiel Mariola ihm ins Wort.

Entmutigt ließ Tito den Arm sinken und machte keinen neuen Versuch. Er verschüttete Wasser aus den Fingerschälchen. Er vergaß, die Menage auf den Tisch zu stellen. Die tadelnden Worte seiner Frau nahm er mit Erleichterung und Ironie hin: Sie wirkten wie eine Auflockerung und waren ein Weg, einander näherzukommen.

Gerade wollten sie sich zu Tisch setzen, als Santi anrief: Sie mussten am kommenden Morgen erneut ins Krankenhaus und könnten deshalb ihren Turnus am Bett der Tante nicht einhalten. Tito erbot sich, für sie einzuspringen.

Tito und Mariola sprachen beim Abendessen nicht über Titino, aber der Gedanke an das Kind war allgegenwärtig. Sie machte nur eine flüchtige Bemerkung, als sie zu Ende gegessen hatten. Während sie die Teller einsammelte, sagte sie mit einem Seufzer: »Noch nie haben wir – und so viele von uns – so viel mit Ärzten zu tun gehabt wie zurzeit! Übrigens, hat sich Ernesto wegen der Untersuchungsergebnisse mit dir in Verbindung gesetzt?«

»Nein, aber das überrascht mich nicht: Die Privatlabors machen bereits ab Mitte Juni Sommerferien, noch vor allen anderen … Die haben's nicht nötig, die verdienen ja kräftig! Du brauchst dir aber keine Sorgen zu machen: Mir geht es blendend, seit Jahren habe ich mich nicht mehr so gut gefühlt.«

»An deiner Stelle würde ich ihn anrufen, dann hätten wir eine Sorge weniger, das würde doch nicht schaden!«, sagte Mariola seufzend.

»Wir zwei haben so vieles, weswegen wir glücklich und auch dankbar sein können …« Tito hatte einen Gesprächsfaden gefunden: Mariola jedoch verstand seine Worte als eine

Anspielung auf ihr neu erblühtes Intimleben: »Die Tante wird schon eingeschlafen sein, und Sonia geht früh zu Bett. Willst du mit mir im Schlafzimmer fernsehen?«

Tito folgte ihr in aller Ruhe die Treppe hinauf. Je länger er ihr schwankendes Hinterteil vor Augen hatte, desto stärker strömte dieses friedliche Glücksgefühl in ihn zurück, das ihn neuerdings in Gesellschaft der Ehefrau erfüllte. Der Vater fehlte ihm. Plötzlich überkam ihn das heftige Bedürfnis, in die *Stanza di Nuddu* hinaufzugehen; dort würde er das Mosaik seiner Existenz vollenden, jedes Teilchen würde seinen Platz finden. Ihm fiel ein, dass ihn dort eine Aufgabe, die er liebte, erwartete: das Rollieren. Für gewöhnlich sprach er nicht über das, was er dort oben machte, jetzt aber überkam es ihn, wie selbstverständlich seiner Frau davon zu erzählen.

Das wenige, was Mariola von Uhrwerken verstand, genügte ihr, um zu wissen, dass Tito nicht so schnell wieder bei ihr sein würde; sie war betroffen, tröstete sich aber mit dem Gedanken, dass ihr so genügend Zeit für ein heißes, duftiges Entspannungsbad bliebe.

Seine Leidenschaft hatte Tito wieder gepackt, und er würdigte das Zimmer, in dem er geboren war, wie er jetzt wusste, keines Blickes. Er holte die passende Drehscheibe aus dem Schrank und nahm die Schachtel zur Hand, in der er die Ersatzteile der Raritätenuhrwerke aus der Vorkriegszeit aufbewahrte. Durch einen außerordentlichen Glücksfall waren sie in seinen Besitz gelangt. Ein alter Uhrenmacher aus Turin hatte sein Geschäft aufgegeben und ihm die Teile für eine lächerliche Summe überlassen. Sorgfältig wählte er den Rohling aus: Er musste die Achse der Unruh einer Armbanduhr ersetzen, die dem Vater gehört hatte.

Es war eine seiner Lieblingsuhren – mit dehnbarem Metallarmband, rundem Zifferblatt, in ein schmales Goldprofil gefasst, das seinerseits in einer Metallfassung steckte, beide mehreckig: ein Klassiker unter den Uhren. Diese Uhr hatte eine besondere Eigenschaft: Sie zog sich automatisch durch die Bewegungen des Handgelenks auf. Der Vater beklagte sich, dass sie öfter stehen blieb, und so hatten sie sie mehrmals zur Reparatur eingeschickt: Bis sie endlich verstanden, dass die Uhr perfekt funktionierte: Es lag nur am Vater, der, mittlerweile erkrankt, den Arm viel zu selten bewegte, um den Aufziehmechanismus in Schwung zu halten. Also hatte er sie an den Sohn weitergegeben. Tito trug seine Armbanduhren abwechselnd, und es war für ihn eine Ehrensache, sie in perfektem Zustand zu halten: Jetzt ging sie nur wenige Sekunden nach.

Er bereitete die Unruhwelle vor; dazu nahm er die Rollierfeile und klemmte den Rohling zwischen die Stützzwingen. Mit der Hand in Hilfsposition war er bereit, die Arbeit zu beginnen. Das Entfernen des Materials sollte gleichmäßig vonstatten gehen: Er hatte eine erfahrene, sehr präzise Hand und war für gewöhnlich hundertprozentig bei der Sache, was ihm keine Schwierigkeiten bereitete; an diesem Abend jedoch wollte es ihm nicht gelingen, sich zu konzentrieren. Seine Gedanken waren ausschließlich auf den Vater gerichtet. Er verstand ihn nicht. Vielleicht hätte Mariola, die dem Schwiegervater sehr nahegestanden hatte, ihm eine Hilfe sein können. Aber dann hätte sie von der Sache erfahren müssen. Und das – da hatte Tito keinerlei Zweifel –, das würde nie geschehen. Niemals.

Mit einem Seufzer machte er sich ans Werk. Er begann, den kegelförmigen Ansatz zu drehen. Der Mitnehmer haftete fest auf dem Achsenkörper; Tito kontrollierte, ob der Faden gespannt und die Spannung so war, dass er zur Öffnung der

Schiebescheibe gleiten könnte. Er ließ ihn eine erste Umdrehung ausführen: Etwas funktionierte nicht so, wie es sollte. Geduldig kontrollierte er erneut Rollierfeile und Mitnehmer, um sicherzugehen, dass kein Fehler in der Handhabung vorlag. Er nahm seine Uhrmacherbibel – *Der Uhrenarzt* – und wechselte zum Uhrmachertisch: Es handelte sich dabei um ein auf einem alten Schreibtisch aufliegendes Brett, das von drei Seiten mit Glasscheiben umgeben war; es gab darauf zwei Stützschrägen für die Unterarme. Er knipste die Lampe an und setzte sich auf den niedrigen Hocker, das Buch auf den Knien: Er blätterte die abgegriffenen Seiten durch, um die eigenen Berechnungen zu überprüfen.

Die Tür knarrte: Zögernd trat Mariola ein; es war das erste Mal. Schweigend machte sie es sich auf der freien Seite der Schlafcouch bequem – an deren Fuß waren die Zeitschriften für den Oldtimer-Liebhaber aufgestapelt, jeder Stapel ein Jahrgang. Tito hob den Blick und zwinkerte ihr zu; dann widmete er sich, den Bleistift in der Hand, wieder seinem Handbuch.

Nachdem er die Berechnungen erneut durchgeführt hatte, sah er auf. Er erkannte Mariola im Halbschatten: Sie hatte die Schuhe abgestreift und sich auf der Ottomane ausgestreckt, ihr Kopf ruhte tief in den großen Kissen, ihre Füße lagen auf den Zeitschriften. Sie folgte ihm mit den Augen. Tito lächelte ihr zu, nicht ahnend, dass sie sein Lächeln gar nicht sehen konnte – seine Nase und sein Mund befanden sich von ihr aus gesehen unterhalb der Arbeitsplatte.

Seelenruhig kehrte er zum Tisch zurück, an dem der Rollierstuhl befestigt war. Er kontrollierte die Presse und den Mitnehmer: Er war bereit, die Operation wieder aufzunehmen.

»Willst du es auch einmal versuchen?«, fragte er und drehte sich um.

Doch Mariola war, leise, wie sie gekommen war, wieder gegangen – sie hatte sich vernachlässigt gefühlt. Tito betrachtete die Ottomane. Auf der zerknautschten Tagesdecke und den eingedellten Kissen war der Abdruck ihres Körpers zurückgeblieben. Ihm gefiel die Vorstellung, dass seine Frau sich auf der Schlafcouch niedergelassen hatte, wo sein Vater und seine Mutter ihre Leidenschaft ausgelebt hatten; jetzt fühlte er sich in Frieden mit ihnen. Jene Liebe gewann eine Selbstverständlichkeit, die ihr eigentlich nicht zukam. Und Tito verspürte ein Wohlempfinden, das ihm bislang völlig fremd war.

Rasch nahm er die Arbeit des Zapfenpolierens wieder auf. Er kehrte zu seinem Hocker zurück, um mit dem Einsetzen der Unruhwelle zu beginnen. Er hatte zu sich selbst gefunden, zumindest wollte er das glauben. In Wirklichkeit war er aufgewühlt und hatte Mühe, sich auf die Arbeit zu konzentrieren. Verblüfft schaute er um sich und begriff, was ihm fehlte: seine Frau.

Mariola war im Badezimmer. Tito schlüpfte aus den Schuhen und streckte sich friedlich auf dem Bett aus: Ohne sie zur Eile zu drängen, wollte er warten, bis er an der Reihe war.

Sie hatte nicht damit gerechnet, dass Tito so bald zurück sein würde, und so war die Zwischentür nur angelehnt; sie nahm ein Bad mit Ölessenzen, und der Lavendelduft, durch den Wasserdampf in der Luft verteilt, erfüllte den ganzen Raum. Er tat einen tiefen Atemzug und lauschte auf die Geräusche, die von jenseits der Tür kamen. Spülen, das Schwappen des Wassers gegen die emaillierte Oberfläche der eisernen Badewanne, wenn der Körper sich darin bewegte, der Strahl des Warmwassers, das neu einlief. Dann das Rauschen der Dusche. Das Reiben der Handtücher auf der Haut, leichte Klopfmassage auf dem Gesicht.

Mariola zog den Bademantel vom Kleiderhaken an der Tür, wodurch diese noch ein Stück weiter aufging. Sie saß mit dem Rücken zu ihm auf dem Deckel der Toilette und cremte sich ein. Tito sah ihre Wade, die sie über das andere Bein geschlagen hatte, und ihren kleinen, molligen Fuß; er verfolgte ihre Bewegungen und sah sie jetzt im Profil. Nun waren die Arme an der Reihe; der Bademantel war zu Boden geglitten. Die Falten des Bauchs verliefen fast ringförmig bis zum Rücken: sie hatte eine helle Haut, glatt und ohne Runzeln.

Im Stehen, noch immer mit dem Rücken zu ihm, trug sie jetzt sorgfältig die Creme auf den Brüsten auf und begutachtete sich dabei im Spiegel. Er konnte sie sich gut bei dieser Verrichtung vorstellen. Mariola hatte etwas Naives, beinahe Jugendliches an sich: Ihre Pobacken, auch die glänzten vor lauter Creme, waren straff und fest; mit gekrümmtem Rückgrat stand sie da; einige kastanienbraune Strähnen hatten sich aus dem winzigen Pferdeschwanz befreit – mit dem sie die Haare vorm Nasswerden schützte – und kringelten sich in ihrem Nacken.

Jetzt hatte sie sich umgedreht und massierte ihre Brüste mit einer zweiten Emulsion, die sie einem violetten Tiegel entnahm. Tito dachte daran, wie weich und geschmeidig sie waren. Nackt und von Büstenhalter und Leibchen befreit, war sie noch immer schön anzusehen: Ihr rundlicher Körper, der ihm schon so oft Lust bereitet hatte, war noch immer wohlproportioniert. Jetzt cremte sie Rücken und Schultern ein und kreuzte dazu die Arme über der Brust. Wie die Schönen von Rubens hatte auch sie eine zarte, glatte Haut, von der ein Leuchten ausging, ein empfindsames Fleisch und die feste Molligkeit, die ihn in jungen Jahren so angezogen hatte: Sie war überaus begehrenswert.

Tito war erregt, aber seine Hoffnungen schwanden im selben Maß, in dem die Zeit verstrich, die Mariola brauchte, um sich für ihren Ehemann vorzubereiten. Als sie endlich ins Schlafzimmer kam, war er bereits eingeschlafen.

Am ganzen Leib duftend, kroch sie enttäuscht unter die Betttücher.

Aber in der Nacht wurde sie von Tito geweckt.

43.

Rachele erinnert sich ohne Wehmut

»Es ist, als spielte die Natur verrückt.«

Sie war noch im Bett und wartete, dass man ihr das Frühstück brachte. Sie schien im Halbschlaf, doch als sie die Lider hob, fiel ihr Blick auf Tito. Er war in die Briefe vertieft und versuchte von Zeit zu Zeit, in ihrem Gesicht zu lesen; manchmal stellte er ihr auch Fragen. Er war dabei zu lernen, sich auf sein Gespür zu verlassen und sich anhand des wenigen, was sie ihm erzählte und geschrieben hatte, auszumalen, wie es passiert war. *Wie konntest du dich nur in deinen Bruder verlieben?*, war die Frage, die Tito der Mutter nicht stellen durfte.

Im römischen Herbst und fünfzehn Jahre alt war sie der Schwärmerei für den Bruder erlegen. Er war für sie der Inbegriff des Mannes – unerreichbar wie ein Märchenprinz –, und sie träumte davon, einen Mann wie ihn zu ehelichen. Sie war sich der Flamme, die sie in ihrem Innern nährte, nicht bewusst. In ihren Augen war es keine Sünde, und sie fragte sich auch nicht, welcher Natur ihre Gefühle für den Bruder waren. Schritt um Schritt gewann die

Liebe an Boden und verwandelte sich in Leidenschaft. Als sie achtzehn Jahre alt war, begriff sie: Er war es, den sie begehrte.

Die Ungeheuerlichkeit des Ganzen erschütterte sie. An einem Tag beschloss sie, sich einen Ehemann zu suchen; am nächsten schon verschrieb sie sich dem keuschen Leben des Altjungfernstands – ihr würde es genügen, an der Seite von ihm und seiner Familie, die er gründen würde, zu leben; am dritten Tag dachte sie an Flucht.

Andere Male erwog sie die Möglichkeit des Selbstmords, auch dann galt ihr Denken einzig und allein dem Bruder; sie war auf dem Bett ausgestreckt, wie leblos und doch in gesitteter Haltung, und stellte sich vor, wie er sich zu ihr hinabbeugte, um sie zu küssen, aber wie ein Liebhaber und nicht wie ein Bruder.

Im Wachzustand gestattete sie ihrem Herzen nicht, sich in erotischen Wunschvorstellungen zu ergehen. Des Nachts jedoch wurde sie von sinnlichen Träumen heimgesucht. Dort kam es zur körperlichen Vereinigung zwischen ihnen. Und sie empfanden Lust. Beim Erwachen war sie verstört, aber nicht reuig; sie dachte an die Geschichte, die Mythologie, die Bibel. Sie ließ die ägyptischen Pharaonen, die Götter des Olymp, ja sogar die Kinder von Adam und Eva vor ihrem geistigen Auge vorüberziehen und fand auch darin keinen Trost: Die Religion und das Gesetz verboten es. Sie empfand Abscheu vor sich. Doch da war nichts zu machen: Diese Liebe war einfach stärker.

Der Bruder war nach Griechenland in den Krieg geschickt worden. Ihre Euphorie, wenn sie Briefe von ihm erhielt, schlug um in Verzweiflung, wenn Nachrichten von ihm ausblieben. Bangen Herzens verfolgte sie die Kriegsbulletins, wie viele andere Frauen auch, aber im Gegensatz zu ihnen war sie gezwungen, ihre Gefühle zu unterdrücken, um sich nicht zu verraten. Sie traf sich mit ihren Freundinnen, ging zu den vom Regime gewollten Versammlungen und benahm sich wie ein ganz normales junges Mädchen – sie hatte sogar einen Verehrer. Immer öfter aber verfiel sie der Schwermut. Diesen Zustand bekämpfte sie, indem sie ihren Mitmenschen Beistand leistete; im Zuge dessen machte sie eines Tages die Bekanntschaft von Schwester Maria Assunta.

Voll sehnender Ungeduld sah sie dem nächsten Urlaub von der Front entgegen, wenn der Bruder endlich heimkehrte, heim zu ihr. Als er dann kam, fand sie ihn gereifter und nachdenklich: Der Krieg hatte ihn zum Mann gemacht. Seine Gefühle für sie waren unverändert, hatten aber eine betont beschützende Note bekommen. Sie liebte ihn umso mehr, wagte jedoch nicht, einen Schritt zu tun, der ihm die Art ihrer Liebe für ihn offenbaren könnte.

Es war ein Tanznachmittag bei einer Freundin. Sie tanzte Tango mit ihrem Verehrer. Er traf dort zusammen mit Freunden ein; breitbeinig, die Arme über der Brust verschränkt, stand er da und beobachtete sie mit ernster Miene. Auf ihr Lächeln antwortete er mit einer Kopfbewegung.

Wieder ein Tango. Gaspare packte sie am Arm und zog sie mit sich fort, ohne sie gefragt zu haben, ob sie überhaupt tanzen wollte. Er drückte sie schier zu Boden, wenn er ihren Rücken bog, bis ihr schwindelte; bei den langsamen Schritten presste er gebieterisch seine Schenkel gegen die ihren und schob sie dann von sich – mit gestrecktem Arm, ihrer beider Finger ineinander verkrallt –, als wollte er sie zu Boden schleudern; wenn das Paar sich öffnete, bohrte sich seine Hand in ihre Taille, als wäre sie mit Klauen bewehrt. Sie spürte seinen schweren Atem, blickte bestürzt in seine undurchdringlichen Augen und folgte dem Rhythmus, den er vorgab. In diesem Tango war nichts Freudiges: Gaspare kochte innerlich.

»Bravissimi!«, *riefen die anderen.*

Dann gesellte er sich wieder zur Gruppe der Männer und forderte keine andere mehr zum Tanze auf.

Sie waren auf dem Nachhauseweg.

»Und der gefällt dir?«, platzte er heraus.

»Er ist sympathisch …«

»Papa hat mir von ihm erzählt: Er schätzt ihn. Er ist aus gutem Hause.«

»Aber ich liebe ihn nicht!«, unterbrach sie ihn.

»Dann sag es ihm doch!«, brüllte Gaspare und beschleunigte seine Schritte.

Am nächsten Tag fuhr er mit dem Vater zur Pastafabrik. Bei seiner Rückkehr war er wie ausgewechselt: Jede Gelegenheit, um auszugehen, war ihm recht. Sie fühlte sich vernachlässigt. Und sie vertraute sich Mademoiselle an.

»Er hat das gleiche Temperament wie dein Vater. Er ist ein Mann, er muss sich austoben. Die Brüder deiner Freundinnen halten es genauso, das ist ganz normal. Du musst dich daran gewöhnen, du bist nicht mehr das kleine Schwesterlein«, sagte sie zu ihr. Sie brütete lange über diesen Begriff »sich austoben« und ordnete ihm eine exakte Bedeutung zu, nämlich ins Bordell gehen. Die Vorstellung, wie er mit diesen Frauen zusammen war, bereitete ihr Ekel. Und der war schlimmer als die Eifersucht auf die Mädchen, mit denen der Bruder verkehrte.

Sie begleitete ihn zum Zug: Sehr zeitig verließen sie das Haus und tranken noch etwas im Bahnhofscafé, während sie auf den Moment des Abschieds warteten – so hielten sie es immer.

Sie standen vor dem Botanischen Garten.

»Das Tor ist offen. Gehen wir hinein«, sagte er.

Als Kind war sie zusammen mit dem Vater, der mit dem Direktor bekannt war, schon mehrmals dort gewesen. In den Schaukästen des Herbariums befanden sich Knollen, Wurzeln und Samen, die in Parafin in Glasbehältern aufbewahrt wurden. Sie waren ihr wie

Pflanzenmumien vorgekommen. Der Besuch des Gartens – unter der Führung des Direktors – hatte sie zu dem Schluss gebracht, dass ihr die angrenzende liebliche Villa Giulia mit Garten wesentlich besser gefiel.

Gaspare runzelte die Stirn. »Sehen wir mal, was du heute darüber denkst«, sagte er und nahm sie am Arm.

Keine Menschenseele weit und breit. Sie passierten den neoklassizistischen Pavillon. Sie kämpfte mit den Tränen, so war es jedes Mal, wenn er aufbrach. Sie hob die Augen zu ihrem Bruder, und seinem Blick folgend, kamen die Wipfel der hohen, im Halbkreis um den Pavillon wachsenden Bäume ins Bild: Da waren zwei riesige Pinien, ihre Nadeln glänzten, die Astkuppeln hoben sich dunkel gegen den fast azurblauen Himmel ab; daneben, und nur wenig kleiner erhoben sich die Kronen der Palmen, sehr viele und alle verschieden, einige waren fächerförmig, andere hatten gefiederte Blätter; an den Außenseiten wuchsen zwei Ficus magnolioides.

Dort begann die Allee, gesäumt von weiteren Ficus *mit reifen Fruchtständen, die Zweige zu einem dichten Gewölbebogen verflochten. Die großen, spitz auslaufenden, länglichen Blätter glänzten dunkelgrün; dazwischen stachen die bernsteinfarbenen, bereits abgestorbenen, aber noch immer fleischigen ins Auge; auch die braunen vertrockneten mit dem unbeirrt am Zweig festsitzenden Fruchtstängel gleißten, als wären sie mit Goldlack überzogen. Die Allee schien mit einem Orientteppich ausgelegt zu sein: Das Laubwerk filterte die Sonnenstrahlen, die, aufs Kopfsteinpflaster und die Blätter treffend, ein Lichtschattenspiel schufen.*

Die Luft war erfüllt vom Summen der Zikaden und dem Zirpen der Grillen; von Zeit zu Zeit erhob sich – aus dem Schutz des dichten Blätterwerks – der Gesang der Amseln. Gaspare schritt rasch voran. Nur selten hielt er inne und sagte etwas.

Vor einem enormen Drachenbaum – bullig, runzelig, mächtig – erklärte er: »Man nennt ihn auch Drachenblut.«

Der riesige Ficus magnolioides *– eine Säulengruppe aus Schlingwurzeln, die, was Durchmesser und Rinde anging, nicht von den Ästen zu unterscheiden waren, ließ ihn ausrufen: »Es ist, als spielte die Natur verrückt.«*

Und zur Allee der Flaschen-Bäume – die graubraune Rinde war dicht mit unregelmäßigen, sehr spitzen Zacken besetzt – meinte er: »Ein Verteidigungsschild gegen feindliche Übergriffe!«

Er schritt jetzt weiter aus, und sie, in ihrem schmal geschnittenen Rock und den Schuhen mit den hohen Absätzen in ihrer Bewegungsfreiheit eingeschränkt, musste immer wieder ein paar Meter laufen, um ja an seiner Seite zu bleiben.

Inzwischen waren sie auf halber Höhe der Allee angelangt. Gaspare sah auf die Uhr. »Es ist schon spät! Kehr nach Hause zurück, ich muss los, ansonsten verpasse ich meinen Zug!« Er nahm ihr Gesicht zwischen seine Hände. Aber dieses Mal drehte er es nicht zur Seite, um sie auf die Wangen zu küssen: Er neigte sich nach vorn und setzte seine geschlossenen Lippen zitternd auf die ihren. Seine Wimpern wurden feucht, der Kuss schien endlos. Geblendet schloss sie die Augen. Als sie sie wieder öffnete, war er verschwunden.

Mit versiegelten Lippen ging sie langsam in Gesellschaft jener haarigen und knorpeligen Baumstämme voran. Ihr war, als glitten die Bäume hinter ihr auf die Allee und wüchsen bei ihrem Vorübergehen zu einem undurchdringlichen Wald zusammen, in dem das Geheimnis des Bruderkusses, der kein solcher war, ruhte und geschützt war.

Sie war wach. Tito las und hatte ihr Erwachen nicht gleich bemerkt; er legte den Brief beiseite und hob den Blick.

»Ich wusste nicht, dass du Krankenschwester warst!«

»Das war von großem Nutzen, als dein Vater verwundet aus Griechenland heimkehrte.« Und erneut schloss sie die Augen.

Die Wunden heilten, aber er brauchte Ruhe. Er bekam viel Besuch: ihr unbekannte Mädchen, junge verheiratete Frauen und eine große Schar von Freunden. Mademoiselle schüttelte den Kopf, aber sie war nicht imstande, ihr Einhalt zu gebieten: Sie half im Haushalt; sie versorgte ihn, wenn der Krankenpfleger nicht zur Stelle war; sie machte Zitronenlimonade, buk Kekse, bereitete Süßspeisen zu – alles für ihn – und fühlte sich ganz als Herrin des Hauses; sie ging nur in die Stadt, um nach Dingen zu suchen, die er brauchte oder die ihm gefielen. Sie traf sich nicht mehr mit ihren Freundinnen und blieb auch den Versammlungen fern. Die Leute bewunderten sie, und es fiel ihnen auf, dass sie trotz allem strahlte.

»Was habt ihr gemacht, als er krank war?«, fragte Tito.

»Zuweilen bat er mich, ihm laut vorzulesen oder eine Schallplatte aufzulegen: Er hatte Gefallen daran, wenn ich die Melodien mitträllerte. Meistens aber schwiegen wir.«

Selten nur waren sie allein, aber das war nicht schlimm. Sie wussten, wie es um sie bestellt war. Mehr hatten sie sich nicht zu sagen. Sie beobachteten einander. Eine schamhafte Zurückhaltung hatte sich in ihrer Beziehung breitgemacht, was sich auch in der Art, wie er von ihr sprach, ausdrückte: Sie war nicht mehr »Rachele«, sondern »meine Schwester«. Und das unterstrich die Verwerflichkeit ihrer Gefühle füreinander. Sie begriff und verzehrte sich nach ihm.

Mademoiselle ermunterte sie auszugehen. Ihre Freundinnen wollten sie treffen, aber sie wies sie ab. Ihr Verehrer war häufiger und stets willkommener Gast in ihrem Hause; ihr graute es vor seinen Besuchen.

»Du musst dein Leben leben, du bist jung. Ich werde bald wieder zu meinem Regiment zurückkehren«, sagte Gaspare eines Tages zu ihr.

»So wie es ist, macht es mich glücklich.«

»Auch das ist nicht richtig. Wenn ich in den Krieg zurückmuss, wäre mir viel wohler zumute, wenn ich dich in Gesellschaft deiner Freundinnen wüsste.« Sie gehorchte. Wehen Herzens ging sie aus und war überzeugt, dass der Bruder, genau wie der Vater, sie unter die Haube bringen wollte. Wenn sie anschließend wieder zu Hause war, eilte sie zu ihm. Dann war sie glücklich.

Auch Gaspare nahm sein Leben außer Haus wieder auf: Der Genesungsurlaub neigte sich dem Ende zu.

Sie wollte nicht einmal daran denken, dass er an die Front zurückmusste.

»Und dann musste er tatsächlich in den Krieg zurück?«

»Ja, aber nur für kurze Zeit. Er hatte Sehstörungen und war gezwungen, seinen endgültigen Abschied zu nehmen.«

»Was tat er dann?«

»Er war sehr niedergeschlagen; manchmal schien er der Verzweiflung nahe. Wenn man bedenkt, was andere dafür getan hätten, das Heer verlassen zu können! Wir gingen nach Torrenuova, dort erholte er sich wieder. In der Stadt dann lebte er sein Leben. Und ich das meine.«

Sonia kam mit dem Frühstückstablett herein. Rachele bedeutete ihr, es auf dem kleinen Tisch abzustellen, und gab sich erneut ihren Erinnerungen hin.

Gaspare kehrte zu seinem Regiment zurück. Sie verlor die Lust am Leben: Sie aß nicht mehr und wurde immer schwächer. Wieder und wieder las sie die Bücher, die sie ihm vorgelesen hatte, hörte die Lieder, die ihm gefielen, und kapselte sich immer mehr ab. Mademoiselle brachte sie zum Arzt: Doch für ihn war sie gesund.

Dann kam seine Entlassung. Man hatte ein unheilbares Augen-

leiden diagnostiziert. Mit siebenundzwanzig Jahren war er bereits ein verbitterter Mann, der sich aufs Abstellgleis geschoben fühlte: Er wollte das Haus nicht mehr verlassen oder sich mit Freunden treffen. Nur in Gesellschaft der Schwester fühlte er sich wohl: Sie widmeten sich der Lektüre, unterhielten sich oder schwiegen einfach. Sie wich nicht mehr von seiner Seite, und er schickte sie nicht weg. Der Vater und Mademoiselle waren bestürzt. Als Gaspare den sehnlichen Wunsch äußerte, mit ihr nach Torrenuova zu gehen, gab der Vater missbilligend nach. Er und Mademoiselle blieben in der Stadt.

Die Einsamkeit von Torrenuova wirkte auf die beiden einschüchternd: Sie vermieden sogar den Gutenachtkuss. Die Anspannung ihrer Sinne war fast greifbar, und je bewusster sie sich dessen waren, desto mehr schreckten sie davor zurück. Vormittags kümmerte er sich um den Garten, und sie kochte. Die Nachmittage waren den gemeinsamen Spaziergängen über die Felder oder am Strand und der Lektüre gewidmet. Am Abend saßen sie zusammen, aber auf Abstand, und redeten über Gott und die Welt, nur nicht über sich. Häufig verharrten sie schweigend und betrachteten den Sonnenuntergang überm Meer und den Sternenhimmel. Dieses Schweigen gab ihr die Gewissheit, dass er ihre Gefühle erwiderte. Aber er sprach sie nicht aus. Da keimte in ihr der Wunsch nach einem Kind, einem Kind von ihm. Sie war wie geblendet.

Bei seiner Rückkehr aus Torrenuova wirkte Gaspare voll frischer Lebenskraft. Er ging mit den Freunden aus und verkehrte in Militärkreisen. Es hieß, er sei wieder zu einem Weiberhelden geworden. Wie früher führte er die Freundinnen aus. Und ihr gegenüber benahm er sich immer mehr als großer Bruder. Er nahm sie mit in die Stadt, spendierte ihr ein Eis oder kaufte ihr kleine Aufmerksamkeiten; er tauchte bei ihren Tanznachmittagen auf, um sie anschließend nach Hause zu begleiten. Vor den anderen umarmte er sie und legte ihr die Hände auf die Schultern, wie es Brüder bei ihren Schwestern eben tun. Wenn sie allein waren, ging er ihr aus dem Weg.

Sie verstand ihn nicht. Sie war todunglücklich. Sie weinte still in ihrer Kammer. Und sie vertraute sich Schwester Maria Assunta an. »Bete zum Herrn, dass er ihn dir aus dem Kopf schlägt und du das tust, was rechtens ist. Alles geht vorüber.«

»Und was geschah dann?« Tito wartete die Pausen ab, um seine Fragen zu stellen.

»Dann setzten die Bombenangriffe ein. Ich wusste nicht, wo dein Vater war; ich war in Sorge um ihn.«

Es geschah während eines Bombenangriffs. Sie war allein zu Hause und bereit, zu Bett zu gehen. Mademoiselle übernachtete bei Freunden am Meer. Der Vater war im Städtchen. Gaspare war ausgegangen. Die anderen Einwohner machten sich schleunigst auf den Weg in den Luftschutzkeller und klopften an ihrer Tür. Sie antwortete nicht, sie wartete auf den Tod: Das sollte ihr Schicksal sein, das hatte sie sich verdient. Auch die Pförtnerin kam; die schrie und schlug sogar mit Fäusten gegen ihre Tür: Sie wusste, dass das Mädchen im Hause war. Nicht einmal auf sie wollte sie hören.

Vor den Fenstern hatten sie Querbalken zum Schutz und wegen der Verdunkelung angebracht. Sie entfernte sie, um nach draußen zu sehen: Die Piazza war menschenleer, Finsternis überall. Die Bomber dröhnten am Himmel. Dicht hintereinander fielen die Bomben mit Leuchtspuren wie Feuerwerkskörper, die zischend durch die Luft zu Boden schossen. Sie explodierten im alten Stadtteil über dem Hafen, am Ende der Straße, die vom Meer hinaufführte: Explosion, Rauch und Staubwolken.

Die Silhouette der Dächer veränderte sich: Einer der Palazzi war nicht mehr da, die Kuppel von Casa Professa war verschwunden …

Das war die Strafe Gottes. Sie verriegelte alles wieder und warf sich aufs Bett: Sie wartete.

»Rachele, wo bist du?«

Das war er. Sie hatte nicht gehört, wie er die Haustür geöffnet hatte. Er rief nach ihr, aber sie antwortete nicht. Sie vernahm seine Schritte im Korridor, dann das Quietschen der Tür.

»Rachele, bist du da?«

Sie hielt den Atem an.

Die Explosion einer Bombe ganz in der Nähe. Dann Stille.

»Rachele, ich kann dich hören. Sprich, warum bist du nicht im Schutzraum?«

Durch die pechschwarze Finsternis tastete Gaspare sich näher; ein Stuhl kippte um: Jetzt war er neben dem Bett. Sie rollte sich auf der anderen Bettseite zusammen.

»Antworte!«

Er zog erst die Decke, dann das Betttuch weg: Es war in der schmiedeeisernen Umrandung hängen geblieben und wäre beinahe zerrissen. Dann senkte sich eine Hand auf ihren Rücken.

»Was ist mit dir geschehen? Antworte.«

Die Hand glitt über den Satin ihres Nachthemds aufwärts und erreichte den Ärmelansatz. Sie war wie ein totes Gewicht, die Angst lähmte sie, und zugleich war sie frei von jeder Angst. Gaspare zog am Ärmel, der Spitzenbesatz zerriss. Jetzt lag sie auf dem Rücken. Mit einer Hand drückte er ihre Schulter nieder und suchte Halt mit der anderen; so hob er sie in die Höhe und stützte sich dabei mit einem Knie an der Bettkante ab. Er zog sie hoch, hielt sich auf dem abgewinkelten Bein im Gleichgewicht und legte sie dann über seine Beine.

Er tastete nach ihrem Kopf, berührte ihr dichtes, offenes Haar; mit beiden Händen fuhr er hinein, und ohne auch nur eine Sekunde seinen Griff zu lockern, glitt er hinauf bis zu ihrer Stirn. Er drehte ihren Kopf in seine Richtung, schob ihr die tränenfeuch-

ten Haarsträhnen aus dem Gesicht und legte sie flach hinter die Ohrmuscheln – seine Finger waren wie die Zähne eines weitzackigen Kammes. Er suchte nach ihren Augen, ihrer Nase, ihrem Mund.

»Antworte jetzt! Warum bist du nicht im Schutzkeller?«

»Ich wollte sterben …«

Da verschaffte sich sein Mund gierig Zugang zu dem ihren, und ungeduldig schoben seine Finger die Träger ihres Nachthemds nach unten.

Den Kopf zwischen den Händen, saß Gaspare nackt auf dem Bettrand, das Leintuch war feucht und zerknittert.

Sie streichelte seinen Rücken. »Ich liebe dich, und du?« Und sie vereinten sich erneut, mit langsameren Bewegungen.

Müde sah die Tante ihn an.

»Und dann?«, fragte Tito.

»Dann kamst du.«

Mutter und Sohn sahen sich an, wagten nicht, einander zu berühren. Sonia servierte das Frühstück. Rachele zerteilte das Blätterteighörnchen in mundgerechte Happen, einen für sich, einen für Tito, und auf diese Weise sagten sie sich, dass sie sich lieb hatten.

44.

Eine irrwegige Liebe

»Ich werde nicht zulassen,

dass deine Ehre befleckt wird, niemals!«

Tito wandte sich in Gedanken an den Vater. *Und du, wie hast du nur so etwas tun können?*, fragte er.

Während des Genesungsurlaubs hatte er sich in Rachele verliebt. Die Schwester, die in Schönheit erblüht war, zog ihn an; das verlieh ihrer Beziehung eine Note von verhaltener Sinnlichkeit, und das war ihm nicht unangenehm. Die offenkundige Schwärmerei ihrerseits rührte ihn, brachte ihn aber nicht aus dem Konzept; er selbst betrachtete seine Beschützereifersucht als etwas durchaus Normales. Kraft der Gewissheit, dass sie sich ihm hingeben würde, konnte er widerstehen; er hoffte, dass auch diese Verliebtheit, wie alle anderen Liebeleien, mit der Zeit an Feuer verlöre, und zwar auf beiden Seiten. Vielleicht würde ein ambivalentes Verhältnis zwischen ihnen entstehen – wie es zuweilen zwischen Bruder und Schwester existiert –, das trotz allem keinen der beiden hindern würde, zu heiraten und eine eigene Familie zu gründen.

Bevor er an die Front zurückkehrte, hatte er sich mit Feuereifer in eine Affäre mit der Frau eines Hauptmanns gestürzt, und alles schien nun in ein anderes Licht getaucht: Eine vorübergehende erotische Flause war es, weiter nichts.

Der endgültige Abschied vom Militärdienst war für Gaspare eine niederschmetternde Erfahrung, ein echtes Trauma. Und in dieser Lage wurde ihm bewusst, dass die Schwester der Dreh- und Angelpunkt seines Lebens war. Die gegenseitige

Anziehungskraft war heftig: Er schämte sich. Auf Torrenuova war aus der Verliebtheit echte Liebe geworden, die auf Erwiderung stieß, ohne dass es dafür auch nur eines Wortes bedurft hätte. Sie hatten reichlich Gelegenheit: Des Nachts waren sie allein. Sie bot sich ihm an. Voller Begehren. Ganz bewusst. Sanft. Entschlossen. Und mit sich im Reinen. Er wollte sie nicht, aus Respekt eben für ihre Liebe, die er in seinem Herzen mit einem sonnigen Tag auf Torrenuova verglich, wenn der Himmel weit und ohne Wolken ist: Im Morgengrauen hinter den Hügeln im Landesinnern war er rosenfarben; dann wurde er nach und nach azurblau, strahlend und rein. So blieb der Himmel bis zum Abend, wenn er über dem Meer erglühte. Gaspare wagte es nicht, diesen Himmel mit seiner Leidenschaft zu entstellen.

Er hatte keine Zweifel: Es wäre ein Wahnsinn, eine inzestuöse, also verbotene Beziehung voranzutreiben, dennoch war er unfähig, sie abzubrechen. Er musste dieser Liebe ihre Zeit lassen, damit sie der eigenen, unausweichlichen Bahn folgte. Aber er wagte nicht, sich auszumalen, wie sie verlaufen würde.

Bei seiner Rückkehr in die Stadt ließ er das Verhältnis mit der Frau des Hauptmanns wieder aufleben. Weintrunken nahm er sie, aber er wurde nur erregt, wenn er dabei voll heißen Begehrens an die Schwester dachte; er verabscheute sich. Er mied Racheles Gesellschaft, was nur dazu führte, dass er wie ein Besessener nach ihr suchte. Hatte er sie dann gefunden, behandelte er sie wie eine kleine Internatsschülerin. Gaspare setzte alles daran, um sich selbst etwas vorzumachen: Er wollte um jeden Preis an den trügerischen Schein eines ehrbaren Gefühls der Zuneigung glauben.

Er war in Gesellschaft der Freunde. Hinter den Bergen tauchten feindliche Bombergeschwader auf. In Dreierformationen, in Rhombenform und dann in großer Zahl, einer hinter dem anderen. Spektakulär. Bedrohlich. Er wusste, dass Rachele allein im Hause war. Er eilte durch die Straßen der Stadt, suchte die Nähe der bereits bombardierten Gebiete und ging den Hilfskommandos aus dem Weg; er hielt sich Mund und Nase zu, um nicht Staub und Rauch zu schlucken. Er verschloss die Ohren, um die Klagen der Verletzten nicht zu hören, er ignorierte ihre Hilferufe. Er rannte zu seiner Rachele.

Der Luftschutzraum war zum Bersten voll. Fremde und Hausangestellte waren zusammengepfercht. »Rachele!«, schrie er. »Rachele, wo bist du?« Viele – vor allem die Frauen – bedeckten ihrer Gesichter mit Stolen und Decken; er riss sie zur Seite und sah sich ihre Gesichter beim Lichtschein seines Feuerzeugs an, dann warf er die Tücher unwirsch zurück und ging weiter zu den nächsten Personen. »Rachele! Rachele!« Wie ein Besessener zwängte er sich durch die dichten Menschengruppen, ohne Respekt für die Alten, Kranken, Kinder. Entrüstet begehrten Männer und Frauen auf. Andere beschimpften ihn. Er ließ sich nicht beirren. »Rachele!« Er musste sie finden.

»Sie ist nicht hier! Sie wollte im Haus bleiben!«, schrie die Hausmeisterin aus dem Loch, in das sie sich verkrochen hatte.

Gaspare nahm zwei Treppenstufen auf einmal, beinahe ohne den Handlauf zu berühren, es war, als könnte er in der Dunkelheit sehen.

Er tastete sich an der Tür entlang, konnte das Schlüsselloch nicht finden. Das war ihm noch nie passiert. Er presste die Hände gegen das Holz, berührte den Türspion, zog an der Kordel, die vom Spion aus die Glocke in Bewegung setzte, die Türglocke ertönte auch, aber es kam keine Antwort. Er schlug gegen den Türflügel, suchte erneut nach dem Türschloss. Er fand es nicht. Eisige Gewissheit, dass er sie noch heute Nacht besitzen würde, überkam ihn.

Ganz in der Nähe schlug eine Bombe ein. Und weiter weg noch andere.

Endlich stieß der Schlüssel ins Loch. Er drehte ihn um. »Rachele, wo bist du?«

Er spürte ihre Gegenwart. Und ihre Nacktheit.

Rachele war in den Armen des Bruders eingeschlummert; sie lag mit dem Rücken an seiner Brust, wie sie es als kleines Mädchen zur Sommerzeit im Schatten der Pinien tat, wenn er ihr Märchen vorlas – ihr Körper in voller Unschuld an dem erwachenden von ihm. Gaspare dachte, dass diese Nacht der Bombardierungen und Leidenschaft die Unschuld, anstatt sie verfliegen zu lassen, zu tiefer Liebe emporgehoben hatte. Seine Glücksgefühle schlugen um in Verzweiflung: Diese Liebe würde Unglück und Schande bringen. Wieder Bombeneinschläge, nicht weit entfernt. Rachele presste sich im Schlaf an ihn.

Die Morgendämmerung brach herein, und die Bombardierungen ließen nach. Gaspare glitt aus dem Bett, ohne sie zu wecken, und kleidete sich an: Bald würde die Hausmeisterin kommen und ihren Kontrollgang machen. Er schrieb Rachele eine Nachricht: »Komme nach dem Mittagessen zurück. Abendessen daheim.«

Rachele erwartete ihn ungeduldig auf dem Balkon. Gaspare bedeutete ihr herunterzukommen.

»Gehen wir!«, sagte er. Er beschleunigte seinen Schritt und richtete das Wort nicht mehr an sie. Im Laufschritt und immer wieder stolpernd, ließ sie nicht zu, dass er sie abhängte.

Zusammen, aber Abstand wahrend, nahmen sie den Weg Richtung Hügel, wo die Bombardierungen weniger heftig waren. Die Stadt war wie gelähmt, die Atmosphäre lastete schwer auf ihr. Die Nebenstraßen waren zu Feldwegen geworden. Sie durchquerten Zitronen- und Orangenhaine, schlugen sich über verschlungene Gassen voran, gingen an den Mauern verlassener Villen aus dem achtzehnten Jahrhundert entlang. Wenigen und nur unbekannten Menschen begegneten sie auf ihrem Weg.

Plötzlich hielt er inne, streckte den Arm zur Ringmauer eines Zitrusfruchthains aus: »Es muss ein Ende haben. Besser gesagt, es ist bereits zu Ende!«

»Was tun wir denn Schlechtes?«

Rachele atmete den Duft der Zitrusblüten ein und bot sich ihm an, flehentlich.

»Es muss enden. Es muss.« Und sie machten sich auf den Rückweg.

Sie waren in die Straße eingebogen, die die Stadt der Länge nach in zwei Hälften teilte. In der Ferne verfolgten sie den Sonnenuntergang, die Sonnenkugel war hinter die kahlen, felsigen Berge gesunken, die die Stadt im Halbkreis umgaben und einen nutzlosen Schutzwall gegen den Angriff aus der Luft bildeten. Linkerhand, zum Meer hin, ragte der Monte Pellegrino empor – gänzlich aus rosa und blauviolettem Gestein –, nackt und erniedrigt unter dem blassen Himmel.

Wenige Passanten, auch sie in Trauer und Schweigen gehüllt, kreuzten ihren Weg.

Eine alte Frau auf der niedrigen Grenzmauer einer Villa rief ihnen zu: »Jung und schön seid ihr, Bruder und Schwester, das sieht man! Also werde ich ein Gebet zum Herrn schicken, für euch und für eure Toten. Im Leben muss Hoffnung sein, für die jungen Leute. Schöpft Kraft, wenn nicht ihr, wie sollten wir Alten es denn tun!«

Sie schauten zu der Frau hin und wagten nicht, einander in die Augen zu sehen: Ihr Hals war ihnen wie zugeschnürt.

Gaspare ging schnell – entschlossen, sie abzuhängen. Rachele war müde und hatte Mühe, ihm zu folgen. Unter einer Platane wartete er auf sie; die fleckige, aufgequollene Baumrinde des Stamms begann abzublättern.

»Ein Letztes noch: kein Wort zu niemandem!« Sein Blick war streng.

»Mein Mund ist wie zugemauert, *bocca murata.*« Aus ihrem Augenwinkel löste sich eine Träne.

»Den Mund wie zugemauert … Das sagte unsere Mutter immer …«

Und er strich ihr mit dem Finger über die Wange.

Es fielen keine weiteren Bomben. Das Leben in der Stadt normalisierte sich, auch sie beide nahmen ihre getrennten Leben wieder auf. Sie sahen sich zu Hause und draußen, aber nur flüchtig. Jeder trug sein Geheimnis mit sich. Aber die gewohnten Gesten und Worte bekamen eine neue Intensität.

Rachele hatte sich in die Pflege der Kriegsverletzten gestürzt. Ganze Tage verbrachte sie bei den Nonnen und suchte anschließend ihre Freundinnen auf: Sie zeigte keine Müdigkeit und schien aufgeblüht. Bei jedem Schritt war sie umgeben von einer Aura purer Sinnlichkeit: ihre Haut und die kastanienbraunen Zöpfe, die sie über den Ohren zusammengerollt trug, schimmerten. Rachele, in der Blüte ihrer Jugend, begehrte ihn erneut und für immer.

Gaspare stand unter Anspannung und wirkte kraftlos. Er ging der Schwester aus dem Weg; auch er widmete sich Hilfsaktionen, von denen er erschöpft nach Hause kam. Er fuhr mit dem Vater in die Pastafabrik und kümmerte sich um die von der Mutter ererbten Besitzungen. Häufig ging er mit den Freunden aus und verpasste keine Gelegenheit, sich zu vergnügen. Zu Hause aber zog er eine finstere Miene. Verwundert beobachtete Mademoiselle die beiden: Etwas hatte sich verändert.

Nach jener Wahnsinnsnacht hatte Gaspare alles getan, um das zu vermeiden, was in seinen Augen der Ruin seiner Schwester war. Es schien jedoch, als wären der Vater und Mademoiselle überzeugt, dass er ihr nachstellte. Je mehr er sich von Rachele fernhielt, desto öfter trafen ihn ihre Blicke voll stummer Anklage.

Der Vater ging noch weiter: Er sagte ihm, er solle sich augenblicks nach einer Ehefrau umsehen und dabei sein Augenleiden überspielen; im selben Atemzug nannte er ihm einige Mädchen, die zu haben waren. Gaspare antwortete, dass er sich für eine Heirat nicht reif fühle, aber darüber nachdenken wolle. Ähnliche Worte, aber sehr viel gezielter richtete der Vater an Rachele: Für sie hatte er bereits einen Ehemann: den jungen Arzt, der sie seit geraumer Zeit liebte. Sie lehnte ab. Da zwang er den Sohn, die Schwester in seinem Beisein umzustimmen. Gaspare wollte sich der Aufgabe nicht entziehen: Die Ehe würde Rachele die Gelegenheit geben, ein normales Leben zu führen und ihr Glück zu finden.

Nach ihrer anhaltenden Weigerung fügte sich Gaspare der Unausweichlichkeit der Liebe und gab sich ihr hin.

Eines Abends war der Vater früher als gewöhnlich aus seinem Zirkel zurückgekehrt. Vom Zimmer des Sohnes her waren Geräusche zu hören. Er lauschte. Dann betrat er den Korridor, auf den das Schlafzimmer von Rachele und das von Mademoiselle mündeten. Heftig stieß er die Zimmertür der Tochter auf: Rachele war nicht da. Wie ein Raubtier im Käfig schritt er im Zimmer auf und ab, dann stürzte er auf den Gang zurück.

»C'est toi, Tito?« Mademoiselle, den Morgenrock über der Brust zusammenraffend, hatte ihre Zimmertür einen Spalt geöffnet. Im Schein der Ölleuchte tauschten sie einen wissenden Blick.

Tags darauf rief der Vater ihn zu sich ins Herrenzimmer. Er wollte wissen, was geschehen war. Auf das Schweigen des rebellischen Sohnes reagierte er mit Drohungen: Er würde ihn enterben; er würde dafür sorgen, dass am Ende sogar die Pastafabrik nicht ihm gehörte; er wollte seine guten Beziehungen zu den Parteiobersten einsetzen, damit dem Sohn jegliche Aktivität verwehrt bliebe. Dieses Mal hielt Gaspare dem Vater seine unvergessene Gewalttätigkeit gegen die Mutter vor.

Nach dieser Auseinandersetzung verließ der Vater Palermo, und kurz darauf kam er bei einem Jagdunfall ums Leben.

Bruder und Schwester waren unzertrennlich in ihrer Trauer. Rachele war von aufrichtigem Schmerz erfüllt, Gaspare quälten Schuldgefühle. Über die Zukunft sprachen sie nicht, und auch nicht über sich selbst: Eine Art Sühnebegehren anlässlich des Todes ihres Vaters ließ ihre leidenschaftlichen Gefühle füreinander erstarren, nicht aber ihre Liebe. Sie machten es sich zur Gewohnheit, nach dem Mittagessen, wenn die Straßen menschenleer waren, einen Spaziergang zu machen. Von Zeit zu Zeit legte er ihr die Hand auf die Schulter, wie es Brüder bei ihren Schwestern tun. Kamen sie an einer offenen Kirche vorbei, traten sie ein: Auch die Gotteshäuser waren zu dieser Stunde verlassen. Vor den Kapellen und barocken Gebetsstühlen hielten sie inne: Murmelnd sprach sie ein Gebet, er blieb im Hintergrund, versunken in den Anblick der üppiglustfrohen Statuen aus dem achtzehnten Jahrhundert, die die Sinne des Betrachters ansprachen und zugleich eine Warnung bedeuteten. Das waren die einzigen Momente, in denen sie sich nahe sein konnten: Er umschlang ihre Taille, ergriff ihre Hand, streichelte flüchtig ihr Gesicht.

Sie standen vor der Verkörperung des Friedens: einer anmutigen Jungfer in einer der mit Stuck verzierten Wandnischen. Sie war aus einem Kalkstein-Marmorpulver-Gemisch modelliert und wie alle anderen Statuen des Giacomo Serpotta unschuldig rein, gefällig, strahlend.

Freizügige Gewänder – teils luftig, teils eng anliegend – zierten ihren geschmeidigen Leib; ihn entblößend, glitten sie über die Schulter und den Arm; zart wie ein Schleier fielen sie über die runden Brüste und den leicht gewölbten Bauch und betonten ihre Rundungen; auch den Bauchnabel modellierten sie heraus. Dann erweiterten sie sich faltig und bauschig über den Beinen, und oberhalb der Knie waren sie eng zusammengefasst; andere dichte und füllige Faltenwürfe berührten die zarten nackten Füße.

Das nachdenkliche Antlitz der *Pace* genannten Figur zeigte sich im Profil, leicht nach unten geneigt; die feinen Züge hatten etwas Kokettes an sich, und die Haare waren auf dem Kopf von einem Zopf, der als Haarband diente, zusammengehalten. Der unschuldige Blick war auf die Hand gerichtet, die die Figur des gefangenen nackten Feindes – dunkel, starr und muskulös, das Haupt gesenkt, Hände und Füße in Ketten – umklammert hielt und sie gegen ihren Schoß richtete.

Vor dieser Statue gestand sie ihm flüsternd: »Ich bin schwanger.«

Auch sie waren wie Statuen; Bestürzung und Verzweiflung stand in seinen Augen, Entschlossenheit und Optimismus in den ihren.

»Wir werden etwas unternehmen, ich kenne einen guten und vertrauenswürdigen Arzt.«

Mit leiser Stimme und frei von Emotionen sagte sie: »Ich will es.«

»Ich will es«, wiederholte sie und fügte hinzu: »Ich werde es an einem anderen Ort zur Welt bringen, wir werden sagen, dass ich verführt worden bin.«

Sie flüsterten, ohne den Blick von der Statue zu wenden; es sah aus, als sprächen sie ein Gebet, sie zelebrierte, er antwortete. Der Küster wartete, dass sie gingen, damit er die Kapelle abschließen konnte. In der Zwischenzeit ging er auf und ab und behielt die beiden im Auge, gleichmütig.

»Ich werde nicht zulassen, dass deine Ehre befleckt wird, niemals!«

»Dann überleg dir eine andere Lösung.«

»Es gibt keine andere, das weißt du.«

»Ich bin zu allem bereit, um mit dir und unserem Kind zusammenzubleiben.«

»Du sprichst im Wahn.«

»Alles. Begreifst du?«

»Glaube nicht, dass ich nicht auch daran gedacht hätte. Das bedeutete eine radikale Veränderung für dich …«

»Ich weiß.«

»In ewiger Lüge leben …«

»Ich schaffe das.«

»Ausgeschlossen aus dem Kreis deiner Freundinnen und der Gesellschaft …«

»Ist in Ordnung.«

»Den Wohnort wechseln, selbst zu einer anderen werden …

Auch wenn ich einmal nicht mehr sein werde. Glaubst du, dass du dazu in der Lage bist?«

»Ich ja. Und du?«

»Zwischen uns muss alles ein Ende haben!«

»Das nicht, das könnten wir nicht. Auch dafür werden wir einen Weg finden.«

Rachele nahm Gaspare bei der Hand. Sie geleitete ihn zum Mittelschiff, und dort, vor dem schmucklosen Altar, kniete sie nieder. Dann lenkte sie, ohne seine Hand loszulassen und ohne ihn anzusehen – als wären sie ein Brautpaar –, ihre Schritte zum Hauptportal. Es war verriegelt.

Am nächsten Tag hatte Gaspare eine Unterredung beim Notar: Sie besprachen die Erblassung. Der Arzt und Bruder des Notars stieß zu ihnen und unterrichtete ihn mit wenigen Worten über das Krebsleiden des Vaters und seine gesicherte Kenntnis davon, dass er durch Selbstmord zu Tode gekommen sei.

»Ich will nicht, dass meine Schwester es erfährt, sie ist sehr religiös«, sagte Gaspare. Ein Stein fiel ihm vom Herzen.

An jenem Abend suchte er Rachele in ihrem Zimmer auf.

45.

Racheles lange Nacht

*»Ich möchte nicht gezwungen sein,
dieses dein unseliges Glück zu verdammen.«*

Sonia servierte Rachele das Abendessen: Sie hatte sie auf dem Sessel Platz nehmen lassen und sie zu dem kleinen Tisch mit verstellbarer Ausziehplatte geschoben.

»Den habe ich damals für meinen Bruder gekauft, als er verletzt war …«, sagte Rachele, während sie sich die *Minestrina primavera,* ihre Lieblingssuppe, schmecken ließ.

Sonias Handy klingelte: Es war Nadia, ihre Tochter, die im Haushalt von Santi arbeitete. Sonia zog sich in die Nähe des Fensters zurück, ohne aber Rachele aus den Augen zu lassen. Das Telefon ans Ohr gepresst, konnte sie sie gleichzeitig bedienen: Sie schöpfte ihr noch Suppe auf den Teller, reichte ihr das Brot, nahm ihr den leeren Teller weg, setzte ihr das gekochte Gemüse vor, und immer kehrte sie ans Fenster zurück und sprach gedrängt in ihrer Sprache.

Die Tante war mit dem Essen fertig und wartete geduldig. Tito wusste also Bescheid, und er akzeptierte: Nie hatte sie zu hoffen gewagt, dass dieser Moment eintreten würde.

»Nadia weinte sehr, ich habe sie beruhigen müssen.«

»Was ist denn passiert?«

»Ihr nichts, aber Titino. Das arme Bürschchen! Ihr habt vielleicht damit gerechnet, ihr wusstet, dass er schlecht sah. Aber meine Nadia war völlig verzweifelt: Der Arzt hat genau in dem Moment angerufen, als sie sie zu Tisch rief. Titino hat dieselbe Krankheit wie dein Bruder …«

Mit brüsker Handbewegung wies Rachele die Schale mit

den Kirschen zurück, die Sonia ihr reichte. »Ich will zu Bett gehen.« In den Sessel gesunken, das Gesicht grau wie eine Berglinse, die Lippen zusammengepresst, wartete sie, dass die Bedienstete den Drehtisch wegschob.

Sie wurde zwanzig Jahre alt. Sie gaben ein kleines Fest zu Hause.

Am Abend sagte der Vater zu ihr: »Es ist an der Zeit, dass du heiratest. Dieser junge Arzt gefällt mir, und sein Vater ist bereit, als Brautwerber aufzutreten.«

»Ich will nicht heiraten. Niemals!«

»Ich begreife dich nicht, willst du etwa eine alte Jungfer werden?«

»Ich habe gesagt, dass ich nicht heiraten will!«

»Und wenn dein Vater es von dir verlangt?«

»Über meinen Körper und meine Seele gebiete ich allein, Papa.«

»Pass auf, du wirst es noch bereuen. Überlege es dir.«

Wenige Tage danach rief der Vater sie in die Bibliothek. Er war nicht allein: Gaspare war anwesend. Die Beine betont lässig von sich gestreckt, saß er halb auf der Ablage des Bücherschranks und klammerte sich am Rand des Regalbrettes fest; das fiel ihr auf, und sie bemerkte auch, dass er sich mit den Beinen abstützte, um nicht wegzurutschen.

»Hast du nachgedacht über das, was ich dir gesagt habe? Man erwartet eine Antwort von mir. Willst du ihn also?«

»Nein.«

»Dann hör wenigstens auf deinen Bruder.«

Gaspares Finger krallten sich noch heftiger um die Brettkante. »Rachele, er ist ein guter Kerl, wir sind Freunde. Er wäre ein hervorragender Schwager für mich. Du kennst seine Gefühle. Mit ihm würdest du eine schöne Familie, gesunde Kinder bekommen …«

»Du willst, dass ich ihn heirate?«

»Er ist eine passende Partie für dich. Die Entscheidung liegt bei dir …«

»Du willst also, dass ich die Ehefrau von dem da werde?«

»Ich will dich glücklich sehen.«

»Ich, ich werde die Frau von einem schönen Niemand sein!«, und damit stürzte sie wie von Sinnen aus dem Zimmer.

Am Abend wartete sie auf ihn, die Kerze war beinahe heruntergebrannt. Sie hörte seine Schritte in der Diele, dann im Bad. Danach Stille. Auf Zehenspitzen klopfte sie an seine Tür. Ganz sachte öffnete er einen Spaltbreit, trat heraus und schloss die Tür hinter sich. Sie sahen sich an.

»Weißt du, dass ich blind werde?«, fragte er.

Sie erwiderte nichts.

»Und du willst mich trotzdem?«

Gaspare löste den Bindegürtel ihres Morgenrocks; dann blies er die Kerze aus und ließ sie in sein Zimmer herein. Und so geschah es immer: im Dunkeln.

»Rachele, mir gefällt deine Beziehung zu Gaspare nicht. Ihr beide spielt mit dem Feuer. Hör auf mich. Lass uns weggehen, ins Madonie-Gebirge; dort ist es schön, wir werden Spaziergänge in den Wäldern machen … Nimm dir die Zeit und gönne dir diese Zerstreuung, damit du über den Tod deines Vaters hinwegkommst …«, legte Mademoiselle ihr ans Herz. Sie stand ihr sehr nahe: Rachele wusste, dass sich zwischen Mademoiselle und dem Vater eine Liebe angebahnt hatte, und nun spürte sie ihren Schmerz.

»Wir sind zwei Waisenkinder und sind glücklich miteinander: Was soll daran Schlechtes sein?«

»Da irrst du gewaltig, du bereitest dir und den anderen großes Unglück … Begreifst du, was ich sage?«

»Ich bin glücklich. Auch Sie haben hier im Hause Ihr Glück gefunden.«

»Ich möchte nicht gezwungen sein, dieses dein unseliges Glück zu verdammen.«

Dann kam der Moment, dass Mademoiselle sie verließ.

Titino. Mademoiselle hatte recht behalten.

Es war das, was sie immer schon befürchtet hatten: Nicht für Tito – Rachele war überzeugt, dass er gesund sein würde, und Gaspare war der Fatalist –, aber für seine Nachkommen.

Jedes Mal, wenn sie ihr das neugeborene Kind reichten, zögerte sie, es zu nehmen, und dabei zitterte sie, aber nicht vor Freude, sondern aus Angst, dass diese unscharfen Pupillen im Heranwachsen ein immer engeres Gesichtsfeld, einen Röhrenblick, entwickelten und später gänzlich in der Finsternis versänken, wie es Gaspare widerfahren war. Diese Angst hatte sie nie mehr losgelassen. Aber sie hatte gelernt, mit ihr zu leben, genau wie mit allem anderen.

Rachele schaltete das Licht an und trank einen Schluck Wasser. Sie spürte, wie sehr der Bruder ihr fehlte. Er hatte es immer verstanden, ihr Kraft zu geben, sie zu trösten: Auch diesen Schmerz hätten sie gemeinsam ertragen.

Tito streifte in der Kirche umher, und sie beide standen in der Kapelle vor Masaccios Vertreibung von Adam und Eva aus dem Paradies. *Ihre Nacktheit war schandhaft und sinnlich zugleich: Es war die Sünde. Er sagte: »Ich identifizierte mich einst mit ihnen und dachte an das Unheil, das auf ihre Kinder und Kindeskinder niederging. Jetzt aber glaube ich das nicht mehr. Adam nahm den Apfel nicht aus Gier und nicht einmal aus Machtgelüsten, sondern der Liebe wegen. Aus Liebe zu Eva. Und das ist keine Sünde. Die Liebe ist gewaltig, mächtig ist sie, mächtiger als alles andere.«*

Titino, Titino, der über die Alleen hüpfte, der Fußball spielte, der Autofahren lernen wollte, der so gut zeichnete, der Bücher liebte … Er sollte in der Finsternis versinken.

Gaspare! Gaspare! Wo bist du? Hilf mir doch!

Sie erhob sich allein und tastete sich, an den Möbeln Halt suchend, voran. Sie erreichte die Tür, die auf die Wendeltreppe führte. Sich am schmiedeeisernen Handlauf festklammernd, stieg sie mit bloßen Füßen zur *Stanza di Nuddu* hinauf: Dort in der Finsternis wartete er auf sie, wie er es jeden Nachmittag getan hatte.

Die Kälte des Eisens drang in ihre nackten Fußsohlen; Stufe um Stufe stieg sie hinauf, ihm entgegen.

Gaspare! Gaspare!

Sie sprach im Wahn. Ihr Kopf drehte sich. Sie verlagerte das Gewicht auf das gesunde Bein und hielt sich am Treppengeländer fest. Doch dann gab das Bein nach und verhakte sich zwischen den Eisenschnörkeln, klemmte fest. Sie versuchte, sich zu befreien. Eine Eisenspitze riss ihr Fleisch auf. Sie fiel zu Boden.

Gaspare, komm!

Sie begehrte ihn, so wie damals, als sie jung war, sie wollte ihn. Ohne Reue. Voller Verzweiflung.

Auch der andere Fuß rutschte weg, und durch diese Bewegung gelang es ihr, das eingeklemmte Bein zu befreien. Sie rollte die Treppe hinunter und prallte gegen die Wand. Ein Blutstrahl schoss aus ihrem Bein. Sie stotterte vor Schmerz und weinte:

»Schlaf! Schlaf ein wenig, weiße Perle,
lass mich vor dir auf die Knie gehen und dich anflehen,
dass du die Freuden des Himmels
für deine Augen herbeirufest …«

Und so, stammelnd und weinend, fanden sie sie zusammengekrümmt in einer Blutlache.

46.

Die Liebe entzündet sich,
wenn man es am wenigsten erwartet
»Ich schäme mich, es zu sagen,
aber ich fühle mich rundherum glücklich.«

Sonia war aufgestanden, um ins Bad zu gehen; im Wohnzimmer und im Schlafgemach der Tante brannte Licht. Sie suchte sämtliche Räume auf dem Stockwerk nach ihr ab: vergeblich, die Tante war nirgendwo. Eilig weckte sie Tito und Mariola; gemeinsam kontrollierten sie erneut jeden Winkel: Sie öffneten die Türen der Wandschränke, steckten den Kopf in die Besenkammer, sogar unter den Betten und Sofas schauten sie nach. Tito warf einen Blick auf die Dienstbotentreppe und durchkämmte das Erdgeschoss einschließlich der Empfangsräume.

Mariola war es, die vorschlug, doch im Dachkämmerlein nachzusehen. Man erreichte es vom Absatz der Dienstbotentreppe aus, von dem zwei Türen abgingen: Eine war der Zugang zum ersten Obergeschoss, die andere führte zur Wendeltreppe. Sonia war schon dort: Auch hier brannte kein Licht, und von der Tante gab es keine Spur. Voller Bedenken stieg Tito die Treppe hinauf. Er fand sie wenige Stufen von der Tür zur *Stanza di Nuddu* entfernt.

In Titos Armen tat sie ihren letzten Atemzug, während sie mit ersterbender Stimme immer die gleichen Worte stammelte: »*Schlaf! Schlaf ein wenig, weiße Perle.*«

Sonia und Mariola wuschen sie, legten sie auf dem Bett zurecht und tauschten dabei nur die notwendigsten Worte aus.

Tito warf ihr einen letzten Blick zu; Sonia und Mariola hatten die Tote ordentlich zurechtgemacht. Ihre Züge waren entspannt, ihr Gesicht war ohne Falten, und auf den Lippen lag ein Anflug von Lächeln. Dann schlossen er und Mariola die Tür und gingen ins Schlafzimmer, um sich anzukleiden.

Sie waren blutverschmiert. Tito wusch sich am Waschbecken. Das Licht der Halogenlampe über dem Spiegel verblasste im anbrechenden Morgenlicht: Es war auf die Maße einer sterbenden kleinen Sonne geschrumpft, und auch das vom Spiegel reflektierte Licht war erbärmlich. Unterdes nahm Mariola eine Dusche. Als sie der Tante zu Hilfe geeilt war, hatte sie ihre Hände mit Blut befleckt und war sich damit in die Haare gefahren.

Durch das beschlagene Glas erkannte Tito die Form ihres Körpers und den Schaum des Shampoos in der Wanne, der wie der Schaum des windgepeitschten Meeres war ... Mariola schwieg; hin und wieder nur seufzte sie leise »Mein Gott!« Er lauschte dem Schwappen und Plätschern des Wassers, das von den Seufzern unterbrochen wurde. Der Duft des Badeschaums schwebte durchs Zimmer. Der Knoten in seinem Hals löste sich und damit auch die Anspannung seines Körpers. Er betrachtete die unscharfen Umrisse seiner Frau, hörte ihr zu und verspürte eine neue, stille Zärtlichkeit.

»Reich mir den Bademantel.« Mariola streckte die Hand hinter der Glasscheibe hervor.

Tito betrachtete ihre Hand mit den molligen Fingern, und bei diesem Anblick durchströmte ihn ein Gefühl vollkommener Zufriedenheit – das alle Wörter und Zärtlichkeiten nicht aufwiegen können.

Da begriff Tito, dass er sie wirklich liebte.

Mariola saß mit noch feuchter Haut auf dem Bettrand und trocknete sich die Haare mit dem Bademantel ab, den sie zu Boden geworfen hatten; dann fuhr sie sich damit zwischen die Beine.

Tito lag ausgestreckt auf dem Bett. Er streichelte ihr über den unteren Rücken, als massierte er sie; er lächelte.

»Was ist?«, fragte sie, sich umdrehend.

»Ich schäme mich, es zu sagen, aber ich fühle mich rundherum glücklich.«

»Wohl dir, ein Höllentag erwartet uns.«

Zärtlich fuhr ihre Hand über sein Gesicht, aber in Gedanken war sie bereits bei der Trauerkleidung.

47.

Befürchtungen und Hoffnungen

»Wir müssen unsere Rechte schützen, du und ich!«

Die Familie hatte nicht erwartet, dass so viele Trauergäste sie bis zum Friedhof begleiten würden.

Nach der Beisetzung waren Tito und Mariola im Kreis der alten Angestellten der Pastafabrik: Jeder hatte eine Geschichte von der Güte der Tante zu erzählen. Tito hatte vergessen, dass die Tante Autofahren gelernt hatte, als der Vater es aufgeben musste, und sie zuweilen seine Chauffeurin war und ihn auch in die Pastafabrik begleitete. Santi nahm die Beileidsbekundungen seiner Mitarbeiter und Freunde entgegen.

Teresa und Elisa fanden sich allein, Seite an Seite, wieder.

»Wer hätte damit gerechnet, dass so viele Leute kommen würden … Die Tante ist gestern Abend gestorben, die Todesanzeige wird erst morgen in der Zeitung stehen«, sagte Teresa. »Sie war so menschenscheu, ich glaube nicht, dass sie froh darüber gewesen wäre …«

»Da irrst du dich, es hätte ihr gefallen, und wie! Meiner Meinung nach war ihre Schüchternheit nur gespielt«, widersprach Elisa.

»Papa und Santi haben sich tapfer gehalten, sie haben nicht geweint.«

Teresa trocknete sich die letzten Tränen und hatte nicht bemerkt, dass in diesem Moment Dante zu Santi getreten war, um ihn zu umarmen, wie die anderen es auch getan hatten. Da war der Bruder in Schluchzen ausgebrochen. Jetzt weinte Santi an Vannas Schulter; sie war keinen Augenblick von seiner Seite gewichen. Elisa aber hatte es bemerkt.

»Schau ihn dir an!« Und sie deutete auf den Bruder. Dann fügte sie hinzu: »Wir zwei werden Ärger bekommen, Dante wird uns keine Ruhe lassen, bis er das kriegt, was er haben will. Jetzt begreife ich, was dahintersteckt.«

»Er ist ganz einfach ein Freund von Santi, er hat sich auch erboten, sie zu begleiten nach …« Teresa hielt inne. Am Abend zuvor hatte Santi ihr die endgültige Diagnose von Titino mitgeteilt. Dann hatte er sie gebeten, wegen des Todesfalls die Nachricht für sich zu behalten: Es war nicht der geeignete Moment, auch die Eltern und Elisa einzuweihen.

»Von wegen Freund!« Elisa erklärte der überraschten Schwester, dass sie, als sie das Familienwappen – frei erfunden mit Ziegeln aus Pastateig, Volants aus den Speichen und Rädern der Oldtimer – zur Krönung von Titinos Hausaufgabe zeichnete, auch einen Blick auf den Stammbaum geworfen hatte. Dort standen die Namen sämtlicher Vorfahren, einschließlich der Urgroßmutter von Vater Seite: namens Marta Attanasio. Vanna hatte ihr erklärt, dass es Dantes Vorschlag war, den Namen seiner Mutter einzusetzen, und sie waren ihm dankbar gewesen. »Wir haben uns von Dante für dumm verkaufen lassen: Ganz offiziell ist er nun der Halbbruder von Papa.« Niemand würde mehr daran zweifeln: Es stand ja schwarz auf weiß in der Hausaufgabe eines Schulknaben!

»Aber damit ist die Sache nicht erledigt«, sagte sie noch. Dante hat kein Geheimnis daraus gemacht, dass er den Namen seines Vaters nicht kannte; der Schluss war naheliegend, dass er und Tito auch denselben Vater hatten. »Er hat die Pastafabrik im Auge und hat sich bei denen lieb Kind gemacht, die das Sagen haben: Papa und Santi. Auch er wird Geschäftsanteile verlangen. Wir müssen unsere Rechte schützen, du und ich!«, schloss Elisa triumphierend. Teresa hatte ihr aufmerksam zugehört, sie war bestürzt.

»Ich werde im September wegziehen, was kann ich denn tun?« Sie sprach mit neuem Respekt zur Schwester. »Du musst Nachforschungen anstellen, ein waches Auge haben … und mich auf dem Laufenden halten.«

»Aber du behandelst mich doch immer wie eine Schwachsinnige, sobald ich den Mund aufmache!«

»Als Santi auf die Welt kam, hat man mich beiseite geschoben, und als du geboren wurdest, war ich acht Jahre alt. Mama hat dich verwöhnt. Für mich war die Tante da, und basta, aber auch sie zog Santi vor. Du standest im Mittelpunkt, ich war die fleißige, hässliche Tochter, die sich abrackern musste, die niemandem Kopfzerbrechen bereitete …«, sagte Teresa leise. Widerwillig fügte sie hinzu: »Ich war eifersüchtig auf dich, du warst schön, lebenslustig, intelligent …«

»Hm, jetzt vergessen wir das«, Elisa sprach in sehr bestimmtem Ton. »Denk daran, dass in unserer Familie die Pastafabrik mehr als alles andere zählt, und die soll, nach Meinung der Familie, an die männlichen Nachkommen gehen! Aus dem

Grund hat der Großvater der Tante nicht gestattet, sich einen Ehemann zu nehmen.«

»Die Tante hat doch nie heiraten wollen!«

»Lass gut sein, ich weiß Bescheid über die Tante … Es war der Plan des Großvaters, so konnte er Papa alles hinterlassen. Was unseren Vater angeht, der ist ein Fantast: Er wird angesichts des wiedergefundenen Bruders gerührt sein; er wird ihn als gleichgestellt behandeln wollen. Und trau Santi nicht über den Weg: Er ist aus demselben Holz wie sie. Es genügt, dass Dante Titino adoptiert, wie sie es die Tante mit Tito haben machen lassen, und schon sind wir zwei verraten und verkauft! Santi denkt nur an die Pastafabrik und daran, wie er sie seinem Sohn vererben kann! Haargenau wie unser Vater.« Elisa schluckte und fuhr fort: »Gemeinsam und vereint sind wir stark. Allein sind wir ein Nichts.«

Die Eltern riefen nach ihnen: Sie waren zum Gehen bereit. Die Töchter gesellten sich zu ihnen, beide hatten gerötete Augen.

48.

Granita di caffè

»Sie war ihm eine Mutter.
Und er war für sie mehr als ein Sohn!«

Tito hatte darauf gedrängt, dass sie zum Notar gingen: Die Tante war Minderheiteneignerin der Pastafabrik, und ohne Verzug mussten nun die Praktiken für die Hinterlassenschaft erledigt werden.

Mariola bot an, ihn mit ihrem Wagen zu begleiten: »So kann

ich auch bei Ernesto vorbeischauen und mir von ihm eine gute Diät verschreiben lassen«, sagte sie zu ihrem Mann mit einem anzüglichen Lächeln.

Die ersten Patienten warteten bereits. Die Sprechstundenhilfe erkannte sie sofort und sprach ihr das Beileid aus; dann bat sie sie, es sich bequem zu machen, und ging, den Arzt über ihr Kommen zu unterrichten. Kurz darauf erschien Ernesto in der Tür und machte ihr ein Zeichen; Mariola folgte ihm betreten. Aber die anderen Personen im Wartezimmer diskutierten lebhaft miteinander, diagnostizierten sich wechselseitig ihre Wehwehchen und machten keinerlei Aufhebens um sie.

Ernesto war verlegen und entschuldigte sich erneut, dieses Mal persönlich, dass er tags zuvor nicht am Begräbnis der Tante teilgenommen hatte: Er war zu einem Notfall gerufen worden. Bevor er sich an seinen Schreibtisch setzte, ordnete er einige Papiere: Hastig schob er die Ergebnisse von Titos Untersuchungen aus dem Blickfeld.

»Nun, Mariola, wie geht's denn so?«, fragte er und war wieder ganz der Vertrauen einflößende Arzt.

Sie erzählte ihm mit unverhohlener Freude und gerechtfertigtem Stolz von der Trauerfeier: Dass sie geglaubt hatten, es würde nur eine kleine Feier im engsten Kreis werden, wie die Tante es sich gewünscht hätte; dass in Wirklichkeit aber sehr viele Leute gekommen seien – und nicht nur aus Respekt für die Familie: Eigens wegen der Tante waren sie gekommen. »Ich war sehr überrascht, unter uns gesagt, sie hatte zwar eine höfliche, aber doch distanzierte Art, mit den Menschen umzugehen …« Mehr sagte sie nicht. Die Tante war ihr nie sehr sympathisch gewesen. Von Schuldgefühlen gepackt, begann sie dann, Lobeshymnen auf sie zu singen. Wie überaus großzügig sie gewesen sei, dass sie Tito nicht nur adoptiert, sondern ihn auch als Universalerben eingesetzt habe. Recht habe er daran getan, sich in der Traueranzeige in der Zeitung als Sohn und nicht als Neffen zu bezeichnen. »Tito zeigt es nicht, aber für ihn ist es ein schwerer Schlag. Sie war ihm eine Mutter. Und er war für sie mehr als ein Sohn!«

Ernesto unterbrach sie nicht, um ihre Worte zu bestärken, wie Mariola es sich von ihm als ihrem Hausarzt erwartet hätte. Mit einem Seufzer fuhr sie fort: »Ja, um sie nicht allein zu lassen, haben wir auf unsere Reisen und den Urlaub mit den Kindern verzichtet … Heute früh sagte ich zu Tito, dass wir von jetzt an reisen, die Welt erkunden, das Leben genießen können …« Und errötend sagte sie weiter: »Wir beide haben noch unser Vergnügen miteinander …«

Ernesto hörte ihr zu, blass und mit ernster Miene. Mariola hielt verunsichert inne: Sie dachte, sie habe einen schlechten Eindruck auf ihn gemacht. Impulsiv, ohne zu überlegen, redete sie drauflos. Auf dem Begräbnis waren auch die Mutter Oberin des San-Vincenzo-Ordens – man sagt, die Tante habe den Nonnen einst sehr nahegestanden –, und Dante Attanasio, der seine Abfahrt verschoben hatte, um an der Beisetzung teilzunehmen. Er hat sich als echter Freund der Familie erwiesen, sie hatte ihre Meinung über ihn ändern müssen. Von Irina gab es weit und breit keine Spur, nicht einmal ein Beileidstelefonat.

»So sind diese Slawinnen eben! Immer bereit, alles an sich zu reißen!«, seufzte Mariola nun schon das zweite Mal; dann kam sie zur Sache. »Deine Frau hat mir gestern gesagt, dass du Tito sprechen wolltest. Hast du die Ergebnisse?«

»Nein, noch nicht, es gibt Verzögerungen …«, nuschelte Ernesto.

»Ich möchte eine gute Abmagerungskur, was empfiehlst du mir?«, entfuhr es Mariola.

Die Liste mit den erlaubten und den verbotenen Nahrungsmitteln fest in der Hand, stieg Mariola die Treppe zum Eingang hinunter und fühlte sich schon leichter geworden.

Tito wartete dort auf sie. »Ich dachte, dass wir reden und an unsere Zukunft – und welch schöne Zukunft! – denken müssen …«, sagte er. »Ich führe dich aus, wir genehmigen uns jetzt eine schöne *Granita di caffè* mit Schlagsahne, wie wir es taten, als ich dir den Hof machte; erinnerst du dich?«

»Aber Santi soll doch kommen …«

»Dann wird er eben ein bisschen warten … Auf, lass uns gehen!«

Sie schob ihre Hand unter seinen Arm, und untergehakt überquerten sie die Straße.

Ernesto blickte ihnen vom Fenster aus nach – in der Hand die Ergebnisse der Untersuchungen.

Die Piccadilly Bar war zu dieser Vormittagsstunde noch leer. Abseits sitzend genossen Tito und Mariola die Schlagsahne, die sich auf der *Granita* türmte. Wie die Kinder benutzten auch sie den knusprigen Keks, der ganz oben steckte, als Löffel.

»Was werden die Leute sagen, wenn sie uns am Tag nach dem Begräbnis der Tante in der Bar sehen …«, sagte Mariola und knabberte an ihrem Gebäckstück. Sie ließ sich eine letzte süße Sünde schmecken, bevor sie mit ihrer Diät begann.

»Lass sie ruhig reden, sie haben doch keine Ahnung …«

»Wovon? Das ganze Dorf weiß, dass die Tante tot ist!«

»Nein, nicht davon. Von uns beiden. Dass wir uns lieb haben …«

»Ich frage mich, ob es nicht passiert ist, weil die Tante gestürzt ist …«

»Erklär dich bitte, ich verstehe dich nicht.«

»Ich sagte, als du von der Reise mit Dante zurückgekehrt bist … Da wusstest du doch, dass deine Tante krank war.«

»Aha … sicher doch …«

Santi und Titino standen an der Theke mit dem warmen Mittagstisch. Während der Vater bezahlte, sah Titino sich um und entdeckte die Großeltern in ihrem Eckchen.

Santi schlug ihre Einladung zu einer *Granita* aus, Vanna wartete auf sie im Wagen; er hatte ein großes Stück *sfincione* und ein Grillhähnchen gekauft, damit an diesem Tag in der Villa nicht gekocht zu werden brauchte. »Wir müssen mit der Familie reden, und am Nachmittag werden die Leute uns ihre Beileidsbesuche abstatten. Gehen wir, Titino!«, sagte er nervös. Er war blass und hatte Augenringe. Tito begriff, worum es ging, und wurde ebenfalls bleich. Während Titino ihm einen flüchtigen Abschiedskuss auf die Wange drückte, flüsterte er: »Mach dir keine Sorgen, Opa, die Dinge kommen immer wieder ins Lot. Das hast du zu mir gesagt …«

Mariola hatte ihre *Granita* in Angriff genommen. Sie schleckte den Löffel ab und meinte kess: »Wer weiß, was die Tante gesagt hätte, sie, die so schamhaft war, wenn sie von uns beiden gewusst hätte …«

»Sehr froh wäre sie gewesen, das kann ich dir garantieren, ich kenne keine Frau, die sich so wenig um Konventionen geschert hat wie sie!«, sagte Tito, ohne lange nachzudenken.

»Wenn du meinst …«, murmelte sie kopfschüttelnd.

Danksagungen

Wir sprachen über meine Zukunft als Schriftstellerin. »Drei ist eine schöne Zahl«, sagte Alberto Rollo unter dem Dauerregen des Palermowinters und kam dann auf andere Dinge zu sprechen.

Diese diskreten Worte waren ausschlaggebend für meinen Entschluss, mit *Die geheimen Briefe der Signora* die sizilianische Trilogie – die mit *Die Mandelpflückerin* begonnen und mit *Die Marchesa* ihre Fortsetzung gefunden hatte – zu einem Ende zu bringen. Dafür bin ich ihm über alle Maßen dankbar, ebenso wie für die großzügige und uneingeschränkte Hilfsbereitschaft, die er und Giovanna Salvia mir in den Monaten der Niederschrift dieses Romans gewährt haben. Mit ihnen zusammenzuarbeiten ist eine Freude und ein Privileg.

Ich danke überdies den Palermer Jungunternehmern Gianmarco Tomasello und Nico Panno, die mich auf einem unvergesslichen Besuch in die Mühle und Pastafabrik Tomasello in Casteldaccia begleitet und mir geduldig und bis in alle Einzelheiten jede meiner Fragen beantwortet haben.

Mein Dank geht auch an Giuseppe Cucchiara, Uhrmacher- und Reparaturmeister für antike und moderne Uhrwerke, für seine sorgfältigen Beschreibungen der Funktionsweisen und Mechanismen, denen er sich mit Leidenschaft und Verstand widmet.

Simonetta Agnello Hornby

Die Mandelpflückerin

Roman. Aus dem Italienischen von Monika Lustig. 320 Seiten. Piper Taschenbuch

Bittersüßer Mandelduft und rauhe Landschaft, verfallende Palazzi und elegante Herren mit schwarzen Sonnenbrillen: Das ist das Sizilien der Mennulara, einer armen Magd in den Diensten der Alfallipes. Ihr Tod bringt in das Städtchen Roccacolomba Argwohn und Mißgunst. Er zieht alle – den Arzt, den Pfarrer, Kommunisten und Lebemänner – in einen Strudel aus Gerüchten und Beschuldigungen. Hat sie das Rätsel ihres tragischen Lebens mit ins Grab genommen? Simonetta Agnello Hornbys Roman wurde in Italien als Literaturereignis gefeiert und mit Camilleri, Verga und Tomasi di Lampedusa verglichen.

»Man kann in vollen Zügen das pralle sizilianische Leben genießen.«
Buchprofile

05/1951/02/L

Dai Sijie

Muo und der Pirol im Käfig

Roman. Aus dem Französischen von Giò Waeckerlin Induni. 400 Seiten. Piper Taschenbuch

Nach Jahren im französischen Exil kehrt der scheue Psychoanalytiker Muo zurück ins Reich der Mitte, um seine große Jugendliebe »Vulkan des alten Mondes« aus politischer Gefangenschaft zu befreien. Dafür muß er Richter Di bestechen, der für seine Dienste eine ungewöhnliche Gegenleistung verlangt.
Nach dem überwältigenden Erfolg von »Balzac und die kleine chinesische Schneiderin« Dai Sijies neues Meisterwerk.

»Dai Sijie hat ein wildes, böses Buch geschrieben, das sich heiter und bunt in den Kopf des Lesers einschleicht.«
Die Welt

05/1952/02/R

Elia Barceló

Das Geheimnis des Goldschmieds

Roman. Aus dem Spanischen von Stefanie Gerhold. 96 Seiten. Piper Taschenbuch

Celia, die Frau, die er nie vergessen konnte, seit sie ihn verführt und wenig später fortgeschickt hat: Ihr widmet der erfolgreiche Schmuckdesigner die schönsten Stücke seiner Kollektion. Und wenigstens ein einziges Mal muß er Celia noch wiedersehen … Kann die eine große Liebe die Gesetze der Zeit sprengen, die Realität besiegen? Mit ihrem melancholischen Roman gelang Elia Barceló nicht nur in Spanien ein fulminanter Überraschungserfolg.

»Die Spanierin Elia Barceló hat ein Schmuckstück an Textkunst geschmiedet. Geschickt verflicht sie die Zeitebenen, schürt sie die Sehnsucht, bis man es glaubt: Wahre Liebe stirbt niemals.«
Brigitte

05/1953/02/L

Elizabeth Buchan

Die Rache der reifen Frau

Roman. Aus dem Englischen von Ursula-Maria Mössner. 352 Seiten. Piper Taschenbuch

Rose ist Ende vierzig und hat alles, was man sich wünschen kann: einen guten Job, einen attraktiven Mann und ein wunderschönes Haus. Bis ihr Nathan überraschend eröffnet, daß er sich in eine jüngere Frau verliebt hat und mit ihr eine neue Familie gründen möchte. Es kommt noch schlimmer: Rose verliert ihren Job und muß sich mit ihrem Mann um das gemeinsame Haus streiten. Doch das Leben geht weiter. Mit Hilfe ihrer Kinder kommt Rose wieder auf die Füße, und eines Tages steht eine alte Liebe vor der Tür, die vielleicht eine neue werden könnte …

»Sie lieben Bridget Jones, aber ein bißchen älter und klüger dürfte sie sein? Dann müssen Sie unbedingt die Heldin dieses Buches von Elizabeth Buchan kennenlernen. Hinreißende Schilderungen der Verzweiflung und satirische Schärfe garantieren gewitzte Unterhaltung.«
Brigitte

05/1954/02/R

Andrea Camilleri

Der zerbrochene Himmel

Roman. Aus dem sizilianischen Italienisch von Moshe Kahn. 272 Seiten. Piper Taschenbuch

Was ist die Welt aus der Sicht eines sizilianischen Jungen, der 1935 sechs Jahre alt ist? Eine chaotische Gemeinschaft von sogenannten Erwachsenen, die nach der Pfeife eines Duce namens Mussolini tanzen und Kindern auf ernstgemeinte Fragen unverständliche Antworten geben. Andrea Camilleris persönlichstes Buch ist ein typischer Camilleri: dialogreich, spöttisch, amüsant, grausam und direkt.

»Ein Roman über den verheerenden Einfluß der faschistischen Propaganda auf Kinder, gleichzeitig eine maßlos überzogene Kleinstadtgroteske aus der Sicilia, bei der einem das Lachen im Hals stecken bleibt.«
Vivere magazine

05/2035/02/L

Andrea Vitali

Tante Rosina und das verräterische Mieder

Roman. Aus dem Italienischen von Christiane Landgrebe. 384 Seiten. Piper Taschenbuch

Ein Bäcker, der kleine Brötchen backen muss, ein Pilot in Frauenkleidern und ein Bürgermeister in Nöten – wenn ein betörendes Stückchen Stoff in die falschen Hände gerät, kann das ungeahnte Folgen haben. Und dennoch war das, was in dem kleinen Ort Bellano am Comer See geschah, ein ganz besonderer Fall … Ein Feuerwerk an südländischem Temperament und eine augenzwinkernde Hommage an die italienische Lebensart.

»Liebevoll und spritzig schildert Andrea Vitali turbulentes italienisches Dorfleben zwischen Alltagsreibereien und kleinen Skandalen.«
Neue Presse

05/2349/01/R